polar
VERLAG

Ben Atkins

Stadt der Ertrinkenden

Kriminalroman

Aus dem Englischen
von Laudan & Szelinski

Polar Verlag

Titel der Originalausgabe: *Drowing City*,
erschien 2014 by Random House New Zealand Ltd.,
This edition is published with Random House New Zealand Ltd.
via Michael Meller Literary Agency GmbH München.

Gefördert von
Publishers Association of New Zealand
Arts Council New Zealand Toi Aotearoa creative nz

Deutsche Erstausgabe, 1. Auflage 2015
Aus dem Englischen von Laudan & Szelinski

Der Abdruck des Nachworts erfolgt mit freundlicher Genehmigung von Alf Mayer.
Redaktion: Stephanie Glasa
Umschlaggestaltung: Detlef Kellermann, Robert Neth
Autorenfoto: Jack Alexander
Gesetzt aus Adobe Garamond PostScript, InDesign
Druck und Bindung: CPI books GmbH, Leck, Deutschland
ISBN: 978-3-945133-10-1

www.polar-verlag.de

Dedicated to Agnes
1992–2010

Sie hörten nicht auf zu reden. Allmählich schien mir, dass sie gar nicht wussten wie. Ich hing hier fest in einem Restaurant mit französischem Namen, umzingelt von Klappern und Plappern, gefangen an einem Vierertisch. Geködert hatten sie mich mit hübschen Gesichtern, nun saß ich in der Falle der Geselligkeit. Und so begann die Nacht.

Ich hätte mir nicht träumen lassen, wie sie enden würde.

Der Abend begann früh. So ist das im Spätherbst. Als der Himmel sich auf sechs Uhr einstimmte, berieten wir, wo wir speisen sollten. Die Mädchen wünschten sich ein kleines Lokal, wo das Personal wenigstens so tat, als wäre es ausländisch. Franco hatte nichts dagegen, solange er den Laden kannte. Man konnte sich all die leidigen Begleiterscheinungen schenken – die Reservierung, das Warten –, wenn man wusste, wessen Hand zu schütteln war.

Hier waren wir einfach aufgekreuzt und gleich mit Samthandschuhen empfangen worden. Die Mädchen staunten, wie man uns flugs an unseren Tisch geleitete, während alle anderen Schlange standen und glotzten, und wie die Glückseligkeit des Geschäftsführers an unserem Wohl zu hängen schien. In Lokalen wie diesem musste man damit rechnen, dass die Gerichte eine halbe Stunde länger brauchten, nur um den Stil zu wahren, doch der Koch fegte die Konvention beiseite. Der Oberkellner klebte wie eine Klette an uns. Alles nur, weil Franco mal mit dem Eigentümer ein Geschäft getätigt hatte. Dessert und Kaffee gingen auch aufs Haus.

In diesen Kaffee starrte ich jetzt, zurückgelehnt, ein Stäbchen Tabak zwischen meinen Fingern. Die Mädchen schwelgten in einer von Francos Erzählungen. Immer wenn ich sie lachen hörte, lächelte ich ein bisschen. Sie brauchten das Gefühl, dass ich zuhörte. Sie hätten nicht verstanden, warum ich es nicht tat. Leute können Schweigen schlecht ertragen. Sie brauchen ständig Bestätigung, dass man noch da ist, dass alles gut ist.

»Wie gesagt, das war kurz nachdem Amerika sich den Stanley Cup geholt hatte. Zum ersten Mal in der Geschichte des Eishockey. Alle waren fassungslos. Und dieser Kellner, wisst ihr, auf unserer Schiffsparty, also dieser Kellner –«

Die Schiffsparty. Franco erzählte von der Schiffsparty.

»– der war Kanadier. Direkt aus Montreal, der Heimat der Maroons. Ihr kennt doch die Montreal Maroons, oder? Klar kennt ihr die. Der Bursche kam einfach nicht drüber weg, dass wir gesiegt hatten, wir hatten ihnen den Cup ja vor der Nase weggeschnappt. An dem Abend hatten wir nun schon ganz gut getankt – ich meine, wir waren alle ziemlich blau –, und da erklärten ich und dieser wilde Kerl hier dem Kellner, wir könnten ihm ja zeigen, wie wir das geschafft haben.«

Ich blickte auf, und sie alle starrten mich an mit ihrem Lächeln.

Franco fuhr fort: »Veranstalter der Party war Harrison Seward, dieser Engländer, wisst ihr?«

»Englisch«, sagte das Mädchen neben ihm, »so wie der Kaffee, den wir gerade trinken?«

»Nein, Marla. Das ist Irish Coffee. Wie auch immer, diese Briten haben da eine alte Sitte, das Trinken aus Yardgläsern. Wisst ihr, was ein Yardglas ist?«

Die Mädchen schüttelten die Köpfe.

»Das ist ein hohes Glas – ziemlich dünn und trichterförmig, etwa so –, und man trinkt daraus Bier. Über einen Liter Bier.«

Die Mädchen guckten entgeistert.

»Ich weiß. Ziemlich irre. Also auf der Party waren ein paar davon in Umlauf. Ich muss wohl nicht betonen, dass sie erheblich zum Stand der Dinge beitrugen, als es zu unserem Plausch mit dem Kellner kam. Das war so gegen drei, schätze ich. Eine Menge Leute waren schon weg. Das Deck war ziemlich leer. Also forderten wir den Kanadier zu einer Partie Hockey heraus – mit Yardgläsern.«

Die Mädchen lachten. Franco war im Rampenlicht ganz in seinem Element. Angespornt von Begeisterung und Koffein rasselte er rasante Sätze raus, seine Hände tanzten durch die Luft. Nach dem Hauptgang war er einmal kurz verschwunden, um einen Anruf zu tätigen, der wichtig genug war, um das Dessert zu verpassen. Jetzt machte er seine Abwesenheit wieder wett.

»Man merkte, dass der Kanucke schon allerhand intus hatte. Er war ganz schön angeschickert. Er war außerdem vergrätzt und ein bisschen sauer auf uns. Guckte wie ein schmollendes Kleinkind. Dieser ansehnliche Bursche da«, er zeigte in meine Richtung, »war unser auserkorener Spieler. Ich schwöre, er hatte mehr getrunken als wir alle, aber er konnte immer noch eine schnurgerade Linie laufen, verdammt beeindruckend.« Das Mädchen neben mir legte ihre Hand auf meinen Arm. »Wir schnappten uns also ein paar Eiskübel und machten Tore draus. Die Gegner stellten sich an beiden Enden des Decks auf. Das Problem war, wir konnten nichts finden, das als Puck taugte. Wir suchten alles ab. Irgendwer, ich glaube Luca, kam auf die blendende Idee, ein Stück Seife zu nehmen. Wir holten also eins aus dem Waschraum, machten es nass, warfen es in die Mitte des Decks – und bei Gott, sie legten los.«

»Meine Güte! Und, wie lief es?« Das Mädchen mit der Hand auf mir.

»Tja, Louise«, sagte Franco, »ich sag dir, wie es lief. Das Yardglas des Kellners splitterte, als er damit die Seife traf, weil er es verdammt noch mal falsch rum hielt. Fontana hier sauste los, schnappte sich den Puck – knifflige Sache das, sein Glas war nämlich am Ende kugelrund – und schob damit aufs Tor zu. Aber der Kellner preschte mit Volldampf auf ihn los. Den Ausdruck in den Augen des Kanucken hättet ihr sehen sollen. Herrje, das vergess ich nie. Und dann, dann setzt Fonty zum Torschuss an.« Auf einmal waren wir in der Gegenwartsform. Er gab jetzt den Sportkommentator, tränkte jede Einzelheit mit Dramatik. »Aber der Kellner ist wie entfesselt. Er packt Fontana genau in dem Moment, als er den Puck trifft, dadurch hat sein Schuss keinen richtigen Wumms.«

Kollektives Aufkeuchen.

»Fonty schüttelt den Kanucken ab und rennt auf die Seife zu, die schliddert langsam in Richtung der Kübel. Er weiß, dass ihr Schwung nicht reichen wird. Dann erwischt der Kellner ihn wieder von hinten. Er stolpert – aber er fällt nicht! Jetzt kommt die Seife zum Stillstand. Er hechtet weiter auf sie zu. Er schafft es, sein Glas auszustrecken und sie anzutippen – nur ganz leicht –, und da gleitet sie ins Tor.«

Zarte Hände klatschten Beifall. Ich zündete meine Zigarette an und sagte: »Wie immer zu gütig, Franco.«

»Und das ist er, der leibhaftige Held, mit dem ihr zu Abend essen durftet.«

»Wo kommt auf einmal all die Wärme her?«

»Ich hab ein verborgenes Reservoir entdeckt, als ich dich heute wiedersah. Wir haben dich alle vermisst, Fontana. Ist es nicht so, Mädels? Haben wir diese Visage nicht vermisst?«

Sie kicherten.

»Da bin ich aber erleichtert«, sagte ich. »Ich dachte schon, du hast hier noch eine Rechnung offen oder so.«

Das gefiel ihnen auch. Sie mochten Franco und mich. Zumindest mochten sie unser Geld. Und dieses exklusive kleine Restaurant. Den Qualm und die Konversation. Das alles zusammen bewirkte, dass sie sich wie erwachsene Ladies fühlten. Ich sah zu, wie sie kicherten, beschwipst vom Kaffee mit Schuss.

Das Mädchen neben Franco sagte: »Ihr Jungs müsst uns mal zu so einer Party mitnehmen.«

»Ja, macht das mal. Es klingt dermaßen lustig.«

Sie waren der Typ, dessen Wohlstand sich schwer einschätzen ließ, denn sie gaben alles, was sie erübrigen konnten, für ihre Erscheinung aus. Nicht die Sorte, die ihr Geld sparte, sie verprassten es fürs Hier und Heute. Ihr Ziel war, Aufmerksamkeit auf sich zu lenken. Im Idealfall brachte ihnen das Bewunderung ein und die wiederum Ansehen. Früher hatte es viele solche Frauen gegeben, aber die Zeiten waren jetzt anders.

Ich versuchte, nicht zu seufzen. Ich sollte nicht in diesem Restaurant sitzen. All mein Gegrübel und mein Schweigen ergaben zusammen bloß einen knurrigen Griesgram. Das Problem war das Warten, immer dieses Warten. Man kann so gefestigt wirken wie eine Lehmmauer, doch wenn man auf was Wichtiges warten muss, schüttelt es einen innerlich zu Matsch.

Ein Freund hatte mich wissen lassen, dass er heute Abend meine Hilfe brauchen würde. Hilfe wobei oder in welchem Ausmaß oder warum, das blieb ungesagt. Er war in Eile gewesen, und die knappe Zeit fraß die Einzelheiten. Er wollte mich anrufen, während ich mit Franco zu Abend aß. Also wartete ich – wartete bei all den Drinks, Appetithäppchen und Vorspeisen – auf die magischen Worte, auf den Anruf, der mich zurück in die Wirklichkeit bringen würde. Hier ist es zu behaglich, dachte ich. In der Wärme vergessen wir uns. Ich brauchte Kälte, um Zielstrebigkeit zu entwickeln. Ich brauchte diesen Anruf.

»Ihr habt so Recht«, sagte Franco. »Wir können ja nachher noch zu mir gehen und selbst eine kleine Party veranstalten.«

Die Mädchen gurrten.

»Du weißt, ich hab zu tun«, bemerkte ich.

»Ooch«, machte der Chor am Tisch.

»Das wissen wir doch, Herzblatt«, sang der Sopran. »Wir hatten nur gehofft, wir könnten dich mitreißen.«

»Ein andermal.«

»Versprochen?« Louise schob ihre Hand auf meinem Arm abwärts.

»Klar.«

»Meine Güte«, sagte Franco, »du hast Mr. Fontana ein Versprechen aus den Rippen geleiert. Ich hätte nie gedacht, dass das überhaupt möglich ist. Einmal hab ich ihn gebeten, mit zur Beerdigung meiner Mutter zu kommen, und er sagte, mal sehen – er hatte eine Verabredung.«

Gelächter.

»Mit dem Bürgermeister, Franco. Du hast deine Mutter doch sowieso nie gemocht.«

»Es ist schwer, einen Drachen zu mögen. Na los, Mädels, lasst uns feiern. Wie wär's mit einem Tänzchen?«

Sie strahlten und glitten von ihren Stühlen. Franco warf dem nächstbesten Kellner eine Münze und ein paar Worte hin, und der Song auf dem Plattenspieler wechselte zu einer peppigen Swingnummer. Die Tanzfläche hier war nichts Besonderes, nur ein Stück freie Fläche, wo auch Tische hätten stehen können. Es genügte.

Ich hatte das kommen sehen, das übliche Ritual. Jetzt bekamen die Mädchen ihre Aufmerksamkeit. Bewunderung war nur noch einen kleinen Tanz entfernt.

»Ein Balboa«, sagte Marla. »Könnt ihr den, Jungs?«

»Aber sicher«, sagte Franco. »Fonty, dass ihr zwei mir nicht zu vertraulich werdet. Sie gehört zu einem Klienten, Kumpel.«

Louise und ich lächelten pflichtschuldig.

»Du kannst uns vertrauen.«

Ich umfasste Louise und führte sie in die ersten Schritte. Der Balboa war aus dem Süden hier raufgekommen, aus St. Louis, wo überfüllte Tanzsäle ein zunehmendes Maß an Nähe erforderten. Unser Balboa begann langsam. Elementar. Baute sich ganz allmählich auf. Es war ein dynamischer Tanz – im übertragenen Sinn –, und die Drehungen und schwungvollen Gesten ließen sich ganz nach Gusto steigern bis zu grandiosen Auftritten.

Louise verspürte Ehrgeiz.

Ein guter Tanz ist etwas, das man schwer in Worte fassen kann. Die Hitze der Taille deiner Partnerin kannst du nicht beschreiben. Du kannst die freudige Erwartung in ihren Bewegungen nicht fühlbar machen, die Erregung, die in ihren Gliedmaßen rumort. Tief in diesen Schwüngen und Figuren steckt etwas Lebendiges, etwas immer Hungriges, das sich an der Körperlichkeit des Ganzen labt.

Dies war kein so starker Tanz. Ich wirbelte Louise durch die Musik und sah zu, wie ihre Farben verwischten, aber ich sah sie nicht, nicht wirklich. Sie war bloß ein bewegliches Objekt. Mein Inneres gehörte einem anderen Ort. Einer anderen Frau. Noch die Erinnerung an sie war viel realer als Louise. Zugegeben, die Erinnerung war alles, was mir blieb. Aber sie war präsenter als alles, was ich anfassen konnte. Oder womit ich sprechen konnte. Oder tanzen.

Ehe die Nummer zum Höhepunkt kam, hatten sich noch drei Paare zu uns gesellt. Junge Frauen wirbelten wie Kreisel umher. Die Männer, erpicht darauf, ihren Teil beizutragen, erpicht darauf, Eindruck zu machen, begegneten der Herausforderung mit plötzlichem Ernst. Ihre Chancen, flachgelegt zu werden, stiegen.

Irgendwann verging der Song in statischem Knistern und alles endete, wie es sollte. Die Zuschauer hinter ihren Servietten klatschten. Louise umarmte mich, ihr Kopf passte genau unter mein Kinn.

»Das war toll«, sagte sie.

Franco fragte gerade nach einem weiteren Song, als einer der Kellner an meiner Seite auftauchte. »Ein Anruf für Sie, Mr. Fontana. Der, auf den Sie gewartet haben.«

»Danke.« Erleichterung durchflutete mich. Ich wandte mich an Louise. »Sorry, Lou, ich muss da rangehen.«

»Schon in Ordnung. Ich bin dann am Tisch.« Sie flatterte davon.

Der Kellner führte mich zu einem Telefon an der Tür zur Küche.

»'n Abend«, sagte eine Stimme. Nicht ganz, was ich erwartet hatte. Schade.

»'n Abend, Beppe.«

»Hören Sie, äh, er will, dass Sie rüberkommen und alles mitbringen.«

»Okay. Erst muss ich jemanden nach Hause fahren.«

Damit unterstellte ich, dass Louise lieber gehen wollte. Sie musste sich entscheiden, ob sie die Unternehmung abbrechen oder fünftes Rad am Wagen spielen wollte. Ich brachte sie da in keine tolle Lage, aber die Pflicht ging vor. Und ich war überhaupt nur mit ihr aus, um einem Klienten einen Gefallen zu tun.

»Ich sag's ihm«, sagte Beppe, »aber ich hab noch 'ne Bitte.«

So war das mit Beppe: Es gab immer ein Aber.

»Ja?«

»Na ja, Sie wissen ja, wie das ist. Teresa meinte neulich, wie gern sie Freitag mal ausgehen und den Film sehen würde. *Dschungel im Sturm.* Ich hab's ihr versprochen. Gott weiß, ich bin nicht gut genug zu dieser Frau. Ich bin einfach nie da, wissen Sie? Nie zu Hause. Ich hab's schon Pater Alessandro gebeichtet, und er hat gemeint, ich sollte mir mehr Zeit –«

»Erzähl mir das später, Bepps, wenn alles erledigt ist. Wo bist du? In seiner Wohnung?«

»Nein, in der Telefonzelle. Unten vor dem Haus. Aber, ähm …«

»Ja?«

»Also, Luca ist im Moment ganz gut aufgelegt, ganz entspannt – hier läuft ja alles wie am Schnürchen –, da hab ich mich gefragt, ob ich nicht den Rest des Abends frei nehmen könnte. Für den Film. Oder bloß ’n paar Stunden. Ich meine, nur ein bisschen. Teresa ist schwer bei Laune zu halten, wissen Sie? Und Pater Alessandro meint auch, es wär ’ne gute Idee. Ich meine, ich will’s mir doch mit Ihm da oben nicht verscherzen, nicht?«

Beppe war von den Leuten, mit denen ich arbeitete, einer der frömmsten. Ich fand das schon immer seltsam angesichts der Tatsache, dass er keinerlei moralischen Kompass besaß. Und keinen Grips. Er glaubte wohl, Rosenkränze und ein alter Priester wären genug, um die Welt im Gleichgewicht zu halten. Vielleicht hoffte er das auch nur. Ja, so war es wohl.

»Ich rede mit Luca, wenn ich komme«, sagte ich. »Du weißt, was er davon hält, wenn sich jemand vor der Arbeit drückt.«

»Hey, hey – ich will mich vor gar nichts drücken. Ich mach alles, wofür ihr mich braucht, aber ich kann mich auch bei meinem Mädchen nicht immer drücken. Nur dieses eine Mal, bloß gucken, ob ich ein bisschen früher gehen kann. Wenn doch sonst nichts für mich zu tun ist? Ich kann Luca nicht selber fragen. Er würde sofort nein sagen.«

»Ich versuch’s, Bepps.«

Ich hängte ein, bevor er mich mit Huldigungen eindecken konnte. Er wurde manchmal etwas übereifrig.

Zurück an meinem Tisch, wölbte meine Verpflichtung ihre Lippen um eine Zigarette. Ich setzte mich, ohne ihr ins Gesicht zu sehen, dessen ganzen Reiz ich eben erst bemerkt hatte.

»Ich muss los, Louise.«

»Das dachte ich mir schon.« Sie sprach mit Würde, aber es lag ein Stachel darunter. »Warum so früh?«

»Dies war die vereinbarte Zeit.«

»Aha. Du scheinst ein mächtig wichtiger Mann zu sein. Du kennst den Bürgermeister?«

»Nein. Das war der vorige Bürgermeister.«

»Den kanntest du?«
»Wir sind uns nur ein paar Mal begegnet.«
»Wie kam das?«
»Wie es kam, dass ich ihm begegnete?«
»Ja.«
»Er wusste von meiner Arbeit.«
Ihre Augen leuchteten auf. »Du meinst, der Bürgermeister –«
»Ich meine gar nichts, Louise.«
»Oh, natürlich. Au wei, ich muss dir wie ein dämlicher Backfisch vorkommen. Meistens gehe ich nur mit, du weißt schon, normalen Leuten aus.«
»Ich bin also nicht normal?«
»Ich – nein – also –«
»Schon gut. Ich mach nur Spaß.«
»Oh.« Sie wurde rot. »Natürlich. Es ist nur, weißt du, du bist eben jemand Bedeutendes und so … Jesses, ich sollte einfach den Mund halten.«
»Tu das nicht.«
»Warum?«
»Es ist ein hübscher Mund.«
Sie lächelte. »Könntest du dann nicht noch ein kleines bisschen bleiben? Ich will ja nur meinen dämlichen Auftritt wieder wettmachen.«
Ich warf einen Blick auf die tanzenden Paare. Es lief ein langsames Stück, ein Walzer. Sie waren schon eine Weile dabei. Ich entschied zu bleiben, bis Franco an den Tisch zurückkam.
»Sicher.«
»Danke. Es ist wirklich schade, dass du gehen musst. Du schiebst doch die Arbeit nicht nur vor, um hier wegzukommen – vielleicht wegen eines anderen Mädchens?«
»Nein, so ist es nicht.«
»Hast du ein Mädchen?«
»Nein.«
»Wie kommt's?«
»Tja, ich war schon im Laden, aber sie waren zu teuer.«
»Hast du dir auch die Sonderangebote angeguckt?«
»Klar, aber die sind zu billig.«

Sie lachte. »Du könntest doch jede kriegen, ohne einen Cent auszugeben.«

»Das ist tröstlich.«

Ihr Bein streifte meines und blieb da. »Oder du könntest eine stehlen.«

»Dafür bin ich ein zu moralischer Mann.«

»Zu teuer, zu billig, zu moralisch – was für ein Übermaß.«

»Und du bist zu gebunden.«

»Gino und ich sind ja wohl kaum verheiratet.«

»Er wünscht sich wahrscheinlich, ihr wärt es.«

»Wenn er das täte, wären wir es.«

»Nun ja, Louise, nicht jeder Mann ist gleich tapfer.«

Sie hatte Recht, was meinen ersten Eindruck von ihr anging. Sie war mir zunächst etwas oberflächlich vorgekommen. Nicht gerade klug. Vielleicht stimmte das, trotzdem war klar, dass sie das eine oder andere wusste, wenn sie erst mal geneigt war, das zu zeigen.

Der Walzer endete, vereinzelter Applaus geleitete die Tänzer an ihre Tische zurück. »Ich sollte schon weg sein«, sagte ich. »Willst du nach Hause gefahren werden, oder bleibst du noch?«

»Ich nehme das Fahrangebot an. Meine Mitbewohnerin wollte heute Abend etwas unternehmen. Außerdem brauchen Franco und Marla Zeit für sich.«

Im nächsten Moment tauchten die beiden auf, breit grinsend und halb umschlungen.

»Hallo Kinder, da sind wir wieder«, sagte Franco. »Habt ihr euch gut amüsiert?«

»Und ob«, erwiderte Louise.

»Ich hoffe, Fontana hat sich nicht danebenbenommen.«

»Würde mir nicht im Traum einfallen«, gab ich zurück, ohne den Blick von ihr zu wenden.

»Wir sind gerade im Aufbruch«, sagte sie. »Er fährt mich nach Hause.«

»Aber es ist erst sieben oder so«, wandte Marla ein. »Womöglich gabeln wir noch jemand Interessantes auf – einen Bohemien vielleicht. Es gibt hier doch bestimmt Bohemiens, nicht wahr, Franco?«

»Aber sicher, Herzchen.«

Wir verabschiedeten uns. Franco drängte mich, seinen Club zu besuchen, wie immer.

»Mal sehen.«

»M-hm – ich wusste, dass du das sagst.«

Während ich zahlte, holte Louise unsere Mäntel. Als wir auf die Straße traten, entfuhr ihr ein Aufschrei. »Da drin vergisst man glatt, wie eisig es ist.«

Ihr Arm fand in meinen, als wir zum Wagen schlenderten. Wir kamen an einem Haufen Bettler vorbei, denen wir keine Beachtung schenkten. Es waren elende Jammergestalten – hustend und keuchend, stinkend, verhungernd.

»Weißt du, dass es inzwischen mehr als zehn Millionen von denen gibt?«, bemerkte Louise.

»Es gibt zwölf Millionen Arbeitslose. Das sind nicht unbedingt alles Bettler.«

»Aber sie könnten es werden. Sie werden es bestimmt, wenn sich nicht bald was ändert.«

»Stimmt.« Ich schloss den Wagen auf und öffnete ihr die Tür.

»Ich glaube nicht, dass die Arbeitslosigkeit schon jemals so hoch war«, sagte sie.

Ich stieg ein. Ließ den Motor an. Mit gleichmäßigem Knurren lief er warm.

»Ist schon beängstigend, wenn man drüber nachdenkt. Verflixt, selbst wenn man es nicht tut.«

Sie redete weiter. Weniger als die Hälfte ihrer engeren Freundinnen hatte noch Arbeit. Eine war Sekretärin bei einer Versicherungsfirma, zwei arbeiteten am Fahrkartenschalter der U-Bahn und zwei als Telefonistinnen. Eine hatte einen Posten im Hauptquartier der Demokratischen Partei.

»Das ist Marie. Sie ist ein supersüßes Mädchen, und so ein Glückspilz. Sie gehört zu den Auserwählten, wo die Eltern alle nötigen Beziehungen haben. Sie hat die Schule ein Jahr früher verlassen, um aufs College zu gehen, und letztes Jahr haben die Demokraten sie dann rekrutiert. Stell dir das mal vor – ein Mädchen, das ich kenne, geht aufs College, und das direkt nach der Schule. Warst du auf dem College?«

»Ja.«

»Wirklich? Was hast du da gelernt?«

»Rein gar nichts.«

Amüsiert von meiner Lüge erzählte sie weiter. Ich fragte mich, wie lange das Ganze dauern mochte. Marie war eine leidenschaftliche Fitzgerald-Leserin, die Art Mädchen, die die Dämmerung ein ›himmlisches Phänomen‹ nannte. Sie war zudem ein sprudelnder Quell politischen Wissens und hatte unter anderem ausgerechnet, dass man mit den obdachlosen Bürgern Amerikas drüben in Philadelphia die ganze Stadt bevölkern könnte.

»Warum sollte das jemand wollen?«

»Ich weiß nicht – die Leute sagen doch, die Stadt ist voll mit Affen, da macht es keinen großen Unterschied mehr. Oh, das wird dir gefallen: Marie hat einen echt süßen Verehrer namens Joe, den hat sie bei der Arbeit kennengelernt. Und weißt du was? Beim ersten Date hat er sie in so ein schickes Restaurant in Bellevue mitgenommen. Und mitten beim Hauptgang – na, rate mal, wer da hereinspaziert kam.«

»Roosevelt.«

»Ja genau!« Sie schlug mir auf den Schenkel. »Trotz deinem Sarkasmus hast du ins Schwarze getroffen. Sie saß mit Blick zur Eingangstür und sah ihn reinkommen …«

Die Geschichte kam mir etwas schräg vor, denn ein Freund eines Freundes hatte Roosevelt mal getroffen und erzählt, dass er im Rollstuhl saß. Der Kerl hatte eine Behinderung – möglicherweise Kinderlähmung. Darüber zu sprechen war unerwünscht. Der Bursche, der mir das erzählte, hatte keinen Grund zur Sorge. Ich schwatzte nie über Politik oder Politiker oder ihre Schwachstellen. Nicht mal über Hoover. Wozu sich über Leute den Kopf zerbrechen, die man nie kennengelernt hat und die letztlich genauso makelbehaftet sind wie jeder andere auch?

»… sie scheint so eine hinreißende Frau zu sein. Jeder denkt so, sogar die Schwarzen – es wird wunderbar, wenn sie erst die First Lady ist …«

Louise hatte einen hübschen Mund und war auch nicht ganz blöd, aber ich musste in die Gänge kommen. Ich legte ein paar Pfund mehr Druck aufs Gaspedal, während sie plauderte. Da war etwas in Beppes Stimme gewesen, am Telefon: so ein Unterton von Furcht in seinen Worten. Ich konnte mir nicht erklären, wieso. Natürlich konnte er gelogen haben, was Lucas Stimmung oder das Freinehmen für Teresa anging, aber dazu hatte er eigentlich keinen Grund. Unser Verhältnis war unkompliziert. Er schätzte die Hand, die ihn fütterte. Er tat viel dafür, seine Arbeitgeber glücklich und sich in Lohn und Brot zu halten, und er mochte das alles, die Arbeit, die Pflicht. Was also stimmte da nicht?

»... Ich meine, ich kann's immer noch nicht fassen. Nur sechs Staaten gehen an Hoover! Da haben die Zeitungen ausnahmsweise mal nicht übertrieben, als sie schrieben, es wird ein Erdrutschsieg. Ich frag mich, ob sich jetzt was ändert ...«

Also war Roosevelt jetzt das Lieblingsthema. Das überraschte nicht weiter. Ein Sturm der Begeisterung hatte die Präsidentenwahl eingefasst. Reden, Versammlungen, Babyküssen, Plakate überall, eine Massenproduktion von Versprechungen. Die meiste Zeit war ich in Übersee. Als ich zurückkam, war es vorbei. Amerika lag nach seinem Höhepunkt erschöpft danieder. Die Demokraten hatten Hoover vollständig abgeschlagen. Wir hatten immer gewusst, dass sie das schaffen würden ... sogar wir, die selbstsüchtigen Säcke, die das gar nicht wollten. Dabei waren es oft gar nicht Roosevelts Fähigkeiten oder Versprechungen, was die Leute für ihn einnahm. Es war schlicht die Tatsache, dass er nicht Hoover war. Im Laufe des letzten Jahres hatte sich der Vorname unseres Präsidenten in »Alles, bloß nicht« verwandelt.

»Was glaubst du, was wird das nächste Jahrzehnt bringen?«

»Ich bemühe mich, die Hoffnungen flach zu halten. Das bewahrt sie vor dem Absturz.«

»Aber selbst du hast gewisse Erwartungen? Jesses. Ich nehme an, sie sind nicht allzu rosig – wenn man bedenkt, was FDR mit deinem bevorzugten Zusatzartikel anzustellen gedenkt.«

Ich warf ihr einen Blick zu.

»Es tut mir leid, ich sollte nicht so offen sprechen ... Ich hab mich schon um den Verstand gequasselt. Ich bin jetzt lieber still.« Sie sah weg.

»Ist schon in Ordnung. Was wolltest du wissen?«

»Deine Sicht der Dinge. Aber ich will nicht aufdringlich sein.

Jemand, der praktisch am Vorabend der Wahl das Land verlässt, dürfte wohl kaum der Typ sein, der gern über Politik diskutiert.«

Jetzt warf sie mir einen Blick zu, mit einem Lächeln in der Mitte. Wir waren nicht mehr weit von ihrer Wohnung entfernt, ich würde also nicht lange reden müssen. »Es ist kompliziert«, sagte ich. »FDR will wirklich Veränderungen, große Veränderungen, und viele davon sind gut. Aber manche davon wirken sich nachteilig auf meine Geschäfte aus. Auf mein Leben. Und man muss gegeneinander abwägen, was man für die Gesellschaft will und was man für sich selbst will. Sonst kommt man nicht weit.«

»Ich verstehe, was du meinst.« Sie machte eine Pause. »Ich finde das anziehend.«

»Was?«

»Diesen … gewissen Ehrgeiz.«

»Ich dachte, du siehst das als Selbstsucht.«

»Na ja«, sagte sie, »es ist Selbstsucht mit Maß.«

»Ich bin sehr berechnend.«

»Und wertneutral.«

»Ich würde sagen, ausgeglichen.«

»Und diplomatisch.«

»Kein Einspruch«, sagte ich.

»Und wie ein echter Diplomat bist du meine eigentliche Frage umgangen. Glaubst du nicht, dass ein neues Kapitel anfängt?«

»Ich weiß nicht. Ich denke nicht so über Zeit.«

»Gott, das klingt philosophisch.«

»Alles ist Philosophie, wenn man so will.«

»Und du bist sicher, dass du auf dem College nichts gelernt hast? Oh, meine Wohnung ist gleich da vorn.«

»Eins-zweiundsiebzig?«

»Richtig.«

Ich hatte nicht die Absicht, ihr meine »Philosophie« zu erklären: dass es ungesund war, sich die Zeit als Abfolge von Phasen vorzustellen. Die Leute dachten sich die Welt und ihr Leben als ein Fortschreiten durch Perioden – grässlich, dann schön, dann wieder grässlich. Dasselbe taten sie mit Rückblicken. »Das war damals, als mein Vater starb«, sagten sie, oder: »Das war, als ich noch Alkoholiker war« – im Versuch zu erklären, warum sie sich eine Zeitlang saublöd aufgeführt hatten oder weshalb sie sich nach der Wiederauferstehung der Geschichte sehnten. Sie begriffen nicht, was ich begriffen hatte: Die Vergangenheit mit Etiketten zu versehen war nichts als eine Art, sich in Rechtfertigung zu suhlen.

Louises Straße war vollgestopft mit geparkten Ford T-Modellen. Ich musste mitten auf der Straße halten. Hoffentlich verringerte das die Wahrscheinlichkeit, dass sie mich hinein bat.

»Willst du noch mit raufkommen?«

»Ich muss weiter.«

»Unbedingt?« Sie biss sich auf die Lippe.

Nein, nicht unbedingt, hätte ich sagen können. Ich lass mich von dir mit raufnehmen und wir hobeln, bis nur noch ein Haufen Klamotten und ein Samstagmorgen-Kater übrig sind. »Unbedingt«, sagte ich.

»Oh. Okay. Na ja, danke für das Abendessen.«

»Du hättest Franco sagen können, er soll einen anderen Freund mitbringen. Einen, der heute Abend nicht arbeiten muss.«

»Ich wollte dich kennenlernen.«

»Warum?«

»Die Leute reden von dir.«

»Deshalb wolltest du mich kennenlernen?«

»Du Tiefstapler, du. Bescheidenheit heucheln nenne ich das.«

»Ich seh dich gern wieder, Lou. Aber nur, wenn du Gino sagst, dass wir dich grandios unterhalten haben und er unbedingt meine neue Lieferung probieren muss.«

»Na guck mal, wie du Witze machen kannst. Wenn du weißt, dass du gleich deine Ruhe haben wirst, entwickelst du richtig Humor.«

»So eine gemeine Sorte von Mensch bin ich.«

»Ich mag die Art Mensch, die du bist. Gute Nacht.« Sie lehnte sich herüber und küsste mich auf die Wange.

»Auf Wiedersehen«, sagte ich.

Ich beobachtete, wie ein Bruchteil meiner Sorgen zum Haus und die Eingangstreppe hinauf schwebte. Ein Rabe auf einer nahen Mauer beobachtete sie ebenfalls. So dunkel, dass man ihn kaum erkennen konnte. Lärmige, verdreckte Viecher, diese Raben. Man sah sie nur in Städten. Sie bewegten sich immer etwas zuckend, kreischten unnatürlich und gediehen prächtig zwischen Schmutz und Elend. Ich mochte sie schon mein Leben lang nicht. Sie waren allgegenwärtig und vergällten einem jeden schönen Anblick.

Lucas Wohnung war nicht mehr weit weg. Ich fuhr jetzt ohne Eile. Vornübergebeugte Leute stapften mit hochgezogenen Schultern die Straßen entlang, stießen Dampfwölkchen aus wie kleine Maschinen. Ich wusste genau, wie es war, einer von ihnen zu sein, ein trüber Schatten unter vielen, den Kragen gegen den Regen hochgeklappt, und sich zu fühlen wie nichts als ein Stück Haut und ein paar tiefgefrorene Gedanken.

Ein Dutzend Blocks, ein paar Hügel, und ich war am Ziel. Pine Street. Schon immer fragte ich mich, warum sie so hieß, da es hier gar keine Bäume gab und noch weniger Kiefern. Lucas Apartment lag im dritten Stock der Pine Street Suites. Ich parkte gegenüber hinter einem Pick-up und zündete mir eine Zigarette an. Lucas Fenster waren mit Licht gesäumt. Hinter den Jalousien bewegte sich ein Schatten hin und her.

Aus dem Handschuhfach nahm ich einen braunen Hefter. Schlug ihn auf und blätterte den Inhalt durch. Manche Leute hätten sich ergötzt an diesem Gelage aus Dollarzeichen, Dezimalzahlen und Prozentsätzen. Alles, was ich sah, war geordnetes Chaos. Ich zupfte den Schlüssel aus der Zündung. Nahm den Hefter mit. Als ich die Türen abschloss, bemerkte ich ein teuer aussehendes Pärchen, das eben aus dem Nachbarhaus auftauchte. Sie warfen einander Lächeln zu wie Bälle und sahen prachtvoll aus.

Ich ignorierte den Fahrstuhl und den Umstand, dass Beppe nicht dort war, wo zu sein er angekündigt hatte. Drei Stock höher fand ich ihn vor Lucas Tür. Er saß da und las ein Buch. Ich hatte gar nicht gewusst, dass er lesen konnte. Er legte das Buch in den Schoß, förderte aus einer vergessenen Tasche einen Rosenkranz zutage und begann ihn zu befingern wie ein nervöser Priester.

»Hey, Fonty«, sagte er. Es war fast ein Krächzen. Er räusperte sich. »Ich hab mit Luca gesprochen. Er meinte, das geht schon.«

Ich nahm an, er meinte sein Anliegen, den Abend frei zu nehmen, nicht den Zustand seines Geschwürs oder der Sohlen seiner Schuhe.

Es fiel schwer, Beppe nicht anzustarren. Er war einer dieser Menschen, die so hässlich sind, dass man fast nicht anders kann als gaffen. Sein Gesicht war ein fetter Schlag Teig, seine Augen Oliven, seine Nase eine Steckrübe, die Lippen zwei Streifen Speck. Er war eine hausgemachte Pizza. Mit zuckendem Lächeln erklärte er: »Ich zisch ab, wenn ihr fertig seid.« Die Art, wie er ›ab‹ sagte, klang, als bekäme er einen Schlag in die Weichteile. Wann immer er Dienst hatte, lief er im Unterhemd herum, ein baumelndes Kreuz um seinen haarigen Hals, während Luca ihm ständig sagte, er solle es endlich wegstecken. Ich war nicht ganz sicher, ob er das Kreuz meinte oder die entblößte Anatomie. Wahrscheinlich beides. »Gehn Sie lieber rein«, sagte Beppe. »Luca ist wohl ein bisschen überreizt heute.«

So viel zu der Behauptung, er sei besonders gut aufgelegt. Ich schüttelte das ab, genau wie Beppe. Luca konnte seinen Auftritt selbst kommentieren. Ich klopfte ein paar Mal an die Tür. Eine gedämpfte Stimme rief mich rein. Ich hängte Mantel und Hut auf und trat mir die Schuhe ab. Luca war sehr eigen, wenn es ums Schuhe-Abtreten ging. Sein Apartment war stickig und schummerig, aber immer blitzsauber. Teure Möbel verteilten sich überall und posierten vor jedem, der reinkam. Ein paar ganz schöne Gemälde hingen herum. Wir hatten sie von einem Burschen gekauft, den wir in der Galerie kannten. Überall verstreut fanden sich Schreine der Erinnerung, wie man sie in beinahe jedem Heim antrifft: Photographien, Trophäen und Nippes. Ich folgte einem schwachen Lichtschein zu seiner Quelle, einer einsamen Lampe im Wohnzimmer. Bei der Lampe war ein Sofa und auf dem Sofa Mr. Luca Saverino. Er kaute an einer Zigarre. Trank etwas Verdächtiges.

»Du verstehst es, unseren Bestand einem guten Zweck zuzuführen«, sagte ich.

»Ein kleiner Bonus.«

Ich ging hinüber zum Sekretär. Mein Schatten glitt über die Wände. »Wie geht's dir?«, fragte Luca.

»Gut.«

»Wie war das Abendessen?«

»Nett. Es hätte sich was draus entwickeln können.«

»Ach, Freund, dein Glas ist immer halb leer.«

»Du hast wieder diesen Radioprediger gehört.« Ich setzte mich. Drückte meine Kippe aus.

»Ich muss da noch ein paar Schulden abdienen, Fonty. Sein Boss kann einem schon Angst machen.«

»Was trinkst du da?«

»Brandy. Bisschen merkwürdig. Ich wusste gar nicht, dass wir diese Marke verkaufen.«

»Welche Marke?«

»Was Französisches. Die Flasche steht da drüben. Von wem haben wir den?«

»Alles klingt irgendwie französisch. Den da kriegen wir von den Brüdern Poirier.«

»Den Kanadiern?«

»Ja. Die zappeligen Frösche.«

»Das wusste ich nicht.«

»Solltest du aber.«

»Wie war Ginos Mädchen?«

Ich zuckte die Achseln. »Besser als gedacht. Hübsch, sogar ein bisschen geistreich.«

»Ganz anders als ihr Kerl.«

»Das ist bei den Hübschen immer so. Wie geht's Carmen?«

»Wie immer. Immer noch entzückend. Gelegentlich hysterisch. Viel zu gut für mich.«

»Ich hörte, ihr beiden hattet ein bisschen Ärger.«

»Heilige Makrele. Fontana hört auf Straßenklatsch? Europa hat dich verändert. Sind so die richtigen Italiener?«

»Lass den Quatsch. Ich bin noch derselbe, aber ich kann doch mal so tun, als ob mich dein Kummer kümmert.«

»›So tun‹ ist das Schlüsselwort. Schenk dir ein.«

»Ich arbeite. Zumindest sollte das der Grund sein, warum du mich herzitiert hast.«

»Ach, komm schon, Süßer. Ich weiß doch, wie du bist. Du hast mit höflicher Geselligkeit nichts am Hut. Ich hab dich vor den Putzerfischen gerettet.«

»Wie rührend.« Ich warf ihm den Hefter zu. Er seufzte und sah den Inhalt durch.

»Da fehlt was«, sagte er. »Die Oktober-Aufstellungen. Sind das alle, die du bekommen hast?«

»Ja.«

»War wohl zu erwarten. Ich hatte noch die leise Hoffnung …« Er kratzte sich die Bartstoppeln. »Ich brauch noch einen Gefallen von dir. Kannst du zum Dresden-Büro fahren und nachsehen, ob sie da sind?«

»Sicher.«

»Ziemlich wahrscheinlich, dass sie in den Buchführungsordnern stecken. Wenn nicht, geh an den Tresor und schnapp dir alle Aufstellungen, die da drin sind.«

»Ist die Frage erlaubt, warum du das alles nicht selbst machen kannst?«

Er gab mir einen Satz, aber keine Antwort. »Ich erklär's dir, wenn du zurück bist.«

Ich wartete.

»Ich brauch deine Hilfe, Kumpel«, sagte er.

»Schon klar. Ich ruf dich an, wenn ich den Kram gefunden habe oder auch nicht. Dann brauchst du dir nicht die Fingernägel abzukauen.«

»Nichts kann mich vom Nägelkauen abhalten.«

»Zigarren anscheinend schon.«

»Auch wieder wahr.«

Ich wollte aufstehen.

»Fonty?«

»Ja.«

»Wegen vorhin – du hast richtig gehört. Carmen und ich sehen uns im Moment nicht. Danke, dass du, ähm, so getan hast, als ob's dich kümmert.«

»Schon gut.«

»Kann ich dir noch was sagen?«

Das war eine sinnlose Frage.

»Ach – ist auch egal.«

»Na los«, sagte ich. »Raus damit.«

»Ich bin bloß … ach, verdammt, ich spinne bloß rum.«

»Einspruch. Für mich klingt es, als wolltest du ausnahmsweise mal was Gehaltvolles sagen.«

»Na ja, ich hab darüber nachgedacht. Schon verrückt, wie man manchmal eine Zeit lang – eine lange Zeit lang – im Denken eines anderen eine Hauptrolle spielt. Und dann ist es plötzlich weg. Der andere ist weg, du bist weg. Man existiert nicht mehr füreinander.«

»Mir scheint, du existierst durchaus noch für sie, du Klotzkopf.«

»Schon. Aber sie für mich? Ich bin nicht sicher.«

»Dann sollte ich vielleicht lieber mal meine Kluft abholen.«

Das rang Luca ein Lächeln ab. Seit einem Jahr hatte ich einen Anzug in Carmens Haus gebunkert. Wie er da hingekommen war, war eine lange und unerfreuliche Geschichte, die unter anderem von einer hart durchzechten Nacht handelte, gefolgt von einem langen Tag chemischer Reinigung. Seitdem zogen sie mich damit auf.

»Hör mal«, sagte er, »da ist noch was. Ich will, dass du mit meinem Wagen zum Büro fährst.«

»Mit dem Cherry? Warum?«

»Darum. Es ist einfach noch ein Gefallen. Ich kauf dir auch Schokolade, okay? Die arme Karre ist wirklich einsam. Ich weiß doch, dass du sie lieber magst als deinen Wagen.«

Ich schüttelte den Kopf. »Ich könnte sie vor Neid zu Schrott fahren.«

»Du würdest dich umbringen, wenn du das tätest. Sie steht unten in der Garage, du kannst die Ausfahrt auf die 19. nehmen. Das ist gleich die richtige Richtung.«

»Okay, okay. Ich erwarte aber anständiges Konfekt.«

»Das bekommst du.«

»Und ich wollte noch kurz was abklären: Beppe meinte, du gibst ihm den Rest des Abends frei.«

»Was?«

»Um sein Mädchen auszuführen. Er hat dich gefragt, ob er gehen kann.«

»Ähm – nein, hat er nicht.«

»Mir hat er gesagt, du hast es abgesegnet.«

»Ich hab seit über ner Stunde kein Wort mit dem Affen geredet.«

Das mochte hinkommen. Luca ließ ihn ja nicht mal in die Wohnung. Er brüllte Beppes Namen laut genug, um draußen gehört zu werden. Wir standen eine ganze Weile da.

Schließlich ging ich zur Eingangstür. Draußen im Flur herrschte ein verdächtiger Mangel an einsachtzig großen Sizilianern. Nur ein leerer Stuhl, ein Buch und ein schlechter Geruch.

»Er ist weg.«

»Ich hab nicht mit ihm gesprochen«, sagte Luca.

»Ich weiß.«

Etwas schien in seinem Kopf einzurasten. Seine dicken Augenbrauen zogen sich zusammen. »Er war heute irgendwie komisch …«

»Wie denn?«

»Ein bisschen nervös. Normalerweise ist er ja ausdruckslos, völlig stumpf, aber heute war etwas anders. Ich weiß nicht. Er hat die ganze Zeit an seinen Manschettenknöpfen rumgefummelt. Und in seinen Taschen. Als ob er sich schwer bemühte, irgendwas nicht zu vergessen.«

»Das ist mir aufgefallen, als ich kam. Er war auch am Telefon seltsam. Vielleicht führt er was im Schilde.«

»Bepps? Nein.«

Ich nahm meinen Mantel und meinen Hut und griff mir Lucas Wagenschlüssel. Er stand da und machte ein Gesicht, als hätte er gerade zum ersten Mal eine Zigarre probiert.

»Ruf mich an, wenn du die Aufstellungen hast«, sagte er.

»Ja. Aber wenn ich zurückkomme, sind ein paar Erklärungen fällig.«

»Dreh bloß nicht gleich am Rad, Fonty.«

»Mach ich nicht. Wir sind Partner. Ich muss wissen, was du vorhast.«

»Das wirst du.«

Dresden lag zehn Minuten Fahrt entfernt. Eine alte vorstädtische Wohngegend. Am Tage gab es hier Eiscremestände an baumbeschirmten Bürgersteigen und in der Sonne spielende Kinder. Nachts verwandelten die Straßenlaternen die Gegend in ein Ölgemälde, tauchten die klassizistischen Gebäude in Orangetöne. Wenn es regnete, glitzerten die Pflastersteine.

Luca und ich hatten nahe der Einkaufsmeile des Viertels ein Büro gemietet. Ruhig und unauffällig, zog es kaum je den Blick der Anwohner auf sich. Am Fenster zur Straße war ein Schriftzug aufgepinselt, *Leitmann Versicherungsgesellschaft Inc.*

Nach Dresden waren wir gekommen, gleich nachdem wir unseren großen Durchbruch hatten. Am Pier bei den städtischen Hafenanlagen war immer das Hauptquartier unseres Geschäfts, aber das Büro in der neuen Nachbarschaft lag nahe an unser beider Wohnungen und an der Innenstadt. Es war als Ort gedacht, wo wir uns in Ruhe administrativen Pflichten widmen konnten, fern der heißen Docks, wo die Bullen wussten, dass der Schnaps tagtäglich reinkam. Es erwies sich dann als weniger notwendig, als wir gedacht hatten: Bullen konnte man kaufen wie alles andere auch. Die Docks wurden sicheres Gebiet, aber wir behielten das Büro trotzdem, auch nachdem ich aus der Gegend weggezogen war.

Ich erwog kurz, einen Umweg zu machen und bei meinem alten Haus vorbeizufahren. Der Gedanke existierte kaum, bevor er verging. Sentimentale Anwandlungen waren nicht mein Ding.

Über den Umstand, dass ich die Bude unmittelbar vor der wirtschaftlichen Apokalypse verkauft hatte, war Luca nie hinweggekommen. Er hatte die Idee damals für hirnverbrannt gehalten und das seitdem bereut. Er selbst lebte auch nicht mehr in seinem

Dresdener Stadthaus. Er vermietete es lieber im Rahmen eines dubiosen Arrangements an ein Trio Frauen – unausweichlich, dass man sie »Die drei Hexen« nannte. Wie fast alles verlor das Anwesen von Woche zu Woche an Wert. Luca beharrte darauf, dass er den Fehler, es zu behalten, wieder ausbügeln würde, wenn er es in achtzig Jahren für eine Million verkaufte. Gegenwärtig aber war der Punktestand zwischen uns ausgeglichen: Er besaß ein etwas schöneres Automobil als ich.

Jetzt schnurrte es die engen Straßen entlang. Diese Coupés fuhren sich besonders nett in den alten Teilen der Stadt, weil man nicht an jeder Ecke auf zehn Meilen pro Stunde runterbremsen musste.

Ich parkte direkt vor dem Haus, schloss die Tür zu meinem Arbeitsleben auf und knipste das Licht an. Eine Reihe Aktenschränke säumte eine der Wände. Ich schob mich an Schreibtischen und Bücherregalen vorbei dorthin und öffnete das Schubfach, das alle Unterlagen von September und Oktober enthalten sollte. Es war kaum gefüllt. Miserabel sortiert. Am Ende einer spannenden Suche hatte ich nichts.

Der Bürotresor hockte in der Ecke des Raums unter einem Stapel von Papierchaos. Ich stellte die Kombination ein und spähte ins Düster. Hier gab es keine bemerkenswerten Schätze. Wenn man etwas von wirklichem Wert verstecken wollte, benutzte man keinen Tresor. Banken waren üppig mit Schließfächern ausgestattet, aber Banken brachen seit drei Jahren ständig zusammen, also traute ihnen niemand mehr über den Weg. Ihre illegalen Gegenstücke boten ähnliche Arrangements zu günstigeren Tarifen, und die nutzten wir, um Wichtiges zu deponieren. Hier am Arbeitsplatz bewahrten wir steuerrelevante Unterlagen auf und sonst nicht viel. Eine wertlose Holzpuppe saß im obersten Fach des Tresors. Luca-Humor.

Die Papiere, die er wollte, waren die Einnahmen-Ausgaben-Aufstellungen, unsere monatliche Abrechnung. Den Löwenanteil unseres Profits machten wir mit Großposten. Die wurden unmittelbar in ein Bestandsbuch eingetragen, die kleineren Transaktionen kamen in ein anderes. Unsere Ausgaben wurden separat geführt. Gleich nach Monatsende wurden diese drei Aufstellungen zusammengeführt, und von dieser Abrechnung bekam jeder eine Abschrift. Am wichtigsten war, dass auch unser ›Investor‹ eine erhielt. Die Leute des Dons übernahmen einen großen Teil unserer Buchhaltung; ihr Einsatz und der Erhalt wasserdichter Abrechnungen garantierten ihm Monat für Monat, dass er seinen vollen Anteil vom Gewinn erhielt. Mir kam diese Prozedur immer etwas umständlich vor. Aber in Wahrheit hätte ich es an seiner Stelle vermutlich genauso gemacht. Ich verstand, dass man unabhängig vom Ausmaß persönlicher Zuneigung niemandem trauen konnte, wenn es um großes Geld ging. Untergebene brauchten pannensichere Verfahrensweisen, die sie zuverlässig in der Spur hielten. So funktionierte unsere Welt nun mal.

Nichts in den Aktenschränken, nichts im Tresor. Die Abrechnung blieb unauffindbar. Sie hätte schon vor Tagen zugestellt werden müssen. Ich raffte alle Aufstellungen zusammen, die da waren, und sicherte den Tresor. Fand unter einigem Gerümpel unser Telefon. Wählte Lucas Nummer.

»Ja?«

»Ich bin's. Die Abrechnung ist nicht hier. Ich hab Aktenschrank und Tresor durchsucht.«

»Scheiße. Hast du das Zeug aus dem –«

»Tresor, ja, hab ich. Ich bin gleich auf dem Weg.«

»Mach schnell, ja?«

»So schnell ich kann.«

»Schneller.«

Die Verbindung starb mit einem Klicken.

Warum hatte er es so eilig? Wozu brauchte er die Unterlagen überhaupt? Er ließ mich eiskalt im Dunkeln. Vielleicht hatte er etwas verbeutelt, oder jemand anders. In unserem Geschäft konnte ein kleiner Fehler großen Schaden anrichten. Körperlichen Schaden. Die fehlende Abrechnung war eindeutig wichtig genug, um sich Sorgen zu machen. Als ich die Papiere in meinem Mantel verstaut hatte und gerade abschließen wollte, hörte ich Polizeisirenen in der Ferne. Normalerweise führte dieses Geräusch bei mir zu Anspannung, aber noch waren die Bullen so weit weg, dass sie wie die Moskitos klangen, die sie waren. Nichts, was mir Unbehagen bereiten musste. Jedenfalls vorerst nicht.

Im Wagen hatte ich den Eindruck, die Sirenen kämen näher. Ich zündete mir eine an, um meine Nerven zu beruhigen. Mit Vollgas aus dem Viertel zu brausen war nicht drin, selbst wenn ich es für nötig gehalten hätte. Ich wusste nicht, welche Straße sie entlangkamen, und diese große Kutsche würde ihnen auffallen.

Endlich verstummte der Radau mit einem letzten Jaulen. Kurz darauf hörte ich die Streifenwagen durch Dresdens Straßen heizen, ihre Bremsen quälten sich quietschend an den Kreuzungen.

Ich beendete die Abfüllung meiner Lungen, bevor ich den Cherry anwarf, dann fuhr ich ein Stück. Bog in eine Straße ein, die von Polizeiwagen blockiert war. Einer machte sich auf der gesamten linken Spur breit, ein Stück weiter stand einer auf meiner Seite. Ersterer gehörte zu einem Cop, der einen Wagen aus der Gegenrichtung angehalten hatte. Er stritt heftig mit dem Fahrer herum, beugte sich vor und sprühte ihm seine Spucke ins Gesicht. Der Kerl auf meiner Fahrspur wirkte ein wenig normaler – als Mensch, nicht als Cop –, als er mich heranwinkte. Ich tat wie befohlen. Kurbelte mein Fenster runter. Der Cop öffnete den Mund. Na, was sagte er wohl?

»Führerschein und Fahrzeugpapiere.«

Er war grauhaarig und fortgeschrittenen Alters und hatte eine Stimme wie ein kaputter Motor. Ich wühlte im Handschuhfach und zog Lucas Papiere heraus. Mein neuer Freund setzte eine Lesebrille mit kreisrunden Gläsern auf. Er hielt die Papiere so, dass das Licht der nächsten Straßenlaterne darauf reflektierte und in seine gealterten Augen fiel.

»Luca Saverino?«

»Ganz recht«, sagte ich.

»Wo kommen Sie gerade her?« Er schob seine Mütze zurück.

»Hab eine Freundin besucht.«

»Name?«

»Isabella Johnson.«

»Wo wohnt sie?«

»Ein Apartment unten an der Cobbler's.«

Er starrte mich an, Mund offen, einer von denen, die gern ihren Atem teilen. Bei der Kälte konnte man ihn sogar sehen. »Da haben Sie aber ein schönes Automobil, Mr. ... Saverino.«

»Sie ist gerade ein Jahr alt geworden.«

Sein Blick wich nicht von mir. Vielleicht gefiel ihm ja mein Hut. Ich fragte ihn, was für ein Vorfall die Anwesenheit der Polizei erforderlich machte.

»Ein Einbruch.«

»Tatsächlich? Das haben wir in Dresden nicht oft.«

»Eher nicht.«

»Wo ist es denn passiert?«

»Gleich da hinten, in der Straße, aus der Sie gekommen sind.«

»Da hinten? Welches Ende?«

Er drehte den Hals, rief dem anderen Bullen etwas zu. Der fuhr auf, dann erstarrte er, den Blick auf mich geheftet. Er murmelte etwas in Richtung seines gefangenen Opfers und kam dann herangeschlendert, Autorität quoll ihm aus allen Poren wie unsichtbarer Eiter.

»Sie wollen also wissen, wo der Einbruch war?«

»Nicht unbedingt, Officer, ich hab bloß mal gefragt.«

Er starrte mich an. »Da hinten rechts.«

»Aha. Also nicht da, von wo ich gekommen bin, richtig?«

»Sie nehmen an, wir verdächtigen Sie?«

»Ich nehme an, Sie verdächtigen jeden. Ist das nicht Ihr Beruf?«

Sie warfen sich einen Blick zu.

»Meine Herren, ich kann Ihnen versichern, ich bin kein Fassadenkletterer.«

»Wie kommen Sie darauf, dass es ein Fassadenkletterer war?«

»Sind sie das nicht alle? Pirschen sich über die Dächer, steigen bei Frauen ins Fenster ein?«

Der jüngere Cop betrachtete mich noch einen Moment. Langsam lächelte er, klopfte seinem Kollegen auf den Rücken, als wollte er sagen: ›Mit dem wirst du schon alleine fertig‹, dann kehrte er zu seinen staatstragenden Pflichten zurück.

»Nicht unbedingt, Mr. ... Saverino«, sagte mein Mann. Er hatte eine tiefe Narbe in seinem Gesicht, die wie ein Mund aussah. Er bog sich zu einem Lächeln. »Wir sehen uns nur um. Haben die Gegend abgeriegelt. Haben Sie was dagegen, wenn ich Ihren Wagen überprüfe? Reine Routine.«

»Ganz und gar nicht.«

Ich blieb sitzen und lauschte dem Motor. Er lief brav. Schnurrte im Leerlauf.

»Ich öffne jetzt den Kofferraum Ihres Fahrzeugs, Sir.«

»Ja, machen Sie nur.«

Er nahm etwas heraus, legte es zurück. Ich wusste nicht, was drin war. Ich konnte nur hoffen, dass Luca mich nicht in einen Wagen mit heißer Ladung gesetzt hatte. Der Cop schloss den Kofferraum, dann reichte er mir Lucas Papiere.

»In Ordnung, Sie können fahren.«

»Danke.«

Ich legte den Gang ein und fuhr weiter. Schauspielern war unumgänglich, wenn man es mit der Macht zu tun hatte, der legalen oder der anderen. Die Obrigkeit verdächtigt gern. Jemand wie ich, der normalerweise wenig Worte macht, wenn überhaupt, vielleicht hier und da eine despektierliche Anmerkung fallen lässt, erregt sofort ihren Argwohn. Selbst wenn ich gar nichts sage. Nach der Rechtslage braucht man kein verdammtes Wort von sich zu geben, aber natürlich macht Schweigen Menschen nervös. Sie können nicht nachvollziehen, dass jemand lieber still bleibt, als Schwachsinn zu salbadern. Die Cops hatten die Nase voll von Straftätern und verkrachten Existenzen und Säufern – trat man also nüchtern, gemessen höflich, normal neugierig und vollkommen arglos auf, dann war das mal was Neues. Wenn man nichts davon war, musste man eben schauspielern. Eine tolle Welt, dachte ich, in der Unschuldige wie Schuldige gezwungen sind, das Gesetz zu belügen.

Die Pine Street war dunkler als zuvor. Ich stand vor Lucas Gebäude. Es war so kalt und grau wie der Grabstein eines reichen Mannes. Ich legte den Kopf in den Nacken und spürte das Prasseln des Regens. Weit und breit war niemand, nur ich und die Schatten und die Straßenlampen, die sie warfen.

Ich stieg die Treppen erneut zu Fuß hoch, um mich aufzuwärmen. Oben angekommen, schnippte ich mit zwei Fingern gegen das Geländer. Ich klopfte bei 3B an. Keine Reaktion. Ich wartete. Während ich dastand, ging mir durch den Kopf, wie deprimierend es war, dass ich mich entschieden hatte, den Abend mit Warten auf einen trunksüchtigen Freund zu verschwenden, statt die Freundin eines anderen auf Abwege zu führen.

Schließlich versuchte ich die Tür zu öffnen, schon damit ich ihm sagen konnte, dass ich nicht gleich aufgegeben hatte. Der Knauf ließ sich drehen, es klickte. Ein ungesund klingendes Geräusch. Nicht wie der Hebel, der Lucas Kofferraum entriegelte, mehr wie wenn ein kleiner Knochen bricht. Die Tür glitt auf. Ich trat ein. Wischte über den Lichtschalter. Lucas Flur manifestierte sich flackernd. Ich rief laut seinen Namen und erhielt nur Stille zur Antwort. Ich schlenderte durch das Apartment. Keine Nachricht, keine Spuren eines Kampfes, keine eilig beiseite geworfene Brieftasche, keine Kanone unterm Kopfkissen, kein für den Notfall gebunkertes Geld. Also war er wohl nicht von Meuchelmördern überfallen worden. Und sein teurer Schnaps war unberührt, folglich war er auch nicht von Prohibitionsagenten hochgenommen worden. Aber er hatte besorgt geklungen am Telefon.

Ich dachte: Ich warte mal noch ein Weilchen. Mal sehen, ob er wieder auftaucht. Ließ mich im Wohnzimmer nieder und zückte mein Zigarettenetui. Freunde nannten es liebevoll den ›Blechsarg‹

wegen der leicht sechseckigen Form. Ich steckte mir meine letzte an und schaltete zur Gesellschaft das Radio ein.

»… tatsächlich ausgesprochen frostiges Wetter, Jim, das verdanken wir der Kaltfront, die nach einer thermischen Depression von Nordosten her auf uns zukommt.«

»Das ist aber weiß Gott nicht die einzige Depression hier, Hal.«

»Nun, das ist unbestreitbar. Im gesamten Bundesstaat ist in höheren Lagen noch mehr sporadischer Schneefall zu erwarten. Es hat ja das ganze Jahr über viel Niederschlag gegeben, und die Kälte wird ihn nur weißer machen. Schwere Schneefälle sind noch nicht zu erwarten, aber auch die sind schon öfter überraschend gekommen.«

»Irgendwelche praktischen Tipps für die Einwohner, Hal?«

»Halten Sie am Morgen einen Kessel heißes Wasser für die Windschutzscheibe bereit. Fahren Sie langsam, Automobilunfälle sind nicht mehr so selten wie früher. Und stellen Sie die Schaufel in Reichweite, falls sich doch noch alles zum Schlimmeren wendet.«

Ich drehte am Knopf.

»Als nächstes haben wir Beethovens Violinkonzert in D-Dur.«

Da konnte ich mal reinhören, das Stück sich entfalten lassen. Ich durchstöberte Lucas reich verzierte Schränke auf der Jagd nach Zigaretten. Er hatte eigentlich immer ein paar Schachteln irgendwo gebunkert. Tatsächlich erbrachte meine Suche weit mehr: In einer Kommode, die aussah, als hätte man sie aus Versailles mitgehen lassen, fand ich gleich drei Stangen tadellos verpackter Tabakwaren. Ich schüttelte den Kopf in verständnislosem Einverständnis. Steckte ein Päckchen weg.

Auf der Oberfläche der Kommode stand eine Armee von Photographien stramm. Ich bemerkte eine von Luca und mir, zwischen uns grinste der frühere Bürgermeister ein politisches Grinsen. Die Aufnahme war unter dem Vorbehalt entstanden, dass sie nie an die Presse geraten durfte. Uns war das recht – der Reiz des Neuen. Großer Witz. Wobei ich gar nicht verstand, warum der Kerl sich Sorgen machte. Zu der Zeit hatte unser Präsident im Weißen Haus völlig unbefangen Schnaps servieren lassen.

Neben einflussreichen Figuren, die Luca mal kennengelernt hatte, war in der Sammlung auffallend oft Carmens Lächeln zu sehen. Es schmerzte immer ein wenig, wenn ich sie in Schwarzweiß erblickte. Sie erinnerte mich an ihre Schwester.

Abgeschlagen stand in der hinteren Ecke versteckt ein Photo von Lucas Mutter. Die furchterregende Mrs. Saverino. Sie beäugte mich aus ihrer grauen Welt. Da war sie in den Vierzigern gewesen, vielleicht fünfzig. Ihr Alter zeigte sich nie. Sie war eine elegante Frau gewesen. Eine Dame. Sah Luca ähnlich, diese Photographie von ihr zu verstecken. Wahrscheinlich fürchtete er ihre Missbilligung angesichts all der Sittenlosigkeit in dieser Bude.

Ich hatte dieses Bild erst ein Mal gesehen. Aufgenommen war es in Lucas letztem Highschooljahr, am Abend des Abschlussballs. Genau, dachte ich, das war sein Arm, an dem sie sich festhielt, dieser schwarze Streifen, der seitlich im Rahmen verschwand. Er hatte sich aus dem Bild geschnitten, um die peinliche Erinnerung an den Smoking auszulöschen, der ihm den Titel ›menschlicher Pinguin‹ eingebrockt hatte. Ich kannte die ganze Geschichte, wenn auch nicht von ihm. Sie wurde bei Champagner auf Hochzeiten und Dinnerpartys erzählt, genau wie die Legende von der Schiffsparty, die Franco im Restaurant zum Besten gegeben hatte. Das waren unsere salonfähigeren Geschichten. Die meisten anderen kamen nie zur Sprache.

Während ich die Photographie betrachtete, fragte ich mich, ob Luca klar war, dass seine Mutter sie nur aufgehoben hatte, weil er die Hälfte des Bildes füllte, und zwar in dem verdammten Anzug, den sie ausgesucht hatte.

»Dies«, sagte ich zu ihr, »sieht ganz nach einem ruinierten Abend aus.«

Ich verließ Lucas Erinnerungen, schaltete Beethoven ab und krakelte eine Nachricht auf die Rückseite einer Rechnung. *Wo zum Teufel bist du hin? Bin zu Hause oder im Clip. Hab mir Kippen genommen.*

Ich verstand immer noch nicht, warum ich Lucas Wagen nach Dresden gefahren hatte. Er ließ einen gern im Dunkeln. War gern einen Schritt voraus. Vielleicht hatte er Ärger mit jemandem, der drohte, seinen Wagen zu schrotten. Das war uns bisher noch nicht passiert, aber wir hatten es schon mit anderen abgezogen. Nur für den unwahrscheinlichen Fall, dass ein vernünftiger Grund hinter seinem Anliegen steckte, beschloss ich, seine Kutsche heute Abend weiter zu benutzen und sie ihm am Morgen zurückzubringen.

Ich steuerte etwas ziellos durch die Gegend, ehe mir wieder einfiel, wo ich hin wollte. Ich fuhr in Richtung Fluss und auf die Brücke. Zwischen vorbeihuschenden Pfeilern und Spannkabeln blickte ich über die Weite des Flusses, gesprenkelt mit unsteten Lichtern. Ließ mich treiben im Strom des Verkehrs.

Mein Ziel war das *Clip*, ein Untergrund-Pokerclub im Besitz von Franco und ein paar Gangsterbossen. Der Name war natürlich eine Warnung: Besser kein Gezeter, wenn man hier beim Kartenspiel sein Geld verlor. Dies war ein honorabler Laden. Hier verkehrten echte Persönlichkeiten. Politiker. Führungskräfte. Mafia. Werbungsleute. Bauernfänger. Krawattengangster und Schreibtischtäter. Weiße Kragen in zwanzig Schattierungen. Das Beste waren die Berufsspieler. Ich war wohl kaum ein Experte, aber mir war aufgefallen, dass es zwei Sorten gab. Zum einen die typischen ausdruckslosen Keine-Scherze-Geldabräumer. Und zum anderen die Exzentriker, die nie mit steinerner Miene zockten, sondern mit Vorliebe eine Schau abzogen, mit ihren Gegnern Katz und Maus spielten. Ihnen zuzusehen war ein Vergnügen. Zudem hatten sie jede Menge Geschichten auf Lager, weil sie kreuz und quer durch Staaten und ferne Länder reisten, von ihren Gewinnen lebten und weiterzogen, wenn ihnen der Boden zu heiß wurde. So jedenfalls ließen sie es klingen. Vermutlich gehörte das auch zu ihrer Schau.

Francos Club war nicht so nobel, wie die Aufmachung denken ließ. Abgesehen von samstags, wo die hohen Einsätze regierten, ging es eher lässig zu. Die Atmosphäre war entspannt, solange man nicht mit Chips um sich warf. Man traf Leute, mit denen zu sprechen sich lohnte. Eine gute Zwischenstation, wenn man sich einen schönen Abend machen wollte, ohne an beschwipste Twens zu geraten.

Die Schwierigkeit bestand darin, hinzukommen. Ich musste den Wagen durch eine sumpfige Gasse manövrieren und irgendeinem Strolch einen Vierteldollar zustecken, damit er drauf aufpasste.

»Danke, Mister.«

Ich wanderte zu dem versenkten Eingang, einer breiten Eisentür mit einem Spion mit Schiebeverschluss. Der Türsteher war ein wenig langsam. Er ließ ihn immer offen, sodass ein strahlender Lichtfleck herausfiel. Ich klopfte mit den Fingerknöcheln gegen den Stahl. Ein Schattenriss schob sich vor das Loch.

»Mr. Fontana«, sagte der Schatten, und die Tür öffnete sich. Ich trat hindurch in Wärme und Qualm. Vor dem Geruch und den Schwaden des Rauchs gab es hier kein Entrinnen.

»Wie geht's Ihnen, Chef?«, fragte der Schattenriss, der jetzt ein Gesicht hatte und meinen Mantel nahm.

»Gut, Paulie. Wer ist heute Abend alles hier?«

»Bellini, Carra, und Bellinis Schwager, ein Bursche aus Illinois.«

»Chicago?«

»Ich glaube schon.«

»Okay. Schön locker bleiben, Großer.«

»Mach ich, Chef.«

Ich fand es erfrischend, mich mit Türstehern zu unterhalten, die gute Manieren an den Tag legten. Man musste sich in dieser Stadt mit so vielen Idioten herumschlagen. Unhöflichkeit zeugte von Härte, und Härte brachte Respekt. Das war der Standpunkt junger Männer. Bis vor ein paar Jahren war ich auch nicht besser gewesen. Vielleicht wusste ich gerade deshalb Leute zu schätzen, die anders waren. Paulie hatte anfangs für Luca und mich gearbeitet. Er war ein Schläger, aber er war auch ein Familienmensch – ich hatte sie kennengelernt, seine Frau und die drei Töchter, ein Haushalt mit Ansprüchen. Die Regeln, die er seinen Kindern auferlegte, waren dieselben, nach denen er lebte: Sei höflich. Achte andere. Fluche nicht. Schon dass er klare moralische Prinzipien besaß, war beeindruckend. Dass er sich konsequent daran hielt, war höchst ungewöhnlich. Paulies Verstand arbeitete nur halb so schnell wie der der meisten, aber meinen Respekt hatte er sich schon vor langer Zeit verdient.

Heute Abend liefen drei Pokerpartien. Nur ein Tisch war voll besetzt. Sie machten gerade eine Pause, als ich hereinspaziert kam. Bellini und Carra, Freunde von mir, nickten mir zu. Ich blieb an der Bar stehen, wo ein Bursche Drinks mixte, den ich noch nie gesehen hatte. Er sah auf und blickte mich an, als hätte ich ihm auf die Schulter geklopft.

»Guten Abend«, sagte er.

»Abend. Hat sich Franco heute schon blicken lassen?«

»Ja, er ist oben. Hat eben noch etwas Geld verloren.«

Vom Tisch her sagte Bellini: »Trink einen mit uns, bevor du zu ihm gehst. Er ist eh gerade mit 'ner Braut zugange.«

»Hör auf den Mann.« Carra hob eine Flasche Whisky und schwang sie wie eine Glocke. Ich nahm ein Glas mit an den Tisch und ließ ihn einschenken. Wie es aussah, waren sie mit ihrem Spiel etwa auf halber Strecke – obwohl man das nie genau sagen kann –, also hatte ich eine gute Entschuldigung, mich nicht am Geldverheizen zu beteiligen. Ich beließ es lieber bei Scotch und Konversation.

Während sie spielten, stellte Carra mir die üblichen Fragen zu meiner Reise. Wie war's? Wie fühlt es sich an, so lange in einem Luftschiff zu sein? Hast du dir Rom angesehen? Sind die Frauen noch hinreißend? Hast du Verwandte getroffen? Warst du auch zu Hause auf der Insel? Im Gegenzug gab ich ihm die üblichen Antworten. Er war ja ein netter Kerl. Wie so ziemlich alle von uns war er als Kind nach Amerika gekommen. Erinnerte mich immer schon an einen kleinen Vogel, einen Spatz oder Fink. Er war klein und dunkel und konnte gut singen. Sein Kumpel Bellini war groß, hatte ein Lächeln, das viel Gaumen zeigte, und lächelte häufig. Sie passten prima zusammen, hier am Tisch wie draußen in der Welt. Bellini bewegte sich mit einer Langsamkeit, die seiner Größe angemessen war, aber ich hatte diese schwerlidrigen Augen auch schon wild werden sehen. Und Carra – nun, ein Vogel mag herumhüpfen und singen, aber sein Schnabel kann dabei durchaus rot triefen.

Ich hatte nicht das Bedürfnis, Carra auf seine vielen Fragen hin zu erklären, dass mich nichts mehr mit Italien verband. Ich war nicht hingefahren, um mich zu amüsieren oder der Nostalgie zu frönen. Aber warum sollte er das hören wollen? Und warum sollte ich das erzählen wollen?

Ich wurde einem Mann vorgestellt, den ich nicht kannte, Michael, der zwar bestätigend nickte, als sein Name fiel, aber nicht von seinen Karten aufsah.

»Michael ist aus Chicago«, sagte Bellini. Und flüsternd: »Man kann es ihm ansehen, nicht?«

»Denke schon«, flüsterte ich zurück.

»Er ist in Familienangelegenheiten hier«, sagte der Fink. »Ist doch so, Michael?«

»Ja. Lola will, dass unser Sohn hier getauft wird. Familienkirche und so.«

»Und sie ist ganz schön eigensinnig, diese Frau«, sagte Bellini. »Ich war geradezu dankbar, als Mikeys Charme sie aus dem Verkehr gezogen hat.«

Michael erzählte uns von Pater Borghese, dem uralten Pfarrer der Kirche an der Zweiten Ecke Einundvierzigste Straße. »Kaum sind wir angekommen, gehen wir gleich zu diesem Dinosaurier, weil Lola so viel daran liegt, diese Taufe zu regeln. Wir sagen ihm also, der Name des Babys soll Frank sein. Und er sagt: ›Was – Sie wollen ihn nennen wie diesen Politiker?‹ Weigert sich glatt, unser Kind Frank zu taufen, bloß wegen dem ollen FDR.«

»Das ist doch Scheiße«, bemerkte der Fink. Kurz und bündig wie immer.

»Na, und ob, verdammt«, sagte Michael. »Ein anderer Pfarrer, Pater Alessandro, war gerade zu Besuch in der Pfarrei. Er ist ungefähr im gleichen Alter wie Borghese, aber er hat noch seine fünf Sinne beieinander – wie man merkt. Sogar er fand, dass der Alte sich närrisch aufführt. Er hat versucht, mit ihm zu reden, aber Borghese war nicht mehr umzustimmen. Verfluchte Politik.« Michael hob sein Glas. »FDR, du bist ein Engel, aber du scheißt auf all unsere Geschäfte. Noch ein Trinkspruch, Jungs. Auf die Prohibition. Fluch unseres Landes, Schlüssel unseres Erfolgs. Melken wir sie, solange es geht.«

Unsere Gläser läuteten Zustimmung. Die nächsten paar Pokerrunden waren nicht weiter aufregend. Bellini gewann mit zwei Paaren. Dann mit einem Dreier. Das Spiel nahm Fahrt auf, als Michael ein Full House erwischte.

»Reines Einsteigerglück«, sagte Carra.

Wenn es kein Anfängerglück sein konnte, war es eben Einsteigerglück. Irgendein Glück wurde immer bemüht. Egal welches. Spieler, Seeleute und Soldaten, alle abergläubisch wie die Heiden. Für mich passierten die Dinge einfach.

»Fontana«, sagte Bellini, »das hätt ich fast vergessen. Der große Mann sucht nach dir.«

»Welcher?«

»Der, ähm, das alte Narbengesicht. Der alte Veteran.« Er sah nicht von seinem Blatt auf.

»Weswegen?«

»Hat er nicht gesagt. Er hat mir nur gesagt, ich soll dich zu ihm schicken, wenn du mir übern Weg läufst.«

»Ich kann mich gar nicht erinnern, wann Garrett das letzte Mal mit jemandem reden wollte«, sagte Carra. Wir murmelten Zustimmung. Sie starrten weiter in ihre Karten.

»Wer ist der Kerl?«, fragte Michael.

»Garrett? Ein eiskalter Schurke, das ist er. Keine Ahnung, was er von dir will, Fonty.«

»Ich würd mir deswegen keine Sorgen machen, Kumpel. Lass dir nur nichts zu Trinken von ihm anbieten.«

Noch so ein Aberglaube.

»Aber wenn du hingehst«, bat Bellini, »sag ihm, ich hab's dir ausgerichtet.«

Ich sagte, das ginge klar. Jeder versuchte sich bei Garrett einzuschleimen. Darin lag keine Schande. Ich stellte ihn mir oft als einen dieser Haie vor, an denen ständig Putzerfische hängen. Der Kerl war seit jeher eine lebende Legende. Er machte sich mit niemandem gemein. Sprach mit keinem. Trank nicht. Der Dienst an der Westfront war sein Freibrief aus dem Knast gewesen. Der Freibrief zum Töten, worin er sehr gut wurde. Das konnte er sich nicht mehr abgewöhnen, als er zurückkam.

»Wo haust er denn zurzeit?«, fragte ich.

»Eine Tür weiter, in seinem Schlupfloch.«

Ich schob meinen Stuhl zurück. »Ich seh besser nach, was er will.«

Ich schlenderte den Weg zurück, den ich gekommen war, und ging die Gasse entlang zur Straße. Schlüpfte ins nächste Gebäude.

Es war kaum mehr als ein Haufen Mauersteine. Die Tapeten pellten sich von den Wänden, die Stufen waren verrottet. Auf den Treppenabsätzen stand das Wasser. Ein großes Fenster, stellenweise gesprungen, ließ ein bisschen Licht von der Straße hereinfallen, sodass ich mich zurechtfand.

Während ich hochstieg, schärfte ich meine Ohren für die Geräusche der Nacht: Ein Wagen, der draußen durch die Pfützen spritzte, ein Streit ein paar Räume entfernt, ein Köter bellte in die Dunkelheit hinaus. Dazu das stetige Tröpfeln von der verödeten Decke.

Als ich Tür 202 erreichte, klopfte ich an und wartete. Das Gesicht, das mich begrüßte, war keins, das man gern näher kennenlernen wollte. Es sah aus wie die Schlacht an der Somme.

»Fontana.«

»Garrett.« Ich ersparte ihm die Anrede. Garrett erwies man Respekt, aber man sagte nicht Mister zu ihm. Früher hatten ihn einige scherzhaft »Sir Garrett« genannt, wegen seiner englischen Herkunft. Er mochte das nicht. Mochte England nicht. Mochte keine Titel. Mochte vieles nicht. »Ich höre, Sie wollten mich sprechen«, sagte ich.

»So ist es. Komm rein.« Jede Spur von England war seit Jahrzehnten weggewaschen: Er sprach wie wir alle. Er trat beiseite, um mich einzulassen. Eine spartanische Behausung. Es gab eine kleine Küche, einen kleinen Tisch mit kleinen Stühlen, eine kleine Couch und ein kleines Bett. Ich trat an den Tisch, befahl meiner Nase aufzutauen. Garrett wies mir einen Stuhl zu. Ich setzte mich.

»Ich wollte mir gerade eine Milch holen. Willst du auch Milch?«

»Sicher.«

Er ging in die Küche.

»Läuft das Geschäft?«, fragte er. »Ich hab diesem schottischen Arschloch George etwas Walker abgekauft. Den hat er von euch, richtig?«

»Ja.«

»Ich dachte, ich unterstütze mal die Nahrungskette.«

Er hatte ihn von George, der hatte ihn von uns, wir hatten ihn von den Frankokanadiern, und die hatten ihn von den Produzenten.

»Wusste gar nicht, dass Sie trinken.«

»Tu ich nicht. Es ist ein Geschenk für meinen Neffen.«

Er kam mit zwei Gläsern und einem Krug zurück. Die meisten Leute hatten nicht die Nerven, mit Garrett zu trinken, denn es ging das Gerücht, dass er als Killer seinen Opfern gern ein Glas einschenkte, bevor er sie auspustete. Ich tat das als Schwachsinn ab. Garrett war ein Profi. Ich schwärmte nicht für Mörder, aber ich hatte nun mal mit etlichen zu tun. Für Klatschmäuler schwärmte ich auch nicht. Ich nahm seine Gastfreundschaft an.

»Fontana«, sagte er, »was läuft so da draußen in der Welt? Feiert man heute immer noch den Tag des Waffenstillstands?«

Es war der vierzehnte Jahrestag.

»Schon«, sagte ich. »Natürlich nicht mehr so wie vor ein paar Jahren noch.«

Er grunzte. »Also, Fonty«, er schob mein Glas über den Tisch, »ich rede jetzt vielleicht mal ein bisschen länger. Ich hab nachgedacht, musst du wissen. Du und ich, wir sind Männer im Glück. Wir haben Erfolg, weil wir Wagnisse eingehen und weil wir gut sind in unserem Geschäft. Und wenn sich die ganze Welt in Scheiße verwandelt, macht das für uns keinen Unterschied. Denn wir sind nicht abhängig von der Börse. Wir verlassen uns nicht auf Banken oder Wechselkurse oder Darlehen. Wir verlassen uns auf das Laster. Wir leben von dem Umstand, dass die Menschen schwach sind. Wir ziehen unseren Vorteil daraus. Saufen wollen die Leute immer.« Er deutete mit einer Hand in meine Richtung. »Und manche Leute wollen immer, dass andere Leute sterben.« Jetzt wies er auf sich. »Diese Bedürfnisse wird es immer geben.«

Die Bockwürste, die aus seinen Händen wuchsen, kehrten auf den Tisch zurück und kramten zwei Zigaretten heraus. Er riss an der Tischplatte ein Streichholz an und entzündete sie. Eine behielt er im Mund, die andere reichte er mir. »Aber der Markt steht vor einer Veränderung. Der ganze Reformscheiß, der über das Land fegt wie eine Pestwelle – da wird es bald drunter und drüber gehen. Männer wie du verlieren ihre Arbeit. Gute, erfahrene Männer. Roosevelt wird Anfang ’33 vereidigt. Ein paar Monate später kritzeln sie dann wieder ein bisschen an der Verfassung herum, und peng – du bist am Arsch. Sicher, ihr könnt weiter Schnaps durch die Gegend schmuggeln und ihn steuerfrei verkaufen, aber es wird nicht mehr dasselbe sein. Die Geschäfte werden bei weitem nicht so laufen wie jetzt oder in den Zwanzigern. Ich würde sagen, euch bleiben noch etwa sieben, acht Monate. Das weißt du natürlich alles selber. Du machst dir Gedanken deswegen. Ein Haufen Leute macht sich Gedanken. Mal abgesehen von jetzt gerade rede ich nicht viel … aber die Zeit, die ich nicht mit Reden verbringe, nutze ich zum Hinhören. So bist du auch.

Folgendes sollst du wissen: Wenn es so weit ist, kannst du dich an mich wenden. Ich kann viel für dich tun. Luca Saverino, der ist in Ordnung. Er mag Menschen. Aber du, du bist wie ich. Du kannst nicht wie ein müßiger Leisetreter auf Dinnerpartys herumstehen. Du ziehst es vor, etwas zu tun, etwas auf die Beine zu stellen, statt bloß mit Kunden zu plaudern und ihre Töchter auszuführen. Du weißt, wie man etwas bewerkstelligt. Und mir ist bewusst, dass du Schießeisen verabscheust. Ich denke deshalb kein Stück schlechter von dir. Du hast es geschafft, dir den Respekt vor menschlichem Leben zu erhalten, etwas, das mir vor langer Zeit abhanden kam. Ich schlage dir nicht vor, Killer zu werden. Keineswegs. Es gibt jede Menge zu tun, und jede Menge Leute, die dafür jemanden wie dich wollen. Rede einfach mit mir, wenn du was auf die Beine stellen willst. Das ist alles.«

Zwei Rauchsäulen stiegen aus seinen Nasenlöchern auf. Er drückte seine Zigarette aus.

Womöglich war ich der einzige lebende Mensch, der Garrett jemals mehr als drei Sätze hintereinander sprechen gehört hatte.

»Ich weiß das zu schätzen«, sagte ich.

»Ich weiß. Wer hat dir gesagt, dass du vorbeikommen sollst?«

»Bellini.«

»Bellini … er ist in Ordnung. Also. Denk an meine Worte. Wir sehen uns.«

»Klar.« Ich stand auf und schob meinen Stuhl an den Tisch. »Danke für die Milch.«

Er winkte ab. Ich verließ die Höhle und schlängelte mich die ramponierte Treppe hinunter. Es hatte aufgehört zu regnen. Ich sah Automobile vorbeidriften., Als ich zurück ins *Clip* kam, war die Pokerrunde gerade beendet. Michael keckerte in sich hinein – »Ihr Jungs wisst schon, wie man einem Touristen ein besonderes Erlebnis verschafft«, – während die anderen zerknirscht Zwanzigdollarscheine aus ihren Biberlammjacken zogen.

»Fontana! Ich hab den Kleinen hier gerade gezeigt, wo es lang geht.«

»Ah«, sagte Bellini, »du bist zurück. Ein gutes Zeichen. Worum ging's denn?«

»Das werd ich euch Tratschtanten gerade brühwarm auftischen. Wir haben uns nur unterhalten. Er ist dir sehr verbunden.«

»Du hast ihm gesagt, dass du es von mir hattest?«

»Ja.«

»Gut. Das ist gut. Danke. Dafür lassen wir dir den Tantenspruch noch mal durchgehen.« Er präsentierte sein Zahnfleisch.

»Dieses eine Mal.« Carra klang gar nicht mehr so zwitschervergnügt. »Hey, Franco ist jetzt verfügbar, wenn du noch zu ihm willst.«

»Sein Mädel ist eben raus«, bemerkte Michael. »Hübsche Mieze das. Ganz schön erhitzt.«

»Ja, 'ne Brünette. Ich glaub, sie hieß ... Mary oder so?«

»Marla«, sagte ich.

Ich ließ sie sitzen und schlüpfte in den Korridor, der zum internen Bereich des Clubs führte. Abgeschlossene Türen säumten beide Seiten des Gangs, verbargen Räume, deren Inhalt und Funktion sich uns nie enthüllt hatte. Am Ende befand sich eine Toilette. Ich machte einen Abstecher dorthin. Zurück im Flur, schwang sich eine fusilliförmige Wendeltreppe hoch zum oberen Stockwerk. Ich erklomm die Eisenstufen. Der Absatz oben war lichtlos bis auf den glimmenden Umriss von Francos Tür.

Sein Büro war elegant und weiß mit hoher Decke. Vereinzelte Farbtupfer durchbrachen das Weiß: Stühle, Telefon und Aschenbecher hatten exakt denselben Grünton. Überall verstreut gab es kleine Zeichen des Wohlstands. Bücher waren sorgsam so platziert, dass sie halb gelesen aussahen. Neben einer Tiffanylampe entdeckte ich einen Tolstoi. Sein gewobenes Lesebändchen lugte irgendwo bei ein paar hundert Seiten unten heraus wie eine Schlangenzunge. Franco hatte mit dem Pachtvertrag auch gleich eine Innenausstatterin angeworben und ihr aufgetragen, es solle ›intellektuell wirken‹ – ich erinnerte mich noch gut, wie Luca und ich einen Lachanfall unterdrücken mussten. Sie hatte gute Arbeit geleistet, und Franco fasste kaum etwas an, weil er Angst hatte, die akkurat arrangierte Anmaßung zu verunstalten. Er variierte in wohlbemessenen Zeitabständen die Anordnung der Bücher und sorgte dafür, dass der Lesesessel benutzt aussah, das war alles.

In unserer glorreichen Nation konnte man im Slum geboren werden und im Herrenhaus sterben. Francos Vater war ebenfalls kriminell gewesen, aber er hatte es nie sonderlich weit gebracht. Der Schnaps lenkte ihn zu sehr ab. Die höheren Chargen schätzten ihn durchaus, bloß nicht genug, um ihm Verantwortung zu übertragen. Das hatte Franco gewissermaßen erst dazu angetrieben, es in unserem kleinen Kosmos zu etwas zu bringen. Er hatte Daddy immer stolz machen wollen. Und tat es auch. Kaufte seinem alten Herrn einen Chevy, sechs Tage vor dessen Tod. Dann kaufte er sich einen ganzen Haufen anderen Mist, um sich besser zu fühlen.

Ich hatte schon viele Häuser von Neureichen gesehen. Sie waren obszön. Hässliche Gemälde starrten lüstern auf hässliche Möbel herab. Überall willenlose Mischungen aus alt und neu, antik und modern. Blindlings hatte man den teuersten Schrott gekauft, der aufzutreiben war. Manchmal dachte ich, meine Freunde schafften sich all diesen Stuss an, um sich hinter einem Schutzwall aus Kristall und Seide zu verschanzen – und je weiter sie diesen Wall in die Höhe trieben, umso mehr mussten sie sich verstecken.

Franco hatte immerhin eine Fachkraft engagiert. Die Innenausstatterin war eine sympathische Frau, älter als wir, doch die zarten Fältchen in ihrem Gesicht wirkten sehr anziehend. Er behauptete, mit ihr geschlafen zu haben. Das scherte mich nicht. Meine eigenen Beziehungen waren die einzigen, die mich interessierten.

Franco kurbelte an einem Radio herum, als ich eintrat. Er

blickte auf. Sein mageres rosa Gesicht wirkte verblüfft. Er starrte mich kurz an, dann grinste er.

»Fonty. Hätte nicht gedacht, dass wir uns heute noch mal sehen. Was führt dich in meine bescheidene Pokerhöhle?«

»Langeweile.« Ich ließ mich auf eins der moosgrünen Möbelstücke sacken. »Und Neugier. Und Langeweile. Wie lief es mit deiner Verabredung?«

»Oh, das lief famos. Marla ist ein prima Mädel.« Francos Augen waren in Schatten getaucht. Manchmal vergaß man, welche Farbe sie hatten, denn die wechselte, wenn das Licht sich änderte. Sie konnten blaugrün werden, wenn es hell war. Manchmal auch dunkelgrau. Ansonsten waren sie von tiefem Grün. Und hatten immer dasselbe harte Glitzern, sogar in der Dunkelheit.

»Ist sie gerade erst weg?«

»Ja.«

»Die Jungs meinten, sie wirkte recht erhitzt.«

Er lehnte sich zurück. Eine Falte stoppliger Haut polsterte sein Kinn. Er schmunzelte und sagte: »Und ob. Aber nicht etwa, weil sie wütend war.«

»Du bist ein schlimmer Mann.«

»Sagt der Teufel persönlich. Was ist denn mit dir? Louise, hm?«

»Nichts zu berichten.«

»Ach, komm.«

»Sie gehört zu einem Klienten, hast du selbst gesagt.«

»Schon, aber sie brannte doch, mein Freund. Sie war willig. Wir wissen doch beide, wie eine willige Frau aussieht.«

»Wir wissen auch beide, wie eine vergebene Frau aussieht.«

»Und wir wissen beide, wie man das ignoriert.«

»Und doch scheint nur einer von uns das als Sport zu betreiben.«

»Ha! Maulst du immer noch rum wegen der verheirateten alten Schnalle, mit der ich mal was hatte?« Er schraubte die Flasche auf seinem Schreibtisch auf. »Das ist doch schon lange vorbei.«

»Nein, ist es nicht.« Ich machte eine Pause. »Es war letzte Woche.«

Er wollte etwas sagen, aber ich kam ihm zuvor. »Und ich maule nicht rum. Was du treibst, ist deine Sache. Ich wünschte bloß, ich müsste es nicht mit ansehen. Verdammt noch mal.«

»Na ja.« Er schenkte uns modische kleine Schlückchen ein. »Das war nicht ganz astrein. Aber was ist denn nun mit Louise, hat sie dich angemacht?«

Ich nippte an dem albernen Drink.

»Komm schon«, sagte er.

»Das spielt keine Rolle.«

»Also hat sie!«

Ich verpasste ihm einen Lehrerblick.

»Schon gut. Schon gut. Ach, Fonty, ich kapier's nicht, wie kann man so erzmoralisch und zugleich so ausgekocht sein? Du bist mir echt 'n Rätsel. Ein gottverdammtes Mysterium. Deshalb mag dich auch jeder, obwohl du so ein arroganter Sack bist.«

»Ein Sack, dem man schon wieder schmeichelt.« Das war ein verbaler Seufzer. Jedes Kompliment, das Franco austeilte, war entweder mit Hintergedanken verquirlt oder mit irgendeiner Form von Beleidigung verschnitten. Auf jeden Fall war ich kein Mysterium. Ich feuerte bloß nicht bei jeder Gelegenheit mein Mundwerk ab.

»Wie auch immer, ich hab das von dem Transport letzten Monat gehört. Eine Schande.«

»Was?«

»Du weißt schon.« Er hob sein Glas an die Lippen, hielt dann inne. »Hat Luca dir nichts gesagt?« Mein Schweigen hieß ihn fortfahren. »Also nach dem, was ich gehört habe, ist da wohl irgendwas schiefgegangen. Eine Lieferung ist nicht angekommen.«

»Wann?«

»Bin nicht sicher. Müsstest du das nicht eigentlich am besten wissen?«

»Sollte man meinen, aber ich weiß nichts davon.«

»Hm. Ich hab's von George, letzte Woche, als –«

»Moment, also war das gar nicht hier?«, fragte ich.

»Nein. *Marseilles*. Der Laden, nicht die Stadt.«

»Schon klar. Aber … das ist ein dickes Ding.«

»Sollte man meinen. Ich weiß nichts Genaues, nur dass irgendwelcher Fusel nicht zum vorgesehenen Termin ankam.«

»Aber wie konnte das passieren?«

»George meinte, vielleicht haben sie ja selber gepfuscht, bei der Bestellung.«

»Könnte passen«, sagte ich. »Wenn es an uns lag, hätte ich davon hören müssen.«

»Stimmt.«

»Luca hätte es mir sagen sollen.«

»Stimmt. Vielleicht wusste er auch nichts davon.«

Ich durchdachte das.

»Lohnt sich wahrscheinlich, der Sache mal nachzugehen«, meinte Franco.

»Im *Marseilles*?«

»Ja. Bei dem Franzosen.«

Das *Marseilles* war eins der größten Speakeasys in der Stadt, und doch lag die Identität seines Inhabers vollständig im Dunkeln. Ab und an hockte er verborgen in seinem Laden herum. Niemand wusste genau, wie er es fertigbrachte, ungesehen zu kommen und zu gehen. Niemand kannte sein Gesicht oder wusste seinen Namen. Nur dass er Franzose war. Und ein Fiesling. Das Befremdliche seiner Rolle begünstigte wüste Gerüchte, die sich immer um seine Abartigkeit drehten: Er habe eine Kellnerin zusammengeschlagen, er habe einem unführbaren Geschäftsführer die Finger abgehackt, er habe in sechs früheren Liebschaften Kinder abgetrieben. Solche Geschichten. Alles nur Legenden, die jedoch mutmaßlich auf einem Körnchen von abgrundtief Bösem beruhten. Nichts davon schadete seinem Umsatz. Tatsächlich förderte es ihn wohl eher. Was einiges über die Menschen sagt.

»Da werde ich vielleicht nicht allzu gastlich empfangen«, sagte ich.

»Er wird dir schon keine Gliedmaßen abhacken. Zumindest keine größeren.«

»Mhm.« Ich stand auf. »Er soll ja ein Ausbund an Selbstbeherrschung sein.«

Franco lächelte. Ich fragte mich, ob er meine Unbeteiligtheit durchschaute. Natürlich zeigte ich meine Angst nicht. Aber ich fürchtete mich sehr wohl, und das aus gutem Grund. Der Franzose sah die Welt anders als andere. Luca und ich – unsere Geschäfte – spielten eine wesentliche Rolle für das Treiben einer gewaltigen Anzahl von Leuten, dazu gehörte auch der Don, dem wir unseren Tribut entrichteten und der uns schützte. Jeder zurechnungsfähige Mensch zollte dem Don Respekt, wann immer es angezeigt war. Unsere Bedeutung in seinem Imperium sicherte uns vergleichbare Privilegien. Eine Respektlosigkeit uns gegenüber war Respektlosigkeit gegenüber höchsten Kreisen. Das Ego des Franzosen mochte ihn jedoch blind für diese Dynamik machen, und er wiederum war ein zu großes Tier, um ihm mal eben Vernunft einzubläuen. Er wusste, dass wir das wussten, und das machte ihn gefährlich. Wenn er wegen dieses fehlenden Fusels richtig sauer wurde, würde der Schutz, den unser Don gewährte, sich in Nichts auflösen. Und ich mich womöglich auch.

»Soll ich ein Taxi rufen?«, fragte Franco.

»Nein.«

»Gehst du jetzt hin?«

»Warum nicht.«

»Na schön, mein Freund. Kann ich dich erst noch was fragen?«

»Sicher.«

»Du hältst mich doch nicht für ein Arschloch, oder?«

Ich lachte. »Was?«

»Ich frag nur. Ich weiß, ich rede viel, ich bin laut, bin vielleicht ein bisschen – ich weiß nicht – anstößig. Wenn wir ausgehen und so. Wie heute Abend. Aber ich will sicher sein, dass du weißt, ich versuch bei dir nicht den Dicken zu machen. Ich respektiere dich, Fonty, sehr, und ich denke, wir sind uns in vieler Hinsicht ziemlich ähnlich. Ich meine, sieh dir bloß unsere Väter an … und wie wir uns rausgemacht haben.« Er hielt inne. »Ich rede jede Menge Scheiß, aber ich sag nie das, worauf's ankommt.«

Ich sagte nichts.

»Tja, in dem Punkt sind wir wohl gegensätzlich. Ich will bloß sagen, ich bin froh, dass wir uns schon so lange kennen.«

»Ich auch, Franco. Und ich halte dich nicht für ein Arschloch.«

»Na klar. Viel Glück.«

»Danke.«

Ich ließ ihm meinen Drink zum Ausschlürfen auf dem Schreibtisch stehen. Beim Hinausgehen strich ich an den Pokernarren vorbei, die sich jetzt an der Bar marinierten.

»Da ist ja der Naseweis!«

»Wo willst du hin, Naseweis?«

»Sie müssen ihre Sorgen ertränken«, spottete Michael.

Ich zuckte zusammen.

Ihre Mienen entglitten ihnen. »Mikey, sag bloß nicht so was«, murmelte jemand.

»Was denn? Ich sag doch nur –«

»Michael, pst. Pssst.«

»Das ist 'ne unselige Formierung.«

»Nee, 'ne unselige For*muli*erung.«

Sie gaben sich alle Mühe.

»Schon gut«, sagte ich. »Viel Spaß noch.«

»Tschuldige, F. Er weiß es eben nicht.«

»Ist schon gut, Carra.«

»Okay, 'tschuldige vielmals.«

»Weiß was nicht? Was weiß ich nicht?«

»Pst, Michael.«

»Pst.«

Ich ging weg. Der Rauchvorhang teilte sich vor mir. Paulie stand neben dem Ausgang. Hinter mir an der Bar hörte ich Bellini fluchen.

»Fonty, die sind sturzbetrunken«, sagte Paulie. Besorgnis war in sein Gesicht gemeißelt. »Achten Sie nicht drauf.«

»Schon gut.«

»Nein, ist es nicht. Sie haben –«

»Sie haben versucht, taktvoll zu sein, sonst nichts. Ich gehe jetzt, Paulie.«

»Klar.« Er entriegelte die Tür und ließ mich durch. »Es war schön, Sie zu sehen. Kommen Sie irgendwann mal zum Abendessen.«

»Nur wenn Kelly kocht.«

»Für Sie kochen sogar meine Kinder.«

Der Stahl schloss sich schallend. Ich suchte meinen provisorischen Parkwächter und bedeutete ihm, den Wagen zu bringen.

Er huschte davon. Gleich darauf hörte ich ein liebliches Grollen. Sah das kirschrote Biest ins Blickfeld gleiten. Ich gab dem Burschen noch einen Vierteldollar und lenkte dann die Kutsche behutsam durch die Gasse. Es war nur eine kurze Fahrt bis zu dem Speakeasy. Jede Stadt besaß einen inneren Kern, so vollgestopft wie eine Streichholzschachtel. Es schien, als könnte man in einem einzigen Häuserblock jede nur denkbare Art von Geschäft finden und jede Facette von Leben. Schon wenn ich an einem einzigen Wohngebäude vorbeifuhr, passierte ich Jahrzehnte von Geschichte – Dasein, Kampf, Fehde, Tod und Frohsinn. Und all die lebensgroßen Dramen eines Mietshauses vervielfältigten sich noch Hunderte von Malen pro Häuserblock. Der wiederum bloß ein Bruchteil eines Viertels war. Ich würde niemals fähig sein, mir das ganze Ausmaß des Lebens dieser Stadt zu vergegenwärtigen. Man sagte, es gäbe über zwei Milliarden Menschen auf dem Planeten. Zwei Milliarden. Man konnte sich unter solchen Zahlen doch gar nichts vorstellen.

Ich fuhr vor dem Ferretti-Gebäude vor. Ein kolossales Bauwerk, über achtzig Stockwerke Bronze und Beton. Einen Großteil davon nahm ein Hotelbetrieb ein, während diverse Gesellschaften überall Büros unterhielten. Ich kannte ein paar Leute vom Wartungspersonal des Gebäudes. Es gab Horden von Zimmermädchen, Klempnern und Elektrikern sowie ein ganzes Geschwader rot uniformierte Hausdiener, die wie zweibeinige Erdbeeren aussahen.

Einer davon tauchte auf, als ich ausstieg. Ich sagte ihm, dass der Schlüssel steckte. Wollte ihm das Leben nicht unnötig schwer machen. Eine andere Erdbeere sah mich kommen und hielt mir eine der großen Türen auf. Und so betrat ich die unermessliche Wüste aus Marmor, die die Vorhalle darstellte: Werk eines wild gewordenen Architekten mit einem Budget, so überdimensioniert wie sein Ehrgeiz. So viel Geld und Arbeit, alles bloß für ein vages Quäntchen Ehrfurcht.

Beim Durchschreiten der Halle vernahm ich dezente Klaviermusik, die von nirgendwo zu kommen schien. Ich strebte zu den Aufzügen, stemmte meinen Finger gegen einen Klumpen Bronze.

Der Fahrstuhlführer, ein Mann mittleren Alters mit einem Dutzendgesicht, fragte, wohin ich zu fahren wünschte.

»Achtundsiebzigster Stock.«

Sobald der Kasten himmelwärts gezerrt wurde, spürte ich den vertrauten Zug der Schwerkraft. Als ich klein war, erklärte mir mein Vater, das sei die Schwelle, die einem sagt, dass man wieder runterkommen soll.

Wir standen da, reglos und doch in Bewegung. Mechanisches Dröhnen hatte die Klaviermusik abgelöst. Dieses Bauwerk besaß alles im Übermaß, auch Fahrstühle – etliche im Zentrum und zwei außen an der Seite. Ich nahm immer einen von Letzteren. Konnte mich nicht satt sehen an diesem Ausblick.

Eine Perlenschnur aus Fenstern ließ die Stadt vor uns aufblitzen wie eine Bilderserie aus einem Projektor. Formlose Wolken wurden angestrahlt, glühten silbern, spuckten Regen. Im Höhersteigen erblickte ich mehr und mehr von unserer Zivilisation, die sich über die Ebenen ausbreitete. Ein briefmarkengroßes Stück Glas fasste erst zehn Leute, dann hundert, dann Tausende. Bald ragten die Hochhäuser der Stadt nicht mehr vor mir auf, sondern reckten sich voneinander weg wie Schach-Türme, friedlich von innen erleuchtet.

»Sie ist ein Augenschmaus«, sagte der Fahrstuhlführer.

Er wusste durch mein Schweigen, dass ich ihm beipflichtete.

Der Fahrstuhl hielt. Etwas machte Ping. Die Türen glitten auf. Ich gab dem Fahrstuhlführer ein Trinkgeld und betrat das Foyer des achtundsiebzigsten Stocks. Ein einziger Raum. Grau. Schlicht, aber genial. Der Fußboden bestand aus glatten Steinfliesen, die Wände waren dick gestrichen mit Halbsäulen aus Schiefer, die herausstanden wie zahme Felsvorsprünge. Ein Wasserfall hätte nicht unpassend gewirkt.

Hier gab es keinen Bedarf an unsichtbaren Pianos, denn die Musik sickerte durch die Wände. Sie waren schallisoliert, so gut es ging, doch diese Fassade barg eins der illegalsten Etablissements im ganzen Staat, und eine solche Präsenz ließ sich nicht ersticken. *Marseilles* war eine goldene Jauchegrube. Inzestuöse Aristokraten frisch aus Europa verkehrten hier mit Waffenhändlern, Drei-Sterne-Generäle gesellten sich zu Gangstern. »Die Unterwelt«, diese urkomische Umschreibung für die Kreise des organisierten Verbrechens einer Stadt, stellte sich hier zur Schau wie feuilletonistisches Püree.

Ein schöner alter Neger stand an der Tür, die Hände auf dem Rücken verschränkt. Wir kannten uns durch wortlosen Austausch. Er klopfte mit dem Fingerknöchel an die Tür mit dem Guckloch im Holz. Ich spürte, wie jemand hindurchspähte.

»Fontana?«, fragte die Tür.

»Ja.«

Eine Flut von Lärm spülte heraus und erfüllte den Vorraum.

»Guten Abend, Sir.«

»Harry.«

»Kommen Sie rein, geben Sie mir Ihren Mantel. Möchten Sie wissen, wer heut Abend da ist?«

»Nein. Ich habe nicht vor, lange zu bleiben. Genau genommen«, sagte ich, »gibt es nur einen Menschen, den ich sehen möchte. Ihren Chef.«

Harrys große Augen wurden noch größer. Er reichte mir mein Billet. »Sie wollen wissen, ob er hier ist?«

»Ja.«

»Also – ja, ist er. Haben Sie denn, ähm, einen Termin?«

»Nein.«

»Aber –«

»Ich möchte nicht selbstherrlich wirken, aber ich denke, mein Besuch dürfte ihm recht sein.«

»Ich verstehe. Nun ja, wenn Sie da sicher sind ...«

»So sicher wie das Amen in der Kirche.«

»Verstehe. Selbstverständlich, Mr. Fontana. Viel Vergnügen bei uns.«

Ich durchschritt die Garderobe und trat durch den Bogen an ihrem Ende ins *Marseilles* ein. Ein quälendes Gesprächsthema, dieser Laden, denn die Wortspiele hörten nie auf. »Waren Sie dieses Jahr schon in Marseilles? – Zu dieser Jahreszeit soll es da besonders schön sein. Ha-ha-ha.« Ich konnte nicht recht nachvollziehen, warum man ein Speakeasy wie eine Stadt nannte. Ein mediterranes Juwel zudem. Vielleicht war der Franzose ja sentimental. Oder ein Prahlhans. Oder beides.

Trotz seines bedauerlichen Namens machte das *Marseilles* unweigerlich Eindruck. Hier umherzuschlendern fühlte sich schon an, als durchstreifte man eine Stadt. Die Landschaft wechselte: Mal versank und trank man in den Ledersesseln einer Lounge mit flauschigen Teppichen, mal hockte man hoch an der Bar, dann speiste man in dem gekachelten Restaurant und lauschte versierten Musikern, die Jazz bluteten. Manche Leute sparten wochenlang für einen Abend. Das Etablissement erfreute sich derartiger Beliebtheit, dass das Geld zur Bestechung von städtischen Amtsträgern und hochrangigen Justizlern direkt ins System zurückfloss, genau wie bei einem Kasinogewinn. Apropos, auch davon gab es eine Miniaturversion, samt VIP-Sphäre für speziell arrangierte Spiele mit dem viertbesten Kartengeber des Landes. Es war ein Karriereziel, in *Marseilles* als Stammgast zu gelten. Hierhin führte man eine Frau aus, die man maßlos beeindrucken wollte. Dies war der moderne amerikanische Traum in seinem ganzen Wahn.

Aber solche Schönheit brachte eine Menge Kosten mit sich. Und in diesem Fall war Bargeld nur ein Teil davon. Je prunkvoller ein Lokal war, desto nervöser wurden seine Schutzherren – die Investoren, die Eigentümer, ja sogar die Angestellten. Was wir vergöttern, das macht uns ängstlich. Vielleicht war der Franzose deshalb so verrückt. Natürlich bewerten Menschen unterschiedliche Dinge unterschiedlich. Ich hatte vor langer Zeit etwas verloren, und dabei ging es nicht ums Geschäft oder irgendeine Art von materiellen Gütern. Tatsächlich hätte ich all das bereitwillig aufgegeben, um es zurückzubekommen.

Eins wusste ich mit Sicherheit über den Franzosen: Das Geschäft war seine Religion. Und ich hatte dabei gepfuscht. Luca hatte dabei gepfuscht. Wir hatten unsere Absprache mit dem Franzosen nicht eingelöst – unsere geschäftliche Absprache –, und das war für ihn mehr als genug Anlass, um sehr, sehr schlimme Dinge zu tun.

Ehe ich das Gespräch mit ihm suchte, wollte ich noch nach einem alten Freund sehen. Das war der Mann, den Franco als seine Quelle benannt hatte, der Mann, den Garrett so liebevoll als »dieses schottische Arschloch« bezeichnete. Er war hier der oberste Barkeeper, ein Bursche mit wachem Gesicht und schiefer Nase.

Binnen kurzem zwängte ich mich an die dicht umdrängte Bar. George polierte ein Glas und plauderte mit einem Gast. Als er mich sah, lächelte er.

»Na, sieh mal einer an.«

»Abend, George.«

»Wie geht's dem furchtlosen Reisenden?«

»Famos.«

»War Europa voller wilder Schönheiten?«

»Ganz, wie ich es in Erinnerung hatte.«

»Na, prima«, sagte er. »Und jetzt zur Bilanz des heutigen Tages.«

»Seit Sonnenuntergang verläuft er ziemlich spannend.«

»Na ja, du bist ja auch ein spannender Bursche. Aber häng's lieber nicht an die große Glocke.«

Ich schmunzelte. George witzelte oft über meine Kurzangebundenheit zum Thema Fontana. Daher auch die Salve von Fragen. Im Allgemeinen sprachen wir mehr über Frauen, oder über George.

»Ich versuch mich ausnahmsweise bedeckt zu halten«, sagte ich. »Aber im Ernst. Wir müssen heute Abend über ein Thema von echter Dringlichkeit reden. Kein Tratsch über Ophelia und ihren rothaarigen Zwilling.«

»Och, ich glaube allmählich, dass sie ein und dieselbe Person sind. Ich sehe sie nie gleichzeitig in einem Raum. Ich denke, Ophelia liebt die Täuschung ...«

»George.«

»Ja, ja, schon gut. Man kann dir einfach nichts abschlagen. Du wächst einem zu sehr ans Herz.«

»George.«

»Ja. Na, dann. Welche Sorte dringlich? Lagerraum-dringlich?« Er ruckte mit dem Kopf in Richtung der Tür hinter der Bar.

»Genau.«

Er wies den Mann neben sich an, zu übernehmen, dann öffnete er die Tresenklappe und ließ mich über seinen heiligen Boden schreiten. Wir gingen durch die Tür, dann einen kurzen Flur entlang und in den Lagerraum der Bar. Hier stapelten sich kalifornische Obstkisten in jedem Winkel. Sie rochen nach der Sorte Früchte, die man fermentiert, destilliert und in Flaschen gefüllt hatte. Es war warm hier. Ich konnte nicht aufhören, über mein bevorstehendes Zusammentreffen mit dem Franzosen zu grübeln. Meine Hände konnten auch nicht aufhören, sie rangen mit dem Verlangen, sich zu Fäusten zu ballen.

»Also, junger Mann, wo brennt's denn?«, fragte George.

»Ich war eben in Francos Club. Er hat erwähnt, dass hier letzten Monat eine Lieferung nicht eingetroffen ist. Stoff, den wir euch verkauft haben. Ist da was dran?«

»Aye. Du hörst erst jetzt davon?«

Ich nickte.

»Ich weiß nur«, sagte er, »dass die letzte Lieferung nicht pünktlich kam. Als sie dann kam, fehlte alles Mögliche.«

»Und was?«

»Hauptsächlich Wein. Und Rum. Jede Menge. Und dieser spezielle Malt, hinter dem der Franzose seit Jahren her ist. Dass das Zeug erst überfällig war und dann nicht mal ankam, hat den Drachen ordentlich aufgescheucht. Er hat die Pascher vor seinen komischen Wandschirm zitiert und höchstpersönlich ausgequetscht. Anscheinend gab es im Norden eine Polizeisperre. Es war wohl keine Razzia der Prohibitionsbehörde, aber sie mussten sich trotzdem irgendwie da rauskaufen. Daher der fehlende Alkohol. Eure Männer haben dem Frosch versichert, dass er entschädigt wird, aber er hat sie weggescheucht. Seitdem haben wir nichts mehr von ihnen gehört.«

Ich ließ mir eine Zigarette geben. Zündete sie an. Lauschte dem trockenen Knistern. George selbst frönte diesem Laster nicht, hatte aber die aufgeräumte Miene eines Nichtrauchers, der es nicht ungern einatmete. Der geborene Barkeeper.

»Meinst du, der Franzose hat sie abserviert?«, fragte ich.

»Nein. In Wirklichkeit rennt er nicht rum und schlachtet Handlanger ab. Und wenn er die Sache so ernst nehmen würde, wüsstest du doch bestimmt davon.«

»Gerade der Umstand, dass ich nichts weiß, macht mir Sorgen. Franco hat es von Luca, ich aber nicht. Schon, ich war in Übersee – aber ein solcher Vorfall …«

»Du hättest davon erfahren müssen, sobald du zurück warst.«

»Ja.« Ich dachte eine Weile nach. »Vielleicht hat Luca gedacht, er kann das allein regeln. Oder muss es sogar.«

»Darauf würde ich wetten.«

»Sieht dem Franzosen doch gar nicht ähnlich, das so abzutun.«

»Oh, er ist ein launisches Geschöpf. Bei ihm weiß man nie, was kommt. Mal lässt er Gnade walten, mal … eben nicht.«

Herrje.

»Ich will ihm einen Besuch abstatten«, sagte ich.

»Ach je, was versprichst du dir denn davon? Magst du deine Finger nicht mehr?«

»Ich mag sie sehr.«

»Nicht so sehr wie diese verflixte Brünette, wie hieß sie gleich –«

Ich wartete. Sah ihn ernst an.

»Valerie«, sagte ich dann.

»Genau! Die mit, mit – dem Nippel –«

»Und Haaren.«

»Und Haaren! Oh. O Mann.« Er beruhigte sich. »Das war eine Nacht. Valerie. Hach. Weißt du was, geh ruhig zu dem großen scheiß Wichtigtuer, wenn du unbedingt musst. Ich fänd's allerdings besser, wenn wir uns in diesem beschissenen Kabuff einen ansaufen.«

»Nicht schon wieder, George. Mir hängen immer noch die Alpträume vom letzten Mal nach.«

»Schön, schön. Ich seh schon, du bist durch und durch ernst heut Abend. Aber komm später noch mal vorbei.«

»Vielleicht mach ich das.«

Wir ließen die Obstkisten in Ruhe und kehrten zur Bar zurück. Als ich durch die Tresenklappe schlüpfte, sagte George zu mir: »Viel Glück mit dem Kerl und bei der Sache.«

»Yeah«, sagte ich, mehr zu mir selbst, und verschmolz mit der Menge. Der Laden war gerammelt voll. Leute quetschten sich in sämtliche Nischen. Saßen an Tischen und auf Hockern und Schößen. Umlagerten die Bar, die Band. Gewisse Männer verharrten am Rand der Tanzfläche, dieser gesellschaftlichen Klippe, warteten auf den passenden Pegel der Trunkenheit. Gewisse Frauen klammerten sich an doppelt so alte Verehrer und lächelten mit den Schenkeln.

Ich schlängelte mich zur Direktion durch, spürte die Hitze von zu vielen Leibern, die mit zu viel Alkohol kämpften. Es gab einen kleinen Aufenthaltsraum fürs Personal, der zugleich dem Wachschutz als Quartier diente. Darüber lag des Franzosen Raubtierhöhle. Erschütternd schnell hatte sie den Spitznamen *Gouverneursbüro* weggehabt. Eine an die Wand geschmiegte Treppe führte mich hinauf zum Wartebereich. Beim Hochsteigen wurde mir bewusst, dass ich vielleicht zum letzten Mal für längere Zeit meine Beine benutzen konnte. Oder – als ich nach dem Geländer griff – meine Finger. Oder irgendwelche anderen Gliedmaßen. Womöglich gab es nach dieser Konversation mein gottverdammtes Hirn nicht mehr. Luca, dieses Arschloch, hätte diesen Mist klären müssen.

Vor der Tür stand ein Wachmann und rührte sich nicht.

»Ich möchte zum Franzosen«, sagte ich ihm.

»Niemand –«

»Darf zum Franzosen. Schon klar, Petrus. Sag ihm, Mr. Fontana ist hier.«

Seine Augen wurden schmal. Ich brauchte einen Augenblick, um zu begreifen, dass er nachdachte.

»Der Chef hat wirklich viel zu tun, wissen Sie.«

»Das hab ich auch. Außerdem bin ich wichtig für diesen Laden, also solltest du mein Anliegen lieber ernst nehmen.«

»Was wollen Sie denn von ihm?«

»Was Wichtiges.«

»Was Wichtiges.« Er kratzte sich hinter dem Ohr. »Okay«, sagte er, »ich guck mal.« Er schwang seine massige Gestalt um die eigene Achse und verschwand in der Höhle des Löwen.

Und so wartete ich vor einem der gefährlichsten Räume der Stadt. Ich schlenderte hin und her, betrachtete die Kunst an den Wänden und versuchte alle Möglichkeiten auszublenden, die hinter dieser bewachten Tür lauern mochten. Eins der Kunstwerke zeigte in einer Vielfalt von Schwarzweißtönen drei auf einer Straße stehende Leute, die Gebäude verdreht und krumm und schief.

»Schönes Bild, nicht?«

Ein Mädchen stand hinter mir und betrachtete das Kunstwerk. Sie war selbst sehr schön. Ihr Haar war schwarz, aber ihre Haut wie Marmor. Sie wirkte wie ein Teil des Bildes. Sie musste sehr leichtfüßig sein, um sich so an mich heranzuschleichen.

»Was ist es?«, fragte ich.

»Ein Standphoto aus *Das Cabinet des Dr. Caligari.* Dieser deutsche Film, wissen Sie.«

»Sieht aus wie ein Traum«, sagte ich.

»Angeblich soll der Franzose es von diesem Unternehmer bekommen haben. Karl Wayright. Der Faschist, wissen Sie.«

In der Tat. Davon gab es hier jetzt viele. Ebenso wie Kommunisten. Auch so eine florierende Nebenwirkung des Börsenkrachs. Mit Wayright hatte ich schon zu tun gehabt. Er beteiligte sich an illegalen Geschäften, um seine politischen Mätzchen zu finanzieren, und ich verkaufte ihm ab und an Champagner.

»Ich habe von ihm gehört«, sagte ich.

»Ein merkwürdiger Mann. Ein Extremist, der zu keiner Partei gehört. Oder sich jedenfalls zu keiner bekennt.«

»Vielleicht steht er einfach gern im Mittelpunkt.«

»Vielleicht. Der Stuss, den er so verzapft, steht dauernd in der Zeitung. Einem Reporter hat er gesagt, Juden gehörten aus den Gewerkschaften ausgeschlossen.«

»Ich dachte, Faschisten wollen überhaupt keine Gewerkschaften. Weil die ›die Gesellschaft spalten‹.«

»Richtig, aber abschaffen können sie sie nicht – hier in den Vereinigten Staaten, wissen Sie –, das läuft hier nicht. Also müssen sich Männer wie Wayright darauf beschränken, sie mit Rassismus zu infizieren.«

Eine Salonlöwin, die Gleichheit predigte? Dabei sah sie aus, als würde sie sich mit den gemahlenen Knochen von Papas Fabrikarbeitern das Gesicht pudern.

Die Kunstwerke erbebten. Der Wachmann tauchte wieder auf.

»Der Chef will Sie sehen.«

Ich wandte mich um, um mich von dem Mädchen zu verabschieden, doch sie eilte bereits die Treppe hinunter. Als ich zusah, wie sie die Stufen hinabschwebte, fing ich den Blick von jemandem dort unten auf. Ein Kahlkopf, nicht gerade hübsch, nicht größer als der Durchschnitt, der sich durch die Menge schob und direkt zu mir heraufsah. Er arbeitete sich weiter voran und verschwand. Es war eigenartig, mit einem Fremden so aus der Ferne den Blick zu kreuzen. Vielleicht kannte er mich von irgendwoher.

Der Wachmann klopfte meine Taschen ab und schob mich

dann ins Büro. Das Schloss klickte hinter mir. Dies war meine erste leibhaftige Begegnung mit dem Franzosen. Ich hätte erwartet, mittlerweile mehr Angst zu verspüren, aber schon seit ich hier war, fühlte ich mich einfach nur noch fehl am Platz. Streng genommen ging mir das immer so, egal wo ich hinging. Schon seit langer Zeit glitt mehr und mehr von meinem Leben in die Gleichgültigkeit ab. Die Farbe sickerte aus der Welt. Der Tod legte sich eine gewisse Anziehungskraft zu. Ich stellte fest, dass ein Teil von mir sich tatsächlich auf diese Begegnung freute.

George und auch ein paar andere hatten bereits Andeutungen über des Franzosen eigentümliches Mobiliar gemacht. Nun sah ich, was sie meinten. Sein düsteres kleines Gewölbe war zweigeteilt durch eine halbhohe Wand mit einem eingelassenen Gitter. Die Art, die man in Beichtstühlen antrifft. Es siebte das Licht zu staubigen Strahlen. Der Blick brach sich an einer schwarzen Masse dahinter. Die Silhouette des Franzosen.

»Fontana.«

Die Stimme klang nicht bemerkenswert.

»Richtig«, sagte ich.

»Bitte, setzen Sie sich.«

Ein einzelner Stuhl stand mitten im Raum. Ich ließ mich darauf nieder.

»Es ist recht unüblich für mich, Besucher zu empfangen«, sagte er.

Sein Akzent war von Amerika flachgetreten. Er klang wohl mittelatlantisch – aber nicht halb englisch, halb französisch.

»Es ist auch ein unüblicher Anlass«, erwiderte ich.

»Da haben Sie wohl recht. Ich erwarte jedoch noch mehr dieser Art. Ich nehme an, Sie sind hergekommen, weil Sie letzten Monat geschäftlich groben Mist verzapft haben.«

»So könnte man es wohl nennen.«

»Das tue ich.«

»Ich wusste bis vor einer Stunde nichts davon.«

»Das trägt wenig dazu bei, meinen Eindruck zu verbessern.«

»Was für ein Eindruck ist das?«

»Zunächst habe ich nur an Stümperei gedacht. Jetzt stelle ich fest, dass Sie zudem ahnungslos sind. Das Problem ist jedoch weitreichender. Ich weiß eine Menge über Sie. Möchten Sie, dass ich die Dinge beim Namen nenne?«

»Nicht unbedingt.«

»Ich tue es trotzdem. Ich weiß, wie Sie angefangen haben, Fontana, und wann Sie in dieses Land gekommen sind, und womit Sie Ihren Erfolg erzielt haben. Ich weiß, dass Ihnen dieser Erfolg heutzutage wenig bedeutet. Keine Sorge – das ist kein Straßenklatsch. Nur ganz wenigen Leuten ist aufgefallen, wie apathisch Sie geworden sind. Die Mehrheit erkennt nur Ihre ruhige, ansehnliche Fassade, dieses unfreiwillige Charisma, das Sie am liebsten gar nicht hätten … weil Sie sie hassen, nicht wahr?«

Ich sagte nichts.

»Sie finden mich wohl vulgär? Mich, den namenlosen Einsiedler, der sich weigert, auf konventionelle Art am Treiben der Welt teilzunehmen. Ich lebe hier oben und wache über meinen Palast wie ein kranker Monarch. Wie ein Voyeur. Ist es das, was Sie denken? Die sehen das so. Die Meute. Deren Klatsch und Tratsch hat mich dazu gebracht, so zu leben. Ihre Kleingeistigkeit ist für mich so vulgär. Immerhin profitiere ich jetzt davon. In Europa, wo ich als Person bekannt war, fand die Welt mich abstoßend, und ich war abgestoßen von der Welt. Jetzt bin ich keine Person mehr, und die Welt ist einfach ein Werkzeug zum Gebrauch. Ich nehme an, es ist bloß eine Frage des Blickwinkels.«

»Eins weiß ich schon über Sie.«

»Und das wäre?«

»Sie reden gern.«

»Aha.« Ich spürte, dass er schmunzelte. »Nur mit Leuten, die zuhören«, sagte er.

»Woher wollen Sie wissen, dass ich zuhöre?«

»Sie sind ruhig.«

»Wenn es Ihnen nichts ausmacht«, sagte ich, »würde ich jetzt gern das besprechen, was mich hergeführt hat.«

»Gut, gut.«

»Letzten Monat ist ein beträchtlicher Posten Ware fälschlicherweise nicht hier angekommen. Die Lieferanten rechtfertigten das mit einem Polizeizugriff im Norden, so habe ich es verstanden. Was ich nicht verstehe, ist, warum mir das vorenthalten wurde.

Unabhängig vom befremdlichen Vorgehen – oder vielmehr der Unterlassung – meiner Mitarbeiter möchte ich sicherstellen, dass unsere Geschäftsverbindung keinen Schaden davonträgt. Mir ist unklar, ob der Vorfall zwischen Ihnen und meinem Partner abschließend geklärt wurde. Ich fand, ich sollte auf Nummer Sicher gehen.«

»Meine Güte, Sie machen das wohl schon sehr lange, was? Faszinierend. Regelrecht wie auf Knopfdruck. Teil des Triebwerks. Das ist ein anständiger Zug von Ihnen, auch wenn es sich ein bisschen gezwungen anfühlt. Ja, Ihre Informationen sind zutreffend. Ich kann noch ein paar Einzelheiten ergänzen: Die Lieferung war am 22. fällig und traf am 23. ein. Angesichts meiner nicht ausgeführten Bestellung verlangte ich eine Erklärung von Ihren Männern. Sie lieferten sie mir. Am nächsten Tag suchte Mr. Saverino – oder Luca, wie Sie ihn sicherlich lieber nennen – mich auf. Da habe ich noch eine Frage: Ihre Waren treffen vor der Auslieferung zunächst in einer Art Lagerhaus ein, ja?«

»Normalerweise schon. Allerdings nicht bei dieser Lieferung. Wir wollten sie möglichst schnell zu Ihnen befördern, weil sie die besondere Marke enthielt, auf den Sie so erpicht waren.«

»Hmm. Ich mache weiter mit den Fakten. Der polizeiliche Zugriff erfolgte … lassen Sie mich kurz nachsehen.« Papier raschelte. »Bei Fakenham. Am Stadtrand von Fakenham, so steht es hier. ›Ein Dutzend Kisten‹ – also einhundertvierundvierzig Flaschen – ›Burgunder, Erzeugerabfüllung, sechs Kisten Teddy Delaine Black Label Rum und zwei Kisten Wickersham Single Malt.‹ Wickersham, das ist die Marke, auf die ich, wie Sie es ausdrückten, so erpicht war.«

»Wickersham. Die haben vor zwölf Jahren die Produktion eingestellt.«

»Ja. Eine meiner Lieblingssorten. Erklären Sie mir eins: Was will die Polizei mit so einer Menge Alkohol? Für deren Ansprüche wirkt das doch maßlos.«

»Vermutlich handelte es sich nicht eigentlich um Bestechung, sondern um eine Art Konzession. Das Gesetz mag nicht mehr viel bedeuten, aber es gibt immer noch Regeln, mit denen man sich arrangieren muss.«

»Ich verstehe. Sie werden deren Gewohnheiten ja kennen.«

»Ich habe ganz unten angefangen. Lassen Sie uns fortfahren. Was hat Saverino unternommen?«

»Er hat mich aufgesucht, ähnlich wie Sie jetzt – allerdings war er so vorausschauend, einen Termin zu vereinbaren. Nachdem wir den Vorfall besprochen hatten, insistierte er darauf, mich zu entschädigen.«

»Dasselbe wollte ich auch gerade tun.«

»Ich weiß.«

»Haben Sie es ihm ebenfalls abgeschlagen?«, fragte ich.

»Ebenfalls? Ihnen habe ich es bisher noch nicht abgeschlagen.«

»Ebenso wie den Fahrern, meine ich.«

»Aha. Ja, ich wies das zurück. Ich konnte ermessen, dass sein Gesuch ehrlich gemeint war, nicht nur ein diplomatischer Schachzug. Das genügte mir.«

»Halten Sie mich für diplomatisch?«

»Nicht besonders.«

»Und wollen Sie mein ›Gesuch‹ auch zurückweisen?«

»Ja.«

»Ich schätze, auf indirekte Art ist das wohl schmeichelhaft.«

»Dann ist es an mir, doppelt entgegenkommend zu sein. Sie werden sicher erbaut sein zu erfahren, dass es eine Möglichkeit gibt, wie Sie die Angelegenheit aus der Welt schaffen können.«

»Nennen Sie sie mir.«

»Nein, das Nennen ist jetzt Ihre Aufgabe. Sie sollen mir die Partei nennen, die für diesen Zwischenfall verantwortlich ist.«

»Sie glauben die Geschichte der Fahrer nicht?«

»Nein.«

»Ich auch nicht, von daher sind meine Nachforschungen kein echter Gefallen für Sie. Ich hätte sowieso Ermittlungen angestellt.«

»Sie sind einfach kein gewiefter Politiker«, bemerkte der Franzose. »Mir ist völlig klar, dass Sie dahinterkommen wollen, was wirklich passiert ist. Und mir ist auch klar, dass Sie mir schon aus Prinzip mitteilen werden, was Sie herausfinden. Aber ich verlange noch mehr. Ich will die Aufklärung so schnell wie irgend möglich. Ich habe Saverino für seine Ermittlung unbegrenzt Zeit eingeräumt, und nach drei Wochen hat sich immer noch nichts ergeben. Natürlich verschwinden illegale Waren geradezu regelmäßig. Das ist ein inhärentes Risiko, wenn man in so etwas investiert. In letzter Zeit jedoch scheint mehr und mehr zu verschwinden. Wir alle wissen, dass die Prohibition bald endet. Was wir bis dahin brauchen, ist eine Periode der Stabilität. Die Schmuggler werden naturgemäß versuchen, die gegenwärtige Lage so lange wie möglich auszubeuten. Der Konkurrenzdruck steigt, und die Gebühren ebenso. Das ist zu erwarten. Männer wie ich werden die zusätzlichen Kosten in Kauf nehmen, im Wissen, dass sie nur vorübergehend anfallen. Männer wie Sie werden sich sicher fühlen, wenn die Einkünfte beständig bleiben. Sie wissen, dass Stabilität der sicherste Garant des Profites ist. Von einem Markt, auf dem der Wert langsam ansteigt, bevor er platzt, können alle profitieren. Es ist eine ungewöhnliche Situation. Aber gefährlich wird sie nur durch riskante Manöver wie Raub und Plünderung bei der Konkurrenz.

Ich habe den Verdacht, dass bei dem verschwundenen Alkohol Verrat im Spiel war, und dass die dafür verantwortliche Person – oder Gruppe – noch mehr solche Renkontres auslösen wird. Eine Handvoll ungewöhnlich gieriger und dummer Individuen kann gewaltigen Ärger nach sich ziehen. Selbst wenn der Zwischenfall im Oktober nur von einer einzigen Person in einem einmaligen Akt der Sorglosigkeit verursacht wurde, will ich, dass diese Person gefunden und dass ein Exempel statuiert wird.«

Er verabreichte mir mehr Worte, als ein Wald Blätter hat.

»Klingt unheilvoll«, sagte ich.

»Ich finde, es klingt notwendig.«

»Das auch. Wie viel Zeit geben Sie mir?«

»Ich habe nicht vor, das zu beziffern. Ich denke, das haben wir beide nicht nötig. Ein Postulat sollte genügen. Ich habe es bereits ausgesprochen. So schnell wie irgend möglich. Tatsächlich wäre heute Nacht … sozusagen ideal.«

»Ich verstehe.«

»Gut.« Der Schatten bewegte sich, stieß Lichtstrahlen weg. »Der Abend ist noch jung, und ich habe einen Hinweis für Sie, mit dem Sie anfangen können. Zweifellos sagt Ihnen Karl Wayright etwas, der Politiker. Er ist ein intelligenter Mann voller

Ideen, aber wenn es um gesunden Menschenverstand geht … nun, den besitzt er nicht. Eine meiner Quellen hat mir von Wayrights Ansinnen erzählt, seine sogenannte ›Spendenkampagne‹ auszudehnen – ihr Amerikaner habt ja so eine Schwäche für Euphemismen – und dabei verstärkt auf lukrative illegale Unternehmungen zu setzen. Diese Kaprice ergibt sich zufällig zeitgleich mit mehreren Überfällen auf den Landstraßen im Norden.«

»Sie meinen also, sein ›Ansinnen‹ greift über auf meinen Schnapsschmuggel.«

»Ja. Man sollte die Möglichkeit nicht außer Acht lassen. Er ist ein Mann, an den man leicht herankommt, immer am Protzen, am Händeschütteln und Füßeküssen. Und auch Drauftreten. Heute Abend gibt er eine Dinnerparty in seiner Villa. Eine gute Gelegenheit für Sie.«

»Da dürfte eine Einladung vonnöten sein.«

»Ich werde telefonieren und ihm erklären, dass Sie in meinem Auftrag vorbeikommen. Ich werde andeuten, dass es ums Geschäft geht. Er wird entzückt sein. Der Anlass ist eher politisch, unglücklicherweise. Ich hoffe, Sie reagieren nicht allergisch auf Faschisten. Ich bin sicher, zum Ausgleich werden alle möglichen Leute da sein, darunter auch umtriebige Geschäftsleute wie wir.«

»Da kann ich ja jede Menge Freundschaften schließen.«

»Ihre Schlagfertigkeit lässt Sie wohl nie im Stich. Mein Wachmann draußen gibt Ihnen eine Telefonnummer, wenn Sie jetzt gehen. Rufen Sie mich an, falls Sie auf etwas Wichtiges stoßen. Ich schlafe nie.«

»Irgendwie überrascht mich das nicht.«

Ich löste mich vom Stuhl. Klopfte mich zur Tür hinaus. Bekam draußen prompt eine Geschäftskarte mit einer aufgedruckten Nummer ausgehändigt. Ich wanderte die Treppe wieder hinunter, hielt nach Gesichtern Ausschau, die nach mir Ausschau hielten, fand keine. Fünfzehn Minuten Zwiesprache mit einem anonymen Umriss schufen ein Gefühl der Entblößung: Mir war, als würde ich beobachtet. Ich versuchte es zu ignorieren. Es gab viel zu tun. Ich streifte erneut durchs Ferretti-Gebäude und machte mich auf in die Nacht.

Ich war länger nicht auf dem Land gewesen.

Es dauerte nicht lange, aus der Stadt rauszukommen. Straßen auf Stelzen trugen mich über die Innenstadtbezirke hinweg, über die Fabriken, über einen Streifen schwach glitzernder Vorstadtviertel. Sobald die Stadtgrenze hinter mir lag, dünnte die Bebauung aus, durchsetzt mit mageren Parzellen Ackerland. Diese wiederum wichen Kiefernwäldern. Das Licht meiner Scheinwerfer flog die Straße entlang. Schatten tanzten hinter den Bäumen.

Wayrights Herrenhaus war eines von vielen, die diese Gegend sprenkelten. Sie alle schmiegten sich dezent in die hoch aufragende Vegetation – kleine, sture Selbstbehauptungen des Privaten. Seine war markiert mit einem schwungvollen W auf dem schmiedeeisernen Tor, daneben parkte ein schwarzes Automobil.

Als ich vorfuhr, stiegen zwei grimmig aussehende Schlipse aus dem Wagen und knirschten über den Kies.

»Haben Sie eine Einladung, Sir?«

»Nein, aber einen Namen. Fontana.«

»Uns wurde gesagt, dass Sie kommen. Wie lange gedenken Sie etwa zu bleiben?«

»Nicht lange.«

»Dann halten Sie sich nicht mit Parken auf. Fahren Sie ruhig bis an die Treppe, wenn Sie möchten.«

»Das mach ich.«

Sie öffneten das Tor und hielten es fest, bis ich durch war. Dahinter stand noch ein Wagen am Rand. Es saß jemand drin, starrte unter einem Hut hervor. Kieselsteine knallten unter den Reifen. Wayright Mansion ragte vor mir auf, von unten beleuchtet wie eine unheimliche Fratze im Kintopp, wenn ein Horrorfilm läuft.

Der kiesbestreute Vorplatz war die reinste Automobilschau. Ich parkte möglichst nah am Haus und schritt an Bolzen und

Blech im Wert von Tausenden entlang zur Vortreppe. Die Tür öffnete sich, sobald ich sie erreichte. Ein kahlköpfiger Adler machte den Butler und fragte nach meinem Namen. Ich nannte ihn. Er führte mich durch die goldene Eingangshalle des Herrenhauses. Roter Teppich war ausgerollt wie eine Katzenzunge. Das Murmeln vieler Stimmen schwoll zusehends an, während wir dahinwanderten, und erreichte seinen Höhepunkt, als wir auf der Schwelle zum Ballsaal standen.

»Möchten Sie, dass ich Sie einführe?«, fragte der Adler.

»Gleich.«

»Sehr wohl.«

Wir standen einen Augenblick da, betrachteten die grasenden Gäste und ihre routinierten Rituale. Andere Partygänger ergingen sich in gesprächigen Grüppchen. In jedem Pulk sorgte eine tonangebende Gestalt für Grinsen und Gelächter. Wayright war leicht auszumachen, ein Kobold in Blau.

»Auf geht's«, sagte ich.

Ich wurde über trügerisches Terrain geleitet. Schnappte mir im Vorbeigehen ein Glas Dom Perignon. Ein naturwüchsiges Schmerzmittel in dieser speziellen Art von Wildnis. Man muss sich immer mit seiner Umgebung auskennen.

«Mr. Wayright? Mr. Fontana für Sie. Geschäftlich.«

Der Faschist war fetter als beim letzten Mal. Nun umgeben von hübschen Geschöpfen. Der Adler verschwand, ließ mich allein gegen die Oberschicht antreten.

»Fontana«, sagte Wayright. »Reizend, Sie zu sehen. Ich glaube, wir sind uns schon begegnet?«

Blicke schwenkten in meine Richtung.

»Vor einiger Zeit. Als Folge davon haben Sie den guten Champagner bezogen, den Sie heute Abend trinken.«

»Dann hoffe ich, dass diese Begegnung sich als ebenso ergiebig erweist.«

Die Frauen erschauerten aufs Stichwort.

»Wenn wir zum Geschäft kommen könnten«, sagte ich.

»Selbstverständlich.« Auf einen Wink seiner Hand schmolz das Gefolge hinweg. »Suchen wir uns ein weniger … ausgelassenes Plätzchen. Sind Sie empfindlich gegen Kälte?«

»Nein. Ich finde sie angenehm.«

»Wirklich? Dann lassen Sie uns ein Stück gehen.«

Wir begaben uns zum hinteren Ausgang. Glastüren führten auf eine riesige betonierte Veranda, die Blumentöpfe und Korbstühle und in Griechenland gepflückte Steingötter beherbergte. Ich sprach weiterhin dem Dom Perignon zu. Er war exzellent, mit einem sehr feinen Hauch von Leichtigkeit. Als Luca und ich ins Geschäft einstiegen, befleißigten auch wir uns der gängigen Praxis des Umetikettierens: Wir weichten geleerte Flaschen Dom Perignon oder Piper-Heidsieck ein, pulten die Etiketten ab und klebten sie auf billigen Sekt. Ich war immer wieder verblüfft, wie diese reich geborenen Vögel das Zeug wegschluckten, ohne was zu merken. Ich erwog, Wayright ein paar davon unterzujubeln. Vielleicht würde das den Glanz seiner Überlegenheit etwas trüben.

Wir schritten ein paar Stufen hinab in den Park. Der bildete ein Muster aus perfekten Hecken und gepflegten Wegen. Gezähmte Natur, ein englischer Garten.

Und sein Besitzer war ein verrückter kleiner Mann. Extremistische Politiker konnten wie intelligente Menschen wirken. Ganz normal und ausnehmend höflich. Doch hier und da ließ sich immer ein Hauch von Übereifer wahrnehmen, Dinge wie ein nervöser Tick, der den Blick auf sich zog und gleichzeitig abstieß. Man spürte ihre Abneigung dagegen, zum gewöhnlichen Gespräch zurückzufinden, ehe die ganze Tiefe ihres Glaubens offenbart war. Wayright passte in dieses Schema – übertraf es sogar. Und doch konnte er sich nicht entscheiden, wohin er nun gehörte. Er war ein patriotischer Engländer, wollte aber auch patriotischer Amerikaner und patriotischer Deutscher sein. Er log unbekümmert, manchen erzählte er, er sei in München gebürtig, anderen in Berlin und wieder anderen in Oxford. Sein alberner Akzent stützte die letzte Variante, wiewohl ein bisschen zu stark.

»Kennen Sie den Anlass für diese kleine *fête*, wie die Franzosen sagen?«, fragte er.

»Diese was?«

»Party.«

»Nein.«

»Ich habe unlängst einen Zusammenschluss aus amerikanischen und deutschen Nationalisten mitbegründen geholfen. Haben Sie schon davon gehört?«

»Da stand so was in der Zeitung.«

»Wie vertraut sind Sie mit der Materie?«

»Nicht sonderlich. Klären Sie mich auf.«

»Der Leitgedanke – *l'objectif principal*, was es wohl am besten trifft – war, handfeste Bande zu knüpfen zwischen der in Deutschland so populären politischen Partei und ihren Förderern hier in den Vereinigten Staaten. Jetzt erhalten wir Mittel von der Partei, um Veranstaltungen wie diese zu organisieren, wo wir den Nationalsozialismus präsentieren können – wo wir angesehenen, mächtigen Leuten die Augen dafür öffnen, wie bedeutsam er ist. Von diesem Punkt an verbreitet er sich von Mund zu Mund, erst zu anderen bemerkenswerten Persönlichkeiten, dann abwärts in die gemeine Gesellschaft, wo die Saat sozusagen im Plebs ausgebracht wird. Sagen Sie, was für politische Ansichten haben Sie?«

»Ich bin eher neutral.«

»Genau da liegt das Problem, nicht? Neutralität. Dies ist keine Zeit für Neutralität, und je eher Sie das begreifen, desto besser werden Sie dastehen. Nehmen Sie nur Hoover und seine gemäßigt konservative Linie. Was hat sie für das Land schon bewirkt?«

Ich warf ihm einen Knochen hin, nur um zu sehen, ob der Fanatiker in ihm anbiss. »Nicht viel.«

»Ganz genau.« Seine Augen weiteten sich. »Nichts als dass man die Löhne zu hoch hält und hofft, die großen Banken werden den kleinen freiwillig beistehen. Das tun sie natürlich nicht. Niemals werden uns reiche Wohltäter wundersam aus der Depression heraushelfen. Der Bettler, der Lumpenbengel vor der Armenküche – erbarmen Sie sich derer vielleicht? Nein. Und zwar aus höchst verständlichen Gründen. Erfolgreichen Männern fällt es leicht, die Dinge klar zu sehen, Versagen als Versagen zu erkennen. Sie haben es nach oben geschafft, obwohl Sie aus einem schwierigen Umfeld stammen, nicht wahr? Würden Sie Ihre Ersparnisse aufs Spiel setzen, indem Sie all denen Kredit geben, die nichts geschafft haben? Betrachten wir das panische Herumrudern der Klein- und Kleinstbanken einmal aus dem Blickwinkel einer großen Bank: Sie wird doch nicht ihr Kapital in die Waagschale werfen, um damit die lumpigen Firmen von Kleingeistern zu retten, die wahrscheinlich sowieso untergehen. Mittlerweile sind die kleinen Banken zu verschreckt, um ihre Aktivposten als Kreditsicherheit zu riskieren. So funktioniert das einfach nicht.« Er schnaubte. »Die Regierung muss die Kontrolle an sich reißen, besonders in Zeiten der Krise. Alles, was den Republikanern einfiel, war, die Löhne einzufrieren. Wenn wir die Deflation mitrechnen, haben sich die Kosten der Arbeit unterm Strich erhöht, die Löhne steigen, während die Firmen sie gar nicht mehr bezahlen können. Das ist Wahnsinn.«

»So kann man das sehen, Wayright. Was wäre denn Ihre Lösung?«

Ich hätt's lassen sollen. Ich biss mir fast auf die Zunge.

»Hartes Durchgreifen der Staatsmacht«, kläffte er. »Sehen Sie sich Italien an, wo ein faschistischer Führer regiert. Als jemand, der dort geboren ist, werden Sie die Veränderungen sicher zu schätzen wissen. Noch vor zehn Jahren: entsetzlichste wirtschaftliche Depression. Mussolini hat das Rad herumgerissen. Er baut Straßen, Brücken, Eisenbahnlinien, Krankenhäuser und Schulen, Universitäten. Alle möglichen sozialen und öffentlichen Einrichtungen. Er treibt Steuergelder ein und gibt sie tatsächlich ans Volk zurück, nämlich in Form von Leistungen, die Menschen benötigen, um sich durchzubringen und hervorzutun. Ihr Heimatland ist jetzt in der Lage, sich landwirtschaftlich selbst zu versorgen. Und das Volk liebt ihn dafür.

So etwas kann eine Regierung für ihr Volk tun. Manche stellen vielleicht die Methoden in Frage, mit denen Mussolini das alles erreicht hat, aber wie die Franzosen richtig beobachtet haben, *Bois tortu fait feu droit* – auch krumme Äste machen aufrechtes Feuer. Nun sehen Sie sich mal Deutschland an ...«

Ich konnte ihn mir gut auf einem Podium vorstellen, ein Mikrophon vor sich.

»... Nach dem Krieg war es völlig verkrüppelt. Wir haben es natürlich mit Versailles noch schlimmer gemacht. Aber was es in Wahrheit ruiniert hat, das war die Demokratie. Die deutsche Regierung, eine schwächelnde Koalition, diskutiert endlos darüber, wie man am besten der Rezession abhelfen kann, die dort schlimmer wütet als irgendwo sonst auf der Welt. Ihr ständiges Hickhack ist nur noch lächerlich – einmal ist wegen eines Disputs über die neue deutsche Fahne glatt die Regierung auseinandergebrochen!«

Andererseits, dachte ich, war das alte deutsche Regime zusammengebrochen, weil es einen Weltkrieg angefangen hatte.

»Sagen Sie, Fontana, kennen Sie das grundlegende Ziel des Faschismus?«

»Nein.«

»Einigkeit. Ziel des faschistischen Führers ist die Beseitigung aller Hürden, die sich zwischen Volk und Staat stellen. Durch nahtlose Einigkeit wird die Gesellschaft stark, und die Menschen führen ein besseres Leben. Liberalismus nährt nur Schwäche. Korruption. Schon in demokratischen Nationen wissen wir ein gewisses Maß von Unterwürfigkeit zu schätzen. Der faschistische Staat erhöht bloß den Grad der Kontrolle, um Einheit zu erreichen. Sie sehen doch, was mit Amerika los ist. Hoover und sein halbherziger Demokratieverschnitt haben die Nation nur noch brüchiger gemacht.«

Darauf war ich gefasst gewesen – die Wandlung zum Demagogen. Wayright spielte vermutlich all seinen Opfern dieselbe Platte vor, ein aufgewärmter Mischmasch aus nachgeplapperten Pamphleten. Er trug seine Argumentation mit manischer Inbrunst vor, so armselig und lückenhaft sie auch war. Bequemerweise überging er die Willkür und die Brutalität in Mussolinis Vorgehen, die lähmende Schreckensherrschaft in seinem Polizeistaat und die daraufhin erfolgte Massenauswanderung von Italienern. Doch mir lag nicht genug an all dem, um mich ernsthaft auf eine Diskussion einzulassen.

»Sollten Sie jemals mehr darüber erfahren wollen, was wir hier tun«, sagte er, »dann lassen Sie es mich wissen. Ein angesehener Mann wie Sie könnte in diesem Saustall viel Gutes bewirken. Wie auch immer – Sie sind geschäftlich hier, also wollen wir uns auch mit dem Geschäft befassen. Welchem Umstand verdanke ich nun das Vergnügen?«

Ich atmete schwer aus. Nebel quoll aus meinem Mund. Wayright war kein wahrscheinlicher Kandidat für unseren Unruhestifter. Er hatte jetzt ein dickes Budget für seine bürokratische Maschinerie, damit entfiel zugleich sein stärkstes Motiv für illegale ›Spendenkampagnen‹. Außerdem wäre es eine blöde Idee, sich wegen ein paar profitabler Monate in den Alkoholschmuggel zu verstricken, zumal angesichts seines bereits bestehenden kleinen Imperiums legitimer Geschäfte.

Doch auch wenn ich seine Verwicklung in den Oktoberzwischenfall stark bezweifelte, bestand immer noch die Möglichkeit, dass er uns helfen konnte.

»Letzten Monat wurde im Norden einer meiner Schnapstransporte aus Toronto abgefangen. Ein Teil der Ware wurde entwendet, angeblich von der Polizei. Der Franzose und ich glauben diese Version nicht. Wir möchten herausfinden, was passiert ist. Wir haben uns gefragt, ob Sie da helfen können.«

»Ich? Ich wüsste nicht wie. Ermittlungen sind nicht meine Branche.«

»Aber vielleicht die einiger Ihrer Klienten.«

Er durchdachte das. Sein einziges gesetzwidriges Unternehmen war ein illegales Schutzprogramm – aber nicht die übliche Schutzgelderpressung. Es war eine regelrechte Dienstleistung, mit Zufluchtshäusern und Leibwächtern und falschen Papieren. Diese Art Schutz. Leute auf der Flucht zahlten ihm beträchtliche Summen, damit er für ihre Sicherheit sorgte.

»Ich würde Ihnen beiden nichts verheimlichen. Keine Sorge.« Von irgendwo in seinem Jackett zückte er eine lange Zigarre. Er spielte eine Weile damit herum, schwang sie beim Sprechen, dirigierte unsere Aufführung. »Vor etwa sechs oder sieben Tagen habe ich etwas darüber aufgeschnappt. Ein Bursche namens Miller kam eines Abends vorbei. Er suchte Schutz vor seinem Auftraggeber. Ich erklärte ihm, dass ich mehr nicht zu wissen brauchte, aber er bestand darauf, mir ein paar Einzelheiten anzuvertrauen. Er wollte, dass ich über alles Bescheid weiß, damit ich ihm eine maßgeschneiderte Dienstleistung anbieten und eine genaue Vorgehensweise empfehlen kann. Ein nachvollziehbares Anliegen. Er erzählte mir, er sei für eine Art Wirtschaftsverbrecher tätig, der unauffällige Prozentsätze von den Profiten einiger Leute abzweigt. Miller seinerseits ist Spezialist für Fälschungen, wobei ich mich nicht genau erinnere, worin seine Rolle dabei eigentlich bestand – es hatte was damit zu tun, die Spuren der Trickserei zu verwischen. Gewissermaßen die Krümel zu beseitigen. Aber irgendwann, sagte er, ging sein Auftraggeber zu weit. Er stahl mehr als nur diskrete Beträge auf dem Papier – er organisierte einen Überfall auf eine Art Versteck oder Lager mit dem Ziel, sich materielle Güter anzueignen. Miller, dem sein Auftraggeber – der ungenannt blieb – schon länger suspekt war und der ihm zunehmend misstraute, ging das eindeutig zu weit. Er … ergriff die Flucht.«

Ich musste an die Abrechnungen denken, die Luca so beunruhigten. ›Diskrete Beträge auf dem Papier.‹ Da musste es eine Verbindung geben. Ich würde mich jedoch bedeckt halten. Ein tiefsitzender Instinkt riet mir, mich so wenig wie möglich auf diesen Mann zu verlassen.

Ich sagte: »Allerdings ist die Ware auf der Straße weggekommen, nicht aus einem Lager.«

»Miller hat nicht näher ausgeführt, wie genau diese Güter entwendet wurden oder von wo. Selbst wenn zwischen seinem Vorfall und dem Ihren kein Zusammenhang besteht, könnte er Ihnen zumindest die richtige Richtung weisen. Oder Sie womöglich an einen Kollegen weiterleiten. Es gibt nicht viele gute Fälschungsspezialisten in dieser Gegend. Sie scheinen eine recht eng vernetzte Zunft zu sein. Und, letzte Möglichkeit, vielleicht sind seit dem eigentlichen Überfall noch andere Begebenheiten durchgesickert, die mit Ihrem Problem zu tun haben.« Er zündete endlich seine Zigarre an.

»Sie schlagen also vor, dass ich Kontakt zu ihm aufnehme?«

»Wenn Sie möchten. Sie haben immerhin den Franzosen hinter sich. Ich verkneife es mir, Sie nach dem Grund dafür zu fragen. Egal was dahintersteckt, seine Unterstützung verschafft Ihnen höchst gewichtigen Einfluss. Noch mehr, als Sie ohnehin schon haben. Ach, da ist noch etwas: Ich weiß nicht genau, wie Millers Verbindung zu seinem Auftraggeber funktioniert hat, da hier Anonymität gefragt war. Ich nehme an, Miller erhielt seinen Job durch eine dritte Partei oder indirekten Schriftverkehr. Der Punkt ist, er weiß nicht genau, wer hinter ihm her ist. Oder vielmehr hinter ihm her sein könnte. Manche Kriminellen sind so kompliziert. Haben Sie noch mehr Fragen?«

»Nein.«

»Dann können wir ja auf die Party zurück.«

Miller also. Klang ganz nach einem Dieb. Warf seinen Job hin, als er annahm, dass sein Boss ein Unternehmen, das sie sonst auf anderem Weg bestahlen, mit Gewalt ausgeraubt hatte. Mein Laden hatte einen Raubüberfall erlitten, und in meinem Laden waren Abrechnungen entwendet worden, was auf eine viel subtilere Art von Diebstahl verwies. Der Fälscher musste uns bestohlen haben – und zwar schon lange, bevor die Torontofuhre in die Binsen ging und er gleich mit.

Wayright und ich ließen den Nebel unseres Gesprächs im Garten hängen. Unsere kalten Gliedmaßen trugen uns wieder nach drinnen, wo nunmehr ein Zustand des Verfalls Einzug hielt. Der Abend hatte die Schwelle überschritten, wo der Alkohol sich endgültig festsetzt. Er sucht sich ein gemütliches Plätzchen und richtet sich dort für eine Weile ein. Wir sahen Nachzügler und Toilettenbesucher kreuz und quer eilen wie Fliegen im Zickzackflug. Noch nüchterne Abstinenzler staksten vorbei, lauschten mit gespitzten Ohren dem hämmernden Puls von Leben und Bewegung. Mir wurde nahegelegt, ins Getümmel einzutauchen, während mein Gastgeber die versprochene Telefonnummer besorgte.

Tauchen war nicht mein Ding. Ich graste die Ränder ab wie ein scheuer Pflanzenfresser und vermied Kontakte. Wenigstens bekam ich Hilfestellung vom Ambiente. Das Licht war gedämpft und mancherorts ganz gelöscht worden. Ein stumpfes orangefarbenes Glühen erfüllte den Raum. Die Leiber in dem Dunst hingen in zäh wabernden Kreisen fest, zu sehr auf ihre Umlaufbahn konzentriert, um mich zu behelligen.

Ich trat hinaus in die Empfangshalle und zündete mir eine an.

Wayright kam aus einer Tür drüben beim Eingang. Neben zwei Frauen blieb er stehen und röchelte ihnen etwas zu. Während er eine Schleimspur auf dem Teppich hinterließ, fixierte sich mein Blick, allerdings nicht auf ihn. Eine der Frauen sah mich an. Wir schauten uns von entgegengesetzten Enden der langen Halle in die Augen. Die Entfernung zerlegte ihr Aussehen zu Gemeinplätzen. Eine Brünette, halb zu mir umgewandt, den Rücken entblößt. In einem Fähnchen aus Quecksilber stand sie da. Hatte ein Gesicht, das ich kaum erkennen konnte. Augen, die ich nur spüren konnte. Es gab keinerlei Einzelheiten von Schönheit, nur einen vagen Eindruck und das Prickeln eines langen Blicks.

Wayright waberte heran.

»Ich hab's hier«, sagte er und reichte mir ein feuchtes Stück Papier. »Möchten Sie ihn sofort anrufen?«

»Wenn's keine Umstände macht.«

»*Bien sur.* Natürlich. Hier drin gibt es ein Telefon.« Er schob mich zu einer nahegelegenen Tür. »Das ist der Salon. Das Telefon steht gleich da drüben. Lassen Sie sich Zeit, so viel Sie brauchen.«

»Haben Sie eine Karte? Eine Nummer, unter der ich Sie später erreichen kann? Der Franzose wüsste das zu schätzen.«

»Selbstverständlich. Hier, nehmen Sie die. Holen Sie mich, wenn Sie noch etwas brauchen. Wenn nicht, *bonne nuit.*«

Ich hatte den Sinn von Salons noch nie verstanden. So etwas kam fast ausschließlich in englischen Romanen vor. Die Leute wurden darin auf raffinierte Weise ermordet. Zu mehr war so etwas auch nicht gut. Wayrights Salon mit seinem riesigen leeren Fenster wirkte ohne lästige Leiche gänzlich zweckfrei. Miller nahm nach anderthalb Klingelzeichen ab.

»Hallo?«

»Miller?«

»Ja.«

»Sie sind also der Dreckskerl, der mich bestiehlt.«

»Ist – ist da Fontana? Oder Saverino?«

»Ein Punkt für den ersten Versuch.«

»Ich hab Sie nicht bestohlen. Das war mein Boss. Und ich –«

»Weiß nicht, wer es ist?«

»Nein, genau. Wie zum Teufel sind Sie an diese Nummer gekommen?« Seine Stimme war hart, sie hatte sich mit dem metallenen Klang der Leitung vereinigt.

»Wayright hat sie mir gegeben«, sagte ich.

»Was? Er hat mich verkauft?«

»Es ist in unser beider Interesse. Der Franzose will wissen, was mit meiner geplünderten Lieferung letzten Monat passiert ist. Ich auch. Ich will außerdem wissen, wer meine Geschäfte schröpft und Sie dafür bezahlt hat, das zu tarnen.«

Nur das Knistern in der Leitung antwortete mir.

»Wayright hört auf den Franzosen«, sagte ich. »Angesichts der Tatsache, dass Wayright für Ihren Schutz sorgt, denke ich, Sie werden auf ihn hören. Er findet, Sie sollten kooperieren, Miller. Andernfalls sind Sie beide geliefert. Ich muss Ihnen wohl nicht erklären, dass das hier ein großes Kaliber ist.«

»Das ist eine starke Hand, die Sie da spielen.«

»Die Hand, die gewinnt, denke ich.«

»Sie scheinen eine Menge zu denken.«

»Ich gleiche das aus, indem ich eine Menge tue. Ich habe Ihnen genug beängstigende Gründe genannt, sich mit mir zu treffen. Jetzt gebe Ihnen einen angenehmen dazu: Wer immer dahintersteckt, bewegt sich aufs Ende einer Sackgasse zu. Das hat der Franzose deutlich gemacht. Wenn Sie uns helfen, helfen Sie auch sich selbst. Sie müssen sich dann nicht mehr verstecken.«

»Das ist mir klar.«

»Gut.«

»Ich hörte, Sie mögen keine Kanonen, Fontana. Ist das wahr?«

»Eins der wenigen Gerüchte, die stimmen.«

»Sie wollen das einfach nur aufklären, richtig?«

»Sicher. Gestern war gestern, heute ist heute.«

»In Ordnung. Ich schätze, ich kann's mit Ihnen versuchen. Wo sollen wir uns treffen?«

Ich hörte, wie sich hinter mir die Tür öffnete. Licht floss in den Raum. Der Umriss einer Frau stand in dem Spalt. Den Blick auf sie gerichtet, sagte ich: »Es gibt ein Lokal an der 18. Ecke Ingleby. In fünfzehn Minuten.«

»Prima. Ich trage Blau.«

Ich hängte ein. Verhielt kurz. »Guten Abend.«

»Von einer Konversation gleich zur nächsten«, entgegnete die Frau. »Sie sind verwegen.«

»Und Sie eine Lauscherin.«

»Ich bin bloß neugierig. Müssen Sie gleich los zu Ihrer Verabredung?«

»Gut möglich.«

»Das ist schade.«

Ihr silbernes Kleid floss über ihren Körper, das Gegenlicht betonte die Form.

»Inwiefern?«, fragte ich. »Möchten Sie Freundschaft schließen?«

»Gut möglich. Sie sind Fontana, ja?«

Sie hatte einen Hauch von skandinavischem Akzent. Er glättete die harten Kanten ihrer Worte. Ich ließ sie weitersprechen.

»Ich weiß von Ihnen«, sagte sie. »Genauer gesagt, ich habe von Ihnen gehört. Jede Menge gehört.« Sie bremste ihren gleitenden Schritt. »Ich denke, im Gegenzug haben Sie ein Anrecht auf ein paar Angaben über mich. Mein Name ist Stella Rousseau.«

»Das sind nicht gerade viele Angaben.«

»Ich bin nicht gut im Zählen.«

»Womit gleichen Sie das aus?«

»Sagen Sie's mir.«

»Mit Ihrem psychoanalytischen Talent.«

»Das ist ein großes Kompliment.«

»Zumindest der Silbenzahl nach.«

»Aber ich bin –«

»Nicht gut im Zählen.«

Sie schenkte mir ein Lächeln, das meilenweit entfernt wirkte.

»Sie sind dran«, sagte ich.

»Ich bin sprachlos.«

»Zuweilen habe ich diese Wirkung.«

Ihr Lächeln kam etwas näher.

»Die Wirkung scheint Ihnen zuzusagen«, sagte ich.

»Das könnte ich vortäuschen.«

»Sie wirken tatsächlich wie jemand, der solche Spiele spielt.«

»Wie unfreundlich. Meinen Sie, ich spiele Ihnen gerade etwas vor?«

»Nein, weil Sie selbst nicht glauben, dass Sie das tun.«

Sie hatte einen anziehenden Mund, eine Linienführung in vollkommenen Proportionen. Ich konnte nicht bestimmen, welche

Farbe ihre Augen hatten, jedenfalls nicht braun – sie hatten eine richtige Farbe. Es mochte am Licht liegen, aber sie wirkten tiefblau.

»Ich finde Sie höchst interessant«, sagte sie. »Unter anderem.«

»Ich frage jetzt nicht nach.«

»Warum nicht?«

»Mein Geist ist zu rein.«

»Oder schmutzig genug, es zu erraten.«

»Oder das.« Unser Gespräch war ein Tanz. Ich machte den nächsten Schritt. »Ich muss mich auf den Weg machen, Miss Rousseau. Wollen Sie noch hier bleiben – in diesem Salon ohne Kunst?«

»Ich denke schon. Selbst Spielerinnen brauchen mal eine Pause.«

»Das wird Ihren Opfern sicher gut tun.«

»Kommen Sie noch mal zurück?«

»Nein, aber vielleicht sehen wir uns ein andermal wieder.«

»Ich nehme das für bare Münze. Sie sind nicht der Typ für leere Phrasen.«

»Ich verabscheue sie.«

»Dann auf Wiedersehen, Mr. Fontana.«

»Auf Wiedersehen.«

Ich ging hinaus, ohne mich umzudrehen, und fuhr mit ihrem Gesicht im Kopf durch den See aus Kieselsteinen davon.

Einst, vor Jahren, aß ich eine Handvoll Casu Marzu. Das ist ein sardischer Käse, der mit Maden fermentiert wird. Man streicht ihn auf eine Scheibe Brot und führt es dann mit darüber gehaltener Hand zum Mund, damit die Maden nicht weghüpfen. Ich wählte eine andere Verzehrmethode, die darin bestand, den Leckerbissen in eine Papiertüte zu stecken und zu warten, bis die Maden erstickten. Es dauerte eine Weile. Ihr Wimmeln und Hüpfen erzeugte schwache Knallgeräusche, solange sie noch zappelten. Ein stiller Völkermord. Ich weiß noch, wie ich vor meinen erwartungsvollen Gastgebern auf dem feuchten Matsch herumkaute, der sich immer noch leicht wand. Sie hatten ihn extra zu Ehren meiner Ankunft zubereitet. Es war die schrägste Ehrenbezeugung, die mir je widerfuhr.

An der 18. Ecke Ingleby hockte ein großes Stück Casu Marzu. Ich hatte als Treffpunkt einen verwahrlosten Schuppen gewählt, der von Landstreichern wimmelte, glücklosen Organismen, die einst Männer gewesen waren. Manche kamen frisch aus fremden Ländern, manche aus anderen Bundesstaaten. Jede Menge Okies. Dustbowlers. Diejenigen, die ihr Haus nicht auf Lastwagen zurrten und nach Kalifornien abzwitscherten, drängten in die Großstädte auf der Suche nach Arbeit und nach dem Traum. Ich war nicht sicher, ob irgendwer von ihnen den jemals fand. Aber viele versuchten es. Wir nannten die Industriegebiete schon »Feuertonnenviertel« – nach all den brennenden Fässern und den Pennern, die sie umlagerten. Viele ahnungslose Nagetiere verbrannten in diesen geschwärzten Tonnen. Ihre Kadaver machten den Gestank noch schlimmer.

Bis vor wenigen Jahren waren diese Männer noch alternde Anwälte und picklige Fernfahrer gewesen, Küstenfischer und leitende Angestellte, Polizisten, Ärzte, einst durch ihre Berufe getrennt, jetzt im Scheitern vereinigt. Ich fühlte mich niemals schuldig, wenn ich sie sah. Ich hatte mich vor langer Zeit entschieden, wie ich leben wollte und wovon. Das hatten diese Penner ebenfalls getan. Sie hatten sich seinerzeit dafür entschieden, Sklaven zu sein. Und jetzt waren sie nichts.

Ich spürte ihre Blicke auf mir, als ich hineinging. Millers Anzug war nicht der einzige in Blau, wohl aber der einzige von einem Schneider. Ich setzte mich an den Tresen, wo er in einen Becher Kaffee starrte. Seine Identität war bestätigt, als er mich bemerkte und Begreifen in seinen Augen aufblitzte. Wir zogen um in eine Sitzecke im einzigen Teil des Lokals, der nicht im Schweiß siedete. Ich rutschte ganz durch, um mich an das kühle Fenster zu schmiegen. Starrte hinaus, während Miller Platz nahm. Trübe Lichter regten sich hinter dem Nebel.

»Was bestellen?«, fragte ich.

»Ich hab schon gegessen. Wieso haben Sie den Laden hier ausgesucht?«

»Ich kenne die Bullen, die hier Streife fahren. Sie gucken nicht her und stellen keine Fragen.«

»Oh. Gut.«

Er sprach mit ruhiger Dringlichkeit. Eine halbwegs hübsche Kellnerin mit großen Brüsten erschien, um uns zu bedienen. Ich bestellte Steak mit Pommes und Kaffee. Als sie weg war, bemerkte ich: »Schön, mal eine Frau zu sehen, die sich noch ihrer Arbeit erfreut.«

»Sie wissen nie zu schätzen, was sie haben.« Er machte eine Pause. »Wissen Sie, Sie halten mir ja keine Kanone ins Genick, und Sie gelten als verlässlicher Kamerad, aber mir ist bei dieser ganzen Geschichte ziemlich bange.«

»Mich macht sie nur sauer.«

»Das verstehe ich.« Er kratzte sich hinterm Ohr. »An Ihrer Stelle würd's mir genauso gehen. Aber wie Sie schon am Telefon sagten – gestern war gestern, richtig? Diebstahl ist auch nur eine Art, sich seinen Lebensunterhalt zu verdienen.«

»Ersparen Sie mir diesen Scheiß. Es gibt viele Arten, Geld zu verdienen, und Sie haben sich dafür entschieden, meinen Laden zu schröpfen.«

»Nun ja, auf die Art sind Sie doch auch zu Ihrem Lebensunterhalt gekommen.«

Ich sah ihn an. Er hatte recht. Er hatte mir nur das angetan, was ich einst mit zahllosen anderen gemacht hatte: ihren Schnaps gestohlen oder den Raub in die Wege geleitet. Jetzt bekam ich zu spüren, was andere Trottel meinetwegen verspürt hatten.

»Lassen Sie uns zur Sache kommen«, sagte ich. »Und leise reden.«

»Geht klar. Sie wollen herausfinden, was letzten Monat passiert ist, oder? Der Torontotransport? Und der Abrechnungsschwindel?«

»Richtig.«

»Also, bei der Abrechnungsmasche kann ich Ihnen helfen. Mit diesem Schmugglerscheiß hab ich aber nichts am Hut. Ich versteh mich bloß aufs Fälschen. Das ist alles, was ich mache.«

»Das ist mir klar.«

Anscheinend lag ich richtig damit, eine Verbindung zwischen den Vorfällen zu vermuten: Wie Wayright schon sagte, mochten hinter dem Überfall auf meine Lastwagen im Norden dieselben Leute stecken, die auf andere Weise mein Geschäft bestahlen und Miller einsetzten, um ihre Spuren zu verwischen.

Miller nahm jedenfalls an, dass es dieselben Leute waren. Seiner Ansicht nach war es dumm von seinen Auftraggebern, ihren Zugriff auf die Straßen auszuweiten. Er bekam Angst, dass wir dahinterkamen. Also machte er sich dünn.

»Schön und gut«, sagte er. »Zu den Abrechnungen. Sie sind offenbar im Bilde über das Rechnungssystem, das Sie da betreiben. So wie ich es verstehe, wurde es als eine Art Sicherheit für den hiesigen Don entwickelt. Er will über alles, was läuft, Bescheid wissen –«

»Das ist richtig.«

»– und sicherstellen, dass er seinen Schnitt bekommt. Deshalb machen Sie sich die ganze Mühe überhaupt. Absurderweise macht die Komplexität dieses Sicherheitssystems es erst richtig anfällig. Wenn die endgültige Monatsabrechnung aufgestellt wird, klaut ein Insider in Ihrem Lager, einer der Buchhalter, für mich eine Ausfertigung. Ich knöpfe mir die größeren Posten vor, ändere hier und da ein paar Zahlen. Sagen wir, Sie verdienen bei einem Geschäft hundertzweiundfünfzig Dollar und sechzig Cent. Diese Summe ist in einem Ordner dokumentiert und in der Abrechnung aufgeführt. Dann komme ich, zweige ein bisschen was von der Schaumkrone ab und kassiere den Fehlbetrag.«

»Wie viel nehmen Sie?«

»Keine gewaltigen Beträge, prozentual gesehen. Und ich arbeite ausschließlich mit den Prozenten, denn wenn man eine Forderung einfach um zehn Dollar schröpft, hinterlässt man tendenziell runde Summen. Runde Summen sind verdächtig. Wenn man, sagen wir, fünf Prozent vom Gewinn abzieht, ergibt das eine ziemlich hässliche Zahl, aber hässlich ist nun mal glaubwürdig.«

»So viel stehlen Sie also rund und roh, fünf Prozent?«

»Das ist meine Quote. Fünf Prozent Ihres monatlichen Einkommens. Insgesamt, wobei die Prozente, die ich von den verschiedenen Abschlüssen runterrechne, variieren. Manchmal sind es bloß zwei, ein andermal gleich zehn Prozent. Aber am Ende bleiben unterm Strich fünf Prozent, die ausradiert wurden.«

»Dann müssen Sie die Endsummen fälschen, damit das aufgeht. Und die echten Abrechnungen mit den gefälschten vertauschen. Und das alles, bevor Sie wirklich etwas von dem Geld haben.«

»Um das eigentliche Stehlen kümmert sich jemand anders. Ich bekomme bloß die Abrechnung und mache mein Zauberkunststück. Einen Profi brauchen sie nur wegen der vielen Unterschriften und handschriftlichen Vermerke auf den Abrechnungen, Sie wissen schon, die Leute des Dons zeichnen gegen, und das stellt erst die Legitimität sicher. Die muss ich also alle kopieren. Wie auch immer – zwei Tage, nachdem ich die Abrechnung erhalten habe, hinterlege ich das fertige Produkt in einem Briefumschlag neben meiner Tür. In der Nacht krieg ich dann Besuch von einem Knaben, der meinem Auftraggeber als Kurier dient. Er nimmt den Umschlag und geht wieder.«

»Herrje. Was für ein aberwitziges Getüftel.«

Die goldige Lady kam mit meiner Bestellung. Billiges Porzellan klapperte auf den Tisch, gleich darauf existierte sie nicht mehr.

»Es ist ziemlich verwickelt«, sagte Miller, »aber es ist ein System. Wie eine Fabrik. Groß und komplex, jedoch verlässlich. Es folgt einem gleichmäßigen Ablauf. Oder jedenfalls tat es das bis vor kurzem.«

»Erzählen Sie.« Ich spießte ein Bündel Pommes auf die Gabel.

»Am ersten November klopfte der Kurier bei mir an. Er war völlig außer sich. Erzählte mir brühwarm, dass er ein Pascher ist und für Saverino und Fontana arbeitet. Einer der eingeschleusten Leute meines Auftraggebers. Wenn er nicht gerade herumschnüffelte, arbeitete er im Lager oder fuhr gelegentliche Schnapstransporte.«

»Seinen Namen wissen Sie nicht?«

»Keine Chance. Das war alles höchst inkognito. Also dieser Bursche besuchte mich knapp zwei Wochen nach seiner Rückkehr von der Toronto-Nummer – nämlicher geplünderter Lieferung. Anscheinend hatte man ihnen hinter irgendeinem scheiß Kuhkaff aufgelauert. Aber nicht etwa die Bullen oder Agenten. Ihre Pascher bekamen Thompson-MPs in den Hals geschoben und den Befehl, die Hälfte ihres Transports abzugeben. Die Drohungen, was passieren würde, wenn sie nicht den Mund hielten, reichten von hier bis zum Mond und wieder zurück.«

»Bei mir kam nur an, dass sie die Schmiere bestechen mussten. Das war also nur ein Märchen zum Deckeln, genau wie wir dachten. Fahren Sie fort.«

»Der Kurier war mächtig erschüttert. Ich meine, seine Schrauben waren so locker, dass es regelrecht schepperte. Er war sicher, dass unser Boss hinter dem Überfall steckte. ›Das fällt doch auf uns zurück‹, meinte er. ›Die kriegen alles raus.‹ Dann drehte er durch, weil er dachte, er hätte zu viel gesagt. Er würde von beiden Seiten bestraft werden: von Ihnen, Luca und dem Don für seinen Betrug, und außerdem von den Banditen. Er fühlte sich umzingelt. Paralysiert. Solche Panik hab ich seit 1918 nicht mehr erlebt. Es war, als könnte er mich gar nicht sehen – etwas anderes war dazwischen. Seine Augen wirkten völlig blicklos.«

»Haben Sie seinen Namen?«

»Nein. Er war viel zu verängstigt, um noch irgendetwas zu sagen. Er wollte so anonym wie möglich bleiben. Er war ja nicht mal der richtige Insider, um ihn auszuquetschen, er wusste nämlich auch nicht, wer unser Boss war. Der Zwischenträger war ein anderer Kerl, der auch bei Ihnen arbeitet. Meiner Theorie nach war dieser andere Kerl ebenfalls bei dem Transport dabei und hat mit den Banditen zusammengearbeitet. Er muss ihnen gesteckt haben, wann die Lastwagen wo vorbeikommen.«

»Also haben Sie nach diesem Besuch gekündigt.«

»Richtig. Ich hab schon viele Auftragsarbeiten gemacht. Hatte jede Menge mit namenlosen Klienten zu tun. Nach einer Weile rechnet man geradezu damit. Die Leute sind nervös, besonders wenn ihre Existenz auf dem Spiel steht. Die meisten meiner Klienten waren Geldmenschen: Bankiers, Broker, Versicherungsmakler.« Er flüsterte. »Ich hab schon alle Arten von Anschaffungen frisiert, Kapitalanleihen, Wertpapiere, hatte sogar mit Immobilienspekulation zu tun. Ich hab an der Ausarbeitung von diversen Schneeballsystemen mitgewirkt, auch dem, was dieser Ponzi vor ein paar Jahren durchgezogen hat.«

»Das sollten Sie hier drin aber noch sehr viel leiser sagen.«

Er lächelte. »Und natürlich Kreditbetrug, die ganz große Masche. Das Verrückte dabei ist, meine Dienste werden nur in Anspruch genommen, wenn Verzweiflung im Spiel ist. Was diese Leute alles ganz legal tun können … es ist unbeschreiblich. Ich sage Ihnen, wenn diese Prohibition erst Schnee von gestern ist, sind es nicht nur Leute wie Sie, denen der Saft ausgeht. Es wird auch die treffen. Die Krawattenträger. Ich bezweifle ernsthaft, dass für euereins so bald eine neue Prohibition auftaucht – nichts für ungut –, aber diese Leute werden es noch jahrelang wieder und wieder mit denselben Winkelzügen versuchen, die sie schon in den Zwanzigern reich gemacht haben.« Er beugte sich vor. »Und ich werd ihnen dabei helfen. Das wird der reinste Spaziergang. Keine Kämpfe, keine Waffen, keine gottverdammte schleichende Gefahr. Reine Geschicklichkeit. Ihr Geschäft, das ist eine knallharte Nummer. Ich hab keine Ahnung, wie Sie in dieser Stadt so groß werden konnten. Das muss doch schlauchen. Dieser Auftrag, von dem wir gesprochen haben, euch Jungs zu bestehlen, das war von Anfang an ein Eiertanz. Dann kam auch noch dieser Knabe vorbei, und was er da erzählte – das war alles zu viel für meine Nerven. Also sagte ich mir, ein Job, der dich gleichzeitig langweilt und dir Angst einjagt, ist einfach das Geld nicht wert.«

»Klingt wie Lehreralltag in der Grundschule.«

»Hölle, so schlimm nun auch wieder nicht.«

»Und wie sind Sie Ihren Ausstieg also angegangen?«

»Ganz diskret. Die Entscheidung wurde mir halbwegs abgenommen. Der Kurier sollte mir am 5. die Oktober-Abrechnung bringen. Tat er aber nicht. Das war vor sechs Tagen. Am Abend rief er mich an: Er war längst über alle Berge. Er sagte mir, sie würden sehr bald hinter ihm her sein, und ich sollte lieber auch abhauen, das sei besser als rumsitzen und darauf warten, dass Ihre Leute kommen und über uns herfallen. Was unweigerlich passieren musste, denn die echten Abrechnungen waren fast eine Woche zuvor in Umlauf gebracht worden, und durch die konnte der ganze Schwindel auffliegen. Wie auch immer, ich hab seinen Rat befolgt.«

»Nur dass Sie nicht abgehauen sind. Sie verstecken sich.«

»Daran ist die Hoffnung schuld. Ich wollte eigentlich nur den Job aufgeben, nicht gleich die Stadt. Ich bin seit zehn Jahren hier. Hab mir ein Leben aufgebaut. Und eine lange Kundenliste dazu. Ich war nicht bereit, das alles in den Wind zu schießen. Also hab ich mir bei Wayright ein Schutzpaket gekauft in der Hoffnung, dass das Ganze letztlich irgendwie überkocht und verdampft. Der Kurier meinte, es sei nur eine Frage der Zeit, bis die ganze Nummer auffliegt und unser Boss dafür drangekriegt wird. Wenn das passiert und ich es schaffe, mich bis dahin bedeckt zu halten, könnte sich alles noch in Wohlgefallen auflösen, ohne Verluste meinerseits. Spurlos aus der Stadt verschwinden ist sehr viel schwieriger, als es klingt. Oft ist Abtauchen sicherer als Wegrennen. Also hab ich mich versteckt. Das Problem ist, ich bin nicht sicher, was genau mit der Oktober-Abrechnung passiert ist. Unsere Masche ist jetzt geplatzt. Wenn mein Boss ungeduldig war, haben sie sich vielleicht schon was von dem Geld für diesen Monat unter den Nagel gerissen. Manchmal tun sie das. Manchmal ergibt sich eine gute Gelegenheit, Bargeld zu klauen, und dann muss ich im Nachhinein die Spuren tilgen. Wenn das in diesem Fall zutrifft, ist die Abrechnung höchstwahrscheinlich unbereinigt rausgegangen. Das kann meinen Boss in echte Schwierigkeiten bringen. Dadurch kann der ganze Schwindel auffliegen. Auf eine Art wär das gut für mich, denn es bedeutet, dass sie schneller erwischt werden und die ganze Geschichte schnell beerdigt wird. Im Idealfall. Aber es macht die Lage auch gefährlicher. Mein Boss wird alles daran setzen, sämtliche Ausfertigungen der Oktober-Abrechnung aufzuspüren und ebenso den Bastard, der ihnen die Tour vermasselt hat. Sie werden verdammt wütend sein, wenn sie den in die Finger kriegen – also mich.«

Ich grunzte und spießte den letzten Würfel vom Steak auf. Der allerletzte Mundvoll. Immer der beste. Ich kostete ihn aus. Stieß meinen Teller weg.

»Wir müssen das auf die Reihe bekommen«, sagte ich bewusst leise. »In Kurzfassung: Jemand hat meine eigenen Leute angeheuert, um mich zu bestehlen. Sie hat man eingesetzt, um die Summe zu kalkulieren, die jeden Monat gestohlen werden kann, und um alle Spuren zu tilgen. Wer immer dahintersteckt, hat auch einen Überfall auf ein paar meiner Lastwagen organisiert, die letzten Monat von Toronto runterkamen.«

»Vor drei Wochen.«

»Richtig.« Ich zündete eine Zigarette an. »Vor drei Wochen. Ich war außer Landes. Seit ich zurück bin, hat mein Geschäftspartner keine Anstalten gemacht, mich darüber zu informieren. Und aus etlichen verschiedenen Gründen müssen Sie und ich so schnell wie möglich den Dieb finden. Dann sind da noch Ihre Auftraggeber, die wahrscheinlich hinter Ihnen her sind, weil Sie sie angeschissen haben.«

»Sie wissen wirklich, wie man die Dinge in einem positiven Licht sieht. Was passiert, wenn wir den Dieb gefunden haben?«

»Wir liefern ihn aus.«

»Der Polizei?«

»Dem Franzosen.«

»Sie haben mir immer noch nicht gesagt, was genau seine Rolle dabei ist.«

»Unbedeutend. Er weiß über das Ganze nur Bescheid, weil das geklaute Zeug fürs *Marseilles* bestimmt war und dort nie ankam. Ich möchte bei dem Kerl keinen schlechten Leumund behalten, deshalb habe ich versprochen, ihm den Dieb zu liefern. Der Franzose gibt mir genau heute Nacht, um ihn ausfindig zu machen.«

»Heute Nacht klingt gut für mich. Ich geh freitags sowieso nicht mehr tanzen. Meinen Sie, Saverino könnte der Dieb sein?«

»Könnte passen. Die Masche mit den Abrechnungen wäre sehr viel leichter durchzuführen, wenn sie gänzlich innerhalb der Firma liefe. Luca hat Zugang zu allem einschließlich des gestohlenen Bargelds. Wissen Sie, wie viele von meinen Leuten noch umgedreht worden sind?«

»Außer dem Kurier und dem anderen Kerl, der mutmaßlich unserem Auftraggeber Bericht erstattet … nein. Ich weiß nur von den beiden.«

»Dann wäre das plausibel. Luca könnte der Langfinger sein. Obwohl das absolut nicht zu ihm passt. Ich kann ihn mir nicht vorstellen, dass er mich so übern Tisch zieht. Und nicht nur mich – all die Jungs, die mit in unserem Geschäft stecken und uns beim Aufbau geholfen haben. Alle unsere Freunde.« Ich schnippte ein Bröckchen Kohle in den Aschenbecher. »Zugegeben, Luca ist gerissen. Er ist gewitzt genug, um auszubaldowern, wie er unbemerkt seine eigene Firma beklauen kann – und er hat gern Geld. Aber er ist einfach nicht Arschloch genug, um so eine Nummer durchzuziehen. Er ist ein grundanständiger Mann. Wir sind seit langem Freunde.«

»Für Geld machen Menschen dumme Sachen. Sie und ich sind Belege dafür.«

Wohl wahr. Atmende, nervöse Belege.

»Ich will ihn auf jeden Fall finden«, sagte ich. »Einigen wir uns auf dieses Ziel.«

»Okay. Und wer kommt zuerst, die Pascher oder Saverino?«

»Von den Fahrern könnten wir etwas erfahren. Kein Zweifel. Ein paar ehrliche Antworten können das ganze Schlamassel aufklären helfen. Aber *falls* Luca dahintersteckt und wir ihn aufspüren, hätten wir den nächsten Teil des Problems gleich mitgelöst. Wir hätten den Dieb überführt und ihn außerdem gefangen.«

»Dann würde es kompliziert werden.«

»Angenommen er ist es, ja, dann schon.« Ich blies eine lange Rauchfahne in die Luft. »Wenn wir ihn jetzt finden, selbst wenn er nicht der Schuldige ist, kann er uns immer noch erklären, was los ist. Was er in den letzten Wochen herausgefunden hat und warum er damit hinterm Berg hält. Der Franzose hat ihn direkt nach dem Vorfall aufgefordert, den Drahtzieher des Überfalls zu finden. Bislang hat Luca nichts geliefert.« Ich klärte Miller über die fehlende Oktober-Abrechnung auf – und über Lucas Verschwinden.

»Meinen Sie, er könnte entführt worden sein?«

»Möglich wär's.«

»Himmel«, sagte er. »Wenn wir also nach Luca suchen wollten statt nach den Paschern, wo würden wir dann anfangen?«

»Wir könnten es natürlich in seinem Apartment versuchen. Ich bezweifle, dass er da ist. Ich würde eher zu seiner Freundin gehen. Carmen. Wir können sie anrufen oder ihr einen Besuch abstatten. Sie wird höchstwahrscheinlich wissen, was mit ihm los ist. Sie haben zwar gerade Scherereien, aber wenn es ernst wird, dürfte sie Bescheid wissen.«

»Und unsere andere Möglichkeit – die Fahrer?«

»Es gibt ein Angestelltenregister in unserem Büro an den südlichen Docks, wie auch Dokumentationen sämtlicher Lieferungen. Wir können hinfahren und nachsehen, wer bei der Torontofuhre dabei war. Namen und Adressen notieren. Damit sollten wir ein paar Antworten kriegen können.«

»Garantiert.«

»Ja.«

»Also ist das sicherer.«

»Schon. Aber ich möchte diese Geschichte sofort klären. Wir könnten uns aufteilen. Ich fahre zu Carmen, Sie fahren zu den Docks.«

»Aber ich nehme doch mal an, dass nachts alles abgesperrt ist.«

»Stimmt.« Ich seufzte. »Und der Schlüssel ist in meiner Wohnung.«

»Na schön, passen Sie auf. Ich will erst noch mal zu mir, bevor ich irgendwo hinfahre. Ich packe ein paar Sachen zusammen, sodass ich verschwinden kann, wenn ich muss.«

»Ich sollte dasselbe tun«, sagte ich. »Zumindest etwas Geld einstecken.«

»Aber ich kann das mit Carmen nicht übernehmen, ich kenne das Mädchen nicht. Und wir brauchen Ihren Schlüssel fürs Büro. Ich schlage vor, wir treffen uns in einer Stunde an den Docks. Dann haben Sie Ihren Schlüssel, und wir beide haben unser Zeug dabei. Wir schnappen uns die Adressen Ihrer Angestellten, und dann können wir immer noch entscheiden, getrennte Wege zu gehen, wenn es nötig ist. Ich kann mich um die Pascher kümmern, Sie können zu Carmen oder Luca suchen oder was auch immer. Ja?«

Ich nickte. »Kennen Sie den Pier?«

»Nein.«

»Southeast Docks. 1220 Altman Drive. Es ist Pier 13.«

»Dreizehn, ja?«

»Ich weiß, ich weiß.«

Er stand auf. Knöpfte seinen Mantel zu. Es war einer dieser dünnen sandfarbenen Trenchcoats, die nicht viel mehr bewirkten, als das Wasser beim Eindringen etwas zu demoralisieren. Er sagte: »Ich bin froh, dass Sie nicht hergekommen sind, um mir eine Kanone ins Gesicht zu drücken.«

»Sie wissen doch, ich mag keine Kanonen.«

»Dachte immer noch, das wär bloß Klatsch.« Feixend verschwand er seitwärts in der Menge.

Ich blieb noch eine Minute, um meinen Kaffee auszutrinken. Meine Zigarette war schon lange auf dem Tabakfriedhof des Tisches verendet. Ich berührte das beschlagene Fenster und spürte die Kälte. Ließ meine Fingerabdrücke darauf zurück und schob mich durch das Gewimmel des Lokals. Die Frau an der Kasse trug fünfzig Jahre Enttäuschung im Gesicht und darüber ein halbes Pfund billiges Make-up. Als ich mit Bezahlen dran war, spuckte ich einen Schein aus und sagte ihr, sie solle das Wechselgeld behalten. Sie nahm das hin wie alles andere auch. Wie jeder andere auch.

Erlöst vom Dunst des Lokals blieb ich unter einem schmalen Streifen Vordach stehen, um den dünnen Lanzen des Regens zu entgehen. Die Situation hatte sich kaum verändert, bis auf die Temperatur, die allmählich tückisch wurde.

Ich wanderte zu meinem Wagen, während von meinem Hut ein Wasserlauf herabrann, da entdeckte ich etwas auf der anderen Straßenseite: Aus einem Apartmenthaus tauchte ein Riese auf. Er blinzelte kurz ins Wetter und drosch sich seinen Gatsby auf den Kopf. Schob sich die Stufen hinunter. Schlurfte los, in dieselbe Richtung wie ich. Ich spazierte weiter, beide Augen fest auf die Gestalt gerichtet. Ich konnte mein Glück kaum fassen. Mit genau diesem Bastard musste ich reden. Er mochte der Schlüssel zu dem ganzen gottverdammten Rätsel sein.

Zwischen uns staute sich der Strom von Fahrzeugen. Eine Limousine brauchte zu lange, um das Tempo zu drosseln, und bremste schließlich zu hart. Das hätte mit zerbrochenem Glas und einer erhitzten Debatte enden können, stattdessen kreischten die Reifen ein bisschen und ein paar Fußgänger fuhren alarmiert herum, um die Quelle des Geräuschs auszumachen. Einschließlich meines Kerls. Als ich sah, wie sein Kopf sich drehte, kippte ich mein Gesicht nach unten. Meine Schuhe spritzten voran, glänzten in der Nässe. Als ich wieder hochsah, war er weiter zurückgefallen, stand vor einem Restaurant, redete mit einem Kellner. Sie schienen sich zu kennen. Andererseits tun alle Kellner so, als wären sie dein bester Freund. Ich lehnte mich an eine undurchnässte Mauer und zündete eine Zigarette an.

Ein paar Zentimeter Asche später beendete er das Gespräch und setzte seinen Gang fort. Der Mahlstrom des Verkehrs kam jetzt knirschend wieder in Fluss. Zahnräder regten sich, metallene

Muskeln spannten sich. Während Automobile vorbeirauschten, sah ich sein verzerrtes Bild durch ihre Fenster. Er ging an Lucas Wagen vorbei, ohne ihn zu bemerken. Idiot. Ich überquerte die Straße und stellte mich neben das Fahrzeug, fummelte mit den Schlüsseln herum und beobachtete, wie weit er ging. Gut fünfzig Meter weiter blieb er bei seinem eigenen Wagen stehen und stieg ein. Ich warf den Motor an und setzte aus meiner Parklücke. Rollte hinter ihm her, hielt aber einen soliden Abstand. Die unzähligen Lichter der Straße offenbarten sein Automobil als braunen V8 Fordor.

»Beppe, du mieses Stück Scheiße.«

Er arbeitete ganz offensichtlich für den Dieb. Diese Aufführung vorhin – wie er am Telefon nervös herumgestammelt und mir dann ins Gesicht gelogen hatte – konnte durchaus damit zu tun haben.

Ich sah ihn an der 14. rechts abbiegen. Der Strom des Verkehrs verdünnte sich zum Bach, als wir nach Bellevue hineinflossen. Ein Wildwasserbach aus polierten Maschinen. An seinen Ufern wuchs Backstein, Mörtel und bemaltes Holz. Ich folgte Beppe flussabwärts. Folgte ihm dorthin, wo ich wusste, dass er hinwollte.

Die 23. Straße war Schmugglerterritorium. Ihre Anwohner hatten etwa so viel Moral wie Reißzwecken. Die Gegenwart bekannter Krimineller zog hier wenig Aufmerksamkeit auf sich. Nach meinem Zwischenspiel in Dresden fand ich, dies wäre eine gute Gegend, um sich niederzulassen.

Ich hatte mich im sechzehnten Stock eines Gebäudes einquartiert, das sich über die Straße reckte wie ein monströser Wasserspeier. An der Westwand meines Apartments prangte ein spektakulärer Blick auf Bellevue. Abends kam ich nach Hause, ließ die Lichter aus, setzte mich ans Fenster, ein Bier auf dem Sims, und starrte auf Belle runter. Manchmal lief dazu eine Schallplatte. Manchmal war mein Geist so düster wie der Raum. Dann saß ich still da, wischte sie sauber, diese schmutzige Windschutzscheibe hinter meinen Augen, und schaute zu, wie die Stadt sich vor mir ausbreitete.

Tagsüber war die 23. eine betriebsame Meile, aber die Tage waren hier kurz. Die meiste Zeit blieb sie sich selbst überlassen.

Das Wetter des heutigen Abends hatte alles Leben von der Straße gefegt, und Beppes Fordor wühlte sich durch die Stille. Vor meinem Haus blieb er stehen. Ich fuhr weiter und parkte ein Stück entfernt. Wollte nicht, dass irgendwer Lucas Baby erkannte.

Ganz langsam stieg ich aus dem Wagen, und langsam schloss ich ihn ab. Der Regen verdichtete sich zu einem betrüblichen Brei, zu kalt, um es Regen zu nennen, und zu flüssig, um trocken zu bleiben.

Die Lobby war dick mit Karamellcreme und Zimtstangen eingequastet. Ihre letzte Renovierung hatte jemand besorgt, der von ›warmen Brauntönen‹ besessen war – so der Vermieter. Warm, ja, aber ich wollte mir jedes Mal die Zähne putzen, wenn ich da durch musste.

Am Empfangstresen stand ein Kumpel von mir, Sam. Ein guter Mann und klüger als die Mehrheit. Er imponierte mir, seit er hier angefangen hatte. Ein echter Gesprächspartner. Sein Großvater war in den 1850ern ein entlaufener Sklave gewesen. Nach der nächsten Dekade landesweiten Gemetzels wurde der Sohn des nun freien Mannes ein leidlich berühmter Klavierspieler in den Freudenhäusern von Illinois. Dieser Sohn hatte sieben Kinder. Sam war sein unehelicher Sprössling und der einzige, der 1918 die Spanische Grippe überlebte. Vor einem Jahr war er auf der Suche nach Arbeit hierher gezogen. Der Ruf seines Vaters verschaffte ihm welche. Sam war ebenfalls Musiker. Er übte tagsüber in einem Bordell an der Roebuck und stopfte die Löcher, indem er hier als Portier Dienst tat. Donnerstags spielte er Klavier im Waldorf. Es war nicht üblich, mehr als einen Job zu haben, und er büßte täglich dafür. Die meisten Leute sahen nicht gern farbige Männer, die halb so alt waren wie sie und doppelt so viel erreicht hatten.

Er blickte auf, um zu sehen, wer da hereinschwappte. Seine Augen wurden rund. Der gedämpfte Regen trommelte draußen weiter.

»Mr. Fontana.« Er stand rasch von seinem Stuhl auf.

»Nur ein bisschen Nässe, Sam. Alles in Ordnung.«

»Nein, Sir, darum geht es nicht. Hier waren ein paar Schlipse, die Sie suchen.«

»Ach?«

»Vor einer halben Stunde. Sie haben gefragt, ob Fontana in 16 E wohnt. Ich wollte keinen Ärger – die wirkten wie ganz harte Burschen – also hab ich nur genickt. Sie wollten wissen, ob Sie zu Hause sind. Ich sagte nein. Sie fragten, wie Sie aussehen. Ich sagte, Sie wissen schon, schwarze Haare, braune Augen, eher groß, gut angezogen. Sie sagten, sie würden raufgehen und auf Sie warten. Ich hab ihnen erklärt, es wäre besser, hier unten zu warten, aber die haben mich nur angepflaumt und sind im Fahrstuhl rauf. Die ziehen eine knallharte Nummer ab, Sir.«

»Was haben sie gesagt?«

»Das spielt keine Rolle, Sir.«

Ich konnte es mir denken. »Ich geh mal in meine Wohnung«, sagte ich, fischte eine Dollarnote aus meiner Jackentasche und versuchte sie ihm zu geben.

»Nein, Sir, das brauch ich nicht, danke. Ich erzähl Ihnen das nicht für Geld. Ich erzähl es Ihnen, weil es gesagt gehört.«

Ich drückte ihm den Schein in die Hand. »Nur ein Trinkgeld«, sagte ich. »Nebenbei, Sie brauchen mich wirklich nicht Sir zu nennen.«

Er war so redlich, dieser Junge, dass ich es kaum fassen konnte. Er hätte Schauspieler sein können, vielleicht beim Film – da war so etwas in seinem Gesichtsausdruck. Eine schier unmögliche Lauterkeit. Man würde alles glauben, was er erzählte. Aber Filme würden dem gar nicht gerecht werden. Man musste es mit eigenen Augen sehen, aus der Nähe, leibhaftig. Ab und an kam ich runter, um mich mit Sam zu unterhalten. Ich lockte ihn von seinem Posten weg auf einen Drink um die Ecke und hörte zu, wie der Kerl von seiner Vergangenheit erzählte. Er war noch nicht lange da, aber er hatte schon viel erlebt. Vielleicht erinnerte er mich an mich in diesem Alter.

»Ich will das Geld nicht nehmen müssen«, sagte er.

»Sie müssen nicht. Ich möchte es gern, das ist alles.«

»Ich bekomm schon mehr als die meisten.«

»Das ist noch längst nicht genug.«

Er dachte einen Moment nach, dann steckte er das Geld ein und dankte mir. Auf halbem Weg zum Fahrstuhl drehte ich mich noch einmal um und sagte: »Hören Sie, nehmen Sie sich doch ein paar Stunden frei. Oder gehen Sie wenigstens raus nach hinten. Rauchen Sie eine. Okay?«

Er sah mich an. Seine großen redlichen Augen wussten alles. Er war so verdammt jung und so freundlich, aber er wusste über alles Bescheid – außer über die Macht, die ihm sein Wissen gab. Manchmal fühlte ich mich, als wäre er zehn Jahre älter als ich statt umgekehrt.

»Okay, F«, sagte er.

»Gut. Falls Albert sich darüber beschwert, klär ich das schon.«

Er nickte. Hielt den Blick auf mich gerichtet. *Sicher, dass Sie wissen, was Sie tun?* Ich konnte seinem Blick nicht standhalten.

Die Fahrstuhlfahrt war lang und laut. Der Motor unseres Hausaufzugs war in Frankreich gebaut worden. Er glich aufs Haar diesen gottverdammten Käfigen, die man überall in Paris antraf. Ich verabscheute sie inbrünstig. Jahrhunderte kultureller Überlegenheit, und diese Franzosen waren nicht imstande, einen Kasten und eine Seilrolle zu produzieren, ohne dass es nach der Verkündigung der Apokalypse klang.

Ich wurde in den rot-goldenen Stollen ausgeworfen, der den sechzehnten Stock bildete. Alberts Renovierungsmaßnahmen hatten diese Höhe noch nicht erreicht. Wir steckten hier noch in den ausgelassenen Zwanzigern. Vor meinem Apartment stand jemand, den ich noch nie gesehen hatte. Er sah aus, als wollte er aussehen wie jemand Wichtiges. Vermutlich war er ein grober Klotz, ein harter Mann, der seine Frau schlug und soff, bis er kotzte, und dann zur Kloschüssel sagte: »Ich bin ein knallharter Mistkerl.« Tauschte mit seinen Kumpanen Heldengeschichten aus, während sie für ihren Boss die Schutzgeld-Runde machten und Bäcker und kleine Händler und Landstreicher aufmischten.

Ich rief durch den Flur: »Hey! Bist du Johnnie?«

Er sah mich an. »Nee«, sagte er, »ich bin Conan. Hayes. Wer sind ’n Sie, Mann?« Seine Stimme planschte in einem irisch-amerikanischen Akzent.

»Vitelli. Der Boss schickt mich nachsehen.«

»So? Nach was denn?«

»Na, was denkste denn, Kumpel?« Ich spazierte auf ihn zu. »Einer muss doch dafür sorgen, dass Beppe keinen Mist baut.«

»Beppe – du meinst Ruffino?«

»Yeah.«

»Der heißt Beppe? Gott, der Kerl is' 'ne Katastrophe. Weiß nich, warum er bei der Nummer das Sagen hat.«

»Weil er den Vogel kennt. Diesen Fontana.« Ich holte den kleinen Sarg heraus.

»Da isser hier wohl der einzige. Außer Sie kenn' ihn auch?«

»Hab ihn mal getroffen. Ist 'n Arsch. Zigarette?«

»Klar.«

Ich gab ihm die, die ich gerade angezündet hatte, und nahm mir eine neue.

»Sang Sie mal«, sagte er, »meinse nich, ich müsst von Ihnen gehört haben?«

»Ich wär überrascht, wenn's so wär. Bin nicht aus der Gegend. Man hat mich herbestellt, um hier ein paar Sachen zu regeln.«

»Ach. Sind Sie so 'ne Art Ausputzer?«

»So was Ähnliches.«

»Und Sie kennen den Boss?«

»Nicht direkt. Er weiß von mir.«

Die Gespräch wurde langsam riskant. Vielleicht konnte ich hier und jetzt herausfinden, wer der Boss war, indem ich Conan dazu brachte, seinen Namen zu erwähnen. Andererseits konnte auch er eine Frage einflechten, die mich diesbezüglich in Zugzwang brachte – nur dass ich dafür nicht gerüstet war, sodass meine dürftige Tarnung in den Atlantik geblasen würde. Er wiederum hatte den Boss bisher auch nicht beim Namen genannt. Vielleicht kannte er ihn gar nicht, vielleicht war dies genauso ein Inkognito-Auftrag wie bei Miller. Noch bevor ich meine Klauen da hineinsenken konnte, wurden sie unvermittelt abgeknipst.

»Conan!«, sagte mein Apartment. Es klang wie ein wütender Rehbock mit einem Kissen im Maul. »Mit wem quatscht du da?«

»Hier 's einer, den der Boss schickt«, brüllte er. Er musste brüllen. Es war ein massives Gebäude – ich war schon erstaunt, dass die Männer drinnen uns überhaupt gehört hatten.

Ihr Botschafter öffnete die Tür, um nachzusehen, was los war.

Der Kerl war ein Hungerhaken. Das Licht hinter ihm verwischte alle sonstigen Merkmale.

»Wer bist 'n du?«, fragte er.

»Vitelli. Ich soll ein Auge auf Beppe haben.«

»Er meint Ruffino«, sagte Conan.

»Du kennst seinen Vornamen?«, staunte der Hungerhaken.

»Ich kenn seine Mutter«, sagte ich.

Das schien ihm zu gefallen. Er gab die Tür frei und fragte: »Ist die so potthässlich, wie ich sie mir vorstelle?«

Wir lächelten uns nach drinnen.

»Beinahe«, sagte ich.

Er streckte mir seine Hand entgegen. »Emmet.« Noch ein Ire. Meine Wohnung war voller Iren. Ich erwiderte seine Geste. Emmet stakste in seinem billigen Anzug meinen Flur entlang.

»Ruffino – also Beppe«, sagte Emmet, »der ist eben erst gekommen, ganz fickrig und angespannt. Als wir ihm sagten, wir finden die Papiere nicht, ist er direkt eingeschnappt. Hat sich in Fontanes Schlafzimmer verkrochen. Sucht wohl nach diesen Papieren, schätze ich. Und er meinte, er will auch den Boss anrufen.«

»Fontana«, sagte ich, »nicht Fontane.«

»Richtig. Alles derselbe Scheiß. Bedeutet Brunnen, was? Ich hab mal von einem Kerl namens Fontana gehört. Hat mir einer von meinen Spaghettikumpels erzählt – soll keine Beleidigung sein. Ich hab nix gegen euch Leute. Dieser Kumpel von mir ist aus Palermo. Hauptstadt von Sizilien, was? Also Fontana war so 'n wilder Bursche mit 'nem Matschauge und 'ner dicken Narbe, wo das andere hätt sein solln. Der verbrachte sein ganzes Leben an so 'nem verdreckten Marktplatz. Wollte sich nicht wegrühren von dem verdammten Platz. Als er pleite war, flog er aus allen Wohnungen und Hotelzimmern raus, da lebte er einfach draußen auf dem Pflaster am selben Platz weiter. Eines Tages, nach Jahren, entschloss er sich endlich, den Platz mal zu verlassen, und fiel prompt auf dem Weg die Treppe runter. War gleich tot.« Emmet gackerte. »Dürfte gar nicht so schlecht sein, besoffen zu sterben. Da spürt man den Schmerz nicht so. Jedenfalls, manche Namen, so wie Fontana … sind einfach scheiße. Auf denen liegt ein Fluch. Sagt mein Spaghettikumpel. Nichts für ungut.«

Ich zuckte die Achseln, als wäre ich milde interessiert. Tat so, als hätte dieser irische Scheißkerl nicht soeben über meinen Großvater gesprochen.

Man sah deutlich, dass Emmet schon rauchte und soff, seit er krabbeln konnte. Er hatte tiefe Runzeln auf der Stirn und Furchen um den Mund und schwarze Grotten als Augenhöhlen. Große Nase, große Kulleraugen, große Wulstlippen. Eckige Wangenknochen. Als hätte sein Kopf mal in einem Schraubstock gesteckt. Er sah aus wie Mitte vierzig, wahrscheinlich war er halb so alt. Noch nie war mir so ein Suffkopf untergekommen. Aber das Schlimmste war seine Krawatte. Ich konnte meinen Blick nicht von ihr lösen. Seine Krawatte war beängstigend.

»Seid ihr hier nur zu dritt?«, fragte ich.

»Nein«, sagte Conan. »Einer ist da noch. Komm rein, wir stellen dich mal vor.«

Wir spazierten in mein Wohnzimmer. Es war schlicht – die gesamte Einrichtung meines Apartments war schlicht –, aber nicht billig. Die Kostspieligkeit meiner Möbel zeigte sich paradoxerweise gerade an ihren klaren Linien, ihrer Zurückhaltung. Ich mochte keine pompösen Muster, kein überladenes Schnitzwerk. Ich mochte Klasse. Ich wollte meinen Lebensraum so gradlinig haben, wie ich es selbst zu sein versuchte. Ist das nicht der eigentliche Sinn des Materialismus – man kauft sich Sachen, die die Eigenschaften spiegeln, welche einen zu ihrer Anschaffung erst befähigen?

Meine waren jetzt in fremder Hand. Mein gottgegebenes Stückchen Amerika, mein kleines Königreich war besetzt. Das fühlte sich grundlegend falsch an. Wäre ich ein Hund gewesen, ich hätte gebellt und geknurrt und diese Leute vollgepisst. Stattdessen war ich ein Mann und musste reden, reden, reden. In meinem Lieblingssessel lümmelte sich noch ein Schläger, ein weiteres Rädchen des Verbrechens, und unter seinen Nadelstreifen und seiner gefiederten Fedora sah er auch ganz danach aus. Auch er wirkte, als sei er mit Schnaps der Mutterbrust entwöhnt worden. Neben ihm lag eine Halbautomatik auf dem Beistelltisch.

»Lynch«, sagte Emmet, »das ist Vitelli. Er kennt Ruffino und den Boss. Vitelli, Lynch.«

Lynch qualmte eine Panatella. Als er schließlich sprach, klang es wie durch eine Wand aus irischem Trotz: »Guten Abend, Vitelli. Glaub nicht, dass ich je von Ihnen gehört hab.«

»Ich bin von außerhalb.«

»Das bin ich auch. Ziemlich großer Ort. Woher genau?«

»Wo es gerade passt.«

»Hmpf. Glaub nicht, dass mir das passt.«

»Pech.«

»Sie reden wohl nicht gern, Freund? Wissen Sie, wo ich herkomme?«

»Mir schnurz.«

»Fast getroffen. Ich wollte gerade sagen, schnurzlangweiliger Ort. Winziges Scheißloch bei Belfast. Gibt's wahrscheinlich längst nicht mehr.«

»Genau wie mein Nest.«

»Sieh mal an. Jungs, kennt ihr diesen Mann?«

»Er ist 'n Ausputzer«, sagte Conan. »Er kennt Ruffino und den Boss.«

»Scheint mir kein toller Ausputzer zu sein, wenn er nicht mal 'ne klare Antwort für mich hat.«

»Ich bin nicht hier, um Ihre Neugier zu befriedigen«, sagte ich. »Ich bin hier, um sicherzustellen, dass dieser Job nicht entgleist.«

»Warum sollte er? Erscheinen wir Sterblichen so unfähig?«

»Ich bin sicher, Sie sind sehr erfahren und was ganz Besonderes. Beppe aber nicht.«

»Das ist ja nicht besonders nett.«

»Das bin ich auch nicht.«

»Und ich auch nicht.« Er hatte ein scharf geschliffenes Lächeln. Das Lächeln des nüchternen Trinkers. »Aber das wissen Sie ja schon. Das merkt nämlich jeder ziemlich schnell. Eine Frage. Wissen Sie, was mich an dieser Junggesellenbude stört?«

»Dass es hier kein Grün gibt?«

»Dass es keine Bilder von ihm gibt. Hier sind keine Photographien. Kein Bild, nirgends. Findet ihr Jungs das nicht merkwürdig? Conan? Emmet?«

Sie fühlten sich sichtlich unwohl. Lynch war anscheinend nicht immer so feindselig.

»Die Bude gehört einem großen Bonzen von Schnapsschmuggler«, sagte Lynch. »Einem Selfmade-Gentleman, wie man so hört. Und der hat keine Photographien. Es gibt haufenweise sinnlose Gemälde – versucht bloß mal, den Sinn von dem blutigroten Himmel da drüben zu kapieren – aber nichts, was mit Fontana zu tun hat. Ich finde das so seltsam, dass es mich beunruhigt. Haben Sie diesen Fontana mal kennengelernt, Mr. Vitelli?«

»Ja, hat er«, sagte Conan. »Er sagt, der is'n Arsch.«

»Ach, ja? Er mag durchaus ein Arsch sein, wie alle in dieser verschissenen Welt, aber ich wette, er ist ein recht interessanter Bursche.«

»Vielleicht ist er auch bloß hässlich«, sagte ich.

Ich verschwendete Zeit. Ich musste diese Männer loswerden, damit ich mir Beppe vorknöpfen konnte. Der Schlagabtausch mit diesem wieselhaften Iren machte mir alarmierend klar, wie gefährlich meine Lage war: Ich wusste nicht, was Beppe vorhatte. Ich wusste nicht, ob er hinter meinem Rücken mit Luca verbandelt war oder jemandem half, uns beide abzuziehen. In keinem Fall war er auf meiner Seite. Wenn er mich hier sah, würde er nicht sehr entgegenkommend sein. Und wer immer dieses fidele Quartett angeheuert hatte, die drei hier würden auf Beppe hören. Ich saß in der Patsche. Zahlenmäßig so unterlegen wie die Langbögen bei Agincourt.

Der Belfaster sagte: »Vitelli, Sie haben Sinn für Humor. Ich mag das an einem Mann. Aber Sie haben so was an sich – ich bin mal ganz ehrlich – Sie haben was an sich, was mir gar nicht passt. Wissen Sie, mein Pa war Bulle, Friede seiner vergammelten Seele. Und es gab diesen Vers, den hat er mir als Kind vorgetragen, mit so einem Lächeln, immer wenn er dachte, das ich auf Unfug aus bin. Ich sag ihn mal für Sie auf.

Da wohnt ein Mann in meiner Brust
Der sagt mir sein Gefühl
Er sagt, du bist ein Tunichtgut
Der gleich was klauen will ...«

»Himmel, Lynch, was machst du denn?«, fragte Emmet.

»Der Mann führt irgendwas im Schilde«, sagte Lynch. »Ich trau ihm nicht.«

»Gleichfalls«, sagte ich.

»Hey«, sagte Emmet, und sein drahtiges Gestell sträubte sich. »Was soll das? Sieht das hier für euch wie ein Tummelplatz aus, Leute? Wir haben einen Auftrag zu erledigen. Reißt euch mal am Riemen.«

»Keiner von uns hat je von diesem Mann gehört«, sagte Lynch. »Wir wissen nicht, wer er ist. Er könnte jederzeit einen Sechsschüsser ziehen und wäre im Handumdrehen fertig mit uns. Seht ihn euch an. Seht in sein Gesicht. Ich würd's ihm glatt zutrauen. Wir wissen nicht, wer er ist.«

»Ich weiß auch nicht, wer *du* bist«, sagte Emmet.

»Du weißt, dass ich mit dir arbeite. Und du weißt, dass ich Ire bin. Das ist mehr, als man von diesem Vogel sagen kann.«

Ich stand da, äußerlich wutschnaubend, innerlich Gelee. Ich musste so tun, als wäre ich stinksauer über diese Unterstellungen. In Wahrheit aber wusste Lynch Bescheid. Er war darauf aus, mich an die Wand zu nageln. An meine vanillecremefarbene Stuckwand. Wenn er einen Beleg für meine Identität verlangte, war es aus mit mir. Wenn er mir irgendeine Sicherheitsfrage stellte, war es aus mit mir. Ich hätte gar nicht hier reinkommen sollen. Ich hätte nicht auf ein Blatt setzen sollen, das ich nicht besaß.

Ich hoffte, dass einer der anderen ihn zum Schweigen brachte.

Das taten sie nicht.

Er sagte: »Vitelli. Schluss mit den Verdächtigungen, bringen wir's hinter uns. Sag uns, wer uns hergeschickt hat.«

»Was 'n das für ne Scheißfrage –« Conan wurde durch eine Handbewegung zum Schweigen gebracht.

Wer hatte sie hergeschickt? Es schien einiges dafür zu sprechen, dass es Luca war. Das war die Lösung, die Miller und ich am plausibelsten fanden. Wenn es nicht stimmte, war ich geliefert. Ich bohrte meinen Blick in Lynch und sagte: »Wofür zum Teufel hältst du das hier?«

Er antwortete nicht.

»Wenn du nicht weißt, wer ich bin, und deine Kollegen sagen, man hat mich hergeschickt, kannst du davon ausgehen, dass man mich hergeschickt hat. Wenn ich von außerhalb komme und du nie von mir gehört hast, kannst du davon ausgehen, dass ich verdammt gut bin in dem, was ich mache. Du kannst davon ausgehen, dass ich sehr viel wichtiger bin als du. Dass ich sehr viel wertvoller bin als du. Und besser bezahlt. Natürlich binde ich dir nicht unseren Auftraggeber auf die Nase, du verschissener Wurm. Hältst du mich für einen Witzbold?«

Stille.

»Also dann. Ich verrate dir eines, Kumpel. Er wird hiervon erfahren. Ob ich nun einen Sechsschüsser dabei hab oder nicht, du könntest in zehn Sekunden aus diesem Fenster fliegen. Ich erspare dir den Verdruss, als Pfannkuchen zu enden. Ich lass dich weitermachen, aber rechne nicht damit, auch noch bezahlt zu werden. Das wär verdammt großes Glück.«

Emmet und Conan starrten mich an wie tote Fische. Lynch sah weg. Er richtete sein Mischmasch von Gefühlen – Bitterkeit, Verlegenheit, was immer – auf etwas in der Ferne. Er war wieder vierzehn.

Mein Bluff hatte funktioniert, aber die Situation ließ mir keine Atempause. Der andere Gast, der im Schlafzimmer schmollte, hatte den Rabatz gehört. Als er ins Bild schlurfte, dauerte es sichtlich eine Weile, ehe meine Anwesenheit zu ihm durchdrang. Vielleicht schien es so unlogisch, dass sein Verstand sich weigerte, dieses Futter zu verarbeiten. Er konnte wohl nicht glauben, dass Fontana so dumm war, hier hereinzuspazieren.

Zwei Worte aus seinem feisten Mund, und meine Geschichte zerbröselte wie ein Baiser. Seinen Kötern würde klar werden, dass Lynch richtig gelegen hatte. Sie würden mich zu warmer Luft zermahlen. Ich wappnete mich, und dabei setzte ich anscheinend eine Miene auf, die wie reines Gift wirkte. Ich muss ausgesehen haben wie weißglühendes Blei. Denn als sein Getriebe endlich schaltete, sagte Beppe zu den Männern: »Ihr könnt alle gehen.«

»Chef«, blökten sie. »Wir sollen doch erst gehen, wenn du die Papiere aufgetrieben hast.«

»Die sind hier nicht«, sagte er. »Ihr habt gesagt, sie sind nicht da, jetzt sag ich, sie sind nicht da.« Er wandte den Blick nicht von mir. »Ihr könnt gehen. Wir zwei haben die Lage unter Kontrolle. Mein Freund und ich machen ein paar Anrufe. Ich klingel durch, falls der Boss eure Hilfe noch mal braucht.«

Ich hatte Beppe noch nie mit Autorität erlebt. Es war faszinierend, als sähe man einen Menschenaffen eine Horde Baumaffen kommandieren. Seine Jungs brauchten ein paar Sekunden, ehe sie auftauten. Dann schnappten sie ihre Mäntel und verzogen sich unter Gemurmel. Heute Abend würde es am Pokertisch wilde Gerüchte geben.

Beppe und ich, nun allein, rührten uns nicht. Beppes Haar war zerzaust, sein Pizzagesicht gerunzelt. Er sah aus, als wollte er sich in die Hose machen. Wie die Langbögen bei Agincourt hatte ich gesiegt.

»Ich weiß nicht, was ich sagen soll«, stammelte er.

»Fang damit an, mir zu erklären, was du getan hast.«

»Ich bin tot.«

Ich starrte ihn an. Dachte nach. Sagte: »Das ist absolut richtig.«

»Nein, Sie verstehen das nicht. Sie dürften nicht hier sein. Das ist ganz verkehrt. Alles ist verkehrt. Mein ganzes Leben ist verkehrt ...«

»Ich wohne hier, Beppe. Ich bin der einzige, der hier sein darf. Der verdammt einzige Mensch. Was zur Hölle machen all die Iren hier? Wollen die unser Territorium übernehmen?«

»Nein, die Paddys sind nicht hinter Ihnen her ...«

»Wer denn dann? Warum waren die hier?«

»Die sind bloß angeworben, weil sie nicht von hier sind.«

»Von wem?«

»Fonty, ich bin tot. Schlimmer als tot. Ich bin – o Gott – *dio mio* ...«

»Warum? Was ist los?«

»Ich bin ein Verräter.«

»Das wissen wir jetzt.«

»Er weiß es auch. Er da oben. Ich hab euch hängenlassen, und jetzt hab ich auch noch die Leute hängenlassen, an die ich mich verkauft hab ... Ich kann einfach nichts richtig machen, nicht mal was Falsches.«

»Du musst dich beruhigen und mir erzählen, was los ist.«

Er begann im Raum auf und ab zu gehen und sagte: »Ich kann nicht. Nein, es hat keinen Sinn. Es ist zu spät. Ich kann nicht glauben, dass Sie hier sind. Sie dürften nicht hier sein. Die müssen da irgendwas – oh, gütiger Gott. Ich hab ihm … ich hab ihm was Falsches gesagt. Er wird denken, ich hab gelogen.«

»Wer? Was hast du gesagt?«

»Nicht, dass er mich dafür umlegt. Natürlich nicht. Nichts dergleichen. Es ist einfach nur noch ein Fehler, noch ein vermurkster Spielzug in einem Leben voller vermurkster Versuche … Was wird Teresa sagen? Oder meine Mutter? Verdammt, unsere Familien haben grässliche Zeiten durchgestanden, um hierher zu kommen und uns in diesem Land großzuziehen, und was haben wir daraus gemacht? Nichts als gottverdammten Murks.« Er kniff die Augen zu und rieb sie mit seinen ledrigen Griffeln. Sein ganzes Gesicht war tränenverschmiert. »All diese Männer waren mal Kinder.«

»Was zum Teufel soll das jetzt, Beppe?«

»Ich sag Ihnen kein Sterbenswörtchen. Ja, Sie haben mich schon mal einen Mistkerl genannt. Sie sind doch der Mistkerl, Fontana. Sie haben mich immer behandelt, als wäre ich Dreck. Sie und Saverino. Und alle anderen auch. Wissen Sie, mein Vater –«

Er sah mich aus blutunterlaufenen Augen an. Er wurstelte eine Knarre aus seiner Jacke. Eine alberne Stupsnase. Das erschreckte mich. Er war unzufrieden mit mir und labil genug, um etwas dagegen zu unternehmen.

»Tu das weg«, sagte ich.

»Ich höre nicht mehr auf Ihre Anweisungen. Das betrifft mich jetzt nicht mehr.«

»Das hat damit gar nichts zu tun, Beppe. Ich geb dir nur einen Rat. Tu das weg.«

»Na klar. Denn Sie mögen ja keine Kanonen, nicht, Fonty? Sie mögen keine Gewalt, ja? Sie verletzen Menschen viel schlimmer, als man es mit so was hier überhaupt könnte.« Er spuckte aus. »Sie sind ein grausamer Mann. Die Frauen, die Sie ständig anschleppen – all die hübschen Bienchen, die hier herumschwirren, die um Sie rumschwirren, als wären Sie irgendein scheiß Held – ich versteh gar nicht, wieso die das machen. Sie müssen irgendwas Tolles an sich haben. Ich weiß bloß nicht, was das sein soll. Ich seh verdammt noch mal kein einziges gutes Haar an Ihnen.«

Ich sagte nichts.

»Ich hab das immer für mich behalten«, sagte er. »Sogar bei … ihr. Sogar als ich sah, wie Sie das einzig Gute zunichte gemacht haben, was Ihnen je begegnet ist, die einzige –«

Ich rammte ihm meine Faust in die Nase. Ich schlug schnell noch einmal zu, und noch einmal, wie ich es mir schon als Kind beigebracht hatte. Man überrascht sie mit einer kurzen Geraden, dann setzt man Hieb auf Hieb. Lässt ihnen keine Zeit zu reagieren. Keine Zeit, zu sich zu kommen. Er war am Boden, sein Griff um die Kanone löste sich. Als ich sie in der Hand hielt, fing er an, sich zu wehren. Ich drosch ihm die Pistole gegen die Stirn. Sein Körper krümmte sich. Blut quoll aus der Wunde. Er begann zu stöhnen. Laut. Ich nahm ein Kissen von der Couch und drückte es ihm ins Gesicht.

»Maul halten«, sagte ich. »Halt's Maul, Beppe.«

Das Stöhnen ließ nach. Ich hob das Kissen. Es war blutschwarz. »Sei jetzt still, du fetter Sack.«

Das war er. Statt weiter zu schwafeln, schnappte er nach allem Sauerstoff, den er kriegen konnte. Ich lehnte mich gegen die Wand. Rutschte zu Boden. Schüttelte die Patronen aus dem Spielzeug.

»Du sagst kein Wort über sie«, sagte ich.

»Sie können die Erinnerung an sie trotzdem nicht loswerden. Ich weiß, Sie halten sich für stark. Sind Sie aber nicht, Fonty.«

Ich stand auf, fing mich aber, bevor ich wieder auf ihn losging. Mit zusammengebissenen Zähnen sagte ich: »Du sprichst nie wieder von ihr.«

Er grunzte. Langsam erholte er sich. Setzte sich auf, lehnte an dem Sessel, in dem sich bis vor ein paar Minuten noch irischer Abschaum gelümmelt hatte. Ein Paddy-Arsch in meinen gottverdammten Sessel. Beppe wischte sich immer noch Blut aus dem Riss ab, wo seine Haut aufgeplatzt war.

»Versau mir nicht den Teppich«, sagte ich. »Also was machst du hier?«

»Ich blute.« Sein Blick war unstet wie eine Staubwolke.

»Was machst du hier?«

»Ich kann nur sagen, was ich schon gesagt hab. Ich bin hier, um Papiere zu suchen.«

»Einnahmenaufstellungen?«

»Ja, so was in der Art.«

»Hat man dir noch was darüber gesagt?«

»Nur, dass wir alle finden müssen.«

»Wer muss das?«

»Wir.«

»Die Burschen, die eben da waren?«

»Und andere.«

»Das ist alles, wofür du bezahlt wirst?«

Er kämpfte sich hoch. Stand zittrig auf seinen Füßen.

»Lecken Sie mich, Fontana. Ich hab's satt. Hab alles satt. Die Sünde. Die Angst. Ich sag Ihnen rein gar nichts.«

Ich beherrschte mich. »Das hast du doch schon. Nur noch ein paar Kleinigkeiten, die mir fehlen. Hilf mir einfach, Bepps.«

»Nennen Sie mich nicht so.« Er stampfte hinüber zu dem Fenster, das den Blick auf Belle darbot wie eine Glasgravur. »Ich hasse diesen Spitznamen.« Er löste die Fensterriegel und schob es ganz auf.

»Was machst du da?«

»Luft schnappen.« Er seufzte. »Verfluchte Gegend, wo der Regen nie aufhört.«

Er setzte sich aufs Fensterbrett. Hinter ihm tanzte der Regen. Er durchnässte Beppes Rücken und spritzte in mein Apartment. Ich trat einen Schritt auf ihn zu.

»Ich wusste nicht, dass du den Namen nicht leiden kannst.«

»Und ob Sie das wussten. Sie haben sich darüber lustig gemacht.«

Ich machte noch einen Schritt. »Beppe, du weißt nicht, was du tust. Mach das Fenster zu.«

»Machen Sie ruhig so weiter. Reden Sie weiter. Kommen Sie noch näher. Sie werden ja sehen, was dann passiert.«

»Das ist doch dumm, Beppe. Mach nichts, was dir hinterher leidtut.«

»Das wird es eben nicht. Gerade jetzt tut mir so ziemlich alles leid. Einmal von dieser Wand hier abstoßen«, er gab dem Beton draußen einen Klaps, »und mir muss nie wieder irgendetwas leid tun. Ich dachte immer, Gott würde mich davon abhalten, so was zu tun. Ich dachte, klar, ich hab schon mal Böses getan, und das tu ich immer noch manchmal, vielleicht ein bisschen zu oft, aber solang ich mich an die Kirche halte, komm ich irgendwie durch. Dann kommt alles noch in Ordnung. Aber so ist es nicht. Nichts davon stimmt. Ich schätze, ich lag damit wohl genauso falsch wie mit allem anderen.«

Ich konnte mich nicht rühren.

»Ich sag Ihnen mal was, Fonty. Ich hab die Kanone nicht rausgeholt, um Sie abzuknallen. Sie war für mich bestimmt. Die Kugel war für diesen dicken Schädel hier gedacht. Also haben Sie mich gewissermaßen eben gerettet, aber nur, weil Sie dachten, Sie würden sich selber retten. Ich finde, das ist wie ein Sinnbild für das, was Sie sind, Boss.«

»Beppe, tu das nicht. Du kommst in die Hölle.«

Er lächelte mich an. Seine schiefen Zähne waren ganz rot.

»Nein«, sagte er. »Da kommen Sie hin.«

Wie Kolben stießen seine Arme ihn von der Wand ab. Ich machte einen Satz, griff nach ihm. Vergeblich. Die Nacht verschluckte ihn. Die Welt schlang ihn in einem Stück herunter. Das letzte, was ich von Beppe sah, war der Kaugummi auf seiner Schuhsohle.

Vielleicht hatten Leute den Aufprall gehört. Den Sturz gesehen. Ich wusste es nicht. Ich ging geradewegs in mein Schlafzimmer. Ich zerrte Kisten und Koffer unter meinem Bett hervor und holte meinen Miniaturtresor heraus, klein, dick und so kompakt wie eine eiserne Walnuss. Ich stellte die Ziffern ein und öffnete ihn.

Ich wusste nicht, wann ich zurückkommen würde. Vielleicht für längere Zeit nicht. Bei Bedarf konnte ich veranlassen, dass meine Ersparnisse in einer Bank deponiert oder mir zugestellt wurden. Fürs erste nahm ich genug Bargeld mit, um eine Woche damit auszukommen. Es war blödsinnig, so einen Haufen Geld in meiner Brieftasche mit mir herumzuschleppen, aber irgendwie gab es mir ein Gefühl von Sicherheit. Die Kanone in meiner Manteltasche bewirkte genau das Gegenteil. Ich suchte die Patronen zusammen, die ich vorhin herausgeschüttelt hatte, und steckte sie zurück ins Magazin. Ich würde mir das Ding so schnell wie möglich vom Hals schaffen.

Mir blieb keine Zeit, eine Tasche zu packen. Ich konnte später noch irgendwo vorbeischneien, wo ich Sachen zum Wechseln deponiert hatte. Carmens Apartment war jetzt ein noch naheliegenderer Zwischenstopp. Ich raffte ein paar Papiere zusammen, darunter auch meinen Pass. Übertriebene Vorsorge hatte mich schon öfter gerettet.

Ein Schrei schlüpfte in meine Ohren. Von weit weg raste er auf mich zu, drang durch nasse Luft und Fensterglas. Durchbrach meine Barrikaden. In wenigen Minuten konnte die Polizei hier sein. Beppes Schlägertruppe war vermutlich noch im Gebäude. Sie mochten auf diesem Stockwerk sein oder gerade wieder hochkommen.

Das Telefon begann zu klingeln. Ich musste hier weg, aber wie? Treppenhaus und Fahrstuhl konnte ich nicht riskieren. Es gab Feuertreppen an beiden Seiten des Gebäudes, eine sogar direkt vor meinem Badezimmerfenster, aber die führte hinunter zu der Straße, auf die Beppe gestürzt war. Ich musste rüber auf die andere Seite des sechzehnten Stocks.

Das Klingeln hörte nicht auf. Es war ebenfalls wie eine Art Schrei, ein Ausbruch gellenden Lärms, um meine Aufmerksamkeit abzulenken. Während ich meinen Abgang vorbereitete, versuchte ich gar nicht erst, das Gefühl abzuschütteln, dass ich etwas vergessen hatte. Ich hatte alles vergessen, ließ alles hinter mir. Die dezenten Möbel. Die nichtvorhandenen Photographien. Die Vertrautheit. Die Illusion eines Zuhauses. Ich versuchte zu denken: Es ist bloß für eine Nacht. In sechs Stunden bin ich zurück, alle Rätsel gelöst, alle Antworten erhalten, bereit für die Ablage in den Ordnern meiner Vergangenheit. Aber ich konnte mir nichts vormachen. Ich war nun mal kein gutaussehender Niemand, der loszog, um in einer Nacht Amerika zu retten, und dann zurückkam, um den Traum zu leben. Das kleine Wesen in der Brust, von dem Lynch vorhin gesprochen hatte, war jetzt bei mir. Ich konnte fühlen, wie es sich ein Loch grub. Es sagte mir, dass ich nichts über irgendwen wirklich wusste, oder darüber, was vorging. Und das nutzten sie aus. Nutzten mich aus. Die paar, die ich für anständig gehalten hatte, zogen mich in Wirklichkeit genauso ab wie der Rest.

Inzwischen wollte der Radau in meiner Wohnung einfach nicht aufhören. Ein letztes Telefonat? Also gut. Es lag ja auf dem Weg zur Tür. Ich ging durchs Wohnzimmer dorthin, wo der Bakelitkasten vor sich hin krakeelte, hob den Hörer ans Ohr und wartete darauf, dass ein Gespräch stattfand.

»Wir wissen, dass du da bist«, sagte der Hörer. Ich erkannte die Stimme nicht. Sie klang harsch. Schroff. Meine einzige Antwort war Schweigen. Ich wollte meine Anwesenheit nicht bestätigen, wer auch immer da dran war, vielleicht die Polizei.

»Du hast ihn ermordet. Wir haben es gesehen. Wir werden dich zu Hackfleisch verarbeiten, du wertloses Stück Scheiße. Mach deinen Frieden mit der Welt, Fontana. Du stirbst bald.«

Der Hörer wurde krachend auf die Gabel geknallt. Ich stand reglos. Jemand musste von der anderen Straßenseite aus Beppes Sturz gesehen haben. War mir etwa jemand gefolgt? Oder steckten die mit den Iren unter einer Decke, die in meiner Wohnung gewesen waren – vielleicht ihre Wachhunde? Wenn, dann hätten sie eher angerufen, um Beppe zu warnen, also musste ich wohl einen Schatten gehabt haben. Himmel. Ich ging in die Küche, nahm die Schlüssel mit, die ich brauchte, und verließ mein Apartment.

Ich hetzte die Flure entlang, am Fahrstuhl vorbei, der schon auf dem Weg nach oben war. Am Ende des Irrgartens war ein Fenster. Ich riss es hoch und zwängte mich hindurch. Ich hatte angenommen, diese Seite des Gebäudes wäre windgeschützt. Eine unhaltbare Hoffnung. Mein Mantel flatterte in der Wucht der Elemente, als ich mich auf der schmalen Plattform aufrichtete. Eine Hand blieb an meinem Hut. Ich hätte das Ding auch einfach abnehmen können, aber ich wollte nicht wie Rasputin daherkommen, wenn ich unten war.

Mein Abstieg wurde vorangetrieben von einem urtümlichen Fluchttrieb. Das letzte Mal, dass ich es so eilig gehabt hatte, mein Haus zu verlassen, war in einem Alptraum gewesen, darin hatte Präsident Harding meinen gesamten Schnaps ausgetrunken und dann mit einer zerschlagenen Tiffanylampe die Wohnung in Brand gesetzt. Damals hatte ich es nicht geschafft, zu entkommen. Diesmal huschte ich die zur rückwärtigen Gasse führende Eisenkonstruktion hinab wie eine Maus auf einer Kettenrüstung.

Die Stufen waren nur geringfügig breiter als Leitersprossen. Ich versuchte mich ganz auf das Muster und den Rhythmus meiner Füße zu konzentrieren, die sich gegenseitig hinunterjagten, aber meine Aufmerksamkeit drohte abzuschweifen. Ein langer Blick auf den regenbeleckten Beton weit unter mir oder zum benachbarten Dach, das mit jedem Schritt näher heranhüpfte. Auf seiner Oberfläche wuchs eine Kolonie blecherner Pilze und stieß Rauch aus. Die zwischen ihnen gespannten schwarzen Linien waberten. Bald war das Dach auf gleicher Höhe. Ich schraubte mich hinab in die Wildnis, in eine aus dem Himmel geschnittene Kluft hinein.

Von der Straße her vernahm ich laute Rufe. Glitt die letzte Etage der Feuertreppe hinab und landete auf der Welt. Ich brauchte unbedingt Lucas Wagen, aber der stand in der 23., und just von dort ertönte das Geschrei. Ich schlich trotzdem zur Mündung der Gasse. Vor meinem Gebäude sprach eine Frau in Rüschen mit einem Paar Zivilbullen. Ich konnte sie als solche erkennen, weil der eine sein ganzes Notizbuch mit Tinte beplemperte, während sein Kamerad mit der Frau herumplemperte. Ich schnappte ein paar Worte auf: »Gleich kommen noch mehr Polizisten, Ma'am. Der andere Beamte spricht gerade mit dem Portier.«

Ich hörte, wie sich die Eingangstür öffnete. Ein Durcheinander von Schritten kam die Stufen herunter. Zwei Männer materialisierten sich. Einer war Sam, der andere war ein Cop.

Er sagte: »Dieser Bursche hier hat gerade seine Schicht beendet. Er sagt, drei Männer sind in das Apartment eingebrochen.«

»Wem gehört das Apartment?«

»Einem Kerl namens Fontana.«

»War er zu Hause?«

»Nein.«

An Sam gewandt sagte er: »Sie sind jetzt ein Zeuge. Officer Morgan wird Sie mit aufs Revier nehmen, wo Ihre Aussage über den Zwischenfall offiziell aufgenommen wird. Haben Sie das alles verstanden?«

»Ja, Sir.«

An die Frau gewandt sagte er: »Ma'am, ich fürchte, Sie werden dieselbe Prozedur auf sich nehmen müssen. Es sollte nicht allzu lange dauern. Höchstwahrscheinlich rufen wir Sie morgen an, damit Sie eine ausführliche Aussage machen können.«

»Sicher.«

Sam, die Frau und der Cop wanderten aus dem Blickfeld. Wagentüren wurden geöffnet und zugeschlagen, ein Motor grollte auf. Die Gesetzeshüter bugsierten sie davon zu ihren Bürgerpflichten. Ich hoffte, dass Sam da gut durchkam. Diese Art von Lügen konnte einen Haufen Ärger nach sich ziehen, besonders wenn man die falsche Hautfarbe hatte.

Der stille Cop mit dem Notizbuch sagte zu seinem Partner: »Ich krieg mal raus, wo der Vermieter steckt.«

»Gut. Die Jungs werden bald hier sein. Dann gehen wir rauf.«

Der Kritzler nickte, stieg die Stufen hoch und ging hinein. Der hochtrabende Hüter des Gesetzes blieb allein zurück. Er hätte hineingehen und im Warmen auf die Verstärkung warten können, stattdessen stolzierte er auf und ab, wirkte hochnäsig, wirkte dienstbeflissen. Er zündete sich eine Zigarette an. Trat von einem Bein aufs andere.

Dann zerriss ein Kreischen die Luft.

»Da ist er!« Ich fuhr herum, sah hoch über mir eine Gestalt aus dem Fenster fuchteln. »Er ist die Feuertreppe runtergerannt! Polizei!«

Ich sah mich zu dem Cop um. Er sah genau aus wie ein Wachhund, der gerade etwas Verdächtiges entdeckt hat. Seine Ohren waren gespitzt, seine Augen leuchteten auf, seine Nase würde gleich zucken. Er zerrte seine Marke hervor.

»Polizei! Keine Bewegung!«

Wie sollte ich damit umgehen? »Ich bin Fontana, der Kerl, aus dessen Apartment die Leiche gefallen ist. Und diese Person da scheint zu glauben, das ich es getan habe. Außerdem habe ich eine Kanone. Ohne Waffenlizenz. Mit dem Blut des toten Mannes daran. Könnten Sie mir nicht weiteren Ärger ersparen, bitte?«

Der Ankläger, der aus dem zehnten Stock hing, wusste wahrscheinlich nicht, wer ich war, er hatte bloß einen Mann die Feuerleiter hinabjagen sehen und ging davon aus, dass es ein Ganove sein musste.

Ich könnte mich da rauslügen.

»Officer, nehmen Sie ihn fest!«

Ich hob die Hand, eine Geste, die sagte: Nein, tun Sie das nicht.

»Bleiben Sie ganz still stehen«, befahl der Cop. Bullen mögen keine Handbewegungen, die nicht von ihnen selbst ausgehen.

Ich hätte mich wahrscheinlich mit einem falschen Namen herauswinden können. Oder ich hätte mich zur Wahrheit bekennen und entlastet werden können, auch wenn im Rathaus jede Menge Mollusken saßen, die mich nur zu gern loswerden wollten. Nach etlichen Wochen Ermittlungen und Überwachung und dem vorgeschriebenen Mahlen der Mühlen des Gesetzes mochte ich vielleicht sogar von jedem Verdacht reingewaschen werden. Ich konnte mit einer bloß in meine Akte getippten fallengelassenen Anklage davonkommen.

So würde es aber nicht laufen. Ich hatte Beppes Kanone in der Tasche. Es war zu leicht für sie, mir ernstlich etwas anzuhängen – und genau das würden sie wollen.

Ich konnte den Hass des Bullen riechen. Er war darauf abgerichtet zu hassen. Das waren sie alle. Sie überlebten durch Regelwerk und Sadismus. Sie würden richtig Spaß haben, während sie auf der Wache Antworten aus mir rausprügelten, Antworten, die sie gar nicht hören wollten – die nicht zu ihren vorgedruckten Formularen passten, zu ihren Klischeevorstellungen, zu ihren Beförderungsaussichten. Wenn dieser Kerl mich festnahm, war ich geliefert. Ich musste logisch denken.

Die Logik zeigte die Gasse hinunter. Ich rannte los. Der Bulle hatte es kommen sehen. Ich stellte mir vor, dass er eine Achtunddreißiger genau wie die von Beppe zog, als er mir nachsetzte. Oder nein – keine Waffe von der Stange, sondern eine glänzende Fünfundvierziger, ein Geschenk von einem Familienmitglied, das zufällig gerade zum Chief des Reviers aufgestiegen war. Bewaffnet und erbost brüllte er sämtlichen Quatsch heraus, den sie in Filmen sagten. Er sprintete hinter mir her, erheblich routinierter als ich und mit wesentlich mehr Selbstvertrauen, und spuckte Phrasen wie: »Stehenbleiben oder ich schieße.«

Das Spiel zog sich hin. Die Gasse verlief durch ein gutes Stück des Häuserblocks. Es war eine schwarze Kapillare der Metropole, und ich war in ihrem Flussbett gefangen. Ich erinnerte mich noch, dass sie früher direkt bis zur 22. Straße geführt hatte, aber jetzt lagen die Dinge anders. Alles änderte sich ständig. Ich konnte das Ende nicht sehen. Ich sah nur, an was ich vorbeistürmte: Stapel von verrottenden Paletten, tropfende Dachrinnen. Schnell wurden all diese Einzelheiten nebensächlich. Die Passage wurde zu nichts als einer Richtung. Hundert Meter Höchstgeschwindigkeit.

Bald nahm ich trotz der Düsternis die Wand vor mir wahr. Die Nebelgasse gabelte sich zum T. Wo lang? Lings ging es in Richtung Bellevue. Meine nassen Schuhe klatschten um die Ecke. Der Bulle brüllte ein gutes Stück hinter mir. Ich war überrascht, dass er nicht aufgeholt hatte. Anscheinend verfügte ich immer noch über einen Hauch von Ausdauer, auch wenn ich kaum noch Luft übrig hatte. Und dann dachte ich eine Sekunde lang, mir bliebe kein Ausweg mehr. Vor mir ragte eine glitschige Backsteinmauer auf. Rechterhand gab es jedoch eine winzige Lücke. Ein Durchschlupf. Er lockte mich mit einem Scheibchen 22. Straße. Halb füllte ihn irgendein undefinierbarer Mulch – ich hoffte, dass er bloß aus verrotteten Pappkartons bestand.

Ich konnte nicht mehr zurück. Der andere Weg an der Gabelung mochte ganz blockiert sein, soweit ich wusste, und mir blieb auch gar keine Zeit für einen Versuch. Ich begann den matschigen Müll wegzutreten. Der Bulle kam näher. Als genug Platz und mein Fuß schon taub war, zwängte ich mich durch den Spalt. Purzelte drüben heraus wie ein Stein aus einem Schuh.

Die 22. Straße war leer. Dieser Teil jedenfalls. Es war eine Einbahnstraße, und der einzige Verkehr darauf setzte an der Kreuzung Bellevue ein, die ein Stück weiter runter lag. In diese Richtung wandte ich mich. Ich hatte die Chance verspielt, in Lucas Wagen wegzufahren. Jetzt benötigte ich die Hilfe der Stadt. Ich brauchte die Hochbahn. Den berühmten Mitternachtszug. Dabei hatte ich immer solche Vorbehalte gegen den öffentlichen Nahverkehr gehabt.

Ich jagte den Gehweg in Richtung Bellevue entlang. Offensichtlich hatte der Bulle einige Mühe mit der Lücke am Ende der Gasse. In seiner Verzweiflung brüllte er, dass er schießen würde. Seine Warnung bewirkte nichts, außer dass ich schneller lief und ihm sein ehrbares Leben noch ein bisschen schwerer machte.

Ich drehte kurz den Kopf und sah ihn mit einer Kanone auf mich anlegen. Wie sich jetzt erwies, war es doch nur eine Achtunddreißiger, eine oft unzuverlässige, unpräzise Waffe. Allerdings nahm er sich Zeit zum Zielen, und mit Pech hatte dieser Mann von klein auf mehr mit Waffen hantiert als mit Teddybären. Er würde wissen, wie man schoss. Ich wollte den Stich nicht spüren. Ich wollte nicht aus der Welt verschwinden. Nur aus seiner Reichweite. Wenigstens hatte er mich vorgewarnt. Eine endlose Reihe geparkter Wagen säumte beide Straßenseiten. Ich duckte mich hinter einen. Schlich gebückt weiter. Sah mich immer wieder um, um zu sehen, wo der Bulle war. Ein Stück voraus musste die Ampel an der Bellevue auf Grün gesprungen sein, denn jetzt sickerten Automobile in die 22. Kurz bevor die ersten Fahrzeuge uns erreichten, wischte ich über die Straße. Das machte mich zwar bei den Fahrern unbeliebt, aber jetzt gab es eine bewegliche Kolonne von Privateigentum zwischen mir und meinem Freund. Ich nutzte den Vorteil des fließenden Schutzschilds und lief schneller. Der Bulle tat es mir auf seiner Straßenseite gleich. Wir rannten fast parallel.

Als meine Lunge eine ernste Diskussion mit mir begann, war der Verkehr wieder abgeflaut. Die 22. war abermals leer bis auf zwei Ratten, die im Regen umherhasteten.

In der Stille vernahm ich schnelle Schritte. Hörte, wie sie verhielten. Ich wusste, was jetzt kam. Das Aufbrüllen einer .38er. Einen Meter vor mir splitterte das Holz einer Ladenverkleidung. Ich schlüpfte hinter ein Automobil. Das nächste Geschoss schlug irgendwo in Glas. Keine Ahnung, wo genau. Ich prüfte rasch, ob ich mich eingepisst hatte – nein. Gut. In geducktem Dauerlauf arbeitete ich mich weiter an der Wagenreihe entlang. Wieder ein Knall. Das Zischen eines Reifens. Jetzt hatte mein umsichtiger Cop die Nase voll. Er lud seine muskulösen Beine durch und setzte mir nach. Er rannte über die Straße auf die Seite, wo ich zwischen den Wagen Slalom lief, um ihm das Zielen schwer zu machen. Er fluchte mit seiner Kanone. Betonsplitter spritzten vom Gehweg hoch. Meine Brust hämmerte sich schier entzwei. Die Kreuzung war nicht mehr weit. Vor lauter Adrenalin kam ich nicht zum Denken, nur zum Reagieren. Der Hüter des Gesetzes und ich hatten uns in Tiere verwandelt. Trotzdem gab es noch einen Rest Vernunft, der uns lenkte. Uns beiden war klar, sobald wir die Durchgangsstraße erreichten, war Schluss mit der todbringenden Gewalt. Zu riskant. Vielleicht würde er anfangen, nüchtern zu denken: Eigentlich wusste er gar nicht, wer ich war oder was ich tatsächlich getan hatte. Er konnte wegen ungerechtfertigtem Schusswaffengebrauch suspendiert werden – und wegen Beschädigung von Privateigentum. Die Bullen und ihre Regeln.

Endlich die Kreuzung. Ich fegte um die Ecke. Hier gab es Leute, trotz des halbgefrorenen Regens. Ihre Gegenwart war mein

Schild, sie bewahrten mich nicht vor dem Zugriff des Gesetzes, aber vor dem Eingriff in mein Fleisch durch wirbelndes Blei.

Der Boden bebte unter einem heranrollenden Zug. Ich begriff, dies war ein Narrenstreich des Glücks, eine greifbare Fluchtmöglichkeit. Ich sprintete zwischen erschrockenen Fußgängern hindurch und hechtete die scheppernde Stahltreppe hoch. Meine Hand packte das Geländer. Ich zerrte meinen keuchenden Körper auf die Plattform. Ein Schild an der Wand verriet mir, dass der Zug hier westwärts fuhr. Ich war auf dem falschen Bahnsteig. Ich wollte den Zug nach Osten, den, der gerade einfuhr, aber um ihn zu erwischen, musste ich die Treppe runter, die Straße überqueren und auf der anderen Seite wieder hoch. Hinter mir hörte ich den pflichtbewussten Diener des Gesetzes schon die Stufen hochbollern. Da sprang ich vom Bahnsteig.

Hochbahnkonstruktionen sind nicht kompakt. Sie bestehen aus ineinandergreifenden eisernen Stegen. Zum Drauftreten sind sie nicht gedacht. Und doch landete ich zur allseitigen Verblüffung, einschließlich meiner eigenen, auf diesem Metallgewurstel und stakste los zur anderen Seite.

Die Bahn war jetzt ganz nah. Unten lag die Bellevue Avenue. Ich peilte die linke Seite des Bahnsteigs an und kraxelte darauf zu wie ein schlaksiges Insekt. Der Zug wurde natürlich langsamer, doch seine herandonnernde Masse wirkte apokalyptisch. Hastig hoppelte ich weiter. Schaffte es irgendwie bis zum schwindenden Zwischenraum zwischen Zug und Bahnsteigkante, kletterte rauf. In Sekundenschnelle schloss sich die Lücke hinter mir.

Pendler begafften mich, während ich weißen Dampf schnaufte. Ich sah selbst schon wie ein Zug aus. Sie wichen zur Seite. Bevor sich die Türen öffneten und sie einstiegen, sagte einer zu mir: »Sie sind völlig irre, wissen Sie das?«

Ernste Blicke fügten sich an diese Bemerkung.

Ich war die einzige Person, die in den ersten Wagen stieg. Ich setzte mich nicht hin. Ich packte eine der Halteschlingen, die von oben herunterbaumelten, und spähte durch die dunklen, spiegelnden Scheiben hinaus. Der gegenüberliegende Bahnsteig war gut beleuchtet: Ich sah den keuchenden Cop. Mit den Händen auf den Knien schaute er auf. Sein Blick fräste sich durch das

Glas. Ich stellte mir vor, was er gern sagen würde. Als die Bahn knirschend anfuhr, drehte sich sein Kopf, folgte mir, wachsam.

Mein Fluchtroute war alles andere als pannensicher. Er konnte immer noch veranlassen, dass ich an der nächsten Station verhaftet wurde. Aber das würde er nicht tun. Er hatte nichts gegen mich in der Hand – nichts außer den Anschuldigungen eines Schreihalses aus dem zehnten Stock und der Tatsache, dass ich das Weite gesucht hatte. Ich war relativ sicher, dass er mein Gesicht nicht genau hatte erkennen können, allenfalls verschwommen durch Entfernung und Schatten.

Der Waggon war so gut wie leer. Ich setzte mich nach hinten. Der Schaffner trat durch die Tür am Ende. Ein gestrenger Mann vom alten Schlag. Er kam auf mich zu, standfest trotz des schwankenden Waggons.

»Sir, Sie müssen an der nächsten Station aussteigen.«

Seine Stimme war tief und voll. Meine klang immer noch etwas dünn.

»Wie bitte?«

»Ich möchte hier keinen Aufstand machen. Was Sie getan haben, war verboten und gefährlich. Wir möchten, dass Sie aussteigen.«

»Wer möchte das?«

»Der Zugführer.«

»Ich bin vor einem Kriminellen geflohen. Wäre es Ihnen lieber, wenn er mich erschossen hätte?«

»Sir – ich habe nicht vor, eine Szene zu machen.«

»Dann lassen Sie es. Ich fahre mit diesem Zug bis zum Hafen. Ich habe gerade eine äußerst beängstigende Erfahrung hinter mir und würde es wirklich begrüßen, wenn Sie mich nicht wie einen Radaubruder behandeln.«

»Sir …«

»Ich möchte eine Fahrkarte.« Ich zückte einen Fünfdollarschein. »Mir ist klar, dass das eben gefährlich war«, sagte ich. »Und mir ist auch klar, dass Sie hier nur Ihre Pflicht tun. Ich bin nicht hier, um Ihnen Ärger zu machen. Ich möchte einfach bloß eine Fahrkarte.«

Er blickte ungeduldig auf das Geld.

»Das ist –«

»Der genaue Betrag, ich weiß.«

Er war zäh und alt und müde. Er war die Arbeit leid, die Fahrgäste, die Unruhestifter und auch die Regeln. Widerwillig nahm er den Schein. Ich bekam eine Fahrkarte. Er ging weiter.

Mehrere Mannslängen über der Avenue tuckerte mein Zug dahin, angetrieben von elektrischen Strömen. Irgendwann verließ er die Belle und bog in eine andere Betonschlucht ein.

Ich saß still da, und als mein Körper sich beruhigt hatte, zog ich mir die Handschuhe von den erhitzten Fingern. Sah auf meine Uhr. Elf Uhr nachts. Die Stadt rollte vorbei. Ein paar Haltestellen weiter stieg eine Schar Jugendliche zu. Hauptsächlich Mädchen, dazwischen ein paar junge Männer, wohl um sie vor dem nächtlichen Bösen zu behüten. In ihrem Kielwasser tippelte ein Landstreicher herein. Er wirkte nur unwesentlich älter als sie, dafür hatte er dreimal so viel Haar. Die Clique besetzte den vorderen Teil des Waggons, und der Penner kam auf mich zu. Ich schien Exzentriker anzuziehen. Er ließ sich ein paar Reihen vor mir nieder. Nachdem der Zug sich in Bewegung gesetzte hatte, drehte er mir seinen Schnabel zu und sagte: »Abend, Sir.«

»Abend.«

»Haben Sie eine angenehme Zeit?«

»Eher eine gemischte Packung.«

»Ja? Na klar. Ich wette, Sie kommen von einem Stelldichein. Mit einer ausgefuchsten Großstadtmieze. Hab ich recht?« Er lächelte. »Sagen Sie, haben Sie ein Fünfcentstück?«

Ich sagte nichts.

»Oh-oh. Das hab ich kommen sehen. Denn wissen Sie, Mister, ich weiß 'ne Menge über Menschen.« Er legte seine Hände auf die hölzerne Rückenlehne. »Schauen Sie, ich werde aus diesem Zug geworfen, wenn ich dem Mann kein Fünfcentstück gebe, und ich hab kein Fünfcentstück, das ich ihm geben könnte. Ich schlag Ihnen einen Handel vor. Ich sage Ihnen, was für eine Art Mensch Sie sind, und Sie geben mir ein Fünfcentstück. Ich kann mit konkreten persönlichen Angaben aufwarten. Wenn ich mit meinen Folgerungen falsch liege, behalten Sie Ihr Fünfcentstück, und ich schlafe heute Nacht unter der Petersborough Bridge. Einverstanden?«

»Klar.«

»Fein. Ich werde leise sprechen, denn Sie sind der Typ, der nicht will, dass dabei Fremde mithören. Sie möchten nicht, dass eins dieser hübschen Dinger eine Ahnung von Ihrer, ähm, mysteriösen Persönlichkeit bekommt. Hab ich Recht? Nein – sagen Sie nichts.« Er lächelte. »Das war ein Witz. Also, Sie sind nicht sonderlich humorvoll. Sie sind ein gutaussehender Bursche – recht wohlhabend, Ihrer Kleidung und Ihrem Benehmen nach. Aber der Reichtum ist neu für Sie. In Wahrheit … ja … sind Sie arm geboren. Richtig? Sie haben es zu etwas gebracht.«

Ich sagte nichts.

»Sie haben … sich eine harte Fassade zugelegt. Nun ja, vielleicht ist es nicht direkt eine Fassade, aber Sie sind sich schon bewusst, was Sie von sich preisgeben. Ich glaube, Sie hatten eine schwere Kindheit. Auf dem Land oder … nein. Ein Großstadtkind. Vielleicht aus den Slums. Beides wahrscheinlich. Und Ihr berufliches Werden und Wirken, um eine Floskel zu benutzen, ist moralisch zweifelhaft, um eine weitere zu bemühen. Oder zumindest beurteilen andere das so. Das ist etwas, wogegen Sie sich schon des Öfteren verwahren mussten. Sie scheinen klug zu sein – auch wenn Sie bislang nichts zu mir gesagt haben – oder vielmehr gerade deshalb – also ich würde fast meinen, Sie sind Anwalt.«

»Nein.«

»Nein, natürlich nicht. Ich stochere bloß ein wenig herum. Wollten Sie jemals Anwalt werden?«

»In der Schule war ich gut in Englisch.«

»Das ist eine indirekte Antwort, nicht wahr? Ist das nicht ein Ja?«

Ich enthielt mich einer weiteren indirekten Antwort.

»Also Sie sind kein Anwalt. Sie wollten es einst werden und schämen sich dieser Ambition. Stoße ich langsam zum Kern der Sache vor?«

»Gut möglich.«

»Hab ich mir meine fünf Cent schon verdient?«

»Mehr.«

»Sagen wir, ich mach noch ein bisschen weiter, und Sie zahlen mehr.«

»Vielleicht will ich nachher überhaupt nichts mehr bezahlen.«

»Wenn ich kein Spieler wäre, wäre ich längst am Ende. Aber ein Fünfcentstück ist kein großer Verlust. Das Risiko gehe ich ein. Ich spreche also weiter, für einen Dollar?«

»Geht klar. Weiß Gott warum.«

»Ah. Das macht es mir leicht. Hmm. Sie sehen italienisch aus. Sind Sie Italiener? Nein, sagen Sie's nicht. Ich wette, Sie sind einer. Sie sehen nämlich europäisch aus, aber nicht wie ein Spanier, auch nicht wie ein Franzose. Und Sie klingen wie ein Spaghetti. Soll keine Beleidigung sein – ich beleidige niemanden mit Absicht. Sie haben einen Hauch von Little Italy unter der Zunge. Was bedeutet, dass Sie katholischer Herkunft sind. Und darüber hinaus – da haben Sie es mir jetzt zu leicht gemacht – passen Sie nicht ganz in diese spezielle Gussform, um eine Metapher zu bemühen. Sie missbrauchen leichtfertig den Namen Gottes, Sie gehen einem anstößigen Beruf nach …«

Unvermittelt brach er ab.

»Na schön. Weiter sollte ich wohl nicht gehen, hm?«

Ich sah ihn an, seine Augen, seinen wilden Bart, seine uralte Kleidung. Ich konnte mir diesen Burschen vor ein paar Jahren vorstellen – glattrasiert, charmant, auf der Schulter die Hand seiner Mutter.

»Hier ist Ihr Dollar.«

»Danke sehr, Sir. Hoffentlich hab ich Sie nicht gekränkt. Ich wollte Sie keinesfalls beleidigen.«

»Nein. Sie wissen mehr über mich als die meisten Leute, dabei kenne ich Sie erst seit drei Minuten. Das ist nicht beleidigend, nur interessant.«

»Lustig, dass Sie das sagen. Um eine Floskel zu benutzen. Ich hätte Sie nicht für den Typ gehalten, der so etwas sagt. Ich meine, der das zugibt.«

»Ich hab es ganz leise gesagt, nicht wahr?«

Er lächelte unter seinem Dschungel hervor.

Ich sagte: »Sie sind erstaunlich beredt für jemanden, der in der Bahn um Kleingeld bettelt.«

»Ich wurde dazu erzogen, mich eloquent und präzise auszudrücken«, sagte er mit blumiger Gestik. »Meine Konversation hat seitdem etwas abgebaut. Sie werden bemerkt haben, dass ich, ähm, einen Haufen Blödsinn von mir gebe.«

Während er sprach, kam der Schaffner aus seinem Kabuff. Er lochte dem Tramp eine Fahrkarte und warf mir im Weggehen einen »Wissen Sie, was Sie da tun?«-Blick zu.

Der Landstreicher flüsterte: »Was meine Wortwahl angeht – früher habe ich mich stets gewählt ausgedrückt. Ich kreierte Sätze wie Fabergé-Eier. Aber ich bin ein bisschen … abnormal geworden. Glaube ich jedenfalls. Glauben Sie das auch?«

»Jeder hält sich für nicht normal.«

»Aber niemand sagt es. Niemals. Sie sind ungewöhnlich.«

»Gott sei Dank.«

Er schmunzelte. »Ich nehme an, Sie halten mich für einen von den Einfaltspinseln, die beim Crash alles verloren haben.«

»Das haben Sie doch auch, oder? Ihr Geld verloren.«

»Und meinen Verstand, Mister.«

»Mag sein, aber nicht Ihr Leben. Es sind Leute von Hochhäusern gesprungen.«

»Macht mich das nun tapfer?«

Ich ließ ihn alles rauslassen.

»Ich lebe wie ein Putzlumpen«, sagte er. »Ein Feudel. Nein, schlechter Vergleich. Ich bin nicht der Lappen. Ich bin der Dreck, der damit aufgewischt wird. Können Sie sich vorstellen, wie oft ich über die Lächerlichkeit dessen nachgedacht habe? Ich hatte nichts zu tun mit dem üblen Zustand der Welt. Dem … politischen Tango. Moment mal. Sind Sie Politiker?«

»Nein.«

»Natürlich nicht. Dafür waren Sie mir gegenüber zu aufrichtig. Aber schauen Sie. Ich wurde in Sicherheit geboren. Ich wuchs auf in Wärme und Geborgenheit. Verglichen mit weniger begünstigten Leuten musste ich kaum einen Finger rühren, um durchzukommen. Wiewohl ich mich durchaus bemühte, mir einen Namen zu machen. Ich wollte Psychiater werden. Ich habe fleißig studiert, fleißig gearbeitet, mein Studium selbst bezahlt, für die Gebühren gearbeitet. Ich bin gut zurande gekommen. Dann ist es passiert.«

Wie war ich in dieses Gespräch geraten?

»Sie haben das schon zwanzig Mal gehört, Mister, ich weiß. Ach was, wahrscheinlich öfter. Es ist nur – ich bin immer auf der Suche nach Ansichten darüber, warum die Welt so ist, wie sie ist. Ich möchte Ihre Ansicht dazu hören. Die Zwanziger: Wie konnte all das nur auf einer Illusion beruhen? Auf etwas, das es gar nicht gab? Ich besaß ein wirkliches Automobil. Ich besaß wirkliche Kleidung. Ich konnte sie mit meinen Händen befühlen, oder?« Er schloss die Augen. »Wolle, Cordsamt, Baumwolle. Ich bewohnte ein wirkliches Apartment mit festen Wänden und Möbeln. Ich bezahlte Miete, es kostete mich wirkliches Geld. Es war teuer, aber ich zahlte stets pünktlich, Woche für Woche. Auch wenn es schwer war, tat ich alles, was ich tun musste, und mehr, denn das Geld, mit dem ich bezahlte, war wirklich. Wie konnte das alles zunichte werden durch einen – einen Kunstfehler der Banken?«

Er kam zu meiner Sitzreihe herüber. Fragte, ob ich etwas dagegen hätte. Ich bedeutete ihm Platz zu nehmen. Normalerweise hatte ich keine Zeit für Heulsusen, doch dieser Mann war anders. Er war interessant.

»Vielleicht«, sagte er, »verkenne ich einfach, was wirklich ist und was nicht. Was meinen Sie?«

Ich seufzte. Ich mag es nicht, wenn Leute seufzen. Ich tat es trotzdem. »Ich weiß es nicht.«

»Ist das alles? Ich hatte angenommen, Sie wären gut in so was.«

»In was denn? Ökonomie zu erklären? Sie wissen doch, wie es passiert ist. Ich habe nichts zu bieten, was Ihnen helfen könnte. Die Fakten sind bekannt.«

»Es geht mir nicht um die Fakten.«

»Philosophie ist nicht mein Geschäft. Sie möchten eine übergeordnete Begründung dafür, warum die Welt so läuft? Es ist eine Illusion, da haben Sie ganz recht. Es sind platzende Blasen. Es ist Kapitalismus. Und meistens funktioniert das System. Wenn es versagt, muss man damit zurande kommen oder es bezwingen.«

»Mit Verbrechen.«

»Wie bitte?«

»Nun, das ist doch die einzige Möglichkeit, oder? Lebe nach den Regeln, und du wirst für den Rest deines Lebens ein Opfer sein. Wir sollten außerhalb leben. Das ist es doch, was Sie denken.

Wir sollten eine Runde schwänzen – ach was, das ganze verdammte scheiß Spiel nicht mitmachen.«

»Was wollen Sie damit sagen?«

»Leute wie Sie sind clever. Ich hätte es längst aufgeben sollen. Vielleicht wäre es gar kein Aufgeben gewesen … bloß ein Sichabfinden mit etwas Traurigem.«

»Ich glaube, wir sind jetzt fertig.«

»Nein, Sie haben eingewilligt, reicher Mann. Sie haben sich zu einem Gespräch mit dem Versager verpflichtet, dem Ungeziefer. Ich hab Ihnen dazu verholfen, sich für vorurteilslos zu halten. Menschen mögen so etwas. Sie schließen daraus, dass sie anders sind. Denken Sie nur an Ihr ›Gott sei Dank‹, als ich sagte, Sie seien ungewöhnlich. Sie sind ein Musterexemplar, das sind Sie. Ein richtig dicker Fisch. Und wissen Sie, was wirklich grandios ist? Dieses Verlangen danach, anders zu sein, das steckt in jedem. Selbst wenn er es gar nicht weiß. Aber eben dieses Verlangen macht sie alle gleich. Verstehen Sie? Das ist die Ironie des Schicksals. Sie erkennen Ironie, nicht wahr – da Sie ja in der Schule gut in Englisch waren. Sagen Sie mal, wir haben ja noch gar nicht über Ihre Familie gesprochen. Haben Sie eine?«

Stille.

»Richtig – ich vergaß, wir haben es ja mit einem mysteriösen Mann zu tun. Ich wage zu behaupten, dass Sie keine Familie haben. Sie wirken gänzlich frei von Gefühligkeiten, frei von jeder Bindung an … irgendwas. Sie sind außerstande, die Emotionen anderer zu verstehen. Ich frage mich, wann Sie zum letzten Mal einen Freund gewonnen haben. Wenn Sie mit Ihren Freunden zusammen sind – falls Sie welche haben –, genießen Sie dann ihre Gesellschaft wirklich?«

»Sie sollten aufhören zu reden.«

»Ja, anscheinend mögen Sie keine Gespräche. Betrachten Sie das als Makel?«

Ich packte ihn am Kragen.

»Ach herrje, aber Sie sind ja gewalttätig.«

»Sie werden jetzt den Mund halten. Sie sind verrückt.«

»Ich, verrückt? Das sind Sie doch, Fontana. Sie sind der Verrückte.«

Mein Griff löste sich. »Was?«

Er rückte von mir ab. Hielt kurz inne. Dann, ohne mich aus den Augen zu lassen, zog er langsam ein Schnappmesser hervor.

»Ihr seid widerlich, ihr reichen Dreckskerle. Sogar euch selbst widert ihr an. All das Geld, mit dem Menschen wie ich sich normal fühlen könnten, sich lebendig fühlen könnten, geht an euch gottverdammte Diebe, nur damit ihr teuren Fusel saufen und euch dabei beschissen fühlen könnt. So, gleich kommt meine Station … Ich könnte Sie hier und jetzt abstechen. Ihre Brieftasche klauen. Weglaufen. Und der alte Sack da hinten würde rein gar nichts machen. Ich weiß, dass Sie keine Kanone tragen, Fontana. Dadurch fühlen Sie sich etwas weniger wie ein Arschloch.«

»Da liegst du falsch«, sagte ich und zog die Achtunddreißiger. »Ich bin immer ein Arschloch.«

»Huch. Die haben nicht erwähnt, dass Sie bewaffnet sind. Zu schade. Ah, gut, hier ist meine Station – das war doch mal eine perfekt ausgeklügelte Gesprächsführung, oder? Ich hab das Ei auf Ihrem Kopf genau im richtigen Moment zerschlagen. Ich hoffe, du denkst mal lange und gründlich nach, mein Freund. Um eine Floskel zu benutzen.« Er humpelte zu den Türen. Kurz bevor sie zugingen, rief er noch: »Du bist so selbstgerecht, dass du dich nicht mal erinnern kannst.«

Der Wagen war verschlossen. Der Zug rollte weiter.

»Wenn es hier noch mehr Ärger gibt …«, sagte der Schaffner.

Ich sagte nichts und sah zum Fenster hinaus. Die goldene Jugend setzte ihr Getändel fort. Ich versuchte sie zu überhören. Versuchte dahinterzukommen, wer dieser Schweinehund gewesen war. Versuchte mich zu erinnern. Schaffte es nicht.

Wen meinte er mit »die«? Diese Leute, die hinter mir her waren – ich ging davon aus, dass es sich um dieselben handelte, nach denen ich suchte, um die, die mich bestohlen hatten –, schienen ihre Augen überall zu haben. Aber der Penner war doch nach mir in den Zug gestiegen. Es war nicht drin, dass er mir von meinem Apartment aus gefolgt war. Ich schüttelte den Kopf. Es passte hinten und vorne nicht. Ich musste jetzt bald mal etwas finden, was passte.

Mein Fahrziel war die Endstation der Linie. Als die Jugendlichen ausstiegen, war ich weit und breit der einzige. Die große Maschine kroch auf einen Bahnhof zu, niemand stieg ein, und wir hockten sinnlos da herum. Dann fing die Welt wieder an vorbeizugleiten. Je weiter wir fuhren, desto schwerer wurde es, in den schwarzen Umrissen hinter dem Glas etwas zu erkennen. Die Spiegelbilder drangsalierten mich. Besonders meins. Ich sehnte mich nach dem, was dahinter lag.

Die Docks waren eine andere Art Wildnis. Wir wurden in einen Endbahnhof auf Straßenniveau gezerrt. Der Zug streute eine Handvoll Seelen aus wie Vogelsamen. Wir trudelten durch den Ausgang. Der Regen hatte vor einer Weile aufgehört, Nässe hing in den Straßen, als wäre die Welt enttäuscht, weil sie jetzt aufwischen musste.

Bald ging ich meinen eigenen Weg. Alleine durch solche Leere zu stromern war etwas, das ich genoss. Hier gab es kein Gespräch, keinen Druck, nur Stille.

Ich wanderte eine Brücke hinunter. Es war ein hässliches Ding, funktional und farblos. Sie führte mich zur Küstenstraße, wo eine Ufermauer sich mit dem Meer bekriegte. Die Ebbe machte daraus einen lausigen Kampf. Ich nahm die Waffe aus meiner Tasche und rieb meine Geschichte davon ab. Warf, so weit ich konnte. Sie verschwand mit einem Platschen aus meinem Leben. Ich musste mir nicht länger Sorgen darüber machen, dass die ungezügelte Macht des Todes mein Jackett beschwerte. Wenn sie zum ersten Mal eine in der Hand haben, sind die meisten Leute überrascht vom Gewicht einer Pistole.

Dieser Teil der Stadt war tagsüber voller Betriebsamkeit. Abgesehen von Gütern aus aller Welt, die hier verpackt, verschoben und verschifft wurden, gab es auch Leben. Sogar in überraschendem Umfang. Dutzende drängten sich jeden Morgen an den Hafenumfriedungen, hofften auf einen Tag Arbeit. Nur wenige wurden genommen. Schlimmer als ihre Hoffnung, dass gerade sie ausgesucht würden, war ihre Hoffnung, dass sie irgendwie darauf Einfluss nehmen könnten. Sie waren lebende Lotterielose. Für die Arbeit eines Tages bekamen die Gewinner ein paar Piepen und das flüchtige Gefühl, etwas erreicht zu haben.

Die Vögel hier waren gut genährt. Es gab etliche Kinder, die ihre Verpflegung mit den Möwen teilten. Komisch, dass wir hungrigen Vögeln eher Brot gaben als hungrigen Menschen. Ich hatte mal mit Luca darüber gesprochen. Vielleicht sollten sich die zwölf Millionen Arbeitslosen einfach Federn wachsen lassen, hatte ich gesagt. Einen menschlichen Vogel würde ich durchaus füttern, solange es kein verdammter Rabe war.

Konnte Luca wirklich dahinterstecken? Hatte er hinter meinem Rücken gemauschelt, unsere Gewinne abgezweigt? Es war ein dickes Ding. Wir konnten sogar dafür belangt werden. Kombiniert mit ein paar gefälschten Beweisen ließ sich das juristisch zu einem betrügerischen Komplott aufblasen, und weiß der Teufel, was dann passierte. Man würde uns kreuzigen. Oder mich, je nachdem.

Nachdem ich eine Weile an einer hohen Backsteinmauer entlang gewandert war, erreichte ich den Zugang zu unserem Pier. Unter einer nahen Straßenlaterne dümpelte ein Chrysler. Schwarz. Drinnen saß Miller. Er kurbelte sein Fenster runter.

»Bin schon ne Weile hier«, sagte er. »Wo ist Ihr Wagen?«

»Hab ich eingebüßt. Warten Sie, ich mach das Tor auf.«

Eine mannshohe Tür war in das Tor eingelassen. Ich öffnete das Vorhängeschloss und ging rein. Dann betätigte ich diverse Riegel und Hebel und hievte die eine Seite des Tors auf. Miller fuhr hindurch.

»Soll ich hier parken?«

»Klar.«

Inzwischen verschloss ich alles wieder hinter uns.

»Wie sind Sie hergekommen?«, fragte er. »Ich hätte gedacht, Sie kommen mit dem Wagen.«

»Meine Wohnung war voller Schlipse.« Ich berichtete ihm von Beppe und dem Bullen.

Er zündete sich eine Zigarette an und zog heftig daran. »Scheiße«, sagte er. Er war sichtlich beunruhigt.

Wir standen unter einem Torkran, der sich hoch über unseren Köpfen wölbte, monströs und skelettartig. Langsam gingen wir an seinen Schienen entlang.

»Das stinkt alles gewaltig, Fontana.«

»Ich weiß.«

»Ist Ihnen jemand gefolgt?«

»Nein.«

»Ich fürchte, mir könnte jemand gefolgt sein.«

»Von Ihrem versteckten Unterschlupf aus? Kaum anzunehmen«, sagte ich.

»Ein Ford klemmte eine ganze Weile in meinem Rückspiegel.«

»Ich glaube, wir brauchen uns keine Sorgen zu machen.«

»Natürlich. Ich bin nur etwas angespannt.«

»Das Büro ist oben in dem Lagerhaus da, dem zweiten von hier aus. Wir kramen ein bisschen herum, holen uns ein paar Adressen und verschwinden.«

Meine Beruhigungsfloskel war ernst gemeint gewesen. Wayrights Dienstleistungen waren untadelig. Niemand brachte es fertig, seine Kunden aufzuspüren – und schon gar nicht die Verstecke, in die er sie schickte. Also konnte niemand Miller gefolgt sein. Es sei denn, jemand hatte ihn schon aufgestöbert, bevor er seinen Unterschlupf erreichte.

»Hier hoch.«

Das Lagerhaus war riesig. An der Seite klebte eine zu den Büros im Obergeschoss führende Treppe. Oben angekommen klimperte ich mich durch meinen Schlüsselbund. Ließ Miller ein. Das Licht ging an, zu sehen war ein Flur, vollgestopft mit Krimskrams und gestrichen in einem Braun, von dem ich oft wünschte, es hätte es nie gegeben.

»Hauptquartier«, sagte Miller.

»Tja. Das Büro in Dresden ist mehr ein hübsches Plätzchen zum Rumsitzen und Wichtigtun. Das hier ist der Ort, wo die eigentliche Arbeit stattfindet.«

»Also wo fangen wir an?«

»In der Registratur.«

Wir knarrten den Flur entlang. Ich brachte ihn zu unserem begehbaren Aktenschrank.

»Registratur?«, sagte er. »Das ist ein verherrlichter Spind.«

»Fächer sind Fächer. Sagen Sie mal: Was glauben Sie, warum Beppe in meiner Wohnung nach den Aufstellungen gesucht hat?«

»Wie ich schon im Lokal gesagt habe. Wer immer sein Auftraggeber ist, will jede einzelne Oktoberaufstellung vernichtet sehen. Sie sind von mir nicht begradigt worden, und sie sind in Umlauf geraten.«

»Aber es gibt doch gar nichts, womit man sie abgleichen könnte. Wenn es schon gefälschte Ausfertigungen gäbe und außerdem die Originale, und jemand würde beide Versionen nebeneinanderlegen, dann könnte der Schwindel auffliegen. So wie die Dinge liegen, bezweifle ich, dass was rauskommt.«

»Falsch.« Miller lehnte sich an den Türrahmen. »Wissen Sie noch, was ich Ihnen erklärt habe? Wann immer die einen guten Zeitpunkt erwischen, was von Ihrem Kapital zu stibitzen, tun sie das und lassen das Frisieren nachträglich besorgen statt vorher. Das ist sehr riskant – meiner Meinung nach sogar schlichtweg dumm. Meine Korrektur müsste das eigentlich sofort gradeziehen.

Aber das ist nur eine Theorie. Ich hab darüber nachgedacht, seit wir das Lokal verlassen haben. Aufzufliegen ist wesentlich wahrscheinlicher, wenn die Aufstellungen verglichen werden. Sicher, die Originale sind vernichtet, aber man kann sie aus früheren Unterlagen rekonstruieren. Sie haben doch bestimmt – was weiß ich – vertraglich gebundene, regelmäßige Transaktionen, nicht? Oder zumindest turnusmäßig wiederkehrende Zahlungen, die identisch sein müssten. Ein Beispiel: ein Speakeasy im Villenviertel. Seit fünf Monaten immer dieselbe Summe für dieselbe Menge Schnaps. Sagen wir, elfhundert Dollar. So steht es auch in der Aufstellung. Wenn diese Position nun plötzlich eintausendfünfzig Dollar ausweist, obwohl es um dieselbe Menge Schnaps geht – ohne dass die Preise geändert wurden –, dann ist klar, dass was nicht stimmt.«

»Und in der Oktoberabrechnung ließe sich ein Dutzend solcher Fehlbeträge finden.«

»Mehr.«

Ich rieb mir die Augen. »Wissen Sie, er hat nicht mal eine Andeutung gemacht, wer es war.«

»Ruffino?«

»Ja. Er hat mich gehasst. Davon hatte ich keine Ahnung.«

Miller zuckte die Achseln. »Menschen verstellen sich.«

Ich fuhr mit dem Finger über die Rücken der Pappordner. Sie reichten Jahre zurück. Ich zog den heraus, den wir brauchten. September/Oktober, wie in Dresden.

»So viel Getue um diese Aufstellungen«, sagte ich. »Was ist denn mit den Hauptbüchern? Die müssen doch auch frisiert werden.«

»Tja, mir wurde nie gesagt, wie das alles läuft. Es ist merkwürdig, denn die Ausgaben und Einahmen werden zuerst im Hauptbuch verzeichnet, aber meine Eingriffe beschränken sich auf die Monatsaufstellungen. Ich nehme an, das wird dann noch ins System eingepflegt. Irgendwelche von den Erbsenzählern hier, die für meinen Boss arbeiten, erhalten die frisierten Aufstellungen und übertragen die neuen Zahlen ins Hauptbuch. Vielleicht entfernen sie die Originalseiten und schummeln eigene Abschriften ein. Oder, wenn die Zahlen mit Bleistift eingetragen werden, was ich stark vermute, dann können sie einfach die alten wegradieren und neue hinschreiben. Bei einer kleinen Firma könnte es auch zwei Hauptbücher geben: ein gefälschtes und ein sauberes. Aber hier arbeiten zu viele Leute, als dass das funktionieren würde.«

»Herrje. Mir ist nach einer Zigarette, aber ich fürchte, dann explodiert mein Schädel.« Ich öffnete den Aktenordner. Jede Menge Papiere, aber nichts von Belang. »Sie ist nicht da.«

»Die verbliebenen Insider dürften sie entsorgt haben.«

»Dann wollen wir mal hoffen, dass sie die Transportunterlagen nicht auch entsorgt haben.«

Ich führte Miller zu einem anderen Teil des Büros. In einen richtigen Raum.

»Hier läuft so ziemlich unsere gesamte Logistik«, sagte ich.

»Die Karte da mit den roten Nadeln zeigt alle unsere Quellen. Die mit den gelben unsere Kunden.«

»Ganz hübsches Verteilernetz.«

»Klar. Das da ist unser Kommunikationspult. An so gut wie allen Tagen tut hier jemand Dienst, nimmt Anrufe von den Fahrern entgegen und manchmal Funksprüche von den Jungs auf See. Wenn viel los ist, ist dieser Raum rund um die Uhr besetzt.«

»Heute aber nicht?«

»Nein. Freitags wird nur den Tag über Meldung gemacht. Am Freitagabend kriegt jeder frei.«

Miller gab einen gedehnten Pfiff von sich. »Das ist wirklich ein beachtlicher Apparat. Ich meine, ich wusste, dass diese Firma groß ist, aber …«

»Solche Einzelheiten zeigen sie nicht im Gangsterfilm, was? Und die Zeitungen möchten gern, dass unsereins rüberkommt wie Halbaffen. Egal, ich zeige Ihnen diesen Raum, weil hier die Transportunterlagen aufbewahrt werden. Jedes Mal, wenn sich ein Frachtführer meldet, wird die Information in diese Logbücher eingetragen. Normalerweise betreffen die Aktualisierungen nur ihre Position, aber es wird alles festgehalten, was von Bedeutung sein könnte. Werfen Sie mal einen Blick hinein.«

Miller fischte sich irgendeinen Eintrag raus. Seine Augen überflogen Zeilen. »Großartiges System. Haben Sie das eingeführt?«

»Ja.«

In Windeseile überflog er die Seiten. Blätterte gelegentlich zurück. »Hier ist was Merkwürdiges. ›Halifax 87‹. Ist das die Bezeichnung für eine bestimmte Schiffsladung?«

»Ja, das ist der siebenundachtzigste Transport aus Halifax. Was ist da merkwürdig?«

»Hier stehen alle Einzelheiten: die verschiedenen Produkte, die verladen wurden, die genauen Mengen, der Name des Schiffs, der Kapitän et cetera. Aber auf der nächsten Seite steht, dass die Lieferung unter einem anderen Kapitän reinkam. Babe Keslowski. Und es ist auch ein anderes Schiff.«

»Das ist normal.«

»Wieso das?«

»Die Rumlinie sagt Ihnen wohl nichts?«

»Gar nichts.«

»Vor Jahren, als der Schmuggel zu blühen anfing, hat die Regierung die Grenze der amerikanischen Hoheitsgewässer von drei auf zwölf Seemeilen ausgeweitet. Sie dachten, das würde den Schmuggel eindämmen, weil die Küstenwache so mehr Spielraum bekam, um die großen Schiffe zur Strecke zu bringen. Wir fanden eine Methode, das Problem zu umgehen. Die Rumlinie verläuft zwölf Meilen weit draußen, und genau da warten die großen Schiffe auf kleinere, schnellere Boote, die die Konterbande übernehmen. Diese kleinen können die Küstenwache gut abhängen. Sie zischen rüber zum Ufer, laden aus, und die Schoner und Frachter können ganz gemütlich einlaufen, wo immer sie wollen.«

»Dreist.«

»Die Lieferung, die Sie da am Wickel haben – ist der Eingang in mehrere Positionen unterteilt?«

Er blätterte um. »So ist es. Ich hab Halifax 87A gelesen. Es gibt noch zwei.«

»Die beiden anderen Boote.«

Er steckte das Logbuch zurück. »Ziemlich gewitzt für Halbaffen. Wo wird unser Oktobertransport aufgezeichnet sein?«

»Im letzten Buch. Ja, das da. Geben Sie's mir mal. Okay, ein paar Wochen zurück. 19. Oktober, Toronto 214. Das ist er. Namen, Vermerke, alles.«

Die Dokumentation der Fuhre bestand aus verstreuten Aufzeichnungen. Es gelang uns, sie zusammenzufassen. Zwei Lastwagen waren am Morgen des 19. in Toronto losgefahren. Am Ende des Tages hatten sie es über die Grenze geschafft und verkrochen sich auf einer Farm, die uns gehörte. Am nächsten Morgen fuhren sie weiter, und um vier Uhr nachmittags wurden sie auf der Landstraße gleich hinter Fakenham angehalten, angeblich von der Polizei. Der Wortlaut dieses Eintrags nahm im Logbuch zehn Zeilen ein. Das Entscheidende: »Mussten die Obrigkeit schmieren. 80$ in bar, zwanzig Kisten Konzessionsabgabe.« Ich sah, dass der Wickersham Single Malt, des Franzosen liebste Sorte, Teil der Konzessionsabgabe war. Die Fahrer kamen zwei Tage später in der Stadt an.

»Das ist die offizielle Version«, sagte ich. »Und es ist kompletter Schwachsinn. Schreiben Sie die Namen der Fahrer auf. Lassen Sie Platz für die Adressen.«

Miller suchte sich was zum Schreiben.

»T. Yale«, sagte ich. »Das wird Tommy Yale sein. Den kenne ich. Der nächste ist Joe Icaruso. Dann ein M. Kaval. Marlon. Ordentlicher Kerl. Sie nennen ihn den Dichter. Der letzte ist Eddie Cooper. Der lebt im Norden, im selben verschissenen Fischernest wie Kaval.«

»Welches Fischernest?«

»Sturgeon Bay. Das hat sich die Stadt schon vor zehn Jahren oder so einverleibt. Ist jetzt ein Vorort, inoffiziell. Ein echtes Scheißkaff.«

Ich ging zu einem leicht staubigen Schreibtisch, schloss die oberste Schublade auf und förderte das Angestelltenverzeichnis zutage. Ich diktierte Miller die Adressen der Männer. Yale wohnte in der Nähe von Franco. Joe Icaruso weiter draußen in Brooklyn.

Als Miller fertig war, sagte er: »Jetzt haben wir immerhin ein paar Fährten.«

»Sie meinten doch, der Kurier, der Ihnen unsere gestohlenen Abrechungen brachte, war selbst Pascher. Er war auch bei der Torontofuhre dabei, oder? Kommt Ihnen einer dieser Namen bekannt vor?«

»Nein, tut mir leid, Fontana. Wie gesagt, bei dieser Unternehmung wurden überhaupt keine Namen genannt. Aber vier Fahrer, das ist doch zu schaffen. Wir können sie mühelos noch heute Nacht aufstöbern. Einschließlich des Kuriers, wenn er nicht über alle Berge ist. Und wenn wir uns aufteilen.«

»Können wir machen. Ich will immer noch zu Carmen, Lucas Mädchen. Sie wohnt auf dem Weg nach Sturgeon Bay. Ich kann ein paar Auskünfte über Luca einholen und mir Klamotten zum Wechseln besorgen, die ich sicher brauchen werde.«

»Sie bewahren im Haus seiner Frau Ersatzkleidung auf?«

»Nicht direkt.« Ich machte mich daran, die Liste abzuschreiben. »Luca weiß davon. Ist ne lange Geschichte. Wenn wir uns aufteilen, muss ich Sie irgendwie erreichen können.«

»Stimmt. Sie fahren nach Sturgeon Bay, also übernehm ich den hiesigen, Tommy Yale. Und ich versuch den Brooklyner aufzutreiben. Joe Icaruso … happiger Name das. Wenn sich nichts ergibt, fahr ich zu Wayright. Ich glaub nicht, dass mein sicheres Versteck mir noch sicher genug ist.«

»Gut. Ich habe Wayrights Visitenkarte, dann kann ich Sie später da anrufen.«

»Schön. Und wie erreich ich Sie?«

»Mit der ausgestreckten Hand.«

Ein Telefon am Kommunikationspult gellte dazwischen. Auch diesmal klang das schrille Läuten durch und durch bedrohlich. Es paralysierte uns.

»Lieber nicht«, murmelte Miller.

»Es könnte Luca sein.«

»Es könnte auch die nächste Morddrohung sein.«

Schließlich ging ich rüber und nahm ab.

»Hallo?«

Eine Stimme sagte: »Schnell raus da.«

Die Verbindung war tot. Ich stand da, den Hörer in der Hand.

»Was war das?«, fragte Miller.

»Eine Frau. Sie riet mir zu verschwinden.«

Seine Augen fragten mich warum. Dann schlug draußen eine Wagentür zu.

»Heilige Scheiße«, flüsterte er.

Stimmen. Zwei Männer.

»Miller, warten Sie hier.«

Ich rannte in mein Büro an der Vorderseite des Gebäudes. Ich ließ das Licht aus, schlich zum Fenster, warf einen Blick auf das Areal vor der Lagerhalle. Ein schickes Coupé und zwei Männer, die auf die Treppe zugingen. Ich hörte gegrunztes Geplänkel:

»Sicher, dass das Millers Wagen war?«

»Absolut.«

»Wir müssen uns ganz sicher sein.«

»Ja, klar. Wir sind ganz sicher.«

»Also ist er da drin?«

»Ich nehm's an. Vielleicht mit noch wem.«

»Saverino?«

»Das wär wohl zu viel des Guten.«

»Zu viel vom Guten gibt's gar nicht.«

»Tja. Wenn Saverino da ist, nehmen wir das Arschloch gleich mit.«

Man suchte nach Luca? Meine Gedanken trudelten und sprudelten. Ich huschte zurück in den Planungsraum. Miller schwitzte.

»Zwei Handlanger.«

»Keine Cops?«

»Eindeutig keine Cops. Sie fahren einen Roadster.« Allmählich dämmerte mir eine unliebsame Erkenntnis: Auch wenn diese Vögel keine Cops waren, waren die Blauen vermutlich ebenfalls hinter mir her. Ich musste sie so schnell wie möglich schmieren. Musste dringend ein paar Anrufe machen. Die Polizei wusste, dass Beppe aus Fontanas Apartment gefallen war. Mit Glück hatte irgendeiner der Befragten ihnen erzählt, dass ein Kerl namens Vitelli in der Bude gewesen war. Mit Glück.

»Himmel«, sagte Miller. »Mir ist ein Roadster gefolgt. Herrgott noch mal. Ich hab ein Vermögen hingeblättert, um genau das zu vermeiden. Haben Sie ne Waffe?«

»Ich hatte eine … aber die liegt jetzt im Ozean.«

Er blickte einen Moment verwirrt drein. »Ach ja. Sie mögen die Dinger ja nicht. Können wir irgendwo anders raus?«

»Durchs Lager. Kommen Sie.«

»Warum nehmen wir das Buch nicht mit?«

»Wenn sie deswegen hier sind und merken, dass es weg ist, suchen sie die ganze Nacht nach uns. Wir haben, was wir brauchen.«

Ich schob ihn in den Flur und entriegelte die Hintertür. Sie öffnete sich auf einen gähnenden Abgrund. Von oben funzelte eine schwache Andeutung von Licht herein – gerade genug, um Hochregale und gestapelte Kisten zu erkennen. Wir blieben auf der Plattform stehen, die meine Domäne überblickte.

»Ich sehe nichts«, sagte Miller.

»Lassen Sie einfach eine Hand am Geländer.«

Ich führte ihn das scheppernde Zickzack der Stufen hinab. Für verstohlenes Schleichen war die Treppe nicht gedacht. Egal. Die Schlipse hatten uns schon gehört, als sie das Gebäude betraten. Sie wussten, dass jemand hier war. Millers Wagen, auffallend unverschlossen, hatte sie vorgewarnt. Und der öde gelbe Schimmer hinter den Fenstern hatte ihre Hände zum Holster geführt.

Am Boden kamen wir leiser voran, liefen über glatten Zement, schlängelten uns zwischen Türmen von Beständen hindurch. Dies war der große Bruder unseres Aktenschranks. Paletten statt Papiere. Ich warf einen Blick zurück und sah oben eine Silhouette in der Tür stehen, durch die wir reingekommen waren.

»Ist hier wer?«

Wir erstarrten.

»Still«, raunte ich.

Wir hielten uns für den Augenblick verborgen. Der Augenblick zog sich in die Länge, bis die Nähte zu reißen drohten. Ich horchte auf den Abgang des Mannes, auf die sich hinter ihm schließende Tür.

Nichts geschah. Er rührte sich nicht vom Fleck. Ich kam zu dem Schluss, dass er zu weit weg war, um uns zu hören. Wenn wir uns aus dem Lichtschein raushielten, der von hinter ihm in die Halle fiel, konnten wir uns weiter voranbewegen. Ich zupfte an Millers Mantel. Langsam stahlen wir uns auf den rückwärtigen Teil des Lagerhauses zu. Ich konnte schwer vorhersagen, was der Gangster tun würde. Wenn ich er wäre, wüsste ich eines genau: Wer immer hier herumgeschnüffelt hatte, würde versuchen zu entwischen, und die einzige Möglichkeit dazu war durch die Hintertür. Andererseits kannte er sich nicht aus, wusste nicht, ob es hier noch einen Weg nach draußen gab.

Es gab einen – in dem kleinen Kabuff, wo der Lagermeister den ganzen Tag hockte und in Listen verzeichnete, was reinkam und was rausging. Doch das Kabuff lag abseits der Bestände offen da. Um hinzukommen, mussten wir ein gutes Stück Strecke ohne Deckung zurücklegen.

»Er wird uns sehen«, sagte Miller.

Er sah uns nicht. Er verließ die große kalte Höhle und schlug die Tür hinter sich zu. Suche eingestellt. Wir erreichten das Kabuff. Ich zog eine Eisentür auf, und der Winter begrüßte mich.

Er war zeitig gekommen und wartete schon auf mich, eifrig und voller Tatendrang. Er fegte mit einem Nordwind auf mich los, der Schauder über meine Haut jagte und mir tief ins Mark drang.

Auf dem Rückweg zum Wagen umwanderten wir alle möglichen Arten von Industrieschrott, um Abstand zwischen uns und die Fratzen zu bringen. Mein Adrenalin war verpufft. An seine Stelle trat Furcht. Die Furcht folgte mir den ganzen Weg, ihre Nadelstiche trieben mich voran. Das Unbehagen löste krampfhaftes Zittern aus. Ich fühlte, wie sich in mir ein Fieber breitmachte.

Das Tor vorne stand sperrangelweit offen. Es starrte uns förmlich an. Hier waren wir am leichtesten zu erwischen – die Schläger konnten jederzeit rauskommen –, also hasteten wir zum Wagen und schlossen uns ein. Miller ließ den Motor aufheulen. Ich schnappte mir eine Zigarette und wir preschten los, ließen den Pier hinter uns. Ich nahm eine Lunge voll Rauch und reichte Miller die Zigarette.

»Das war knapp«, sagte er.

Ich blieb still.

»Sie sind so was wohl gewohnt?«

»War ich mal.«

»Als Sie ein Pascher waren?«

Ich zündete noch eine Zigarette an. Diesmal für mich.

»Ja.«

»Und Sie waren daran gewöhnt?«

»Selbst wenn ich es je war, jetzt bin ich es nicht mehr.«

»Sie wirken ganz gefasst. Ich dagegen – ich glaub nicht, dass ich schon mal so dringend einen Schnaps gebraucht hab.«

»Und das, wo wir gerade einen ganzen Speicher voll Alkohol hinter uns lassen.«

Wir schwiegen. Ich konzentrierte mich darauf, warm zu werden. Dann sagte Miller: »Ich hab nachgedacht. Sie scheinen doch Ware im Überfluss zu lagern. Wie kommt es, dass ein paar lausige Kisten dermaßen viel Staub aufwirbeln? Wieso entsteht überhaupt Aufregung darum? Man sollte doch meinen, wenn der fürs *Marseilles* bestimmte Schnaps nicht im Lager eintrifft, kriegen sie ihre Bestellung trotzdem geliefert. Aufgestockt mit irgendwas aus den Beständen.«

»Ein paar Kanadier, die Brüder Poirier, versorgen uns schon sehr lange mit Whisky und Brandy. Der Franzose hat das seinerzeit für uns eingefädelt. Letzten Monat ist es ihnen geglückt, einen seltenen Tropfen aufzutreiben, hinter dem er schon ewig her ist, also hat er gleich eine ganze Ladung anderes Zeug mitbestellt, damit sich Kosten und Aufwand lohnen für den Transport von Toronto hierher. Es war eine Eilbestellung. Der Schnaps ging direkt ans *Marseilles*. Er musste gar nicht erst übers Lager laufen. Übrigens können Sie gern irgendwo halten und sich eine Flasche besorgen.«

»Ich hab das schon erwogen. Und danke für die Erklärung. Aber ich brauch noch mehr.«

»Wir finden die Antworten bei den Paschern.«

»Ja. Wo fahr ich Sie jetzt hin? Zu Ihrem Wagen?«

»Nein. Der steht bei Luca, um die Gegend möchte ich lieber einen Bogen machen. Da könnte Ärger lauern. Ich entscheide mich gleich. Wissen Sie, vorhin im Lager, als ich nachsehen ging, wer draußen ist, habe ich die Männer reden gehört. Die waren hinter Ihnen her.«

»Ah, Scheiße. Und war von Luca die Rede?«

»Nur dass sie nach ihm suchen.«

»Klingt, als wäre er auf der Flucht.«

»Vor wem? Ich habe diese Männer nicht erkannt.«

»Vor meinen Auftraggebern, wie es aussieht.« Millers Gesicht war zu einer Grimasse erstarrt. »Uns beide jagen dieselben Leute.«

»Was zugleich bedeutet, dass Luca nicht hinter dem Abrechnungsschwindel steckt«, sagte ich. Die Erkenntnis nahm mir ein enormes Gewicht von der Brust. »Er ist nicht Ihr anonymer Auftraggeber. Er hat nicht in die eigene Kasse gegriffen und dann Sie beauftragt, die Beweise unter den Teppich zu kehren.«

»Sieht ganz so aus. Wobei das andere Problem – der Raubzug im Norden – womöglich doch getrennt läuft. Das könnte Luca trotzdem angeleiert haben. Immerhin dürfte er gewusst haben, wer dabei war, welche Strecke sie nehmen und wo sie wann sein würden.«

»Glauben Sie wirklich? Diese Information konnte man leicht kaufen, von einem der bestechlichen Drecksäcke bei mir im Lager. Luca ist nicht der einzige, der genug weiß, um einen meiner Schnapstransporte zu überfallen.«

Miller nickte. »Auch wieder wahr. Ich sag nur, es wäre möglich.«

»Aber für Sie ist das schlecht, stimmt's? Denn Ihre Überzeugung, dass hinter dem Betrug und dem Überfall ein und dieselbe Person steckt, nämlich Ihr Boss, hat Sie überhaupt erst in dieses Schlamassel reingeritten.«

»Ich weiß.« Er seufzte. »Wie auch immer, wir können Luca als Hintermann von Fakenham noch nicht ausschließen.«

»Er bleibt verdächtig, bis seine Unschuld erwiesen ist. Ich bin kein Plüschhäschen, Miller. Ich weiß, wozu Menschen fähig sind. Ich kenne auch Luca von seiner schlimmsten Seite. Ich glaube trotzdem nicht, dass er so was machen würde.«

»Das kann sich angesichts der Realität noch als bedeutungslos erweisen. Die Tragweite einer Überraschung lässt sich nie vorhersagen, Fontana.«

Er hatte recht. Ich hielt meinen Mund.

Wir kamen jetzt in die inneren Stadtbezirke. Die Häuserblocks wurden höher, die Beleuchtung dichter. Wir würden die Innenstadt nur streifen und in den nördlichen Vierteln herauskommen.

»Ich wünschte, es gäbe in dieser Kiste ein Radio«, bemerkte Miller. »Mögen Sie Musik?«

»Klar. Klassische nur, wenn mir nach Bildung ist. Aber Jazz …«

Jazz. Wir sprachen eine Weile darüber. Duke Ellington, Benny Goodman, Basie …

»Haben Sie mal von *Quintet Blue* gehört?«, fragte Miller.

»Nein. Noch vor einiger Zeit hätte ich das bestimmt, und die Namen sämtlicher Musiker hätte ich auch gewusst.«

»Warum hat sich das geändert?«

Ich zuckte die Achseln. »Zu viel los.«

»Sie meinen Arbeit?«

»Ja. Arbeit. Nicht nur. Alles. Es gibt Zeiten, da bläht sich alles auf, steht sich gegenseitig auf den Füßen.«

Miller war still.

»Man wird abgedrängt, weg von dem, was man will, oder gerne mag, oder zu brauchen glaubt. Dann ist auch kein Platz für Musik.«

»Wissen Sie, das war heute Abend das erste Mal, dass Sie etwas gesagt haben, was nicht unbedingt nötig ist. Und Sie haben es gut gesagt. Ich hab noch nie versucht, das in Worte zu fassen.«

Ich knurrte. »Ich tue Vieles, was nicht unbedingt nötig ist, aber Reden gehört eigentlich nicht dazu. Wollen Sie nun was trinken?«

»Nein. Ich muss klar bleiben. Später kann ich immer noch in einer Flüsterkneipe aufschlagen und mir selig die Hucke vollaufen lassen.«

»Nach solchen Abenteuern verschätzt man sich leicht, also übertreiben Sie es nicht. Selbst Fische können ertrinken, Kamerad. Fahren Sie jetzt Richtung Park Avenue. Zu Carmen ist es dann nicht mehr weit, nur den Hügel runter.«

»Sie wollen laufen?«

»Ja.« Ich warf meine Kippe aus dem Fenster. »Ich mag die Kälte.«

»Machen Sie bloß zu. Wir sind nicht alle aus Eis.« Er sah mich an. »Warum lächeln Sie so?«

Ich schüttelte den Kopf. »Der letzte Mensch, der das zu mir gesagt hat, trug ein Kleid.«

»Darf ich fragen, wer das war?«

»Carmen.«

Eine rote Ampel brachte uns zum Stehen.

»Sie waren mal mit Saverinos Freundin zusammen?«

»Jahre her.«

Er wartete auf die Fortsetzung. Normalerweise erzählten Leute weiter, wenn sie erst mal zu so einem Thema vorgedrungen waren. Der Wagen ruckte, setzte sich wieder in Bewegung. Breitere, dunklere Straßen. Ich sah zu, wie unter orangefarbener Straßenbeleuchtung Orangenbäume vorbeiglitten. »Carmen und Luca haben sich durch mich kennengelernt.«

»Oh.«

»Sie kannte ich noch aus der Schulzeit. Luca erst seit einem

Jahr oder so. Sie begegneten sich auf einer Party, zu der ich sie eingeladen hatte. New York, East Egg.«

»War Gatsby auch da?«

Ich schmunzelte. »Sie sah etwas in Luca, und dann sah sie mehr von ihm, als ich mal ein paar Wochen nicht in der Stadt war.«

»Ach.«

»Es ist ungewöhnlich, dass ich darüber rede.«

»Manchmal muss man eben reden.«

Ich zündete noch eine Zigarette an und ließ mir ein paar Dinge durch den Kopf gehen. Vielleicht musste ich mal reden.

»Ich hing nicht allzu sehr an Carmen. Als mir ein Freund erzählte, alle fänden, dass sie sich in meiner Abwesenheit daneben benommen hatte, erlosch der Rest meiner Gefühle. Ich trennte mich von ihr und ermutigte Luca, sein Glück zu versuchen. Das tat er. Seitdem sind sie zusammen.«

»Das klingt, als würden Sie es bereuen.«

Ich sagte nichts.

»Haben sie wirklich hinter Ihrem Rücken rumgemacht?«

»Nein. Ich wusste, dass nichts gelaufen war. Das war bloß Klatsch.«

»Aber Sie haben sie verlassen.«

»Wie gesagt, ich empfand auf einmal nichts mehr. Ich hatte ihr nichts zu geben. Außerdem passten die zwei gut zusammen. Es war stimmig.«

»Sie waren nicht sauer?«

»Nein«, sagte ich.

»Herrje. Ich wünschte, ich wäre so hart, aber gleichzeitig hoffe ich, dass ich das nie werde.«

»Warum?«

»Man muss was fühlen. Was ist man sonst?«

Seine Worte erzeugten ein Vakuum. Worte tun das manchmal.

»Das hab ich mich auch gefragt«, sagte ich. »Viele Male.«

»Und dann?«

»Kam Carmens Schwester.«

»Hui. Das muss schräg gewesen sein.« Er betonte jedes Wort.

»Nein, sie war völlig anders. Aussehen und … alles.«

Er gluckste. »Sie hat Sie also aufgetaut, ja?«

»So könnte man's nennen.«

»Was ist daraus geworden?«

»Das, was aus allem wird. Es endete.«

»Wieder auf Ihr Betreiben hin?«

Ich sagte nichts.

»Ich will nicht herzlos klingen, Fontana, aber mit Ihnen zu reden macht mich ganz seekrank. Hoch, runter, hoch, runter. Humor, dann wieder Melancholie. Ich schätze, Sie lassen nicht viel an sich ran, sonst müssten Ihnen auch ganz flau davon sein.« Er machte eine Pause. »Ich will Ihnen nicht auf die Eier gehen. Ich sag's nur. Sie sind schon … eine derbe Mischung.«

»Was ist das nicht?«

Er lächelte. »Auch wieder wahr.«

Ich ließ dieses Gespräch in den wuchtigen Walzgeräuschen des Chryslers verklingen. Grainwood Park lag hinter der steinernen Mauer, die neben uns verlief. Efeu schmiegte sich an sie und kroch eilends dahin, um mit dem Wagen mitzuhalten.

»Das nächste Tor«, sagte ich.

Der Park wurde nachts nicht geschlossen. Das Rathaus duldete stillschweigend, dass hier ein Hafen für die Hauslosen entstanden war: Über einen Großteil des Areals zog sich eine Barackenstadt. Sie besaß einen Stadtrat und einen Bürgermeister. Es gab Banden. Eine Schutzgeldmafia. Ein Bordell. Ein Gefängnis. Die kleinen Schwarzbrennereien hier brauten den zwielichtigsten Schnaps, der je in einen Blechbecher geschwappt war. Letztes Jahr hatte Luca in einer Anwandlung halbseidener Humanität angeregt, dass wir dieser Stadt ›Spenden‹ in Form von richtigem Alkohol zukommen ließen, um die Quote der vergifteten und erblindeten Slumbewohner zu senken. Ich war einverstanden, entschied aber, ihnen lieber wöchentlich kleinere Mengen zu schicken statt einer großen pro Monat. Ich wollte keine Apokalypse auf mein Gewissen laden. Die Stadträte fanden unser Vorhaben zwar grässlich, aber auch sie mussten sich den Gegebenheiten beugen.

Das war die einzige Form von Wohltätigkeit, die ich praktizierte. Einen Slum mit Schnaps versorgen.

»Wollen Sie allen Ernstes da durchspazieren?«, fragte Miller.

»Ja. Wir sind noch ein gutes Stück von der Siedlung weg. Viele von den Leuten hier kennen mich sowieso.«

»Man hört ja ganz üble Geschichten über diese Gegend. Fast jeden Tag steht was in der Zeitung.«

»Grainwood ist bloß genauso verkommen wie der Rest der Welt. Es steht jeden Tag was in der Zeitung, damit wir uns besser fühlen. Jeder steht noch über irgendeinem anderen. Fahren Sie hier links rein, dann den Weg rauf zum Hügel.«

Kies knirschte unter dem Wagen. Wir tuckerten weiter. Die Notleidenden der Stadt durften sich nur am westlichen Ende des Parks ausbreiten. Großräumig hielten sie sich daran, besonders in den kälteren Monaten, aber wir sahen doch etliche. Sie lungerten am Wegrand, wo ihre Feuerstellen die Kälte wegbrannten. Sie schlurften durch das feuchte Laub. Ausgemergelte Gesichter fuhren zu uns herum, die Augen schwarz wie die von Vögeln.

Wir sahen auf sie herab, weil sie arm blieben, aber es würde sie immer geben – wenn nicht diese speziellen Subjekte, dann andere. Wenn nicht im Park, dann in Slums. Immerhin war ich mal einer von ihnen gewesen. Ich hatte alles aufgeboten, was ich hatte, und vieles, was ich nicht hatte, um das zu ändern.

Ein weitläufiger Abhang erstreckte sich über große Teile von Grainwood. Er führte hoch nach Farraway Heights, ein Viertel so grün vom Geld, dass es Teil des Parks hätte sein können. Trotz seiner langen Tradition als Elitehochburg schwand das Renommee des Viertels schnell dahin, als die Barackenstadt entstand. Die Bewohner von Heights besaßen Geld genug, um in allumfassendem Wohlstand zu leben, doch als sich keine Meile entfernt aus dem getrimmten Gras von Grainwood plötzlich ein Nest der Armut erhob, wurde auch den feisten Protzen klar, dass sie der Depression nicht entgehen konnten. Sie waren nicht die einzigen, die das schwer mitnahm. Es verstörte uns alle. Der endgültige Beleg, dass es schlimm stand.

»Ich steige an der nächsten Kurve aus«, sagte ich.

Die nächste Kurve war nicht weit. Es war ein Serpentinenweg. Knirschend brachte Miller den Wagen zum Stehen. Ich spähte aus dem Fenster. Auf dem Gipfel des Hügels erhob sich hinter

Bergen gefallenen Laubs eine riesige Eiche über einen Laternenpfahl. Sie markierten den Ausgang.

»Ich mach mich mal mit der Taschenlampe schlau«, sagte Miller, »wie ich jetzt am besten weiterkomme. Sagen Sie mal, was denken Sie, wer uns da im Lagerhaus angerufen hat?«

»Ich bin mir nicht sicher. Es klang wie jemand, den ich heute Abend erst kennengelernt habe. Eine gewisse Stella Rousseau.«

»Rousseau?«

»Ja.«

»Das ist interessant. Ich glaube, sie ist eine Politikerfreundin. Arbeitet für einen Russen.«

»Einen Kommunisten?«

»Denke schon.«

Ich zuckte die Achseln.

Miller meinte: »Woher sie wohl gewusst hat, wo wir stecken und was uns da droht – wäre durchaus lohnend, das herauszufinden.«

»Ich versuch mehr darüber zu erfahren. Wissen Sie was, man hat mir mal unterstellt, ein Roter zu sein.«

»Im Ernst?«

»Ja, damals in der Hysterie der Zwanziger. Ich hatte mich für ein Wochenende in einer Kleinstadt in Massachusetts verschanzt. Wer am Sonntag nicht in die Kirche ging, war als Kommunist abgestempelt.«

»Arschlöcher.«

»Yeah.« Damals waren viele Leute so gewesen. Angst war noch ansteckender als die Grippe. Und ich hatte es mit beidem zu tun bekommen.

Miller fragte: »Bereuen Sie manchmal –«

»Nein.«

»Sie wissen doch gar nicht, was ich sagen wollte.«

»Muss ich auch nicht.«

»Wie meinen Sie das?«

»Reue ist sinnlos, Miller. Sie hat uns nichts zu geben. Ich sehe davon ab.«

»Aber es ist manchmal unmöglich, sie nicht zu empfinden.«

»Man kann sie weitgehend ausblenden, wie jede Art von Schmerz.«

»Und das tun Sie?«

Ich zögerte.

»Ich versuch's. Danke fürs Mitnehmen. Ich ruf Sie dann bei Wayright an.«

»Gern geschehen. Danke für das Gespräch.«

Als ich aus dem Wagen stieg, sagte Miller: »Fontana. Wie heißen Sie mit Vornamen?«

Ich zögerte abermals. »Massimo. Nenn mich Max.«

Er streckte die Hand aus. »Laszlo.«

Wir schüttelten uns die Hände.

»Schön dich kennenzulernen«, sagte ich.

»Gleichfalls.«

Ich schlug die Tür zu und wandte mich bergan. Als ich losstapfte, schaltete Miller offenbar seine Taschenlampe ein. Aus den Wagenfenstern drang ein kleiner zitternder Lichtstrahl und warf einen Schatten vor mich. Es war ein schwacher Schatten, verzerrt vom verrottenden Laub. Er war lang und dünn und hässlich. Das war Max.

Da geschah etwas mit mir: Eine surreale Empfindung, etwas, das ich erst ein Mal erlebt hatte. Da war ich ein Junge, sechzehn oder siebzehn, und stand auf einem Bahnhof. Der Morgen war gerade kalt genug, um meinen Atem vor mich hin zu malen. Ich hörte ein fernes Geräusch von Rädern auf Schienen. In diesem Augenblick fühlte ich mich schlagartig gänzlich wach – wacher, als ich je zuvor gewesen war. Alles um mich herum war mir vollkommen bewusst. Ich konnte jede Einzelheit mit absoluter Klarheit sehen und spüren. Es war nicht, als sähe ich die Welt durch Kristall. Denn dann wäre zwischen mir und der Welt etwas gewesen, und da war rein gar nichts. Im Vergleich fühlte sich jede Minute, die ich bis dahin gelebt hatte, nur matt an, müde, abgespannt.

Die Empfindung verging, als der Zug einrollte. Als ich mich erinnerte, dass ich irgendwo hin musste, mich in Bewegung setzen musste, dass ich Teil eines Systems war – da verlor ich sie. Ich fiel wieder in Schlaf.

Jetzt, Jahrzehnte danach, lief ich durch den Grainwood Park und spürte, wie die Klarheit zurückkehrte. Sie war zum ersten Mal über mich gekommen, als ich jung war und reglos dastand, und war zerborsten, als es mich weiter zog. Doch diesmal war ich in Bewegung. Ich bestaunte die Vollkommenheit, die sich vor mir entfaltete. Wie bewegte ich mich durch diesen Raum? Ich folgte meinem Schatten. Hügelaufwärts. Im Dunkeln. Warum?

Der Augenblick war filigran, deshalb hielt er nicht lange an. Er war kostbar, ich aber konnte keine Kostbarkeiten erschaffen, konnte sie mir nur aneignen, doch die Welt ließ mich nicht behalten, was ich besaß.

Der Augenblick verblasste nicht. Er wurde mir jäh entrissen von einem wahnwitzigen Blitz aus orangenem Licht, getragen von einem Stoß gewaltiger Hitze. Er traf mich von hinten und schmetterte mich zu Boden. Schall griff in meine Ohren und füllte sie mit Donner. Ich wurde von einer Besinnungslosigkeit überwältigt, die grenzenlos war.

Langsam durchdrang ein schrilles Klingeln diese Leere, und mit ihm kehrten alle Geräusche der Welt zurück.

Ich öffnete die Augen. Fallende Blätter taumelten auf mich zu. Von unten beleuchtete Äste züngelten darüber. Überall dieses entsetzliche Orange.

Am Fuß des Hügels verblühte eine gewaltige Blume. Ich sah ihr letztes Aufbäumen. Sie schoss empor, schleuderte Trümmerteile in die Nacht, dann verdrehten sich ihre Blütenblätter und vergingen. Zurück blieb das schwarze Skelett von Millers Wagen.

Ich rannte darauf zu. Schock pumpte das Blut aus meinen Eingeweiden ins Gehirn. Ich umkreiste das Wrack, suchte nach Lebenszeichen. Fußabdrücken. Es war sinnlos. Miller war nicht da. Kein Stück von ihm war da. Ich wusste schon, was ich vor mir hatte. Es dauerte nur ein paar Sekunden, ehe es wirklich zu mir durchdrang.

Ich krabbelte den Hügel hoch, kämpfte mich durchs Laub. Ich hielt auf die Eiche zu. Fand den Ausgang. Ich fühlte mich wie ein hohler Mann, der durch Farraway Heights stolperte und jederzeit zerbrechen konnte. Verschwommen fragte ich mich, ob ich unter meinen Schuhen viele Schnecken zermalmte.

Als ich zu mir kam, tauchte eine Handbreit vor meinem Gesicht Carmens Tür auf. Drinnen lief Musik. Die Tür gab unter meinem beständigen Klopfen nach.

Carmens Gesicht. Nur ein wenig Wimperntusche. So hatte sie immer schon toll ausgesehen. Besorgnis leuchtete aus ihren schönen grauen Augen.

»Guter Gott«, sagte sie. »Was ist passiert?«

»Kann ich reinkommen?«

»Natürlich. Bist du betrunken?«

»Nein.«

»Was war das für ein Krach vor ein paar Minuten? Zieht ein Gewitter auf?«

Ich schüttelte ihr meinen Mantel in die Arme. Sie wiederholte immerzu meinen Namen und fragte: »Was ist los?«, und ich tat gar nichts, starrte nur unbestimmt links an ihr vorbei. Ihre Stimme klang dünn in meinen Ohren. Das Klingeln war wieder lauter geworden. Ich nahm meinen Hut ab und betrachtete ihn eine Weile, bevor ich ihn ihr reichte.

»Ich muss duschen.«

»Natürlich«, sagte sie. »Du hast noch die Sachen von der Silvesterfeier hier. Den Dreiteiler. Ich wusste doch, es hat irgendeinen Sinn, dass du den immer wieder vergessen hast. Ich such ihn dir raus.«

Ich trat ins Bad. Ich nickte langsam und unablässig, wie man es eben tut, wenn eine besorgte Frau mit einem spricht. Ich floss über die Fliesen. Carmen beugte sich über die Wanne. Hähne rotierten. Leitungen spotzten. Ich bewunderte ihre Figur. Ihre Schönheit änderte sich nie. Die Weisheit, die mit dem Nachlassen der Jugend einhergeht, machte sie nur noch anziehender.

»Wir reden später«, sagte sie.

Ich nickte. Ich hätte ihr eine Hand auf den Arm legen können. Ich hätte mich zu einer beruhigenden Geste aufraffen können. Ich tat es nicht.

»Ich leg dir deine Sachen draußen auf einen Stuhl.«

Sie ging.

Wasser plinkerte auf die Keramik und prasselte auf den Vorhang. Ich verlagerte mein Gewicht langsam von einem Fuß auf den anderen. Gefühl kehrte in meine Glieder zurück, begleitet von tausend Nadelstichen.

Ich pellte mich aus meinen Sachen. Vorsichtig stieg ich in den

Wasserfall. Seine heißen Tränen stachen mich. Ich konnte mich nicht bewegen. Der Duschkopf hing niedrig. Ich schloss die Augen, duckte mich unter das dampfende Wasser. Regen, Ozeane, Fluten und Donner. Tränen. Meine Ohren klingelten noch immer. Ich sah zu, wie der Schmutz, all mein Schmutz, an mir herabrann. Schließlich ergriff ich die Seife und wusch ihn ab.

Wenn es doch nur so einfach wäre.

»Also, was ist passiert?«

Carmens Sofa war ein viktorianisches Stück. Es war härter als der Wohnzimmerfußboden. Sie hatte sich gerade einen Kaffee aufbrühen wollen, als ich aufkreuzte, insofern war es kein Problem, wie sie sagte, aus einer Tasse zwei zu machen.

»Dieses Buch hält mich vom Schlafen ab«, sagte sie, »also dachte ich mir, da kann ich ebenso gut noch ein bisschen nachhelfen.«

Ich hatte lange geduscht. Als meine Haut ganz sauber war, verlegte ich mich darauf, nasse Luft in meine Nase zu ziehen. Ein und aus. Wiederholung. Gleichgewicht. Wir unterschätzen oft die Wirkung guten Atmens. Danach legte ich einen Anzug an, den ich seit zehn Monaten nicht mehr getragen hatte. Es war der schwärzeste, den ich besaß. Ich hatte ihn vermisst, aber dennoch immer wieder vergessen, ihn abzuholen. Jetzt war er meine neue Haut, die ich dankbar annahm. Und inzwischen geleitete mich Carmens Stimme in mein Bewusstsein zurück.

»Ich möchte lieber nicht darüber sprechen«, sagte ich.

»Du hast dich nicht verändert.«

»Das tun Menschen nie.«

»Da irrst du nach wie vor.«

»Genau.«

Sie zögerte. Wieder einmal starrte ich missmutig in eine Tasse Kaffee. Nur dass beim letzten Mal so ziemlich meine größte Sorge gewesen war, das seichte Geplauder beim Nachtisch durchzustehen.

Carmen fuhr fort: »Ist jemandem etwas zugestoßen?«

Ich sagte nichts.

Ein Hauch von Besorgnis. »War Luca dabei?«

»Nein.«

»Sag mal mehr als ein Wort.«

Zunächst dachte ich mal mehr als ein Wort. Ich wollte das Gespräch von den Geschehnissen im Park weglotsen, dabei konnte ich nicht umhin, sie zu durchdenken. Ich streifte meinen letzten Dialog mit Miller. Erinnerte mich an seinen Verdacht gegen Luca. Mir ging plötzlich auf, wenn Luca hinter dem Überfall steckte, mochte Carmen in seine Mätzchen verwickelt sein. Ich spürte, wie meine Anspannung zunahm. Überstürzte Gedanken rasten durch meinen Kopf. Was, wenn Luca versuchte, das Geschäft an sich zu reißen? Das ganze Debakel mochte ein Vorspiel sein, um mich weich zu klopfen, bevor er seinen entscheidenden Zug machte. Mich zu schwächen. Und Carmen könnte ihm dabei helfen. Er mochte ihr gesagt haben, dass ich vorbeikommen würde – und wie sie sich darauf vorbereiten sollte, lange wach bleiben, mir Zuwendung anbieten …

»Ich hab Luca seit sieben nicht mehr gesehen«, sagte ich. »Ich versuche ihn zu finden.«

Ich würde sie auf meine Seite ziehen und ihr auf die Schliche kommen. Sie war alles andere als geübt in der Kunst der Täuschung. Wenn ich eine Schwachstelle fand und sie mir zunutze machte, würde sie Farbe bekennen. Bis dahin war unklar, worauf ich gefasst sein musste. Womöglich hatte sie Luca angerufen, als ich unter der Dusche stand, und er war schon unterwegs. Ich betrachtete wieder den Kaffee. Sie konnte ihm etwas beigemengt haben.

Ich sagte: »Er hat mir erzählt, dass ihr zwei euch im Augenblick nicht seht.«

»Richtig. Ich staune, dass du zugehört hast.«

»Nun mal langsam, Carmen. Kann ich nicht um meine Freunde besorgt sein?«

»Ich hätte nicht gedacht, dass du das kannst. Du scheinst zu finden, dass sich nach anderer Leute Beziehungen zu erkundigen eine Invasion darstellt. Oder nicht?«

»Oft schon.«

»Eben.«

»Zeigt dir dann nicht der Umstand, dass ich trotzdem frage, wie besorgt ich bin?«

Sie lachte auf. »Du? Besorgt?«

»Ich mein's ernst, Carmen.«

Ihr Lächeln schwand. »Entschuldige«, sagte sie. »Ich wollte nicht gehässig sein. Ich bin es einfach nicht gewöhnt, dass du Interesse zeigst.«

Sollte ich ihr schlechtes Gewissen verstärken oder sie trösten? Beides würde sie weich machen.

»Ihr seid mir wichtig«, sagte ich, »auch wenn ich das nicht genug zum Ausdruck bringe.«

»Ich weiß.« Ihre Lippen schenkten mir ein anderes Lächeln, begütigend. Die Kratzbürstigkeit war verschwunden. »Ich bin ganz schlecht darin, dir böse zu sein.«

»Darauf hab ich immer gebaut.«

»Das ist mir klar. Du weißt genau, wie du mit mir umgehen musst. Ich frag mich manchmal, was du denkst, wenn du so redest.«

»Du musst mir glauben, dass ich aufrichtig bin.«

Sie sah weg und nickte.

»Du weißt, dass ich kein Lügner bin.«

»Aber natürlich.« Sie sah mich an. »Sag doch nicht so was.« Ihre Stimme wurde sanfter. »Noch mal zu heute Abend. Ich verstehe ja, dass du mich nicht beunruhigen willst, aber kannst du mir nicht erklären, was das Problem ist?«

Gut.

»Du brauchst nur zu wissen, dass ich Luca suche. Die Gründe dafür ändern sich ständig, aber die Tatsache bleibt bestehen. Hast du vielleicht eine Ahnung, wo er sein könnte?«

Sie war still.

»Ich habe ihn seit gestern Nachmittag nicht mehr gesehen«, sagte sie dann. »Hat er dir das alles erklärt?«

›Das alles‹, das hieß ›ich und Luca‹. Mit ›das alles‹ meinen Menschen immer sich selbst und was ihnen gerade weh tut. Hatte er mir das erklärt?

»Auf 'ne Art«, sagte ich.

»Dann mach ich das jetzt mal richtig.«

Na also.

»Wir haben uns in den letzten Wochen immer seltener gesehen. Einmal hat eine Frau angerufen, als er nicht da war. Das war am Ersten des Monats. Sie klang extrem besorgt, und sie wollte mir ihren Namen nicht sagen. Sie hat schnell eingehängt. Ich wurde misstrauisch, das würde wohl jeder so gehen. Als er abends vorbeikam, sprach ich ihn darauf an. Er meinte, der Anruf hätte mit der Arbeit zu tun, sonst hätte er der Frau ja wohl nicht meine Nummer gegeben. Er sagte, sie heißt Rousseau.«

Oh.

»Das schien geklärt«, sagte sie, » aber mir ging nicht aus dem Kopf, wie aufgewühlt sie geklungen hat. Ich kam einfach nicht davon los. Da stimmte was nicht. Luca erklärte mir, sie sei schüchtern. Unbeholfen, weißt du.«

Das war gelogen. Die Erkenntnis, dass Luca seiner Freundin etwas vormachte, schockierte mich nicht weiter. Es war ziemlich üblich, sich neben der festen Beziehung, in die man sich gestürzt hatte, ein wenig Spaß zu gönnen. Das hatte ich im Laufe der Jahre auch getan. Luca war genauso. Andererseits frohlockte er ständig, was für ein Glück er mit Carmen hatte. Sie war ihm wichtig. Er empfand echte Gewissensbisse, wenn er fremdging und neben einer Unbekannten aufwachte, denn, so sagte er, was Mädchen anging, war Carmen was Besonderes.

Ich hatte nie vorgegeben, mich um seine oder sonst jemandes Eskapaden zu scheren. Aber natürlich *war* Carmen was Besonderes. Die Vorstellung, dass Luca tatsächlich eine Affäre mit Stella Rousseau hatte, war wenig erbaulich. Vor allem, wenn man bedachte, wie strikt er das vor mir geheim gehalten hatte. Der Mann war ein unverbesserliches Plappermaul, wenn es um sexuelle Eroberungen ging. Ein abendlicher Besuch, ein paar Glas Whisky, und schon überschüttete er mich mit Frivolitäten. Ob mir die Rolle nun passte oder nicht, ich war sein Vertrauter.

In letzter Zeit hatte Luca sich merklich zurückgehalten, und nicht nur in geschäftlichen Fragen. Wenn da mit Rousseau etwas lief, nahm er es entweder sehr ernst oder fühlte sich besonders mies deswegen. Oder beides.

»Er hat sich ziemlich komisch aufgeführt«, sagte Carmen. »Sehr kühl. Du weißt ja, wie er sein kann, wenn er schlechte Laune kriegt. Er hört auf, über alles Witze zu machen. Gestern dann hatten wir wieder mal Streit wegen irgendwas völlig Blödem – die Frau von der Wäscherei oder die Wahl … ja, es ging um die Wahl –, und er ging weg. Seitdem hab ich ihn mehrmals angerufen. Er ist bloß einmal rangegangen. Mit der Frau vom Amt hab ich schon längere Gespräche geführt. Wir haben vereinbart, uns nicht zu sehen.«

»Und vorher? Hast du herausgefunden, was ihn so beunruhigt?«

»Gott weiß, gefragt hab ich, aber er hat mir eine ganze Zeit gar nichts erzählt. Dann am Montag wurde ich wach und sah ihn aufrecht im Bett sitzen und mit offenen Augen ins Nichts starren. Er war fix und fertig. Es war offensichtlich, dass er reden wollte, es sich aber verkniff. Mir war klar, dass er sich aussprechen muss, also hab ich ihn bedrängt. Da hat er mir von den Vermissten erzählt.«

»Den Vermissten?«

»Leute, die für ihn arbeiten. Aber nein, ich greife vor: Anfangs war es nur einer. Luca sagte mir, dass jemand seit vergangenem Dienstag nicht mehr zur Arbeit erschienen war … ach, das war dann auch der erste November. Als Luca den Mann anrief, ging niemand ran. Er hat es wohl fünf Mal versucht. Dann hat er jemanden vorbeigeschickt, aber es war keiner da. Sie versuchten es am nächsten Tag wieder und sprachen auch mit der Vermieterin. Sie sagte, sie hätte ihn nicht gesehen.«

Der Schmuggler war also am Ersten verschwunden, am selben Abend, als Rousseau hörbar aufgewühlt bei Luca zu Hause anrief. Vielleicht hatte sie über den verschwundenen Mann Bescheid gewusst und es Luca sagen wollen.

»Hast du den Namen des Mannes mitgekriegt?«, fragte ich.

»Ja, aber jetzt komm ich nicht mehr drauf.«

»Warte mal.«

Ich stand auf und holte die Liste der Pascher aus meiner Manteltasche. Zurück auf dem Sofa fragte ich: »War es Icaruso? Joe Icaruso?«

»Das war einer davon – der zweite, der verschwand. Dazu wollte ich gleich noch kommen.«

»Erzähl.«

»Na ja, Luca hat nicht direkt über ihn gesprochen. Zwei Tage, nachdem er mir von dem ersten Mann erzählt hat, fand er heraus, dass dieser andere auch verschwunden war. Aber er sprach nicht darüber.«

»Das sieht ihm doch nicht ähnlich.«

»Früher nicht, nein. Inzwischen hab ich mich schon daran gewöhnt. Ehrlich gesagt, ich hab mir erst gar nichts dabei gedacht. Ich nahm an, diese Leute wären einfach auf und davon, hatten vielleicht einen besseren Job gefunden und es ihm nur nicht erzählt. Ach, jetzt weiß ich, der erste Mann hieß Yale. Bloß sein Vorname fällt mir nicht ein.«

»Tommy.«

»Ja, genau.« Sie strich sich mit den Fingern durch die Haare.

Als ich Miller traf, hatte er mir gesagt, der Mann, der ihm jeden Monat die Aufstellungen brachte, war am Ersten geflohen. Dann hatte er Miller am Fünften angerufen, als er schon über alle Berge war, um ihm zu sagen, dass er die Aufstellungen nicht liefern würde. Dieser Mann war also Tommy Yale. Er war der Kurier bei dem Abrechnungsschwindel gewesen und auch der Insider beim Überfall auf die Torontofuhre. Er hatte den Tätern Zeit und Ort genannt, wo sie den Lastwagen, den er selbst fuhr, erwischen konnten. Dem Hörensagen nach war er allerdings in dieser Gegend nicht mehr anzutreffen.

»Hat er noch irgendwelche anderen erwähnt?«, fragte ich.

»Ich glaube nicht.«

»Es gibt noch zwei, die vermisst sein könnten. Ed Cooper und Marlon Kaval.«

»Nie von ihnen gehört.«

Dieses reihenweise Verschwinden änderte alles. Luca hatte sich Sorgen um seine Leute gemacht. Die Pascher, die den überfallenen Transport begleitet hatten, verschwanden von der Bildfläche. Es schien, als wollte der Drahtzieher sich nicht darauf verlassen, dass sie seine Identität geheim hielten, also brachte er sie nacheinander zur Strecke. Oder, wahrscheinlicher, sie flüchteten aus Angst davor, wie Tommy Yale und, so mein Verdacht, Joe Icaruso. Yale mochte den anderen erzählt haben, was für eine Rolle er bei dem Abrechnungsschwindel gespielt hatte, oder irgendwas anderes, was zu seiner Angst beitrug. Das dürfte gereicht haben, um den Ball ins Rollen zu bringen … und die Pascher in die Flucht zu schlagen.

Nachdem ich Luca von Dresden aus angerufen hatte, war er vielleicht nach Norden aufgebrochen, um den verbliebenen Jungs beizustehen, Cooper und Kaval. Das würde sein Verschwinden erklären. Er hatte sich beeilen müssen.

Selbst wenn Luca nicht in Sturgeon Bay war, wollte ich wissen, ob die Fahrer dort waren.

»Carmen, kann ich kurz ein paar Anrufe machen?«

»Natürlich. Ich brauch nach all dem Reden sowieso erst mal einen Schluck Wasser.«

Ich wählte Lucas Nummer. Ich wusste, dass das nichts bringen würde. Aber wenn ich es nicht versuchte und später womöglich erfuhr, dass er nach Hause zurückgekehrt war, würde ich mir wie ein Idiot vorkommen.

Er ging nicht ran, und Eddie Cooper auch nicht. Kaval war meine letzte Chance.

Das Amt brauchte eine Weile, um mich erneut mit der Vermittlung von Sturgeon Bay zu verbinden. Als Kaval schließlich abnahm, drang ein Wirrwarr von Geräuschen an mein Ohr. Ein heiserer Seufzer. Ein Kratzen wie von einer Hand, die über Bartstoppeln streicht. Alles verquirlt mit elektrostatischem Rauschen. Dann eine Stimme. »Ja?«

»Marlon?«

»Ja.«

»Hier ist Fontana.«

»Gott, wo haben Sie denn gesteckt?«

Kaval war atypisch für einen Schmuggler. Er war ein ziemlicher Bücherwurm. Am Telefon versuchte er wie ein harter Bursche zu klingen, aber er schaffte es nie so richtig.

»Nirgends«, sagte ich. »Ich hab gerade erst rausgefunden, was passiert ist.«

»Was meinen Sie?«

»Toronto. Letzten Monat.«

Ein Schweigen entstand.

»Du wirst mir jetzt helfen.«

»Das ist keine gute Idee«, sagte Kaval.

»Warum nicht?«

»Ich hab ein – verdammt, so zu sprechen ist riskant.«

»Stimmt. Ich bin in einer halben Stunde bei dir.«

»Ähm … soll ich Cooper dazuholen?«

»Ich hab angerufen, aber ich glaube, er ist schon weg. Noch was: Hast du von Saverino gehört oder ihn gesehen?«

Was ich über Cooper gesagt hatte, verstörte ihn.

»Nein«, sagte er. »Nein, nichts … Ha- halbe Stunde, ja? F., ich hab gerade Gesellschaft …«

»Dann hoffe ich, dass sie gut ist, denn dir bleiben dreißig Minuten.«

Ich legte auf.

Es gab noch andere Leute, die ich hätte anrufen können. Die, denen ich am meisten traute. Oder vielmehr am wenigsten misstraute.

Vertrauen, das war mir immer zu kompliziert gewesen. Ich bat nicht um Gefallen. Ich hing nicht gern von guten Willen anderer ab. Es gab gelegentliche Ausnahmen – wie bei Saverino, dem ich geschäftlich vertraut hatte, oder Miller, dem ich half, weil er mir half. Aber Luca war offenbar völlig entgleist, wie man es auch drehte und wendete. Und Laszlo Miller war tot.

Ich überlegte, ob ich mir Franco dazuholen sollte. Er war ein bisschen zu gerissen, und er war ein Lüstling und ein Aufschneider, aber darunter steckte ein guter Mann und guter Freund – der über einen Haufen Kontakte verfügte. Auch wenn er selbst vielleicht nicht viel wusste, die wussten sicherlich was. Doch ich ließ es bleiben. Ich zog es vor, dass so wenig Leute wie möglich beteiligt waren. Wenn man sich erst mal von jemandem helfen ließ, kam derjenige leicht selbst auf dumme Gedanken.

Ich würde allein vorgehen.

Meinem ursprünglichen Plan zufolge wollte ich die Sache zusammen mit Miller anpacken. Aber ich hatte nicht auf den Mann gehört. Hatte gedacht, er sei paranoid. Jetzt war er tot. Und Luca …

»Mist.«

Endlich stellte ich die Verbindung her. Die Schläger beim Lagerhaus hatten Millers Wagen präpariert. Und zwar in der Annahme, dass er mit einem Komplizen unterwegs war, und in der Hoffnung, dieser Komplize wäre Luca. Ich hatte gewusst, dass sie hinter ihm her waren, was ich jetzt erst begriff, war, dass sie seinen Tod wollten.

Aus dieser Erkenntnis kroch etwas ebenso Fatales hervor. Meine Überlegung, dass Luca unschuldig war, beruhte auf der Vermutung, dass die Leute, die hinter ihm und Miller her waren, von Millers anonymen Auftraggeber bezahlt wurden. Aber es gab noch eine Partei, die dafür verantwortlich sein konnte. Falls nämlich Luca hinter dem Schwindel steckte, mochten unsere Investoren ihm auf die Schliche gekommen sein.

Wenn der Don, der über unsere Geschäfte waltete, entdeckte, dass jemand ihn über den Tisch zog, hinter seinem Rücken handelte, ihm seinen Anteil vorenthielt, dann wurde derjenige bestraft. Vielleicht hatte man ihm ›Beweise‹ vorgelegt, dass wir Abrechnungen fälschten und Geld in die eigene Tasche wandern ließen, das eigentlich tributpflichtig war. Das würde als Verrat gelten. Wir würden beseitigt werden. Es gab Leute da draußen, denen das sehr gelegen käme und die imstande waren, uns so etwas anzuhängen.

Die Möglichkeit war beängstigend. Der Don war überall. Aber würde er wirklich auf uns, seine größten Importeure, Auftragskiller ansetzen? Es gab einen Grund dafür, dass er sich unser Geschäft nicht schon vor Jahren unter den Nagel gerissen hatte: Er wusste, wie verdammt gut wir waren. Wir verstanden mehr davon als jeder andere. Wichtiger noch, er traute uns. Er fand Saverino witzig, und mich hatte er auf seine innige, wenn auch ruppige Art ins Herz geschlossen, so ähnlich wie seine Bulldogge Garrett. Ich konnte mir nicht vorstellen, dass er Befehl gegeben hatte, uns zu entführen oder, je nach Gelegenheit, gar zu ermorden. Er hätte uns stattdessen einbestellt. Er war ein Gangsterboss mit Ehre – besser als die Verrückten in New York, die ihre Abtrünnigen in Restaurants in die Luft sprengten. Er würde erwarten, dass wir zu einem Treffen kamen und die Sache besprachen. Wenn wir schuldig waren, würde man uns abservieren. Doch zuvor würde man uns eine Chance geben.

Tatsächlich konnte ich mit dem, was ich wusste, noch heute Nacht den Don oder einen seiner Kapitäne aufsuchen und um Unterstützung bitten – aber etwas hielt mich davon ab. Der Don verließ sich auf mich, weil ich dafür sorgte, dass das Geschäft rund lief. Er vertraute mir. Luca und ich hatten uns über die Jahre ein gutes Stück Unabhängigkeit erworben, und ich wollte, dass das so blieb. Wenn der Don erfuhr, dass jemand unseren Laden über Monate zur Ader gelassen hatte, und dass Luca es so weit hatte kommen lassen, ohne jemandem etwas zu sagen – und dass ich zu allem Überfluss nun auch noch des Dons Männer und Moneten brauchte, um die Sache auszubügeln –, dann würde das meiner Position bedenklichen Schaden zufügen. Früher oder später würden sie von dem Abrechnungsbetrug erfahren, aber zuerst wollte ich das in Ordnung bringen. Ich musste zeigen, dass ich noch alles im Griff hatte.

Wie es aussah, war Luca doch unschuldig. Er war entweder verschwunden, um die Fahrer zu suchen, die jetzt gejagt und zum Schweigen gebracht wurden, oder weil er von den Jägern entführt worden war.

Die verbliebenen großen Rätsel waren die Identität von Millers Hintermann und ob seine Masche mit den Abrechnungen, durch die man mir allmonatlich Prozente vom Gewinn gestohlen hatte, nur Teil eines größeren Plans war, um mich vor dem Don als Dieb anzuschwärzen … und meinen Laden zu übernehmen.

Ich musste jetzt schnell nach Sturgeon Bay. Kaval brauchte Schutz. Dann würde er mir auch erzählen, was immer ich wissen wollte. Ich marschierte zu Aphrodite auf dem Sofa und sagte ihr, es sei Zeit, dass ich aufbrach.

»In deinem Zustand«, sagte sie, »solltest du meiner Meinung nach nirgendwohin aufbrechen.«

»Ich muss nun mal.«

»Sag nicht so was. Du hattest immer solche Vorbehalte gegen diese Art Ausrede.«

»Trotzdem muss ich los.«

»Dann hast du dich geändert.«

»Sieht so aus.«

»Du hast doch gesagt, Menschen ändern sich nicht.«

»Vielleicht lag ich da falsch.«

Sie sah mich an. Ich merkte, dass ihr nach Flirten zumute war, sie sich aber nicht recht traute.

Carmen und ich hatten uns eine gewisse Nähe bewahrt, auch nachdem ich sie verlassen hatte. Es folgten ein paar Jahre lockerer Freundschaft und unregelmäßiger Gespräche. Böse Geschehnisse brachten uns einander näher. Das haben böse Geschehnisse so an sich. Der schlimme Scheiß passierte, und in seiner Druckwelle verflüchtigte sich ihre Stärke. Meine hingegen nicht – jedenfalls nicht so wie bei ihr –, das sah sie und hielt sich an mich. Mein Rest von Substanz erhielt sie am Leben, sie nährte sich von meinen nackten Knochen. Monate später wurde ich allmählich wieder zu einer Person, aber für sie war es noch immer nicht vorbei. Die Vergangenheit lebte in Carmen weiter. Sie war schwach.

»Du fehlst mir«, sagte sie. Sie rückte näher, lehnte ihre Stirn an meine Brust. »Früher hast du mit mir gesprochen«, sagte sie. »So kleine Sätze, charmante Worte.« Sie hob meine Hand an. »Du weißt, dass ich eifersüchtig auf sie war. Das war eindeutig. Aber du warst nie eifersüchtig auf Luca. Du hast einfach ganz und gar aufgehört, dich um mich zu scheren. Wenn du Schluss machst, machst du wirklich Schluss, nicht?«

»Stimmt wohl. Manchmal wünschte ich, es wäre anders.«

Sie schwieg. Nutzte die Gelegenheit, mich sprechen zu hören. Das tat ich.

»Ich bin nicht wie du, Carmen. Es gibt für mich nicht genug, um mich daran festzuhalten.«

Sie drückte meine Hand. »Aber du hältst noch an was fest.«

»An den falschen Dingen.«

Die Stille dehnte sich. Ihr Griff verlor sein Leben. Sie zog sich zurück.

»Meine Schwester ist immer noch da drin, nicht? Sie ist auch in mir … ich träume noch von ihr. Eigentlich ist es nur ein einziger Traum. Von dem Haus, wo wir aufgewachsen sind. In dem Traum stehe ich mitten in der Nacht auf. Ihr Bett ist leer. Überall ist Mondlicht, aber kein Mond, den ich sehen könnte. Ich gehe durch den Flur. Er ist lang, mit knarrenden Dielen und Gemälden von alten Familienmitgliedern. Sie sind sehr düster, diese Gemälde.

Man kann nie die Gesichter darin sehen. Ich komme in die Küche, und da steht sie an der Spüle in ihrem Nachthemd, dem schönen weißen mit den gelben Blumen drauf. Ich konnte es immer kaum erwarten, das endlich von ihr zu erben. Sie sieht hinreißend aus mit dem Mondlicht im Rücken. Ihr Haar leuchtet förmlich. Aber es ist schwierig, ihr Gesicht zu erkennen.

Ich nehme ein Glas aus dem Schrank und gehe zur Spüle. Sie ist ganz nah. Sie schaut mich an. In diesem Winkel ist das Licht nicht mehr hinter ihr. Die eine Hälfte ihres Gesichts müsste erhellt sein, aber so ist es nicht. Sie ist dunkler als vorher. Ich kann ihr Gesicht nicht sehen. Sie ist genau wie die Gemälde im Flur. Dann fällt es mir ein … ich erinnere mich …«

Sie fing an zu weinen, es schüttelte sie. Ich legte meine Arme um sie, ließ sie wieder schwach sein. Es war nicht ihre Schuld. Das war das Schlimmste daran. Sie war entzweigebrochen, und ich bezweifelte, dass sie sich je wieder zusammensetzen konnte.

»Ich vermisse sie so schrecklich«, sagte sie. »Ich hab das schon mal gesagt, aber ich war wütend auf euch beide, das machte es so viel schlimmer, als sie …«

»Es macht nichts.«

Sie schluchzte auf.

»Es macht nichts, Carmen.«

»Immer wenn ich denke, es geht mir besser, kommt wieder alles zurück.«

»Ich weiß.«

Sie rieb sich die Augen. »Das weißt du?«

»Und ob.«

»Das ist tröstlich. Es macht dich etwas menschlicher.«

»Ich bin froh, dass du die Steigerungsform benutzt hast.«

»Hah. Früher hast du immerzu Witze gemacht.«

»Komm schon, Carmen. Ständig betrachtest du die Vergangenheit durch eine goldene Brille. Ich war weder geistreich noch nett noch sonst irgendwas besonderes. Du hättest mir damals nicht so viel zuhören sollen. Ich war bloß ein Knabe, der sich abmühte, Wahrheiten über die Welt herauszufinden.«

»Du bezweifelst, dass du sie gefunden hast?«

»Ich bezweifle, dass es überhaupt Wahrheiten gibt.«

»Du bist so zynisch.«

»Nein. Ich denke nur viel nach.«

»Das tu ich auch, und ich bin das Gegenteil von zynisch.«

»Ganz andere Kategorie. Du bist ein sentimentales altes Mädchen.«

»Das bin ich.« Sie lächelte traurig. »Ich sollte mir mehr Gedanken um die Lebenden machen, was? Sag mir, dass wir uns künftig öfter sehen.«

»Nur wenn wir nicht Trübsal blasen. Das haben wir schon genug getan.«

»Ja.« Sie richtete sich auf. »Genug.«

»Dann ist das jetzt auch Vergangenheit. Ich muss los, Carmen.«

»Okay.«

Wir gingen zur Tür.

»Noch was«, sagte ich. »Kannst du mir eine Taschenlampe borgen?«

»Selbstverständlich, aber ich frage lieber nicht, wofür. Schau mal – dein Mantel ist ganz schlammig. Gib ihn mir mal kurz.«

»Carmen –«

»Dauert keine Minute.«

Rasch löste sie das wollene Tuch vom Haken und verschwand damit. Ich hörte sie in der Waschküche rumoren, dann das Schaben einer Bürste. Sie hatte schon meine Schuhe geputzt. Ich zog eine Zigarette heraus und drehte sie langsam zwischen meinen Fingern. Sie brach nicht. Carmen kam mit einer Taschenlampe und meinem schlammfreien Mantel zurück.

»Es geht ganz leicht ab, wenn es getrocknet ist. Allerdings sind hier und da noch ein paar schwache Flecken …«

Sie wurde still, als ich ihr die Hand an die Wange legte. Ihre Augen schlossen sich.

»Danke.« Ich küsste sie auf die Stirn, berührte mit dem Fingerknöchel ihr Kinn und ging.

Es waren zwanzig Meilen nach Sturgeon Bay. Ich hatte nicht vor zu laufen. Meine Füße trugen mich bis an den äußeren Rand von Farraway, dicht beim Park, wo ich endlich eine Karre fand, die nicht hinter Zäunen und Garagentoren weggesperrt war. Es war ein fabrikneues Limousinen-Modell. Diese modernen Wagen lagen gut auf der Straße, aber es dauerte seine Zeit, ihre Schlösser zu knacken. Als ich es nach drinnen geschafft hatte, legte ich die Zündung frei. Die Straßenbeleuchtung war in diesem Teil der Stadt dünner gesät und schwächer, daher brauchte ich Carmens Taschenlampe, um die Kabel zu finden, die zu Batterie und Anlasser führten. Ich verband sie miteinander und fuhr los.

Ich war begierig wegzukommen, den Dreck und die Raben hinter mir zu lassen. Von vier heißen Reifen getragen zu werden, die mir nicht gehörten, machte mir immer noch Freude. Als ich jünger war, stellte ich mir gern vor, dass der geklaute Schlitten unter meinem Hintern einem hochnäsigen reichen Fatzke gehörte, der am Morgen den Stachel des Verlusts zu spüren bekam und den Schmerz in seiner Brieftasche empfand, ehe er sein seichtes Wohlleben weiterführte. Ich hielt mich für einen großen Mann, mopste Nobelkarossen, ganz besoffen von Geld und Freiheit. Ich wusste, wer ich sein wollte, und ich wusste, woran ich teilhaben wollte.

Niemand aus meinem Viertel hatte es sonderlich weit gebracht. Für uns war alles schwarz-weiß. Man brachte uns bei, dass der einzige Weg aus der Armut eine Laufbahn als Cop oder Verbrecher darstellte. Die Entscheidung fiel leicht, wenn man letzterem zugeneigt war. Kriminelle umgaben uns. An manche zahlten wir Schutzgeld, an andere Steuern. Sie hatten unsere Jobs unter Kontrolle, unsere Läden, unsere Heimstätten. Ich war elf, als ich dahinterkam, dass es unterschiedliche Sorten gab. Manche Verbrecher lebten in Slums, andere in Häusern oder in Apartments. Manche arbeiteten im Hafen und andere im Rathaus oder am Gerichtshof. Die Kirche vertiefte diese Einsicht lediglich. Denn so lange wir zurückdenken konnten, lehrte man uns und erinnerte uns ständig daran, dass wir allesamt Sünder waren – selbst wenn wir gar nichts verbrochen hatten. Wir hatten schon gesündigt, bevor wir überhaupt eine Chance zum Sündigen erhielten. Wir waren schuldig geboren. Das war eine Botschaft, die zu mir durchdrang. Für ein Kind, das von Gott nichts zu spüren bekam, das sich überall von Verbrechen ohne Konsequenzen umgeben sah, das in einem Dreckloch lebte und keine Familie hatte außer einem Säufer, war die naheliegende Entscheidung die, dem zu entrinnen, und der naheliegende Weg dorthin das Verbrechen.

Vielleicht war das einzig Gute, das mein Vater je tat, dass er sein Versprechen einlöste und mich auf eine anständige Schule schickte. Es war eine Ochsentour, und für Jahre trugen meine zerlumpten Kleider mir Schimpf und Schande ein. Das machte nur meine Haut dicker. Ich lernte die Schule hassen, aber ich wusste zu würdigen, wie sie mir nützte. Ich mehrte mein Wissen – über Bücher und über das Leben auf der Straße. Wenn ich nicht an Essays für die Highschool schrieb, ging ich Automobile angeln.

Als ich besser im Geldverdienen wurde, erkannte ich immer deutlicher, dass der traditionelle Trampelpfad nichts als bürokratisches Mittelmaß bereithielt. Ich konnte wesentlich mehr einstreichen, wenn ich das, was ich nebenbei betrieb, zu meinem Beruf machte. Die Kontakte, die ich geknüpft hatte, halfen mir weiter. Das Schmuggeln begann. Erfolg stellte sich ein, mal mehr, mal weniger. Es kam zu hässlichen Auseinandersetzungen mit den etablierten Banden in den Vierteln, wo wir am Werk waren. Die Iren waren mit die Schlimmsten. Es brauchte erst einen Haufen üble Scheiße und ein Abkommen mit dem Don, damit das aufhörte. Am 19. Februar 1926 rechnete ich aus, dass ich mir ein erstklassiges Apartment in der Innenstadt kaufen konnte und genau den Wagen, den ich haben wollte, und dann immer noch 4200 Dollar übrig wären. An diesem Tag wurde mir klar, dass ich reich war. Es war der glücklichste Tag meines Lebens.

Die Straße spulte sich ab. Sturgeon Bays relative Nähe zur Stadt sorgte selbst in diesen schwierigen Zeiten für eine reibungslose Anbindung durch gut ausgebaute Fahrwege. Ich trieb die Limousine auf 65 Meilen hoch. Die Dichte der Werbeplakate ließ immer mehr nach, je weiter ich fuhr. Die meisten standen jetzt in Gegenrichtung, um stadtwärts Reisende zu umgarnen.

Ein Schild erglühte im Licht der Scheinwerfer: *SPRIT & SPEISE, 2 MEILEN. NACHSCHUB FÜR TANK UND MAGEN.*

Eine erfreuliche Aussicht. Von dem Grainwood-Erlebnis war mir schlecht gewesen. Nach dem Duschen waren Schwindel und Flauheit abgeklungen, an ihre Stelle trat jetzt nagender Hunger.

Ein Stück voraus sah ich die Tankstelle liegen, ihre zwecktypische Rechteckform unterteilt von den schwarzen Nadelstrichen der Zapfsäulen und Pumpen. Vor dem Flachbau parkte unordentlich rund ein Dutzend Fahrzeuge. Die Tanke war zu einer Hybride mutiert, einer Art Rund-um-die-Uhr-Raststätte. Essen, Benzin, Kaffee, Rauchbares: alles, was man brauchte, um auf der Straße noch ein Weilchen zu überleben.

Meine Limousine gesellte sich zu der Versammlung. Ich brauchte keinen Sprit – das hatte ich überprüft, noch ehe ich losfuhr. Ein Glöckchen klingelte über meinem Kopf, als ich eintrat. Feuchte Hitze schlug mir entgegen, und doch schauderte ich. Selbst die Wärme fühlte sich kalt an. Ich ging zum Tresen und bestellte einen Hamburger. Hauchte in meine Hände. Im Gastraum saßen müde Männer, die schweigend aßen und tranken. Ein Radio dudelte Countrymusik. Zwei Bärte schmiegten sich an den Tresen. Ich wollte gar nicht lauschen, aber es half mir, mit den Banjos fertigzuwerden.

»Unglaublich, dass schon wieder so was passiert ist«, sagte der, der mir am nächsten saß. »Erst letzte Woche hat's doch diesen Langleinenfischer unter dem Pier erwischt.«

»Jau.«

»Das ist schon heikel, Randy. So eine Stadt ist das hier doch gar nicht.«

»Jau.«

»Wie war gleich sein Name? Ich wette, den hast du längst vergessen.«

»Jau.«

»Der von letzter Woche.«

Nach einer Pause: »Johnson.«

»Genau der. Du kanntest ihn, oder?«

»Jau.«

»Und den Kerl heute Abend?«

»Nee.«

»Nee? Ich dachte, du kennst hier jeden, Randy. Bist doch so'n geselliger Kauz. Sagen Sie mal, Mister.«

Der Bart meinte mich. Ich sah ihn an.

»Sind wohl von außerhalb?«

»Jau.«

»Sind wohl vom FBI?«

»Seh ich aus wie ein G-man?«

»Na, und ob. Der Anzug und so.«

»Eine Menge Leute tragen Anzüge.«

»Nicht in dieser Gegend. Vielleicht die auf der Durchreise. Sind Sie auf der Durchreise?«

»Ich will zur Willow Street.«

»Ach so.«

Ich meinte schon mal bei Marlon Kaval gewesen zu sein, aber wenn, dann war das ewig her. Ich hielt es für klug, mich zu vergewissern. »Können Sie mir den Weg erklären?«

»Klar«, sagte der Bart. »Hauptstraße runter, beim zweiten Stoppschild links rein. Sollte die Gibbet Street sein. Willow kommt drei oder vier Blocks weiter.«

»Und zur Harlow Avenue?«

Er sah Randy an. »Mann, da ist heut Abend einer umgebracht worden.«

Verflucht.

»Wer denn?«

»Weiß nicht mehr. Irgendwas mit C. Oder, Randy?

»Jau.«

»Er fing mit C an.«

»Und wie kommt man hin?«

»Geht auch von der Gibbet ab, aber am anderen Ende. Von der Hauptstraße aus rechts abbiegen. Die Kreuzung Harlow

Avenue ist immer geradeaus. Ich glaube, dieser Bursche wurde am unteren Ende der Straße ermordet. Darum sollten Sie einen Bogen machen.«

Als mein Hamburger kam, mochte ich nicht mehr essen. Wenn Cooper tot war, waren es Joe Icaruso und Tommy Yale vielleicht auch. Oder sie hatten den Braten gerochen und sich rechtzeitig abgesetzt. Oder waren entführt worden. Es schien so unwahrscheinlich, dass jemand den Fahrern ernstlich nach dem Leben trachtete. Wesentlich leichter und weniger riskant wäre es, ihnen Angst einzujagen und sie zu vergraulen, sodass sie nicht als Zeugen verfügbar waren.

Der Bart schien mit der Polizei nicht auf gutem Fuß zu stehen. Er riet mir, nicht nur den Tatort zu meiden, sondern gleich die ganze Straße, in der Cooper wohnte. Schlagartig fiel mir mein Intermezzo mit den Cops wieder ein. Alles, was danach passiert war – im Zug, an den Docks, im Park, bei Carmen – hatte mich abgelenkt von dem, was sich zu einer ernsten Bedrohung auswachsen konnte. Ich war so aufgewühlt gewesen, dass ich bei Carmen glatt vergaß, die nötigen Anrufe zu tätigen. Vergaß, mich mit den Cops gütlich zu einigen nach Beppe. Es war möglich, dass ich das jetzt nicht mehr konnte, dass Teile der Polizei von Anfang an mit dringehangen hatten. Die Jungs, die mich in Dresden angehalten hatten, gaben an, hinter Einbrechern her zu sein. Mit einer Straßensperre? Das kam mir jetzt etwas konstruiert vor. Luca oder auch seine Entführer mochten ihre kleine blaue Meute auf mich gehetzt haben, sobald sie wussten, das ich mich in dem winzigen Stadtteil aufhielt. Der Gedanke schien mir nicht zu weit hergeholt. Und jetzt, nach Beppes tiefem Fall, konnten sie ihre ungesetzliche Jagd sogar mit einem legitimen Anlass ausstatten. Sie hatten Fragen an den Bewohner des Apartments. Ich musste mich ihrem Zugriff vollständig entziehen. Verfluchte Bullen.

Ich musste etwas essen, also zwang ich mir meine Zwanzig-Cent-Portion rein. Spülte das Fett mit einem Glas Wasser runter. Nach dieser kurzen Phase trügerischen Asyls fühlte sich die Natur nur allzu konkret an. Auf dem Weg zum Wagen sah ich etwas Weißes zu Boden sinken. Ich blickte auf. Überall um mich herum schwebten weiße Flocken, gemächlich, als ruhten sie auf der Luft darunter. Ich schloss die Augen. Kälte schmolz auf meiner Haut.

Ich sah ein offen stehendes Fenster mit Regen dahinter und einer Silhouette, die langsam rückwärts umfiel. Selbst nachdem ich die Augen geöffnet hatte, schwand das Bild nicht. Ich wusste nicht mehr, warum ich tat, was ich tat, nichts davon schien einen Grund oder auch nur einen Sinn zu haben. Ich wünschte mir, im Bett zu liegen, mit einem menschlichen Wesen an meiner Seite – mit jemandem, der freundlich war und nicht gierig, jemandem, der nicht haltlos war, nicht desillusioniert. Ich war dieses Lebens müde, und müde meiner selbst. Ich war kein Stück anders als die Leute, auf die ich herabsah – ich war nur still in meiner Schwäche.

Der Tod beeindruckte mich wenig, solange er nicht Leute betraf, die mir äußerst nahe standen. Beppe gehörte nicht in diese Kategorie. Ich hatte ihn nicht gemocht, weil er ein Schwächling war und keinen Grips besaß. Ich hatte nicht gewusst, in welchem Ausmaß er diese Abneigung erwiderte. Mit regelrecht kindlicher Wut hatte er erklärt, dass er mich hasste. Und auf irgendeine kranke Art hatte er auch wie ein Kind ausgesehen, als er da auf der Fensterbank hockte.

Er hatte sich rücklings hinausfallen lassen, als wollte er nicht sehen, was auf ihn zukam.

»Ich hätte dich retten können, Beppe.«

Im Wagen zündete ich mir eine Zigarette an. Die Kälte schüttelte meinen Körper. Ich spannte mich an, um das Zittern zu unterdrücken, aber es klappte nicht. Ich war nervös. Das war das Problem. Und trotz meiner Furcht vor den Bullen musste ich bei Coopers Haus vorbei, musste mich vergewissern, dass er wirklich das Opfer war. Danach konnte ich Kaval aufsuchen. Ich wusste nicht, was ich tun würde, wenn auch er futsch war.

Die Fenster waren dunkel in Sturgeon Bay. Nur Trinker und Schlaflose waren in solchen Nischen der Zivilisation nach Mitternacht noch auf. Die Häuser, an denen ich vorbeifuhr, waren groß und alt und kalt. Viele standen leer, die Gärten verwildert. Viele wurden allmählich zurückerobert von dürrem Unkraut und wehendem Sand.

Ich bog bei dem Stoppschild rechts ab. Als die Harlow Avenue kam, entpuppte sie sich als steile Hangstraße. Wenn ich links fuhr, führte sie bergab. Der Bart hatte mir erzählt, der Mord sei am unteren Ende geschehen. Ich bog nach links ein. Eddie Cooper wohnte in Nummer neun. Ich sah das Haus schon von weitem. Im selben Moment hätte ich am liebsten kehrtgemacht – mit quietschenden Reifen gewendet und Vollgas gegeben –, aber ich konnte nicht. Es hätte zu verdächtig ausgesehen. Ich hielt das Lenkrad fest umklammert und rollte weiter geradeaus in die Blödheit.

Coopers Besitz war ein ordentliches kleines Grundstück, gesäumt von sauber gestutzten Hecken und einem Polizeifahrzeug. Ein Krankenwagen musste auch dagewesen sein, ehe er mit Eddie als Fracht zum Leichenschauhaus aufgebrochen war. Nachbarn mit Kaschmir überm Pyjama umstellten einen Cop. Sobald ihre Neugier befriedigt war, würde die Kälte sie in die Betten zurücktreiben. Mit Nägeln in den Eingeweiden fuhr ich weiter.

Als ich zu Kavals Haus steuerte, wurde das Schneetreiben zunehmend dicker. Und mein Blut fühlte sich auch so an.

Ich hatte Recht. Ich war schon mal hier gewesen. Es war eine dieser trügerischen Behausungen, deren Äußeres kärglich erschien, doch von innen waren sie Luxus pur. Viele Kriminelle wohnten so. Hin- und hergerissen zwischen dem Verlangen, ihren Reichtum zur Schau zu stellen, und der Notwendigkeit, ihn zu verstecken.

Kein Zeichen von Gewalt entstellte dieses Heim. Kein Polizeiwagen, keine zerbrochene Scheibe, keine bloß angelehnte Haustür. Ein einzelnes Fenster schimmerte schwach. Der Schornstein rülpste Rauch. Ich ließ die Limousine auf der Straße stehen und pilgerte hinüber. Für eine Sekunde versetzte mich der Rauchgeruch zurück nach Grainwood.

Sobald ich an Marlons Tür geklopft hatte, dröhnte mir durch das Holz eine Stimme entgegen: »Fontana?«

»Ja.«

Riegel glitten zurück, Schlösser schnappten auf.

»Und er ist es wirklich«, sagte Kaval. Er quoll aus seinem Nachthemd wie Zahnpasta aus der Tube. Pantoffeln klammerten sich an seine Füße. »Himmel, ist das kalt. Kommen Sie rein.«

Ich schlüpfte durch die Tür und in Marlons trübe Welt. Die

Möbel und Bilder und wandhohen Bücherborde, die edle teure Küche – alles war von einer dicken Schmutzschicht überzogen. Ich erkannte das Bühnenbild, den Wohnsitz eines Trinkers. Bücher lagen über den gesamten Raum verstreut, besprenkelt mit Asche. Die Bude stank nach kaltem Rauch und verschüttetem Schnaps. Nichts davon war ein gutes Zeichen.

»Es ist ein bisschen chaotisch«, sagte er und schwenkte eine Hand über sein Königreich. »Die Frau ist für eine Weile weg – daher auch die gewisse Gesellschaft, von der ich am Telefon sprach – also hier geht es wohl gerade ein bisschen unschicklich zu. Ich weiß gar nicht, wie sie das immer hinkriegen, einfach … ständig diesen ganzen Scheißdreck in Schuss zu halten.«

Es war eigentümlich, aus seinem Munde Kraftausdrücke zu hören. Er hatte mehrere Spitznamen erhalten, und sie alle drehten sich um seine Zungenfertigkeit und seine Begeisterung für Literatur. Am geläufigsten war ›der Dichter‹. Es gab noch ein paar schwächere Versuche: ›Aristoteles‹, was nicht unbedingt Sinn ergab, und ›der Leuchtturm‹, wofür dasselbe galt. Er war einfach die Sorte von Exzentriker, die unweigerlich zum Etikettieren verlockte: Großohrig, zur Glatze neigend und viel zu bewandert. Er sprach auch noch anders als wir. Er hatte dieses mittelatlantische Näseln von Theaterschauspielern. Hätte glatt Akademiker sein können. War er natürlich nicht.

»Ich bin froh, dass du noch da bist«, sagte ich. »Ich falle ungern mit der Tür ins Haus, aber ich hab schon befürchtet, sie hätten dich auch erwischt. Oder du hättest dich dünn gemacht.«

Er sah mich an und nickte mehrmals ruckartig, dann wandte er sich ab, nickte aber weiter.

»Ja«, sagte er. »Ja, es wird allmählich ziemlich gefährlich. Nicht lange nach Ihrem Anruf hörte ich im Radio auf dem Lokalsender, dass Cooper in seinem Haus ermordet worden ist.« Er nickte immer noch. »Ich werd das Radio mal wieder anschalten.«

Blecherner Pianojazz klimperte durchs Haus.

»Ich sollte Ihnen was zu trinken anbieten«, sagte er. »Einen Scotch?«

»Nein.« Ich begriff gerade erneut, wie gefährlich das Zeug war. Das hatte mich Jahrzehnte gekostet.

Er zog eine Flasche aus der Küchenspüle. »In den Spülstein gucken sie nie«, sagte er. »Deutlich sichtbar versteckt, Sir, deutlich sichtbar.« Er spülte ein Glas aus und schenkte sich großzügig ein. »Fontana, gönnen Sie mir den Spaß, ja? Fragen Sie mich, wo Cooper ist.«

»Er ist tot.«

»Nein, nein. Fragen Sie mich, wo er ist.«

Ich sagte nichts.

»Fragen Sie mich.«

Ich zündete eine Zigarette an. »Mr. Kaval«, sagte ich, »wo ist Cooper?«

»Beim Nachtmahl.«

»Wo?«

»Beim Nachtmahl. Nicht wo er speist, sondern wo er gespeist wird. Eine gewisse Reichsversammlung von politischen Würmern hat sich eben an ihn gemacht. So 'n Wurm ist Euch der einzige Kaiser, was die Tafel betrifft. Wir mästen alle andern Kreaturen, um uns zu mästen, und uns selber mästen wir für Maden.« Er nahm einen Schluck Whisky. »Der fette König und der magere Bettler sind nur verschiedne Gerichte; zwei Schüsseln, aber für eine Tafel: das ist das Ende vom Lied.

Jemand könnte mit dem Wurm fischen, der von einem König gegessen hat, und von dem Fisch essen, der den Wurm verzehrte.« Er wischte sich den Mund. »Großartig, nicht? Dreihundert Jahre alt und besser als Ezra Pound.« Noch ein Schluck. »Ja, der alte Will.«

Ich beschloss, mir meine Antworten zu holen, bevor Kaval zu betrunken wurde.

»Erzähl mir, was passiert ist.«

»Vor drei Jahrhunderten?«

»Vor drei Wochen.«

»Ach, ja. Deshalb sind Sie ja hergekommen. Sie möchten wirklich und wahrhaftig nichts trinken?«

Ich antwortete nicht. Ich wollte nur, dass er seine Version erzählte. Coopers Mörder konnten bereits unterwegs sein, und ich wollte nicht, dass wir hier waren, wenn sie kamen.

»Also schön. Ich erzähl 's Ihnen. Wir reisten mit zwei Lastwagen, wie Sie ja wissen dürften. Ich war im zweiten. Cooper fuhr. Ich las, ähm, etwas von Dickens. Ich mag Dickens eigentlich nicht besonders. Zu viele Wörter. Er wurde ja angeblich nach Wörtern bezahlt. Das erklärt einiges. Ich las also mein Buch … *Harte Zeiten!* Ja, das war es. Ich hatte es ausgesucht, um mir ein wenig Eskapismus zu gönnen.« Er gluckste. »Wir kamen durch dieses kleine Nest namens Fakenham. Es war spät am Nachmittag. Ein verhangener, trübseliger Tag, so dunkel, dass man dachte, die Sonne müsse jeden Moment untergehen. Fakenham war grässlich. Über sämtliche Ladenfronten waren Hoover-Plakate geklebt. Wird einem da nicht ganz mulmig? Ich hab den Mistkerl zwar gewählt, aber trotzdem … Hinter der Ortschaft wurde die Straße kurvenreicher. Es war eine landwirtschaftliche Gegend, aber ziemlich hügelig. Ich musste mit Lesen aufhören, sonst wäre mir schlecht geworden. Wir fuhren gerade bergab … neben der Straße verliefen hohe Hecken. Man konnte nicht sehen, was dahinter war. Der erste Lastwagen war uns – ich weiß nicht – vielleicht fünfzig Yards voraus. Wegen dieser verdammten Hecken konnten wir nicht sehen, dass sie angehalten wurden, erst als wir direkt hinter ihnen zum Stehen kamen. Das war eine clevere Stelle für eine Mausefalle.«

»Polizei?«

»Nein, mit Sicherheit nicht. Eher der Mob. Zwei von denen hatten Schrotflinten, einer hatte eine Thompson. Das waren bloß die Männer, die außerhalb der Wagen standen. Als wir hinter Icarusos Lastwagen hielten, kam noch ein bösartig wirkender Typ mit einer .45er raus. Er befahl uns auszusteigen. Er wollte wissen, auf welchem Laster der Wickersham Single Malt war – das Label, hinter dem der Franzose seit hundert Jahren her ist. Um das Risiko schön zu verteilen, hatten wir auf jedem Wagen eine Kiste hinter lauter anderem Zeug verstaut. Sie nahmen sich einfach alles, was an Schnaps zwischen ihnen und dem Wickersham stand, und den holten sie sich auch. Außerdem stellten sie klar, dass sie wussten, wer wir sind und wo wir wohnen, und wenn wir irgendwem davon erzählten, würden wir zum Schweigen gebracht. Ganz einfach. Dann machten sie die Straße frei, und wir fuhren weiter.

Eine Meile weiter fuhr Icaruso rechts ran. Wir stiegen aus und besprachen das Ganze. Na ja, wir waren schon ziemlich verschreckt. Wir einigten uns auf das Märchen von der Polizeisperre. Cooper fragte sich noch, warum die Gangster bloß einen Teil genommen hatten, wo sie doch einfach die Lastwagen entführen konnten. Icaruso hatte dazu eine Idee: Vielleicht war es ein Anfängerjob, und der Bursche, der dahintersteckte, wollte nicht zu viel Ärger riskieren.«

»Aber er hat sich den seltensten, teuersten Schnaps unter den Nagel gerissen.«

»Ja.«

»Dann wollte er vielleicht, dass die Sache Wellen schlägt, und dazu brauchte er bloß dieses Label zu kassieren.«

»Das ist klug gedacht.«

Ich drückte meine Zigarette aus. Kaval hatte keine Ahnung, dass Tommy Yale sie verraten hatte. Ich fragte ihn, ob er wusste, wohin Yale sich Anfang des Monats verdrückt hatte.

»Yale? Ich weiß nicht. Allerdings war er mit Abstand der hibbeligste nach dieser kleinen Eskapade. Es wunderte mich nicht, als er die Stadt verließ.«

»Schön. Erzähl mir, was ihr nach dem Überfall gemacht habt.«

»Ich bin sicher, das wissen Sie längst, guter Mann. Als wir den nächsten Unterschlupf erreichten, haben wir angerufen und Bericht erstattet. Unsere Version, versteht sich. Die Drohung dieser Strauchdiebe war ausgesprochen furchterregend. Denen war zuzutrauen, dass sie es wahr machten.«

»Aber glaubst du denn, das würden sie wirklich tun? Ist es nicht wahrscheinlicher, dass sie euch bloß Angst einjagen wollten, damit ihr dichthaltet?«

»Bloß Angst einjagen? Und was ist mit Cooper?«

»Wir wissen nicht, was Cooper zugestoßen ist.«

»Nein, genau wissen wir es nicht … es kann auch ein Raubmord gewesen sein oder eine Privatfehde.«

»Genau«, sagte ich. »Leute zu ermorden macht nur darauf aufmerksam, dass es da etwas gibt, was jemandem einen Mord wert ist. Ein wachsender Leichenberg wäre nicht im Interesse des Kerls, der das hier eingefädelt hat.«

»Das sehe ich auch so. Und doch waren sie, wie gesagt, sehr

überzeugend. Wenn sie vorhatten, uns einzuschüchtern, hat das ganz gut geklappt. So lange, bis wir zu verängstigt wurden und die Vernunft zum Fenster raussegelte – tja, und nun sitze ich hier und plaudere alles aus …«

»Das ist der einzige Ausweg, der dir bleibt. Was ist nach Fakenham passiert?«

»Als wir zwei Tage später in der Stadt ankamen, haben wir mit Luca gesprochen. Er befahl, wir sollten als Ersatz Waren aus dem Lager holen und den Franzosen damit beliefern. Er trug uns auf, uns persönlich zu entschuldigen. Eine beängstigende Vorstellung. Am nächsten Tag wollte er ihn dann selbst aufsuchen und nach Möglichkeit alles in Ordnung bringen.«

»Also habt ihr am 23. die Lieferung aufgestockt und mit dem Franzosen gesprochen.«

»Ja. Wir haben ihm andere teure Single Malts als Ersatz für den Wickersham angeboten, aber er wollte keinen davon. Er sagte, er würde das Treffen mit Luca abwarten, ehe er über eine Entschädigung befand. Er war mächtig furchteinflößend.«

Kavals ganze Art erinnerte mich an Beppe. Er schien in einem Traum zu leben, sich seiner Taten oder ihrer Konsequenzen nicht bewusst zu sein. Vielleicht sah er ein Ende kommen.

Ich brachte meine Befragung zum Abschluss. »Gibt es sonst noch was, das ich wissen sollte?«

»Ich denke nicht. Yale ist Anfang dieses Monats verschwunden. Ich hab es ein paar Tage drauf von Cooper erfahren, der mit Icaruso in Brooklyn war. Dann, vor drei Tagen, ist Icaruso auch verschwunden. Und jetzt das mit Cooper.«

Die Daten deckten sich mit dem, was ich wusste. Marlon goss sich noch einen Drink ein.

»Da sind seltsame Mächte am Werk, Fontana. Wenn Sie entschlossen sind, dieses Rätsel zu lösen, sollten Sie sich darauf gefasst machen, dabei auf erschreckende Dinge zu stoßen. Es ist ein mieses Geschäft, nicht wahr?«

»Gib mir einen Kleinen«, sagte ich. Ich war nicht sicher warum. Vielleicht war es das Adrenalin, das in meinen Stoffwechsel sickerte. Ich hatte Angst, Angst vor dem, was da kommen mochte. Ein Teil von mit wollte das spüren.

Leicht überrascht kam Kaval meiner Bitte nach. Ich sah zu, wie sich die bernsteinfarbene Welle ins Glas ergoss.

»Ja, es ist ein mieses Geschäft«, sagte ich. »Doch wir tun es trotzdem.«

»Warum? Warum machen wir das?«

»Manchmal frage ich mich das. Aber wenn ich im Parkett der Carmine Hall zwei Reihen hinterm Bürgermeister sitze, eine schöne Frau ihre Hand auf meinem Schenkel hat und ich eben in einem erstklassigen Lokal ein Fünfdollarsteak auf Kosten des Hauses verspeist habe, dann frage ich mich, warum ich mich das je gefragt habe.«

Er lächelte.

»Das gute Leben«, sagte ich. »Oder was wir dafür halten. Deswegen machen wir das.«

»Und doch ist der Preis, den man zahlt, zu hoch. Haben Sie das alles je hinter sich lassen wollen?«

»Nein. Aber wenn ich das wollte, wäre es sicher nicht leicht.«

»Stimmt.« Er kratzte sich am Kopf. »Sie sind auch viel zu einträglich. Sie sind der Preisbulle des Dons. Er würde Sie nicht ziehen lassen.«

»Wie schmeichelhaft.«

Er hob sein Glas. »Auf Cooper und all die anderen, die für das gute Leben einen zu hohen Preis gezahlt haben.«

Er war schon halb betrunken. Ihm zuliebe hob auch ich mein Glas. Als es leer war, sagte ich: »Ich gehe jetzt auf die Toilette. Danach verschwinden wir. Wer immer sich Cooper vorgenommen hat, kann schon auf dem Weg sein. Verstehst du das?«

»Glasklar. Ich habe schon eine gepackte Tasche neben der Tür stehen.«

»Gut.«

Als ich den Raum verließ, rief er mir nach: »Ich hab vorhin Shakespeare zitiert, aber wissen Sie, wer noch besser ist? Henry Vaughan. Viel besser. Das ist Blasphemie, ich weiß, aber seine Poesie ist düsterer, und ich liebe das … hören Sie mal, das wird Ihnen auch gefallen:

Die Welt hier schien ihm fremd: nur Schweiß und Fron,
Und nichts als Dorn und Kraut

Das nicht gedieh, wie er verging es schon,
Kaum ward es angebaut.
Man schien im Zwist mit ihm, denn seine Schmach
Riss in den Abgrund alle
Er zog den Fluch auf diese Welt und brach
Ihr Kreuz mit seinem Falle …«

Er deklamierte weiter und drehte das Radio lauter. Die Wärme vom Whisky und die neuen Informationen hoben meine Stimmung bis hin zu verhaltenem Optimismus. Letztlich hängt doch alles vom Blickwinkel ab, dachte ich. Man hat immer irgendetwas, was einem Sorgen macht und womit man sich befassen muss, und je nachdem, wo man gerade steht, kann man es als Hindernis betrachten oder als neue Möglichkeit. Als Bedrohung oder Herausforderung. Ich würde Marlon in der Rund-um-die-Uhr-Gaststätte ein Essen spendieren, ihn ausnüchtern und mit ihm zusammen weiterforschen. Yale wohnte in der Stadt, vielleicht sollten wir in seiner Wohnung vorbeischauen, wie Miller es vorgehabt hatte. Auch wenn Yale verschwunden war, mochte er etwas zurückgelassen haben, ein Tagebuch oder Notizheft vielleicht, hinterlegt für jemanden, dem an ihm lag.

Irgendwann verebbte Marlons Stimme. Der Pianojazz lief weiter. Er erinnerte mich an nächtliche Stadtansichten, an den Blick vom Ferretti-Gebäude und die Hotelturmspitzen der Innenstadt. Es waren nur Finger, die über schwarze und weiße Tasten huschten, doch sie brachten mir ein Landschaftspanorama.

Ich ging zurück ins Esszimmer. Marlon war nicht da. Ich rief: »Du bist doch nicht bei der Arbeit eingepennt, oder?«

Ich gondelte durch den häuslichen Müll bis ins Wohnzimmer. Mein Gastgeber lag untätig auf dem Sofa herum.

»Marlon?«

Seine Atmung war flach, die Gliedmaßen gespreizt. Eins der Fenster zog meinen Blick auf sich. Draußen rieselte unaufhörlich der Schnee. Ein Lichtstrahl, vielleicht von einem Wagen, ließ alles weiß aufleuchten. Mein Herz begann einen Drillbohrer durch meine Brust zu treiben. Neben dem Sofa gab es eine Tür, und aus dem Türrahmen löste sich eine Gestalt. Sie hatten mich aufgespürt.

»Wer zum Teufel sind Sie?«, fragte ich.

Keine Antwort. Ich wollte gerade weitersprechen, als mein Hinterkopf knackte. In weniger als einem Augenblick fiel ich über die Klippe. Am Grunde war nur Dunkelheit.

Ich dachte, ich sei getötet worden; ich war im Fegefeuer. Ich dachte, ich hätte mich die ganze Zeit geirrt, und die Bürohengste da oben hatten über meine Sünden Buch geführt wie über die Summen in einer Bilanz.

Ich befand mich in einem Weizenfeld, wo ergrauende Ähren reglos unter der Sonne standen. Sie überragten mich, machten mich winzig. Noch oberhalb von ihnen sah ich gewaltige Bäume, verrenkt vom Alter.

Ich rempelte mich zwischen den dicken Stängeln hindurch. Ich wollte hier nicht sein. Ich fing an zu rennen. Von jenseits des schroffen Weizens vernahm ich aus weiter Ferne eine Melodie. Überladen mit Blechbläsern und Schellen, klang sie fast wie Hochzeitsmusik aus der Heimat. Eine Frau gesellte sich zu mir. Auch sie musste sich durchkämpfen. Sie war größer als ich und in dunkelblaue Tracht gekleidet.

»Mutter?«

Sie sprach in der alten Sprache. »Du bist schon wieder spät dran, Massimo. Mach, dass du schleunigst da hinkommst, oder ich schick sie dich holen.«

Sie verschwand. Ich blieb stehen.

»Mama?«

Keine Antwort. Ich konnte nur in Bewegung bleiben, also versuchte ich sie zu vergessen. Ein Vogel kreischte hinter mir. Es war ein scheußliches Geräusch, harsch und grausam. Es hatte keinen anderen Zweck als Schrecken zu verbreiten. Ich beschleunigte meine Schritte. Durch vereinzelte Lücken im Weizen sah ich ein weißes Kleid aufblitzen. War sie das? War das die Braut, zu deren Hochzeit ich ging? Ich musste sie sehen, musste es herausfinden …

Neuerliches Kreischen. Näher diesmal. Der Weizen schnitt mir in die Haut. Vor mir baute sich ein Hügel auf. In der Ferne stand eine Kirchturmspitze. Ich eilte weiter, den Blick fest auf den steinernen Zipfel gerichtet. Der Himmel verfinsterte sich. Schon bald verbargen Wolken die Sonne. Ich warf einen Blick hinter mich und sah eine schwarze Gestalt, die in gleicher Geschwindigkeit rannte.

Sie machte erneut dieses schreckliche Geräusch, und sie holte auf. Es war eine unflätig aussehende Kreatur, gebaut wie ein in schwarze Tracht gehüllter Mann, doch sein Gesicht – sein Gesicht war eine schwarze Maske mit einem krummen Schnabel. Es sah aus wie eine venezianische Karnevalsmaske, aber ich wusste, es war echt, es war aus Fleisch und Blut … Als das Ding kreischte, öffnete sich sein Schnabel ganz weit und offenbarte eine wimmelnde, gewürmartige Zunge. Kurz darauf stieß ein weiteres Vieh zu ihm. Es waren Raben. Diese verhassten Geschöpfe waren hinter mir her.

Ich wurde auf einem Hügel ausgeworfen. Gras lag grau unter den Wolken. Meine Kirche stand auf dem letzten Zipfelchen Land, bevor die Welt über die Kante ins Meer stürzte. Über ihr begann ein dunkler Regen zu fallen. Er brachte die Raben zum Schweigen. Aus dem Nirgendwo ertönte eine Stimme: »Verfluchte Gegend, wo der Regen nie aufhört.«

Ich reckte den Hals, um zu sehen, woher das Wasser kam. Ich fühlte keine Tropfen auf meine Haut fallen, obwohl ich wusste, dass sie das taten. Ich wischte mir mit der Hand übers Gesicht. Sie wurde rot. Ich sah an meiner Kleidung hinab: besprenkelt mit Purpur. Die Wolken spuckten Blut.

Meine Verfolger begannen wieder zu kreischen. Ich musste die Kapelle erreichen und die Frau darin. Ich musste dem blutenden Himmel entkommen. Ich rannte den Hügel hoch, genau auf die Kirche zu. Ihre riesigen Holztore beschrieben einen Spitzbogen. Eine kleine Tür war darin eingelassen, wie bei dem großen Tor am Pier. Ich zog den Riegel auf. Das Innere der Kirche war nicht, was ich erwartet hatte. Es war ein kleines Zimmer. Kräftiges Sonnenlicht stieß durch ein einzelnes Fenster herein. Es gab ein Bett mit einem altmodischen Eisenrahmen und einen Korbstuhl in der Ecke.

Der Blick aus dem Fenster zeigte eine Küstenstadt. Ich erkannte sie wieder. Das endlose Gold legte nahe, dass Sommer war. Mein Vater, auf See, schwitzte unter der Sonne, während er den Fisch einholte. Mutter stand ein paar Räume weiter, knetete Teig und streichelte ihren schwangeren Bauch, fütterte den Hund mit Erdnüssen – das konnte sie tun, wenn ihr Mann außer Haus war. Meine Freunde klauten wahrscheinlich gerade Trauben in einem der Weingüter. Man erwischte sie dabei und feuerte mit der Schrotflinte eine Ladung grobes Steinsalz auf ihre drahtigen braunen Gestelle ab, bevor sie davonflitzten, um anderswo weiterzunaschen.

In die Wand eingelassen, gleich neben dem Bett, war eine Tür, die ich nicht bemerkt hatte. Ich klinkte sie auf und ging hindurch.

Ich stand im selben Raum. Gegenüber befand sich die Wand mit dem Fenster und dem Korbstuhl, rechts die Wand mit dem Bett und der Tür, durch die ich gerade gegangen war. Es war derselbe Raum, aber zu einer anderen Tageszeit. Dämmerung vielleicht, oder schon Halbdunkel. Die Bucht erglühte langsam. Als die Sonne tiefer sank, erhellten sich die Häuser.

Ich trat durch die Tür neben dem Bett.

Schreien. Unirdisches Schreien. Der Raum war dunkel bis auf den flackernden Schein einer Öllampe. Auf dem Bett, im zuckenden Licht, lag meine Mutter. Gestalten waren um sie versammelt. Ich konnte sehen, wie Blut die Laken tränkte und meine Mutter sich krümmte. Ich rüttelte an der Klinke hinter mir, doch die Tür war verschlossen. Ich konnte nicht davonlaufen. Ich musste zusehen, wie meine kleine Schwester – Angela wäre sie genannt worden – meine Mutter und sich selbst tötete, einfach indem sie zur Welt kam.

Und nichts als Dorn und Kraut
Das nicht gedieh, wie er verging es schon,
Kaum ward es angebaut.

Dann war ich durch die Tür und im selben Raum – aber es war wieder Tag. Der Raum war schwarz verhängt. Draußen brannte die Sonne und das Land verdorrte. Glocken läuteten. Das betäubende Summen priesterlicher Gebete bohrte sich in meine Ohren. Ich duckte und wand mich unter den gespenstischen Klängen. Dann bemerkte ich eine Gestalt in einer Ecke des Raumes. Sie trat vor. Sah mich an. Es war der Mann, dem ich in der Bahn begegnet war. Der obdachlose Mann.

»Was machen Sie denn hier?«, fragte ich.

»Gute Frage. Was mache ich überhaupt irgendwo?«

Ich sagte nichts.

»Mal wieder schweigsam, ich verstehe. Ich helf dir mal. Wär doch möglich, dass ich bloß ein Teil von dir bin, Max. Hast du daran mal gedacht? Kann glatt sein, dass ich gar nicht in dem Zug war.«

»Mach dich nicht lächerlich.«

»Ich? Du bist hier der Lächerliche. Hättest sehen sollen, wie die Jugendlichen da dich angestarrt haben. Und dieser alte Mistkerl, der die Fahrkarten locht. Ich war gar nicht da, Kumpel.«

Ich dachte darüber nach. »Er hat auf dich reagiert«, sagte ich.

»Wenn du dir das einreden möchtest, bitte.«

»Ich weiß es.«

»Nein, tust du nicht.« Er lächelte. »Und das wirst du nie. Ich habe diese Begegnung soeben zu einer weiteren Unbekannten gemacht. Einem ganz neuen Rätsel. Einem, das du nicht aufdröseln kannst wie ein billiger Privatschnüffler. Wofür hältst du dich eigentlich, Max? Für einen netten kleinen Rätsellöser im schwarzen Anzug?«

»Natürlich nicht«, sagte ich. »Ich versuche nur Antworten zu finden, wirkliche Antworten. Es geht um mein Leben. Die pfuschen mit meinem Leben rum, diese Leute.«

»Genau. Dein Leben. Deine Fragen lassen sich nicht beantworten. Du musst sie stellen, aber du wirst nie zu irgendeinem Ergebnis kommen.«

»Was ich herausfinden will, ist ganz konkret. Du sprichst von einer anderen Art Fragen.«

»Philosophische? Ethische? Diese Fragen sind doch nicht losgelöst von denen, die du stellst. Es gibt nichts Konkretes, Max. Alles fließt, ungewiss. Das solltest du doch wissen. Und was diese Leute betrifft – wen meinst du damit?«

»Die Leute, die bei mir stehlen.«

»Stehlen?«, spottete er. »Das tun wir alle. Herrgott noch mal, du hast doch damit angefangen. Damit hast du dich auf Erfolgskurs gebracht. Wir tun es alle, auf die eine oder andere Art.«

»Aber – aber diese Leute sind anders.«

»Die Leute, die eure Lastwagen überfallen haben?«

»Ja.« Ich wischte mir erneut über die Stirn.

»Aber die sind genau wie du. Was für ein Heuchler du doch bist. Du hast alles mögliche geraubt, auf der Straße, aus Lagerhäusern. Erinnerst du dich nicht an die Zwanziger?«

»Nein, ich meinte die Leute, die meine Firma ausbluten und das vertuschen, indem sie die Abrechnungen frisieren.« Ich fuhr mir mit einem Finger über die Wange. Spürte das klebrige Blut. Als ich die Hand wieder runternahm, klebte ein dünner Fetzen Rechnungspapier daran. Er war zerknüllt und schwarz von Blut. »All diese Papierverbrechen«, sagte ich, »mit denen sie die Spuren ihres Diebstahls verwischen –«

Die Augen des Lumpenkerls leuchteten auf. »Deshalb verabscheust du das so«, sagte er. »Es ist anders als das, woran du gewöhnt bist. Da sind gewitztere Leute im Kommen. Du wirst abgelöst.«

»Blödsinn.«

»Du bist traurig, Max. Du hast ein Leben damit verbracht, schlimme Sachen zu machen, und jetzt bist du erloschen. Und übrigens, du wirst deine Antworten nie bekommen. Keine davon. Und selbst wenn – ich bezweifle, dass die anderen es verstehen werden.«

»Du hast unrecht«, murmelte ich und wandte mich von ihm ab, ging durch die nächste Tür und schlug sie ihm vor der Nase zu. Der Raum hatte sich verändert. Die schwarzen Tücher waren entfernt worden, ebenso die Möbel, an denen sie befestigt gewesen waren. Meine Mutter war fort. Das Kind, das sie geboren hatte, war fort. Bald war ich fort, und nichts blieb.

Die nächste Tür öffnete sich in die Kirche. Sie war größer, als sie von außen gewirkt hatte. Wie eine Kathedrale. Blut pladderte gegen die Buntglasfenster. Obwohl die Sonne sich verbarg, erglühten die Heiligen sanft zwischen den roten Schlieren.

Meine Kleidung war immer noch nass, doch nun triefte das

Purpur wie Tinte von mir herab und tropfte auf die Steine und floss dort zu Wörtern und Zahlen zusammen, zu Prozenten, zu imaginären Fakten. Ein gutes Stück weiter vorn, vor dem Altar, stand eine dünne Säule ganz aus Stoff und bleicher Haut. Es war eine Frau, die ich seit Jahren nicht mehr gesehen hatte. Die Hochzeit war die unsrige.

Ich hatte noch nie zuvor geheiratet. Ich hatte es nie gewollt. Die Braut hatte mich mit flüchtigen Blicken und Musik geködert, erst jetzt sah ich sie ganz, und die Musik war woandershin abgewandert. Es gab auch keine Prozession. Niemand war zum Feiern gekommen. Ich war froh darüber. Ich wollte sie ganz für mich. Ich war verzückt, sie bei mir zu haben. Ich wäre am liebsten losgerannt, vorbei an den Kirchenbänken, den Heiligen, den sakralen Bildern, den Steinmetzarbeiten …

»Wer bist du?« Ihre Stimme hallte.

»Max.«

»Ich kenne deinen Namen. Ich weiß nicht, wer du bist.«

»Doch, das weißt du.« Ich ging auf sie zu. »Wir heiraten doch.«

»Ich kann mich nicht erinnern, dass du dich je erklärt hast.«

»Ich wollte es.«

»Aber du hast es nicht getan.«

»Ich wollte es. Konnte ich vielleicht vorhersehen, was passiert ist? Ich wollte dich fragen, sobald du zurück bist.«

»Aber du hattest den Ring schon Wochen zuvor gekauft. Was ließ dich zögern?«

»Ich wollte, dass es etwas Besonderes wird. Ich wollte dich mitnehmen – nach Übersee –«

»Lüg nicht. Ich hasse es, wenn du lügst. Du willst alles auf einmal sein. Du willst vollkommen sein, Max, aber das kannst du nicht. Erklär mir, warum du mich damals nicht gefragt hast.«

Ich konnte nicht. Meine Kehle war zugeschnürt.

»Siehst du?«, sagte sie. »Du warst damals ein Feigling, und du bist immer noch ein Feigling.«

Die Türen erzitterten. Ich vernahm den schrillen Schrei eines Raben. Ich ignorierte ihn und ging weiter durch das Seitenschiff auf meine Braut zu.

»Ich bin kein Feigling«, sagte ich. »Und ich lüge nicht.«

»Natürlich tust du das. Du bist ein Egomane.«

Die Türen zerbarsten. Ich sah zu, wie der Rabe rannte. Er war genau wie zuvor: ein Männerkörper, in Tracht gehüllt, mit einer lebenden Maske als Gesicht. Ich starrte in seine leeren Augen.

»Bist du das?«, fragte die Braut. Der Rabe sah sie an. Er führte seine klauenartigen Hände zum Gesicht und begann es abzureißen. Der Hautpanzer wurde von seinem Fleisch gerupft. Bald hielt der Rabe die Maske in den Händen.

»Du bist es«, sagte die Braut.

Da war kein rohes Fleisch, keine Spur einer Versehrung, nichts als ein glattes Menschengesicht. Mein Gesicht.

»Liebling«, sagte die Braut. »Du bist gekommen.«

Mein Doppelgänger sah mich mit leuchtenden Augen an.

»Hast mich länger nicht mehr gesehen, was?«

Ich sagte nichts. Ich konnte nichts sagen.

»Du warst nicht so schweigsam, als du in meinem Alter warst. Du warst auch nicht so jämmerlich.«

Er marschierte zum Altar. Tänzelte die Stufen hoch und schloss sie in seine Arme.

»Ich bin so froh, dich zu sehen«, sagte sie. »Er ist wirklich jämmerlich, nicht?«

»Und wie.« Er küsste sie auf den Mund. Ich hatte diese Lippen seit Jahren nicht mehr gespürt.

»Warum bist du noch da?«, sagte er zu mir. »Sie und ich haben zu tun.« Er drückte ihre Taille, und sie kicherte. »Wir haben einiges nachzuholen, und natürlich zu feiern.« Er nahm ihre Hand. Daran glitzerte der Ring, den ich vor ihrer Abreise gekauft hatte. Er schob einen anderen Ring darüber, besiegelte damit ihre Ehe, und sie lächelte und küsste ihn.

»Du machst mich so glücklich«, sagte sie.

»Ich weiß.«

Langsam verbanden sich ihre Münder. Sie teilten sich miteinander, gaben sich einander hin. Er begann ihren Nacken zu küssen. Sie schloss die Augen und biss sich auf die Lippe. Er hob sie auf den Altar.

»Ja«, sagte sie. »Hier.«

Er schob ihr Kleid hoch. Ich wusste, jetzt konnte er fühlen, wie ihre Brüste sich gegen seinen Brustkorb wölbten. Sie griff nach seinem Gürtel. Er legte seinen Mund wieder auf ihren. Sie öffnete seinen Hosenschlitz.

»Nein«, sagte ich.

»Direkt vor seiner Nase«, sagte er. Oder vielleicht war ich es.

Mit einem kehligen Stöhnen stimmte sie zu. Ihre Hände waren zu seinem Oberkörper gewandert. Sie hielt sich an ihm fest.

»Ja«, sagte sie, »ja …«

Mir wurde schlecht. Ich wandte mich von ihnen ab und schleppte mich zurück zum Eingang. Ihr Stöhnen wurde lauter. Ich bedeckte mein Gesicht mit den Händen.

»Fonty«, sagte eine Stimme.

Luca stand vor mir.

Ich hörte die beiden immer noch. Ich konnte sie nicht ausblenden.

»Sie sind doch widerwärtig«, sagte er, »nicht wahr?«

»Ja«, sagte ich. »Jeder ist widerwärtig.«

»Dann schaff sie dir vom Hals. So macht man das. So haben wir es immer gehalten.« Er griff in seine Jacke und förderte eine Pistole zutage. Streckte sie mir entgegen. Ich nahm sie ihm ab und drehte mich um und marschierte zum Altar. Die Braut sah mich über die Schulter ihres Bräutigams. Ich konnte nur einen Teil ihres Gesichtes sehen. Der Teil, den ich sah, lächelte. Mein jüngeres Selbst stand leicht vorgebeugt, aber es war genug von seinem Schädel zu sehen, um darauf zu zielen. Ich feuerte. Sie explodierten zu Staub. Blut klatschte auf den Altar, und der Staub ging in Wellen darauf nieder.

»Gut«, sagte Luca.

Ich war still.

»Nein«, sagte ich dann. »Sie ist auch weg. Das wollte ich nicht.«

»Sie war schon lange weg.«

»Aber sie war zurückgekommen. Und jetzt –«

»Ist sie tot?«

Ich sah ihn an. Er hatte recht. Nichts hatte sich verändert. Der Himmel schüttete weiterhin seine Weigerung auf den Boden. Die

Heiligen starrten weiter vor sich hin. Und ich zitterte in Raserei, Wut ergoss sich aus meinem Mund in die Nichtigkeit.

Er zog den Fluch auf diese Welt und brach
Ihr Kreuz mit seinem Falle …

Keuchendes Luftholen brachte mich wieder ins Leben.

»Scheiße«, sagte ich. »Himmel.«

Ich lag auf einem Ledersofa. Jemand hatte eine Decke über mich gebreitet. Ich strampelte mich frei. Ein riesiges Gesicht starrte mich von der Wand aus an. Es gefiel mir nicht. Ich konnte nur an ein Gesicht denken: ihres. Wie sie mich angesehen hatte, voller Bosheit, wie ekelhaft sie gewesen war. Wie sie mich immer noch mit Sehnsucht erfüllte.

Nichts hatte sich geändert.

Ich musste die Beherrschung zurückerlangen. Ich musste wieder gelassen werden. Normal. Die Leute fanden mich immer so verdammt gelassen – bis hin zur Kälte, zur Gleichgültigkeit. Ich musste diesen neutralen Zustand wieder die Regie über meinen Körper übernehmen lassen.

Ich war in einem holzgetäfelten Raum erwacht, der einen rings von Stühlen umstellten Esstisch enthielt – alles überblickt von einem riesigen gemalten Gesicht. Dieser kleine Spitzbart, die tief liegenden Augen, die runden Brillengläser, all das zeigte, dass dies ein Bild von Leo Trotzki war. Warum war er hier? Nein, warum war ich hier?

Was zum Teufel ging vor sich?

Eine Tür schwang auf, und eine Frau betrat den Raum. Eine Brünette. Sie trat auf mich zu. Zum zweiten Mal in dieser Nacht atmete ich ihr Parfüm ein.

»Ich hab Sie aufwachen gehört«, sagte Stella Rousseau. Sie sah immer noch unglaublich aus. »Geht es Ihnen gut?«, fragte sie. Ich konnte nicht beurteilen, wie aufrichtig sie es meinte oder ob die Tiefe ihres Blicks nur eine List war.

»Ganz prima«, sagte ich.

»Sie haben da einen harten Schlag abbekommen.«

»Das habe ich schon öfter.«

»Ich weiß. Mein Chef wird gleich hier sein. Sie dürfen ihm nicht sagen, wo Sie mich heute Abend gesehen haben.« Sie strich mir eine Haarsträhne hinters Ohr. »Sie sind mir nie begegnet.«

Ich schloss daraus, dass ihre Teilnahme an einer faschistischen Dinnerparty hier nicht gut ankommen würde. »Klar.«

»Ich weiß, er wird Sie mögen. Und Sie könnten überrascht von ihm sein. Was auch passiert, Sie sollen wissen, dass ich nur helfen will, okay? Ich erklär es später, wenn Sie auf dem Stand sind.«

Nach dieser kryptischen Äußerung rauschte sie aus dem Zimmer. Eine Minute später vernahm ich das Stampfen einer sich nähernden Präsenz. Sichtbar wurde kurz darauf ein hochgewachsener Russe. Ich konnte seine Nationalität feststellen, weil er beim Gehen in seiner Sprache redete, sodass seine tiefe Stimme die dröhnenden Schritte untermalte.

»Fontana«, sagte er. Er packte meine Hand und zerquetschte sie langsam. »Es ist schön, Sie kennenzulernen. Kommen Sie.«

Wir betraten einen langen Gang. Er war mit einem dunkleren Holz getäfelt, Mahagoni. Die Wandlampen auf der einen Seite beleuchteten die Gemälde auf der anderen. Ich musste an Carmens Traum denken. Diese Bilder zeigten jedoch keine Familienmitglieder, sondern Politiker. Der Russe bemerkte meine Blicke. »Genossen«, sagte er. »Die meisten sind tot.«

Viele Türen gingen von dieser architektonischen Arterie ab, aber wir hielten direkt auf das schwere Portal ganz am Ende zu. Dann betraten wir einen Raum, der an eine Bibliothek denken ließ; Farbe und Beleuchtung stimmten, ebenso der Gehalt an Büchern und endlosen blankpolierten Holzflächen, aber gleich darauf wurde mir klar, dass es sich um ein gewaltiges Arbeitszimmer handelte. Dämmerige impressionistische Gemälde spreizten sich an den Wänden. Hungrig aussehende Stühle reckten ihre Kiefer, und dicht an dicht in die Borde gestaucht standen genug Bücher, um eine Revolution zu schüren. An einem Ende des Arbeitszimmers stand ein Schreibtisch, der auch als Rammbock hätte dienen können. Vermutlich tat er das in gewisser Weise.

Der Russe und ich nahmen in einem Alkoven Platz.

»Wir sind zuversichtlich, dass unsere Männer Sie nicht ernstlich beschädigt haben«, sagte er. »Wir haben einen Arzt, der Sie und Kaval untersucht hat. Er sagte, Sie dürften wohlauf sein, sobald die Gehirnerschütterung abgeklungen ist.«

»Ich hoffe nur, ich kann meinen Hut tragen.«

Er lächelte. »Ein sehr ehrenhaftes Herunterspielen. Der Arzt meinte, Sie würden beim Aufwachen mit erheblichen Schmerzen zu kämpfen haben. Sie sind sicher froh, zu erfahren, dass Ihr Angestellter stabil ist.«

»Das will ich hoffen. Wo bin ich?«

»Wir sind überrascht, dass Sie uns nicht schon eher Fragen gestellt haben.« Seine Syntax war hier und da etwas seltsam und er hatte einen deutlichen Akzent, aber sein Englisch war ausnehmend gut. »Nun, da Sie es tun, kommt jeweils eine Frage zur Zeit, nicht das Sperrfeuer, dem wir uns üblicherweise ausgesetzt sehen. Wo sind Sie? Neunzig Meter oberhalb der 143. Straße West. Ihre Habseligkeiten – darunter, wie mir gesagt wurde, ein Pickset, ein Pass und eine große Summe Bargeld – werden Ihnen zurückgegeben, wenn Sie uns verlassen. Es gab wohl auch eine schwarze Limousine, die aber aufgebrochen wurde.«

»Der Wagen war nur geliehen.«

»Sie scheinen schlecht darauf aufgepasst zu haben.«

»Gute Freunde haben Verständnis für die Schwächen des anderen.«

»Das ist wahr.« Er lächelte wieder.

»Wie bin ich hierher gekommen?«

»Ich werde es Ihnen sogleich erklären. Möchten Sie« – er öffnete eine schlanke Kiste – »eine Zigarre?«

»Nein.«

»Etwas zu essen?«

»Nein.«

»Jago«, sagte er. Ein mumienhafter Mann mit hellbrauner Hautfarbe betrat den Raum. Ich fragte mich, wo er gesteckt hatte, als wir den Flur durchquerten. Der Russe sagte: »Bring uns Roastbeef, etwas Wein und das Mädchen.« Der Diener verschwand. »Um Ihre Frage zu beantworten«, sagte er, »als wir das von

Cooper hörten, haben wir ein paar Männer damit beauftragt, zu Kaval vorzudringen und ihn in Sicherheit zu holen.«

»Polizei.«

»Ja. Allerdings … gesteuerte Polizei. Zufällig waren Sie bei Kaval, als sie kamen. Unsere Leute wussten nicht, wer Sie sind, aber Sie schienen mit Kaval zusammenzuarbeiten, da haben sie Sie auch mitgenommen. Als man Sie herbrachte, hat jemand Sie erkannt.«

»Sie wollten uns in Sicherheit wissen, deshalb haben Sie uns niederschlagen lassen?«

»Wenn wir ein paar ruppige Polizisten zu Kaval geschickt hätten, die ihn um halb drei morgens wecken und anweisen, aus seinem Haus zu flüchten, glauben Sie, er hätte einfach ja gesagt?«

»Könnte sein.«

»Wir glaubten das nicht. Verängstigte Menschen – sie geraten leicht in Panik. Und sie misstrauen unerwarteter Hilfe. Diese beiden Impulse zusammen führen nicht zu Kooperation. Gewalt war notwendig.«

»Eine kompromisslose Betrachtungsweise.«

»Kompromisse waren ein Luxus, dessen uns die Geschichte beraubt hat.«

Der Diener kehrte mit einer Servierplatte und einer Flasche Rotem zurück. Er stellte beides auf dem Kaffeetisch vor uns ab.

»Kaltes Beef«, sagte der Russe. »Wir bewundern die Briten. Manchmal. Einfaches Essen ist alles, was wir brauchen.« Mit zwei Fingern angelte er sich eine Scheibe und verschlang sie. Der Diener blieb in Habachtstellung neben ihm stehen. »Jago, weißt du, wer das hier ist?«

»Nein.«

»Das ist Mr. Fontana, einer der wichtigsten Männer in der Stadt.«

»Aha.«

»Allerdings würde Mr. Fontana diese Ehre wohl von sich weisen. Hast du gewusst, dass jede einzelne Flasche hier durch eins von Mr. Fontanas Lagern gewandert ist?«

»Nein.«

Er spießte ein Würstchen auf. »Mr. Fontana, können Sie einschätzen, wer Jago ist?«

»Ein Diener.«

Der Russe lächelte. »Jago ist Funker und Fernmeldespezialist«, sagte er. »Er erhält hier Ausbildung in bleibenden Werten, nämlich Demut, Loyalität«, er machte dem Würstchen den Garaus, »und Ehre.«

»Beeindruckend.«

»Er ist außerdem, wie Sie merken werden, Nihilist. Jago, was hast du heute noch mal über Klischees gesagt?«

»Alles ist ein Klischee, oder war mal eins, oder wird zu einem.«

»Und jetzt der zweite Teil.«

»Selbst die Flut ist ein Klischee, bis der Wasserstand sinkt.«

»Interessant, diese Philosophen, nicht, Mr. Fontana?«

»Ich möchte darüber sprechen, was geschehen ist.«

»Natürlich. Jago, wo ist Stella?«

»Sie hat einen Anruf angenommen. Sie kommt, sobald sie damit fertig ist.«

»Hmm. Das geht in Ordnung.«

Jago nickte. Er schloss die Tür hinter sich.

»Da wir gerade von der Polizei sprechen«, bemerkte der Russe, »man sagte uns, dass Sie heute Nacht ein paar Scherereien hatten. Ein Mann, der aus Ihrem Fenster fiel?«

»Hat sich umgebracht.«

»Ja. Die Angelegenheit ist geregelt.«

Ich sah offenbar verdutzt drein.

»Wir haben uns darum gekümmert«, bekräftigte er.

»Wirklich?«

»Sehen wir aus wie Lügner?« Er hielt inne, dann grinste er breit. »Kleiner Scherz. Ja, wirklich. Sie können uns vertrauen, Fontana. Machen Sie sich keine Gedanken um die Polizei. Sie sehen ja, wie gern die uns haben.«

Selbstredend konnte ich ihm nicht vertrauen. Auch wenn das eine gute Nachricht war. Ich wartete noch auf den Haken. Und ich wartete darauf, dass er mal in der ersten Person von sich sprach.

»Zum Geschäftlichen«, sagte ich.

»Ihrem Lieblingsthema.«

»Was wollen Sie von meinen Schmugglern?«

»Im Augenblick dasselbe wie Sie auch, so vermuten wir. Wir möchten, dass sie uns zu Luca Saverino führen. Er schuldet uns etwas.«

»Welche Art von Schulden?«

»Das ist nicht Ihre Angelegenheit, Freund. Genügt es nicht, dass wir beide ihn zu finden wünschen? Er wird mir überlassen, was er mir schuldet, und Sie bekommen Ihren Freund zurück. Ganz einfach.« Er machte eine Pause. »Wenn Sie Luca finden, können Sie auch aufdecken, wer letzten Monat Ihren Alkohol raubte. Sie sehen, wir wissen, was Sie wissen, über Fakenham. Merkwürdiger Name, nicht? Englisch. Wie das Beef. Kaval hat mit uns geredet.«

»Wo ist er jetzt?«

»Er steht unter unserem Schutz. Wir gewähren ihm Sicherheit als Gegenleistung für seine Hilfe.«

»Kann ich mit ihm sprechen?«

»Heute Nacht nicht mehr. Unser Arzt sagt, er braucht Ruhe. Er hat nicht so gut wie Sie auf das Wiedererlangen seines Bewusstseins reagiert.« Er räusperte sich. »Wie gesagt, er hat unsere Fragen beantwortet, nach einer leichten Verwirrung. Dann hat er anscheinend zu viel getrunken. Offenbar war er zuvor schon betrunken. Jetzt ist ihm ein wenig unwohl.«

»Schön. Ich finde, ich muss wissen, wer Sie sind, bevor ich mich auf dieses gemeinsame … Projekt einlasse.«

»Ah, die unvermeidliche Frage. Wer bin ich? Nur ein Mann, der bemüht ist, für Gleichheit einzutreten.«

»Sind Sie ein Bolschewik – ein Agent der russischen Regierung?«

»Das war ich einst. Jetzt nicht mehr. Stalin, der Oberbolschewik, hat ein Kasperletheater aus dem Kommunismus gemacht. Wir unterstützen die Ideale von Trotzki und dem wahren Kommunismus, der danach strebt, alle Völker der Welt zu vereinen – nicht danach, die Russen in Tyrannei zu unterdrücken.«

Da haben wir's wieder, dachte ich. Ich wollte das alles gar nicht wissen. Nach dem sukzessiven Erwachen aus meiner ohnmächtigen Traumverfassung klaubte ich mich allmählich wieder zusammen, indessen wurde die ganze Situation immer bizarrer. Wer war Stella Rousseau, und warum wollte sie mir helfen? Weil sie eine Schwäche für Luca hatte? Und was diesen Vogel hier anging, so sah ich in seinen Augen dasselbe kalte Feuer lodern wie bei Wayright. Diese Männer waren Fanatiker. Sie würden nicht zulassen, dass lästige Hemmschuhe wie Aufrichtigkeit oder Vernunft ihre Interaktionen mit anderen Menschen diktierten. Stella aber arbeitete für ihn, und er arbeitete für sich selbst oder für welche Gestalt auch immer, der er gerade stellvertretend für sein Ich huldigte.

»Wer also sind Sie nun?«, fragte ich erneut, nur um ihn zu reizen.

»Ich habe Ihnen erklärt, wer ich bin.« Das Wörtchen ›ich‹ saß ihm recht unbeholfen auf der Zunge. »Fragen Sie nach meinem Namen? Mein Name ist nicht wichtig. Namen sind Etiketten, die ich nicht mehr trage.« Er lehnte sich mit einem Streifen Roastbeef zurück. »Mich macht es glücklich, zu etwas zu gehören, das über mir steht, über jedem Einzelwesen: einem Kollektiv. Wir sind Arbeiter, die gemeinsam für die Gleichheit kämpfen. Jeder von uns ist Teil dieses Kampfes. Das Individuum ist bedeutungslos.«

»Das ist wesentlich länger als ein Name.«

»Ich will es Ihnen nicht unnötig schwer machen«, sagte er. »Verschiedene Leute haben verschiedene Bezeichnungen für mich. Der Kommunist. Der Trotzkist. Der Rote. Red. Es scheint, dass in diesem Land jeder einen Spitznamen hat. Suchen Sie sich einen aus. Es spielt keine Rolle.«

Ihn Red zu nennen leuchtete mir ein. Das passte zu seinem politischen Anstrich wie zu seiner Haut- und Haarfarbe.

Ich war genötigt, besonnen vorzugehen. Ich musste hier weg, so bald wie möglich, doch ich war nicht mehr in meinem Geist gefangen, ich saß an einem noch viel merkwürdigeren Ort fest. Ich musste verschwinden – lieber früher als später. Das würde geschicktes Manövrieren erfordern. Ich musste meine Freiheit aus ihm herauskitzeln, den Politiker so weit erweichen, dass ich seinem Zugriff entschlüpfen konnte.

»Ich dachte, Kommunisten mögen künstlerische Abstraktion nicht.« Mein Blick war starr auf einen Monet gerichtet.

»Auf Stalinisten trifft das zu. Für sie ist es unsinnig, Kunst zu erschaffen, die die Menschen verunsichert. Sie sehen eine Gefahr darin, Spielraum für – wie sagt man – Interpretation zu lassen, alles muss streng und starr sein.«

»Wie gesund.«

»Es ist ekelhaft«, sagte er.

»Trotzki ist also anders, entnehme ich dem? Wie hat Stalin ihn denn aus Russland verstoßen können?«

»Wie kommt ein beliebiger Diktator an die Macht? Er macht sich die menschlichen Schwächen zunutze. Ängste. Sehnsüchte. Und hat er einmal Fuß gefasst, dann errichtet er … wie sagt man … eine Pyramide unter sich, Schicht um Schicht. Es ist ein Geflecht aus Schulden und Untertänigkeit – Korruption, würden Sie sagen –, und es ist eigens dafür angelegt, ihn an der Macht zu halten. Jedermann ist selbstsüchtig, Mr. Fontana. Manche sind klug genug, die Selbstsucht anderer für sich auszunutzen.«

»Klug genug, um selbstsüchtig zu sein? Das ist recht zynisch für einen Kommunisten.«

»Ich denke, das sehen Sie richtig. Doch die Sache, der wir uns verschreiben, regiert noch nicht unseren Alltagsverstand.«

Alltagsverstand. Das war ein Brüller. Ich hatte gedacht, Alltagsverstand hieße, nicht von seinesgleichen zu stehlen. Ich verstand darunter, dass man die respektierte, die sich Respekt verdient hatten. Dass man sich nicht unnötig in Gefahr begab, indem man eine Lawine lostrat oder eine Kanonenkugel ins Rollen brachte. Aber schließlich suchte jeder aus der Gussform des Alltags – oder was immer wir darunter verstehen gelernt hatten – auszubrechen, sofern die Belohnung groß genug schien. Ich selbst hatte mein ganzes Leben darauf aufgebaut, mich dem Alltäglichen zu verweigern.

Und was den Verstand anging, so lernte ich gerade, dass aller Verstand nichts nützte, solange man nicht das ganze Bild sah. Mein Wissen darüber, was in meiner Firma geschehen war, nahm die ganze Zeit zu. Aber es war wie immer, dachte ich, je genauer man hinschaute, desto mehr gab es zu entdecken. Deshalb mögen Leute Monet. Seine Welten sind wirklicher als alles andere, weil wir selbst nie wissen können, wie wirklich etwas ist.

Ich hatte gar keine Zeit für Red. Der Franzose würde Blut fließen sehen wollen, wenn ich dieses Spiel nicht rechtzeitig für mich entschied. Meine gesamte Lebensgrundlage konnte ausgelöscht werden. Und mein Leben auch, so wie das von Miller und Beppe und zu vielen anderen. Ich hatte Schiss unter meinem schwarzen Anzug, hinter meinem ausdruckslosen Gesicht. Ich saß einfach bloß da und schlug mich wieder mal mit einem Aufmerksamkeit heischenden Arschloch herum, das sich so durch die Welt pflügte, wie es ihm gerade in den Kram passte.

»Ich will kurz etwas klarstellen«, sagte der Russe. »Es wird nicht lange dauern. Ich gedenke nicht zu predigen. Sie werden es verstehen. Es geht einfach darum, dass Sie mir vertrauen sollen. Der erste Punkt ist, die Politik darf man nicht auf die leichte Schulter nehmen. Die meisten Politiker sind bloß Männer, die sich in Machtspielen verrannt haben. Ihr Ehrgeiz ist groß, genau wie ihre Gier. Sie konzentrieren sich ganz auf den Erwerb von Reichtum, von Einfluss. Vielleicht auch beides. Diese Ziele verfolgen sie unter Einsatz aller Mittel, die ihnen zur Verfügung stehen. Wenn man im größten Maßstab denkt, ist Korruption die einfachste Vorgehensweise. Die meisten Politiker, die wir kennen, vergiften Schritt für Schritt nicht nur sich selbst, sondern alle Bereiche, für die sie Verantwortung tragen. Ein Beispiel von hier und heute: die unglaubliche Zunahme organisierten Verbrechens in Ihrem Land in den letzten zwölf Jahren, dazu die beharrliche Leugnung seiner Existenz seitens der Polizei. Das ist die Folge davon, dass Politiker, die nur auf persönliche Bereicherung aus sind, sich für gesichertes Kapital verkauft haben. Das ist ihr wichtigstes Ziel auf der Welt – dafür betrügen und verraten sie ihr Land. Selbstsucht, Fontana, ist die stärkste Triebkraft, die existiert. Es gibt Männer, ich kenne solche … leere Hüllen mit nichts darin als knisterndem Geld. Wenn diese Männer mächtig werden, leidet die Welt. Die Menschen sind schwach, und Politik durchdringt alles. Unterschätzen Sie die Politik nicht.«

»Die Kehrseite wären dann wohl Männer mit Macht, aber von geringer Gier.«

»Ja, und solche sind selten, Sie werden schon sehen. Es sind von allen Menschen die seltensten. Denken Sie nur: Wenn alle römischen Kaiser der ersten Jahrhunderte nur ein klein wenig selbstloser gewesen wären, ein klein wenig mehr Anteil genommen hätten, dann hätte ihre Herrschaft noch tausend Jahre andauern können. Marcus Aurelius war der letzte Philosophenkaiser, der letzte römische Herrscher, der Anteil nahm. Er ist auch bekannt als der letzte der guten Kaiser. Das ist kein Zufall. Wenn Trotzki, der, wie ich glaube, ein solcher Mann ist – wenn er nach Lenins Tod Russland geführt hätte, dann hätte der Kommunismus ein gut funktionierendes Gesellschaftssystem werden können, und es würde nicht so viel Leid auf der Welt geben, wie es heutzutage der Fall ist.«

Das römische Reich hatte auf der Institution der Sklaverei gefußt. Wie passte das wohl zu Reds Plänen für eine Arbeiter-Utopie? Die Widersprüche wucherten so üppig, wie sie es immer getan hatten und immer tun würden. Vielleicht waren diese Extremisten ja gar nicht so anders. Alle Politiker umgaben sich mit Mauern, Mauern aus Illusionen, Mauern aus Ideologie, bis sie schier erstickten – aber das scherte sie nicht, sie merkten es nicht mal.

Ich spürte, dass der Mann zum Kern seines Vortrags kam. Ich würde ihn ausreden lassen.

»Woran lag es noch, dass Trotzki nach Lenin nicht übernommen hat?«, fragte ich. »Warum hat er sich von Stalin ausbooten lassen?«

Red lächelte. »Weil er keinen Ehrgeiz besaß. Er steckte voller edler Ideen, aber er hatte es nicht in sich, sie auch in die Tat umzusetzen.«

»Also braucht es einen Mittelweg.«

»Ja.«

Aha.

»Und das sind Sie dann wohl?«

»Ich hoffe es. Wie auch immer – wir hoffen, dass der Zweck unseres kleinen Intermezzos sich Ihnen bald erschließt. Wir müssen jetzt auf die Frage nach Luca Saverino zurückkommen.« Er sprach den Namen langsam und unbeholfen aus.

»Gut«, sagte ich.

»Wie wir bereits erklärt haben, können wir Ihnen helfen. Der Mann wurde entführt.«

Ich stutzte. »Von wem?«

»Den Straßenräubern. Oder ich sollte wohl besser sagen, ihrem Anführer. Seine Identität entzieht sich auch uns. Man kann sich jedoch ausrechnen, was geschah. Luca hat ermittelt, so wie Sie jetzt. Er war schon ein paar Wochen lang dran, seit dem Fakenham-Zwischenfall. Die Leute, denen er nachspürte, kamen zu dem Schluss, dass Luca eine große Bedrohung für sie wurde. Gefährlich. Aber sie konnten ihn nicht beseitigen lassen, denn Mord an einem von Ihnen beiden würde die Mafiafamilie erbosen, für die Sie arbeiten –«

»Mit der wir zusammenarbeiten. Wir arbeiten nicht *für* sie.«

»– was wiederum die Risiken beträchtlich gesteigert hätte. Also tat der Straßenräuber etwas Übereifriges. Er schickte zu Beginn dieser Nacht ein paar Männer los, um Luca aus seinem Apartment zu entführen. Ich nehme an, es handelte sich um Männer, die Luca nicht kannte. Somit kann er, wenn er freigelassen wird – oder sich eine bessere Lösung findet –, seine Kidnapper nicht ohne weiteres aufspüren.«

Das erklärte die Iren.

»Oder noch besser«, sagte Red, »er will sie vielleicht gar nicht finden. Womöglich wird er gerade davon überzeugt, während wir hier reden.«

Ich speiste diese Information in meine eigene Theorie ein. Sofern der Hintermann des Abrechnungsschwindels die Monatsaufstellungen benutzen konnte, um dem Don Luca als Verräter zu präsentieren, hätte er eine gute Rechtfertigung dafür, ihn beseitigen zu lassen. Red schien eine Leitung zu haben, die direkt von seinem Ohr in den Untergrund führte. Was den Abrechnungsschwindel anging, so mochte Red davon wissen und ahnen, dass ich davon wusste – aber er erwähnte ihn mit keiner Silbe, und ich auch nicht. Die Information, die er mir gegeben hatte, war Hilfe genug.

»Wir haben eine Vermutung«, sagte Red, »wo Luca festgehalten wird. Sobald Sie das erhärten können, werden wir ihn befreien. Jeder von uns gewinnt dabei.«

»Und in welche Ecke des Himmels werde ich also gewiesen?«

»Ein Speakeasy namens *The Huntsman*.«

»Das Stammlokal der Rechten.«

»Kunden von Ihnen?«

»Nicht routinemäßig.«

»Hmm. Gehen Sie besser diskret vor. An solchen Orten findet einen der Ärger leicht.« Er wackelte mahnend mit seinem Wurstfinger. Ein Klopfen an der Tür unterbrach uns. Die Brünette kam herein.

»Miss Rousseau. Sie kennen ja unseren Gast.«

Ich erhob mich. Sie gab sich gezwungen höflich, erfasste kurz meine Hand und ließ wieder los, statt sie zu schütteln, als wollte sie ihre Gleichgültigkeit betonen.

»Stella ist eine unschätzbar wertvolle Mitarbeiterin. Sie wird Ihnen alles Nötige über ihren Kontakt im *Huntsman* mitteilen. Anschließend soll Jago Sie zur Straße geleiten. Gehen Sie einfach zum Ende des Korridors draußen. Er wartet dort auf Sie.«

»Ist mein Wagen hier?«

»Der ›geliehene‹? Nein, der wurde in Surgeon Bay zurückgelassen. Bedenken Sie, dass wir erst entdeckt haben, wer Sie sind, als Sie schon hier waren. Hätten wir es vorher gewusst, so hätte der Wagen Sie begleitet. Jago wird Ihnen Schlüssel für einen anderen leihen. Bitte benutzen Sie sie.«

»Wenn Sie darauf bestehen.«

»Wir danken für dieses Gespräch.«

Rousseau sah mich an. Ich nickte leicht und ließ mich von ihr aus dem Raum führen.

Während wir hinausgingen, machte ich mir Gedanken über den Russen. Er hatte sich in vielfältiger Gestalt präsentiert: als Idealist, als Zyniker, als Mann, der der Politiker überdrüssig war – während er zugleich Politiker war. Und als krimineller Kollege. Alles nur zu dem Zweck, mich auf seine Seite zu ziehen, die des selbstlosen Weltverbesserers, der nichts als einvernehmliche Kooperation im Sinn hat? Er hatte meine Zusammenarbeit erwirkt, aber nur, weil mir sonst wenig blieb, womit ich weiterkommen konnte. Er hatte mir nicht verraten, was für Schulden Luca angeblich bei ihm hatte. Es klang befremdlich, allerdings war Luca ganz klar der Typ dafür, sich in ominöse Schulden zu verstricken. Und über Marlon Kaval hielt Red mich im Unklaren, da er mich nicht zu ihm ließ. Konnte der Mann mir etwas vorenthalten haben?

Schon wieder zu viele Fragen. Red verfügte über interessante Methoden, den Dingen auf den Grund zu gehen. Ich argwöhnte jedoch, dass ihm der Zweck heiliger war als die Mittel. Ich argwöhnte auch, dass ich ihm ähnlicher war, als ich dachte.

Stella und ich waren allein auf dem Flur. Er war lang und voller Zeit für Worte.

»Red will, dass ich Ihnen im *Huntsman* behilflich bin«, sagte sie. »Das habe ich auch vor, aber nicht so, wie er sich das vorstellt. Wir treffen uns, sobald Sie mit Jago geredet haben. Sagen Sie ihm, er soll Ihnen die Adresse nennen, nachdem er Ihnen Ihren Freund gezeigt hat.«

Wie rätselhaft. Das klang, als sollte mir vorgeführt werden, wo Marlon versteckt war.

»Ihr habt euch also alle gegen ihn verschworen?«, bemerkte ich. »Der arme, wehrlose Russe.«

Rousseau warf mir einen scharfen Blick zu. »Er ist ein Schwein. Wenn Jago sich weigert, was er wahrscheinlich zunächst tun wird, sagen Sie ihm einfach: »Dieser Mann ist vieles, aber er ist nicht Ihr Vater.«

Ich stimmte zu.

Das Ende des Korridors öffnete sich zu einer Art Empfangsraum. Ein Fenster nahm die ganze gegenüberliegende Wand ein, vom Boden bis zur Decke. Ein junger Mann besetzte den Tresen in der Mitte. Jago stand neben ihm. Stella verabschiedete sich und verschwand irgendwo nach links. Jago kam auf mich zu.

»Hier sind Ihr Hut und Ihr Mantel«, sagte er, »und der Schlüssel für Ihren Wagen. Er steht unmittelbar vor der Tür. Folgen Sie mir.«

Wir traten durch gleitenden Stahl in einen Aufzug. Als wir abwärts fuhren, sagte Jago: »Rousseau möchte sich nachher mit Ihnen treffen.«

»Sie meinen, Red möchte, dass sie sich mit mir trifft.«

»Nein. Er weiß nichts davon.«

»Interessant.« Ich hatte nicht das Gefühl gehabt, dass Stella mir etwas vormachte, aber man kann nie ganz sicher sein. Erst wenn es zu spät ist. Ich fragte Jago: »Was wurde aus Loyalität und Ehre?«

»Das ist Müll.«

»Sie wirken nicht sehr idealistisch, Jago. Was hat ein Nihilist in der Politik zu suchen?«

»Hören Sie, wir können außerhalb dieser Kiste nicht reden, also passen Sie jetzt auf. Sie treffen Rousseau auf der Straße, an der Einunddreißigsten Ecke Neunte. Sie will Ihnen helfen.«

»Das weiß ich schon. Sie sollten mir das aber erst sagen, wenn ich Sie um etwas gebeten habe.«

»Was?« Falten gruben sich in seine Stirn.

»Ich soll Sie bitten«, sagte ich, »mir meinen Freund zu zeigen.«

»Ihren Freund?«

»Sie meinte, Sie würden das verstehen.«

»Das schon, aber – Red würde dahinterkommen. Sie kennen den Menschen nicht, mit dem Sie eben gesprochen haben.«

»Red? Oder Stella?«

Er schwieg. Ich sah, wie er einen inneren Krieg mit sich ausfocht.

»Dieser Mann ist vieles«, sagte ich, »aber er ist nicht Ihr Vater.«

Er ließ das sacken. »Sie hat recht. Zur Hölle mit meinem Vater. Und zur Hölle mit Red. Ich zeige Ihnen Ihren Freund.«

Er brachte den Aufzug im Erdgeschoss zum Stehen und vollführte dann irgendeine Hexerei, sodass er weiter abwärts fuhr.

»In Fahrstühlen gibt es immer wenig zu sagen«, sagte ich. »Jetzt ist es auf einmal zu viel. Ich finde, ich sollte Ihnen sagen, dass ihr Mann Saverino ist, Jago. Er ist es, um den sie sich sorgt, nicht Sie oder ich. Tun Sie das hier, weil Sie sie mögen?«

»Am Ende, Fontana, werde ich nichts mögen, und all dies wird nichts als ein fortdauernder Moment sein, der zu meinem Tod führt, und dieser Augenblick bloß ein kleiner Punkt darin. Es gibt keine Zukunft, keine Vergangenheit, nur das, was wir leben. Ja, ich mag sie. Sie ist so ungefähr das einzige, was ich mag. Und ich halte daran fest, denn am Ende werde ich nichts mögen.«

Der Fahrstuhl ruckte. Die Tür öffnete sich. Jagos Zähne waren so fest zusammengepresst wie seine Fäuste. »Los«, sagte er.

»Wird das lange dauern?«

»Nichts dauert lange.«

Was für eine Ausbeute konnte ich mir wohl erhoffen von dieser Begegnung mit Kaval, dem trunkenen Poeten? Wenn das ein derart subversives Manöver war, musste Stella wirklich viel daran liegen, dass ich sie mochte. Vielleicht wusste sie, was mit Luca los war. Brauchte Hilfe, um ihn zu finden. Und um meinen beständigen Argwohn zu zerstreuen, hatte sie sich etwas ausgedacht, womit sie mein Vertrauen zu gewinnen hoffte.

Jago und ich schritten durch einen leeren Raum. Er war streng und grau und die Kälte schneidend. Hier gab es nichts als Raum. Eine Gelegenheit, Schritte hallen zu lassen. Wir gingen durch die erste Tür weit und breit. Jago hatte recht, es dauerte nicht lange.

Ich trat ein und erblickte einen hingeplumpsten Sack Blut. Er musste einst ein Mensch gewesen sein. Jago stand hinter mir, wortlos. Wir starrten auf die roten Gliedmaßen. Sie waren noch verbunden: Der Kadaver war in einem Stück. Gerade noch. Er war zu Tode geprügelt worden. Und dabei nahezu zerstückelt. Sie hatten ihn eine ganze Weile bearbeitet. Der einzige zusammenhängende Gedanke, den ich fassen konnte, war, dass sie aus Kaval sicher einiges mehr als nur sein Blut herausbekommen hatten, bevor er starb.

Aus dem Augenwinkel sah ich, wie Jago in seine Jacke griff. Mein Abscheu ließ eine tief in mir glimmende Wut aufflammen. Ich war schnell. Ich wirbelte herum und nagelte Jago an die Wand, den linken Arm quer über an seiner Kehle. Mit der anderen Hand fuhr ich in seine Jacke und förderte zutage, wonach er hatte greifen wollen.

Ich hatte ein Messer erwartet. Eine Kanone. Einen Totschläger. Einen dieser würdelosen Gegenstände, mit denen wir unser Unglück über andere bringen. Etwas Dramatisches. Stattdessen stieß ich auf ein Stück Papier.

»Das war seins«, keuchte er.

Ich ließ ihn los. »Sieh dir das an«, knurrte ich und deutete auf Kaval. »Du führst mich in einen Keller mit so etwas in der Ecke, und dann greifst du in deine Tasche?«

»Es war dumm. Ich hätte etwas sagen sollen, aber Sie wirkten erschüttert.«

»Erschüttert? Natürlich bin ich erschüttert, gottverdammt! Sie etwa nicht?«

»Ich verstehe. Ich hätte etwas sagen sollen.« Er meinte es nicht ernst.

»Was ist das?«

Ich fragte, während ich es mir bereits ansah. Las das Gedicht, das Kaval früher am Abend vorgetragen hatte.

Die Welt hier schien ihm fremd: nur Schweiß und Fron,
Und nichts als Dorn und Kraut

Schon wieder diese Zeilen. »Warum geben Sie mir das?«

»Es war das Einzige, was sie ihm nicht abgenommen haben.«

»Warum nicht?«

Er zuckte die Achseln. »Es hat sie nicht interessiert. Es ist kein Geld. Man kann es auch nicht versetzen. Bloß etwas zum Verscharren.«

Ich grinste ihn höhnisch an. »Das ist doch für Sie eigentlich alles, oder?«

Er sagte nichts.

»Los, raus hier«, sagte ich.

Wir gingen. Red war ein verlogener Scheißkerl. Das hatte ich schon gewusst. Was mich schockierte, war die Gewalt, die blutige Dimension seiner Lügen. Obwohl ich das Unvermeidliche hätte kommen sehen müssen. Trauen Sie nie einem Politiker, hatte er gesagt und die anderen gemeint. Er hatte mir weismachen wollen, er selbst sei nicht so, doch es war klar, dass Red mich einfach bloß benutzte, um an Luca ranzukommen. Er hatte versucht, mich zu überzeugen, dass er vertrauenswürdig war. Nichts als eine weitere Lüge, die einen ganzen Turm aus Unwahrheit aufstockte. Jetzt stürzte die Spitze herab. Ich fragte mich, was ich noch alles herausfinden würde, ehe sie am Boden aufschlug.

Fahrstuhl. Erdgeschoss. Noch ein sinnloses Foyer. Die Adresse, die Jago mir genannt hatte, wusste ich auswendig, also ließ ich ihn einfach stehen in dem Schweigen, das uns auf dem Weg nach oben verfolgt hatte. Und trat hinaus in eine Welt, die noch immer damit beschäftigt war, sich einzufrieren.

Direkt vor meiner Nase hockte der Wagen, den man mir geliehen hatte. Es war ein unscheinbares Gerät. Ich schob den Schlüssel rein. Der Sitz war hart. Ich entlockte dem Motor ein schwächliches Knattern, parkte aus und hielt mich ostwärts. Der Rote hatte erwähnt, wir seien 143. West. Ich fuhr zur Fifth Avenue und von dort weiter nach Süden. Die riesige Standuhr am Highbury Plaza verriet mir, dass es vier Uhr früh war. Vereinzelte Häufchen von Verkehr wälzten sich durch die Gegend. Versprengte schwärmten trunken im Schnee herum. Manche sangen Weihnachtslieder, ein paar auch Roosevelts Wahlkampfhymne. Die Stadt hielt mich in Ungewissheit. Es schneite einen Monat zu früh. Ich war unterwegs zu einem Treffen mit einer wunderschönen Frau, nachdem ich eine bizarre und verstörende Stunde durchlitten hatte. Ich suchte nach meinem törichten alten Freund. Was für ein absurder Ort. Ich befand mich in einem Gemälde von Monet, gesichtslos, bloß ein Fleck, fragte mich, wer ich war und wie ich hierher kam – und wie greifbar die Antworten auf diese einfachsten aller Fragen sein mochten.

Als ich die 31. Straße erreichte, hielt ich nicht an. Ich fuhr weiter, bis die Fahrbahn leer genug war für eine Wende. Nach einem 180-Grad-Schwenk parkte ich den Wagen mit Blick nach Norden. Ich hatte freie Sicht auf die Kreuzung und die Richtung, aus der Rousseau kommen würde. Ich zündete mir eine an.

Es war jetzt nicht mehr schwer, aus ihrem Verhalten schlau zu werden. Dass sie sich bei Wayright unter die High Society gemischt hatte, war eine illegitime Aktion gewesen, ein Bruch der Regeln, von dem ich Red nichts erzählen durfte. Sie brachte Reds Sache wahrscheinlich genauso viel Hingabe entgegen wie sein zahmer Hausnihilist. Lucas Sicherheit war ihr wichtiger als ihre Karriere, worin auch immer die bestand. Sie wusste, dass ich nach ihm suchte, und wollte, dass ich ihr half – obwohl sie es natürlich andersrum abbildete.

Ich rauchte die Zigarette auf, bevor ich mein neues Automobil vollends dem Schnee zum Begraben überließ. Rousseau sollte mich von ihrer Firmenkutsche aus sehen können, also stellte ich mich draußen auf, geschützt von der Eingangsnische eines Ladens. In der Nähe fiel eine fahle Lichtpfütze aufs Pflaster. Fünf Minuten oder länger behielt ich den Norden im Blick. Als ein Scheinwerferpaar an der Kreuzung langsamer wurde, statt hinüberzubrausen, trat ich ins Licht. Der Wagen kam näher, dann schliddernd zum Stehen, mehr oder weniger neben mir. Durch die beschlagene Scheibe konnte ich Stella Rousseau erkennen. Die Beifahrertür schwang auf. Ich stieg ein.

»Danke fürs Kommen«, sagte sie, und der Wagen – ein weißes Coupé – hechtete vorwärts. Offenbar kannte Rousseau mein Ziel, denn sie fuhr genau die Route, die ich von dort auch genommen hätte.

»Jago hat mir die Leiche gezeigt«, sagte ich.

»Ja. Ich nehme an, das macht alles für Sie noch verzwickter.«

»Red ist der Entführer.«

»Nein. Aber er weiß, wer es ist.«

»Sie auch?«

»Nein. Haben Sie den Spruch über Jagos Vater gesagt?«

»Das habe ich, und es hat gewirkt.«

»Gut. Obwohl es irgendwie auch traurig ist.«

»Warum?«

»Warum? So viele Männer machen sich zu Vaterfiguren, um uns zu lenken. Zu beherrschen. Red ist da nicht anders. Vielleicht sogar schlimmer als die meisten. Er verhätschelt uns, als wären wir wirklich seine Kinder, zugleich hält er uns auf Abstand. Man erwischt sich dabei, dass man bei allem, was man tut, sein Lob sucht, seine Anerkennung. Und dabei geht es nicht nur um Zuneigung … es liegt auch daran, dass wir ihn fürchten. Gelegentlich sollte man diese Illusionen zum Platzen bringen, finde ich. Wir müssen uns in Erinnerung rufen, dass andere Menschen vielleicht Macht über uns haben, aber nichts daran ist unabänderlich. Oder gar zwingend. Wissen Sie, Red war ein Freund meines Vaters, bevor er starb, und gab sein Wort, mir an seiner Statt Vater zu sein. Jago erinnert mich daran, dass ich nicht unbedingt die pflichtbewusste Tochter sein muss. Manchmal muss ich Jago daran erinnern, dass auch er diesem herrischen Mann nicht untertan ist.«

Sie hatte Recht mit allem, was sie da sagte. So hatte ich bisher nie darüber nachgedacht. Über meinen Vater schon, klar, aber nicht so, im größeren Zusammenhang. Das war ein ungewöhnlicher Denkansatz. Er bereitete mir Unbehagen. Unwillkürlich fragte ich mich, was es mit Stella eigentlich auf sich hatte – warum sie hier war, warum sie für Red arbeitete. Ich sah sie an und fragte mich nach ihrem Leben. Auch das war ungewöhnlich.

Die Fahrt zum *Huntsman* hatte was von einem masochistischen Unterfangen. Ich konnte die Stimme nicht vergessen, die mich durchs Telefon angefallen hatte, in meiner Wohnung nach Beppes Tod. Dieses Versprechen von Vergeltung folgte mir überall hin.

Der Wagen brauste dahin. Ich merkte, dass ich meine Knie umklammerte wie eine Großmama auf dem Weg ins Krankenhaus. Im *Huntsman* musste ich mit Feindseligkeiten rechnen, zumal wenn ich den Laden beäugte wie ein schlafloser Bulle. Der Trick war, nicht aufzufallen. Und mit Stella an meiner Seite war ich alles andere als unscheinbar. Es fing schon damit an, dass ihr Wagen sich allenfalls in der Arktis seiner Umgebung anpassen würde. Dann war da noch ihre politische Ausrichtung. Wie mochten hartgesottene Faschisten auf die Gegenwart einer Trotzkistin reagieren? Immerhin war sie bei Wayright souverän aufgetreten. Unter Umständen lavierte sie mit beiden Seiten herum. Sollte mir recht sein. Vielleicht erwies sie sich als nützlich.

Ich würde es schon schaffen … solange die Leute, die ich suchte, mich nicht zuerst fanden.

»Mein Chef hatte ein langes Gespräch mit Ihnen«, durchbrach sie meine Grübelspirale.

»So was scheint er ja zu genießen.«

»Eigentlich nicht. Von den meisten Amerikanern, mit denen er redet, ist er immer wieder enttäuscht.«

»Das ist nett.«

»Fühlen Sie sich geschmeichelt oder war das sarkastisch?«

»Ich bin nie sarkastisch.«

»Wie haben Sie es dann gemeint?«

»Die Zuschreibung. Sie haben mich gerade als ›Amerikaner‹ bezeichnet … das war nett von Ihnen, auf ’ne Art.«

»Inwiefern?«

»Ich werde nicht oft so genannt.«

»Aber Sie sind doch Amerikaner, oder? Auch wenn Sie im Ausland geboren sind.«

»Natürlich.«

»Warum sind Sie Amerikaner?«, fragte sie.

»Ist das ein Vorstellungsgespräch?«

»Ach, hören Sie auf. Ich weiß mehr über Sie, als Ihnen lieb ist.«

»Dafür hat wohl Luca gesorgt, schätze ich.«

Nach einer Weile sagte sie: »Sie sind es, über den ich reden will.«

»Ich plaudere nicht über mich. Auch nicht über andere.«

»Warum nicht?«

»Weil es mir vollständig an Neugier für das Privatleben anderer mangelt.« Angesichts meiner vorangegangenen Grübelei fühlte sich meine Standardantwort seltsam unaufrichtig an.

»Und was ist mit Ihrem eigenen Leben?«

»Das geht nur mich etwas an.«

»Dann reden Sie wohl nicht gerade viel.«

»Im Vergleich eher nicht.«

»Ich habe keine solchen Vorbehalte. Ich erzähle Ihnen jetzt brühwarm, dass ich ursprünglich aus Schweden komme.«

»Das hab ich am Akzent gehört.«

»Wirklich?«

»Es ist nur ein Hauch. Die meisten Männer dürften allerdings kaum auf Ihren Akzent achten, wenn Sie sprechen.«

»Ein verschleiertes Kompliment. Sie beginnen sich untreu zu werden, Mr. Fontana. Kommen wir auf meine Frage zurück. Sagen Sie mir, warum Sie – nein, wir – Amerikaner sind.«

Ich seufzte. »Weil wir hier leben, seit wir Kinder waren. Wir haben die Luft dieses Landes geatmet, seinen Dunst und seinen Qualm. Wir haben seine Präsidenten gewählt. Wir haben hier einiges errungen und auch eingebüßt. Wir sind hier krank geworden. Und wieder gesund, wenn wir Glück hatten. Wir haben uns selbst hier verloren. Ich finde, das alles qualifiziert uns, ›Amerikaner‹ zu sein.«

Rousseau bugsierte den schlanken Schneeball in eine Parklücke und stellte den Motor ab. »Das war schön gesagt.«

Sie stieg aus, und ich tat es ihr nach.

»Irgendwo da drin steckt eine Seele, Fontana.« Sie hakte ihren Arm in meinen, und wir spazierten zum *Huntsman.*

Der Straßeneingang war eine schäbige Treppe zwischen zwei Läden. Ich gewährte ihr den Vortritt. Ein Kavaliersreflex, und gegen den Anblick hatte ich auch nichts.

Das *Huntsman* war kein abschreckendes Lokal, nur verdammt seltsam. Mir kam ein Krematorium in den Sinn, in dem ich mal gewesen war, nichts als Marmor und seidene Vorhänge. Ich hatte das Dekor bewundert, kam aber nicht umhin, mich deplatziert zu fühlen an einem Ort, der durch das Verbrennen von Leichen florierte. Das *Huntsman* fühlte sich vergleichbar an. Es gab einen dicken weinroten Teppich, der die Schuhe massierte, einen mit samtenen Tauen abgegrenzten Bereich für Spieltische, und wo immer poliertes Messing glänzen konnte, tat es das. Wenn man allerdings wusste, was für Leute den Laden betrieben und welche Fanatiker die Stammkundschaft stellten, dann war das *Huntsman* auch bloß ein nobles Krematorium.

Als wir eintraten, saßen noch immer ein paar Gäste in Grüppchen um die Tische und an der Bar. Die meisten wirkten eher studentisch. Dazwischen einige sich lichtende Haaransätze. Ich versuchte mir ihre Vorgeschichten auszumalen – was hatte sie zum Faschismus gebracht, oder zum Nationalsozialismus oder wozu auch immer, und warum wollten sie um vier Uhr morgens darin schmoren?

Niemand wirkte unmittelbar bedrohlich. Wir würden sehen. Um meine Nervosität zu überspielen, steckte ich mir eine an, während Stella den Laden inspizierte. Wir wählten einen Tisch an der Wand.

»Sehr intim«, sagte Stella.

»Ihr Traum ist wahr geworden.«

»Wissen Sie, warum ich hier bin?«

»Ja.«

»Warum denn?« Sie wirkte amüsiert.

»Sie wollen, dass Luca gefunden wird«, sagte ich.

»Das stimmt. Aber es gibt noch einen Grund.«

»Und zwar?«

»Oh, ich lasse Sie mal eine Weile grübeln.«

Ich winkte dem Kellner. Er hatte ein glänzendes Gesicht, das auf seine Nasenspitze zulief.

»Bourbon«, sagte ich zu ihm. »Pur.« Ich machte eine fragende Geste zu Stella.

»Ich möchte einen Gin Tonic.«

»Gewiss.«

Als er weg war, fragte ich: »Kann ich Sie Stella nennen, oder sind Sie eine Nachnamenkandidatin? Ich bin mir da nicht schlüssig.«

»Nennen Sie mich Stella.«

»Ein schöner Name.«

»Danke. Sie hingegen sind eindeutig ein Nachnamenkandidat.«

»Ich schätze ja.«

»Woran liegt das?«

»Vielleicht kommen Sie eines Tages dahinter.«

»Das hoffe ich.« Sie ließ das sacken. »Luca ist nicht hier. Das ist Ihnen bestimmt klar. Ich bin mit einem der Barkeeper befreundet – wenn er auftaucht, bitte ich ihn zu uns, und Sie können nach Luca fragen.«

»Grandiose Idee. Sie haben nichts gegen Aufmerksamkeit, was?«

»Machen Sie sich keine Sorgen, wir werden nicht auffallen.«

Ich lächelte leicht.

»Worüber grinsen Sie jetzt?«, fragte sie.

»Ich schmunzele bloß.«

»Das tun Sie nicht allzu oft.«

»Nein.«

»Und warum nicht?«

»Weil Leute wie Sie mir ständig Fragen stellen.«

»Ha-ha-ha.« Sie kippte bei jeder Silbe den Kopf von Seite zu Seite. »Sie müssen aufhören, sich so geheimnisvoll zu geben. Das wird allmählich unbefriedigend.«

»Nicht endlos zu reden macht einen noch nicht geheimnisvoll.«

»Doch, wenn man der richtige Typ dafür ist.«

»Und ich erscheine Ihnen richtig?«

»Ja. Es interessiert mich nach wie vor, was Sie zum Lächeln gebracht hat.«

»Eine Freundin von mir trank ausschließlich Gin Tonic«, sagte ich. »Von allem anderen schlief sie unweigerlich ein.«

»Whisky macht mich auch schläfrig. Er schmeckt mir zu nussig, zu überkandidelt.«

»Davon kriegen Sie ja genug bei der Arbeit.«

Sie lächelte, und unsere Drinks kamen.

Genau wie sie zuvor fragte ich: »Worüber grinsen Sie jetzt?«

»Sie sind ein Spinner.« Sie machte die Augen schmal. Dann nippte sie. Ich sah zu, wie ihr Mienenspiel von einem Ausdruck zum nächsten floss. Als sie wieder zur Bar blickte, leuchteten ihre Augen auf. »Da ist er ja.«

An einer Tür hinter der Bar tauchte der haarigste Mann auf, den ich je gesehen hatte. Ein wuchernder Urwald hatte sich seines Kopfes bemächtigt. Er sah aus wie das berüchtigte Gezücht der Blue Ridge Mountains, ein wandernder wilder Waldschrat. Bärte waren ja durchaus verbreitet, doch die schiere Länge seiner Haarpracht war unfassbar. Ich ging davon aus, dass er sich im Näherkommen als Riese entpuppen würde, doch er war von durchschnittlicher Größe. Unwillkürlich fragte ich mich, wie er unter seinem Bart aussah.

Er setzte sich neben Stella, die ihn herzlich begrüßte und kurz mit ihm plauderte, bevor sie uns einander vorstellte. Der Name des Mannes war Greg. Das fand ich enttäuschend.

»Mr. Fontana möchte dir ein paar Fragen stellen. Ich hoffe, du hast nichts dagegen.«

»Ist gut.« Seine Stimme war ein Steinschlag. Ich sah Felsbrocken in eine Schlucht donnern. Warum arbeitete er bloß in einem faschistischen Speakeasy?

»Wir suchen nach meinem Geschäftspartner«, sagte ich. »Luca Saverino.«

»Ich kenn den Mann«, sagte Greg. »Er ist hier vor etwa sechs Stunden durchgekommen. In mehrköpfiger Begleitung. Die sahen nicht freundlich aus.«

»Wer waren die?«

»Ich weiß es nicht. Juan meint, sie wären von der anderen Seite der Stadt.«

Wenn Juan da recht hatte, konnte eine rivalisierende Familie im Spiel sein. Es konnte was Großes sein.

»Saverino war übel zugerichtet«, sagte er. »Sie hatten ihm einen Hut verpasst, um sein Gesicht zu verdecken. Hätten mich fast getäuscht, aber ich hab ihn doch erkannt. Sie haben nicht mit ihm geredet, aber es hielt immer einer durch die Tasche eine Kanone auf ihn gerichtet. Wir haben keine Fragen gestellt, außer nach ihrer Bestellung.«

»Haben Sie irgendwas vom Gespräch aufgeschnappt?«

»Nein. Das war 'n Haufen Geheimniskrämer. Extrem schweigsam. Zwei von ihnen sind mit dem Geschäftsführer rauf und kamen nach einer Viertelstunde wieder runter. Ich weiß nicht, was sie oben gemacht haben. Ihr Aufenthalt muss ja irgendwie ein Pflichtbesuch gewesen sein, wenn man bedenkt, dass sie einen Gefangenen mitschleppten.«

»Ich frage mich, warum sie ihn mit reingebracht haben. Sie hätten ihn doch mit Bewachung im Wagen lassen können.«

»Tja, wer weiß. Sie waren zu fünft, mit Saverino. Ein Wagen voll. Sie sind alle reingekommen. Haben jeder ein oder zwei Drinks genommen. Deshalb haben sie ihn wahrscheinlich mitgebracht: Sie wollten alle gleichzeitig ihre Langeweile ertränken.«

Herr im Himmel. Schon wieder so eine verflucht blöde Redewendung. Ich rieb mir die Stirn. Dachte an den Traum und das Blut, das meine Haut besudelt hatte. Dachte an sie … auch sie war ertrunken. Vor Jahren.

Nein, dachte ich. Ich muss damit klarkommen.

Ich schüttelte mir eine Zigarette in die Hand. »Sonst noch was?«, fragte ich.

»Die Truppe blieb eine halbe Stunde. Als sie gingen, hab ich jemanden hinter ihnen hergeschickt.«

Stellas Augen wurden größer. »Hat er sich schon gemeldet?«

»Fünf Mal. Sie bleiben immer nur eine Stunde an einem Ort, dann ziehen sie weiter. Der Kerl, der sie beschattet, heißt Smokey Pete. Er ruft mich jedes Mal an, wenn sie irgendwo einlaufen und länger als zehn Minuten dableiben.«

Eine clevere Nummer. Falls Leute diese Nomaden suchten und Hinweise auf ihren Verbleib bekamen, war die Fährte binnen einer Stunde wieder kalt.

»Wo sind sie jetzt?«, fragte ich.

»Zuletzt hat er sich vor einer ganzen Weile gemeldet, als sie von einem Wohnblock am westlichen Stadtrand aufbrachen. Seitdem hat er nicht mehr angerufen. Ich weiß also nicht, wo sie jetzt sind.«

»Meinen Sie, man hat ihn erwischt? Es muss schwierig sein, eine Beschattung so lange durchzuziehen.«

»Das wäre möglich. Oder aber sie haben die Stadt verlassen.«

»Nein, sie fahren im Kreis durch die Gegend, weil sie sich nicht sicher fühlen, aber sie können nicht aus der Stadt raus. Wahrscheinlicher ist, dass Ihr Mann einfach kein Telefon zu fassen bekommt.«

»Das hoffe ich«, sagte Greg. »Jedenfalls soll er durchläuten, wann immer sie irgendwo Halt machen. Wenn Sie Luca finden wollen, müssen Sie auf den Anruf warten.«

»Der vielleicht nicht kommt.«

»Es ist das einzige, was wir tun können«, sagte Stella.

»Sieht so aus.«

»Sie können sich oben ein Weilchen hinlegen, wenn Sie möchten«, sagte Greg. »Ich wecke Sie, wenn er anruft.«

»Danke, nein. Ihr Laden gefällt mir – besonders diese kleinen roten Fahnen überall, wirklich nett –, aber schlafen würde ich hier nicht.«

»Ich schätze, das ist verständlich. Wo soll ich Sie anrufen?«

»Bei mir«, sagte Stella. »Du hast die Nummer, Gregory.«

»Hab ich.« Er richtete seinen Blick auf mich. Ich hätte schwören können, dass unter all dem Gestrüpp ein Lächeln lauerte. Mittlerweile hatten wir ausgetrunken, und Greg sagte, er müsse wieder an die Arbeit. Ich wollte weg, bevor irgendwelche trunkenen Jünger auf die Idee kamen, uns Fragen zu stellen. Gegenüber Wayright und Red war ich diplomatisch aufgetreten, aber jetzt war ich müde. Viel zu viele Menschen verschanzten sich in ihrem Glauben, ihren festgefahrenen Vorstellungen von Tatsachen und Wahrheiten und falsch und richtig. Ich war zwar daran gewöhnt, mehr oder weniger, aber das machte mich nicht immun.

Stella bestand darauf, dass wir auf dem Weg nach draußen unsere Gläser an der Bar abstellten. Sie hatte anscheinend länger keinen Alkohol getrunken und klammerte sich eifriger an meinen Arm als zuvor. Ich sagte ihr, ich würde fahren.

Diesmal ging ich auf der Treppe voran, falls sie in einem Anfall von Ungeschick ins Stolpern kam und etwas brauchte, worauf sie fallen konnte. Als wir auf der Straße waren, erinnerte mich der Fußweg zum Wagen daran, wie Louise an mir gehangen hatte. Sie konnte Stella nicht das Wasser reichen. Selbst nach einem guten Schluck über den Durst blieb diese Frau unnahbar. Jemanden wie sie hatte ich lange nicht mehr getroffen. Stella hatte keine Scheu, in Frage zu stellen, was Leute von ihr hielten – oder von Frauen schlechthin, wie es aussah. Sie passte perfekt in unsere Gesellschaft, zugleich war sie unkonventionell. Zwischen diesen beiden Polen die Balance zu halten war eine Kunst, in der sich nicht viele versuchten. Sie brachte es zuwege. Sie war anders. Vielleicht besser. Oder einfach stark. Vermutlich stärker als ich.

»Es ist kalt hier«, sagte sie, als wir im Wagen saßen, und kuschelte sich an mich. Sie legte eine Hand auf mein Knie und lehnte ihren hübschen Kopf an meine Schulter. Ihr Haar roch nach Erdbeeren oder Blaubeeren oder sonst welchen verdammten Beeren – ich wusste es nicht.

Nach einem nebelhaften Weilchen stellte ich fest, dass ich gerade die Treppe zu ihrem Apartment hochstieg. Als wir ihre Tür erreichten, sagte ich: »Ich weiß, Sie sind so nüchtern wie eine Nonne.«

»Sehr geistreich.«

Sie führte mich hinein. Das Licht ging an. Es war ein modernes Apartment, besänftigt durch blanke Oberflächen und weiche Linien.

»Der Stil gefällt mir«, bemerkte ich.

»Dem Ihren ähnlich, hab ich gehört.«

»Luca findet es lächerlich.«

»Und wie.« Sie hielt inne. »Möchten Sie einen Drink?«

»Gern. Es könnte eine Weile dauern.«

»Bis was geschieht?«

»Der Anruf kommt.«

»Ach.« Sie lächelte und schenkte uns zwei Gläser irgendwas ein. »Noch mal zu Luca«, sagte sie. »Er und ich waren Freunde, und dann waren wir etwas mehr als das, aber nur ein sehr kleines Etwas, und nicht besonders lange. Wir haben nie viel füreinander empfunden. Ich will ihm helfen. Das wissen Sie. Aber Sie sollen nicht glauben, das rühre von einer Art Romanze her.«

»Sieht er das genauso?«

»Absolut.«

»Gut.«

Sie stellte ihr Glas ab.

»Manchmal hasse ich Alkohol«, sagte sie. »Ich fühle mich so … taub davon.« Sie öffnete eine Tür. »Bitte, kommen Sie doch in mein Büro.«

Ein interessantes Büro. In der Mitte stand ein Doppelbett, das Kopfbrett an der Wand, mit Blick auf eine üppige Glasfront und offene Jalousien. Das urbane Panorama spendete Licht zur Genüge. Keine Glühbirnen blendeten. Ich nahm meinen Drink mit ans Fenster. Sie kam und stellte sich neben mich. Ich sagte nicht »schönes Zimmer« oder »schöner Blick«. Die meisten Momente, die man mit Menschen verbringt, erfordern gar keine Worte.

Sie schob ihre Finger in meine, und wir schauten auf die Stadt. Ihre Haut war weich und ihre Hand war warm. Ich drehte mich um, legte meine Hand an ihren Hals. Presste meinen Mund auf ihren. Sie öffnete die Lippen. Ich presste heftiger. Ließ mein Glas auf der Fensterbank. Wir küssten uns mit wachsendem Eifer. Der Druck, den wir aufbauten, schob uns zum Bett. Blindlings zogen wir uns aus, entblößten einander Stück für Stück.

Sie war schön. Unbeschreiblich schön. So schön, dass es den Schmerz in meinem Kopf dämpfte, die Verwirrung in meinem Geist. Wir nahmen uns Zeit, einander zu genießen. Es fühlte sich an, als sei ich schon ungeheuer lange bei ihr, teilte die innigsten Gefühle, diese Vereinigung zweier Leiber. Ich war nicht sicher, wie viel sie von sich preisgeben würde. Sie kam dorthin – an den Punkt des schweren Atmens, der geröteten Haut, des absoluten Nichtdenkens. Hitze strömte in Wellen unter unserer Haut dahin. Ihre Kühle war verschwunden. Ich sah sie ohne Maske. Für einen Augenblick lebte ich dort.

Anschließend lagen wir Seite an Seite, die Finger eng ineinander verschlungen. Wir keuchten die Zimmerdecke an. Ihr Körper hatte sich noch nicht beruhigt. Die Welt war nicht länger kalt.

Es verging eine lange Zeit, ehe sie sprach. »Das war es, was ich wollte, als ich dir begegnet bin.«

»War es das?«

»Eigentlich nicht. Ich wollte bloß Sex.«

»Und was war das?«

Sie drückte meine Hand, wartete, sagte dann: »Du hattest mal jemanden.«

Wir betraten verbotenes Terrain.

»Ist länger her«, sagte ich.

»Wie hieß sie?«

»Das weißt du nicht?«

»Dein dummer Freund hat sie niemals erwähnt. Ich stelle mir vor, sie ist eine Göttin mit rabenschwarzem Haar und einem Namen wie Anastasia.«

Bei dem Adjektiv wäre ich beinahe zusammengezuckt. Ich drehte mich zu ihr. Sie tat es mir nach, sodass wir uns ansahen. Sie zog sich die Haare aus dem Gesicht.

»Ich spreche nie darüber«, sagte ich.

»Sei nicht verstimmt. Ich gestehe offen, dass ich mehr über dich wissen will. Ich bemäntele das nicht. Ich will wissen, wer du bist.«

»Die Vergangenheit sagt nicht, wer ich bin.«

»Du bist ein Dichter, weißt du das? Ein faszinierender Mann. Immerzu lockst du Menschen an« – sie rückte näher an mich heran, ihre weiße Haut schmiegte sich an meine – »während du sie gleichzeitig auf Abstand hältst.«

Ich grunzte. »Sehr geistreich.«

»Mmm.« Schon küssten wir uns wieder. Ich hatte den Anruf vollständig ausgeblendet und Luca und den Trotzkisten auch. Hier war der einzige Ort, der meine Gedanken beschäftigte, und sie der einzige Mensch.

Es dauerte eine Weile, ehe uns die Uhrzeit wieder bewusst wurde. Wir begannen uns in den Schlaf zu reden.

»Wie ist sie so?«

»Stark«, sagte ich. »Sehr eigensinnig.«

»Wie ein Maultier?«

»Genau.«

»Ist sie hübsch?«

»Mmm.«

»Ist sie so schön, wie ich sie mir vorstelle?

»Ja, bis auf die Haarfarbe.«

»Wie ist die?«

»Dunkelrot.«

»Hmm.« Nach einer Pause: »Ist sie wie ich?«

»In gewisser Weise schon.«

»Magst du mich deswegen?«

»Ich mag dich also, ja?«

»Ja. Keine Sorge, es beruht auf Gegenseitigkeit.«

»Na, so ein Glück.«

»Magst du mich, weil ich deiner alten Flamme ähnele?«

»Nein. Ihr habt ein paar ähnliche Qualitäten, und ich mag dich wegen deiner Besonderheit. Nicht wegen der Ähnlichkeit.«

»Wegen meiner Qualitäten.«

»So ist es.«

»Aha.«

»Ich spreche nie darüber.«

»Bitte doch, nur dies eine Mal. Wie unterscheide ich mich von ihr?«

»Du stellst genauso viele Fragen, das ist mal sicher. Aber du siehst ganz anders aus. Und sie ist eher in sich gekehrt. Sie ist Engländerin, aber mit amerikanischem Akzent. Ihr trinkt beide das gleiche, aber sie nimmt immer eine Scheibe Zitrone oder etwas in der Art. Wir haben nie in einem Lokal etwas getrunken, das nicht mit Zitrusfrüchten bestückt war. Mit einer Ausnahme.«

»Ich mag sie. Was war die Ausnahme?«

»Das *Marseilles*, bevor es bedeutend wurde.«

»War das ihr Lieblingslokal?«

»Nein, aber ein Freund von ihr spielte dort Schlagzeug.«

»Wer denn?«

»Ein Litauer namens Jelleyman. Erstaunlicher Musiker.«

»Er spielte nur Schlagzeug?«

»Nur? Perkussion ist das wichtigste. Du hast noch nie so ein Schlagzeug erlebt. Alles andere spielt er sowieso.«

»Aber er tritt hauptsächlich als Schlagzeuger auf?«

»Ja.«

»Warum?«

»Weil er der beste ist.«

»Hmm. Tiefrote Locken … das ist schön.«

»Ja, sie hatte schönes Haar«, sagte ich.

»Hat, meinst du wohl.«

»¿Qué?«

Sie lachte sehr leise, nur durch die Nase. »Bist du ein Spanier?«

»¿Qué?«

Sie lachte etwas mehr. »Du bist ein Spinner.«

Wir wurden still. Sie zog mir sacht ihre Fingernägel durchs Haar.

»Was war der seltsamste Ort, an dem du je eingeschlafen bist?«, fragte sie.

»Schwer zu sagen … einmal auf einem Treppenabsatz. Im Toten Meer. Auf einem Klavier.«

Sie kicherte wieder. »Ich hab hier ein Klavier. Spielst du?«

»Früher mal.«

»Genug, um mit deinem Instrument zu schlafen.«

»Ja. Es ist wie mit einer Frau einzuschlafen, nur nicht so weich.«

Das gefiel ihr. Bald endeten Bewegungen und Gespräch. Ich hörte nur noch das Geräusch von Stellas Atmen an meiner Seite.

Als ich erwachte, war die Nacht so dunkel wie der Blick eines Toten. Ich konnte kaum geschlafen haben. Stella lag noch zusammengerollt da. Ich stieg aus dem Bett und ging ans Fenster. Ich setzte einen Finger aufs Glas und nahm ihn wieder weg. Die Beschlagenheit schmolz.

Um die Zeit zu erfahren, hätte ich nur einen Blick auf den Nachtischwecker werfen müssen, doch ich wollte es gar nicht wissen. Die Welt kümmerte mich nicht. Abgesehen von Stella interessierte mich nur die weite Ferne. Ich war nicht der Typ, der sich leicht in etwas hineinsteigerte – schon gar nicht bei Frauen –, aber ich wusste, wenn ich für eine Weile hier weg wollte, wieder nach Übersee, dann mochte ich in ihr durchaus eine Gefährtin finden. Wir passten zusammen. Sie dachte anders als die meisten Leute. Vielleicht war es ja an der Zeit, das emotionale Exil gegen ein physisches einzutauschen.

Trockenheit verzehrte meinen Mund. Ich ging zur Schlafzimmertür, leicht belustigt von der Vorstellung, mich auf die Suche nach Stellas Küche zu machen. Der Türknauf saß fest. Ich rüttelte daran, aber er rührte sich nicht. Verschlossen.

»Moment mal«, sagte ich – doch ich hörte mich nicht sprechen. Ich ging zurück ans Fenster. Der Ausblick war trübe. Ich erinnerte mich, dass die Scheibe vorhin sauber gewesen war.

»Nicht schon wieder«, sagte ich. »Himmel, nicht schon wieder.«

Stellas Straße verschob sich, als wäre sie unter Wasser, überflutet. Alles verschwamm in wirbelnden Sepiatönen. Ich berührte das Glas noch einmal. Als ich diesmal den Finger zurückzog, erschien ein Sprung. Er huschte über das Fenster, teilte sich in weitere Sprünge. Ein Netz bildete sich. Es gab kein Muster darin, keine Ordnung; es war eine Entartung der Materie. Ich stand auf der linken Seite vor dem breiten Fenster und sah zu, wie es sich selbst zerstörte. Langsam fing das Zimmer an zu beben. Durch die haarfeinen Risse begann Wasser zu lecken. Ich versuchte auf Abstand zu gehen, doch ich konnte nicht. Ich brüllte, damit Stella aufwachte. Doch ich konnte meine Worte nicht hören, und sie auch nicht. Kleine Stückchen Glas schleuderten ins Zimmer.

Bald, und ich sah es kommen, hielt das Glas den Kräften nicht mehr stand, die dagegen drückten. Das Fenster brach wie ein Damm. Ockergelbe Flut ergoss sich in Stellas Schlafzimmer. Hob sie aus dem Bett und warf sie herum, bis sie schließlich erwachte. Ich nahm an, sie würde paralysiert sein wie ich. Ich lag falsch. War froh darüber. Das Wasser stieg, um unseren kleinen Schrein zu verschlingen, und Stella schwamm auf das leere Fenster zu. Auf dem Weg packte sie mein Handgelenk. Ich rührte mich nicht von der Stelle. Da lag Schmerz in ihrem Blick. Sie verstand nicht, dass ich mich nicht bewegen konnte. Sie schwamm zum Fenster hinaus, ihr Haar strich an meinem Gesicht vorbei.

Als ich meine Kiefer auseinanderbekam, war sie längst vorbei, zehn Meter entfernt oder noch mehr, und die Luft wurde ihr knapp. Ich rief hinter ihr her und bewirkte nichts.

Jetzt schmeckte ich die Flüssigkeit. Ich schmeckte das Nussige, das Stella überkandidelt genannt hatte. Wickersham Single Malt, gut gereift …

Sie war fast hinüber. Die ertrinkende Stadt verschlang sie. Würgte die letzten paar Atemzüge aus ihr heraus. Ich sollte doch weinen. Vielleicht weinte ich. Die Absurdität machte es nur noch schlimmer. Zwecklos, überhaupt Tränen zu vergießen – und erst recht in einem riesigen gottverdammten Ozean.

»Alle sind tot«, sagte ich. »Nicht auch noch du.«

Eine Perlenschnur aus Bläschen entwich ihrem Mund. Die Silhouette ihres Körpers verkrampfte sich für einen Augenblick, und sie war tot.

Als mein Verstand mich in die erwachende Welt zurückzerrte, starrte Stella mich tief besorgt an. Ich mochte im Schlaf gesprochen haben. Wie es aussah, musste ich etwas Besorgniserregendes gesagt haben.

Um uns war es noch finster. Also derselbe Tag. Dieselbe Nacht. Aber doch nicht ganz.

»Was ist los?« Sie legte eine Hand auf die zerwühlte Decke.

»Bloß ein Traum«, sagte ich. »Ein Traum.«

Das Bett war feucht von meinem Schweiß. Ich setzte mich auf, stellte die Füße auf den Boden. Das war fies gewesen. Auch als die Einzelheiten mir nach und nach entglitten, hielten sich noch die Gefühle. Kurzfristig hatte ich die Empfindung, den Begriff ›geisteskrank‹ erst wirklich zu verstehen. Etwas ganz tief im Kern, etwas Grundlegendes fühlte sich an, als stürbe es. Das Gleichgewicht war zerstört. Der Geist war krank.

Bloß ein Traum.

»Willst du drüber reden?«, fragte sie.

»Nein.«

»In Ordnung.«

»Ich könnte schwören, mein Hirn im Schlaf ist aktiver, als wenn ich wach bin.«

»Du hattest erst zwanzig Minuten geschlafen«, sagte sie.

»Und du?«

»Ich kann nicht schlafen.«

»Warum das?«

»Viele Dinge. Ich – das willst du gar nicht hören.«

»Wenn du reden willst«, sagte ich, »nur zu.«

»Ich war nicht ganz ehrlich mit dir.«

»In Bezug auf Luca?«

»Nein. Das war die Wahrheit. Das Problem ist, was ich dir nicht erzählt habe. Über den Russen. Er ist tiefer verstrickt, als du denkst.«

»In was?«

»Alles.«

Ich wartete.

»Die Abrechnungsmasche«, sagte sie. »Red hat das angekurbelt. Es ist eins der Mittel, wie wir Geld verdienen.«

»Als Schmarotzer.«

»Ja.«

»Wusstest du davon?«

»Ich habe ihm geholfen.«

»Wie?«

»Ich kannte Luca. Durch ihn erfuhr ich von eurer Vorgehensweise.«

»Das ist ekelhaft.«

»Es war meine Aufgabe.«

»Dich in unser Geschäft zu huren?«

»Nein«, sagte sie. Ihre Augen drängten auf Verständnis. »Da hatten wir noch lange nichts miteinander.«

»Herrje, ich will mir das gar nicht vorstellen.«

»Lass mich sprechen. Dieser Fahrer bei euch, Yale – er hielt es mit drei Seiten, arbeitete für euch, für uns und für die Männer, die hinter Fakenham steckten. Die Organisation des Straßenraubs lief über ihn. Er nannte ihnen den Zeitpunkt für den Hinterhalt. Nach diesem Tag wurde es ihm zu viel. Eine Woche später erzählte er unserem Fälscher, dass die Sache auffliegen würde. Sie sind beide geflohen.«

Ihr Fälscher. Miller hatte für Red gearbeitet.

»Warum sagst du mir das alles?«

»Ich bin dahintergekommen, dass Red deine Belegschaft zur Strecke bringt. Du hast ja die Leiche gesehen. Ich bleibe nur noch da, um aufzuklären, wer Yales anderer Auftraggeber war und was Red jetzt vorhat, wo der Abrechnungsbetrug aufgeflogen ist. Luca hat auf meinen Bericht gewartet. Ich habe nicht mehr herausgefunden, als ich dir gerade erzählt habe.«

Vielleicht war das der Grund, warum Luca dem Franzosen drei Wochen die Antwort schuldig geblieben war.

»Woher könnte Red wissen, wer Yales anderer Auftraggeber ist, der Bandit?«

»Wahrscheinlich weiß er es nicht«, sagte Stella, »aber die Fahrer vielleicht, falls Yale ihnen von dem Betrug erzählt hat, wie Red befürchtet. Womöglich ist die Identität des Banditen Teil der Informationen, die Red ihnen zu … zu entlocken versucht.«

»Unwahrscheinlich.«

»Mag sein. Allerdings weiß ich, dass Reds Hauptanliegen ist, die Abrechnungen zu finden. Er will alle Spuren dieser Aktivität vernichten. Ob er denkt, er könnte euch weiterhin bestehlen, da bin ich mir nicht so sicher. Er hat seinen Fälscher eingebüßt und seinen wichtigsten Insider. Und vielleicht weiß er, dass du über den Betrug Bescheid weißt. Hast du mit ihm darüber gesprochen?«

»Nein.«

»Dann stellt Red sich möglicherweise vor, dass seine Geldabschöpfungsmanöver weiterlaufen. Für einen Revolutionär liegt ihm wirklich viel am Erhalt seines Status quo.«

Ich dachte über ein anderes Rätsel nach, das mich in jener Nacht heimgesucht hatte.

»Hat Red jemanden beauftragt, mich in meiner Wohnung anzurufen? Mir mit Mord zu drohen?«

»Ja. Er ließ dich auch beschatten.«

»Ich nehme an, das sollte mich wohl zur Kooperation motivieren … Er wollte mir Paranoia einjagen, mich zermürben, damit sein Hilfsangebot am Ende umso willkommener wäre. Ich sollte ihm förmlich in die Arme laufen. Das ist ganz schön verquer. Warum erzählst du mir das alles?«

»Weil du es wissen musst. Denn ich will, dass er in Sicherheit ist, und ich will dich. Ich verheimliche dir nichts. Anfangs habe ich das, weil ich dich erst kennenlernen wollte. Die Wahrheit ist, ich war schon fasziniert, als ich zum ersten Mal von dir hörte. Es klang, als wärst du ein Emporkömmling, ein echter Unruhestifter, der alles durcheinanderbringt.« Sie legte ihre Hände auf meine Schultern. »Dann warst du Geschäftsmann.« Sie schlang die Arme um meinen Hals. »Dann warst du eine Respektsperson.« Sie legte ihre Wange an meine. »Luca spricht ununterbrochen von dir. Du bist sein toller Freund, von allen bewundert. Jetzt weiß ich, warum man dich so sehr achtet. Du besitzt Substanz. Du hast so viel davon. Es lässt sich nicht in Worte fassen – ich weiß nicht mal, was genau es ist –, aber du hast es.«

Ich sagte nichts.

»Alles, was mit uns passiert ist, hat eine Bedeutung.«

Ich sagte nichts.

»Darum habe ich dir alles erzählt.«

Ihre Stimme klang vollkommen. Ich wollte es verstehen. Ich küsste sie.

Sie erwiderte den Kuss sofort. »Fontana, mir ist es wirklich ernst damit.«

»Yeah.«

»Ich will, dass es mit uns klappt.«

»Yeah.«

»Du auch?«

»Natürlich.«

Ich legte sie wieder hin. Sie wollte mich so sehr. Langsam öffnete ich mich. Liebkoste ihre Haut, umging die empfindlichen Stellen, bis sie es nicht mehr aushielt.

Sie fühlte sich diesmal anders an. Immer wieder keuchte sie »Ja«, stöhnte tief und stieß leise Flüche aus.

»Gott«, sagte ich. »Oh … verdammt …«

Und sie mischte ihre eigenen Kraftausdrücke in ihre schweren Atemzüge. Ich genoss es, sie fluchen zu hören. Sie schlang ihre Hand um meine und führte sie an ihren Kopf und drückte zu, und ich zog an ihren Haaren.

»Ja …«

Dies war Wahrheit. Dies war die einzige Wahrheit. Wir mochten Sachen gesagt oder nicht gesagt haben, wir mochten unaufrichtig gewesen sein, wir mochten uns geirrt haben, aber dies war richtig. Dies war keine Lüge. Dies war die einzig wahre Wahrheit.

Später lagen wir nebeneinander, erschöpft und erleichtert. Sie sagte, sie könne ihre Zehen nicht spüren.

»Lass uns weggehen«, sagte ich. »Nach Übersee. Nicht für immer. Nur für eine Weile. Wir schütteln diese Stadt ab.«

»Okay.«

»Yeah?«

»Yeah.« Aus ihrem Munde klang das Wort seltsam unangebracht. Sie sagte es mit der Förmlichkeit der sprachgewandten Ausländerin.

»Irgendwohin, wo im November kein Schnee liegt«, sagte ich. »Wo es keine Schlangen vor der Armenküche gibt.«

»Südfrankreich – ich kann die Sprache. Meine Familie kam ursprünglich von dort, bevor sie nach Schweden zogen. Ich habe Verwandte in Marseilles.«

»Da verhungern immer noch Leute.«

»Wenigstens verhungern sie in der Sonne.«

Ich schmunzelte.

»Ich hoffe, das ärgert dich nicht«, sagte Stella, »aber ich wüsste gern, warum du deinen Vornamen nicht leiden magst. Ich kann dich doch nicht weiterhin Fontana nennen, oder?«

»Du kannst mich anders nennen. Liebling, mein Prinz …«

Sie lachte. »Nein, im Ernst. Warum nennst du dich nicht Max?«

»Weil er alles mögliche ist, was ich nicht mag.«

Sie wartete auf nähere Erläuterung.

»Mein Vater hieß Massimo. Er änderte das in Max, als er herkam. Wollte, dass ich als Stammhalter seine kleine Hinterlassenschaft fortführe, also bekamen wir die gleichen Namen.«

»Das hättet ihr doch sowieso. Schließlich hieß er auch Fontana.«

»Richtig. Aber er war kein guter Mann, Stella. Er war ein Säufer. Er war … ich will das nicht vertiefen. Ich kann nur die Hälfte von ihm brauchen, eine Hälfte von Max Fontana. Also halte ich mich an die zweite Hälfte.«

»Das ist sehr traurig … obwohl ich es nachvollziehen kann.«

»Ich will dich auch etwas fragen. Warum hast du es mit Red so lange ausgehalten? Und mehr noch – ihm geholfen, für ihn gearbeitet? Ich kann verstehen, dass du zuletzt nur da geblieben bist, um ihn im Auge zu behalten und Luca beizustehen, aber was ist mit davor?«

»Wie ich schon sagte, ich bin da hineingeboren. Wie ein Familienunternehmen, nehme ich an. Man hat mich zu großem Pflichtgefühl erzogen, meiner Familie gegenüber und auch anderen Menschen. Ich wuchs auf in dem Glauben, Kommunismus sei Voraussetzung, um die Welt zu verbessern. Sogar diese Abrechnungsmasche, das Stehlen von Verbrechern – nimm das nicht persönlich –, hatte noch etwas verdreht Moralisches an sich. Allerdings hatte ich schon angefangen, anders zu denken, als Red die Sache einleitete. Das passiert, wenn man erwachsen wird. Man fängt an, Dinge zu hinterfragen, die man sein Leben lang für selbstverständlich hielt.«

»Schätze, ich hab derzeit viel mit Erwachsenwerden zu tun.«

»Was meinst du? Heute Nacht?«

»Yeah.«

»Geht mir auch so.«

Wir schwiegen ein Weilchen.

»Und wann sollen wir unsere Reise antreten?«, fragte sie.

»Lass uns noch heute Vormittag aufbrechen.«

»Was?«

»Ich bringe diese Sache noch zu Ende. Dann fahren wir.«

»Warum gleich heute Vormittag? Du bist doch erst vor ein paar Tagen zurückgekommen.«

»Weil ich es will, und weil mich alles andere einfach nicht berührt.«

Sie war still.

»Vielleicht lerne ich drüben, wie es geht«, sagte ich.

»Der Russe ist ein Problem. Er ist zu besitzergreifend. Ich weiß nicht, ob er mich gehen lässt.«

»Worauf ist er bei der ganzen Geschichte eigentlich aus?«

»Ich hab dir ja schon erzählt, dass Red mit meinem Vater befreundet war, Sven Rousseau. Ebenfalls ein Kommunist.« Sie setzte sich auf, lehnte sich an die Wand. »Sven reiste 1916 nach Russland, und die beiden begegneten sich auf einer Menschewiki-Versammlung. Sie kämpften gemeinsam – so wurde es mir über Jahre wieder und wieder erzählt – für die Revolution der Arbeiter. Bevor mein Vater starb, ließ er sich von dem Russen versprechen, dass ich ›sein Vermächtnis fortsetzen‹ würde. Lächerlich, nicht wahr? Da zwingt man jemanden, sein Leben sowie das eines anderen seinem Plan zu weihen – bloß weil man stirbt. Manche Menschen sind so besessen von Macht, sie können nicht zulassen, dass ihnen der Tod dazwischenkommt.« Sie rieb sich die Augen. »Red ist besessen davon, den Traum von diesem Vermächtnis zu bewahren. Als er von Luca erfuhr, wurde er eifersüchtig. Ich paktierte mit einem Profitmacher. Einem Mörder, wie er sagte. Er bezichtigte Luca, mich zu ›verderben‹. Ich nehme an, ihm ist in den letzten Monaten mein Mangel an Inbrunst aufgefallen, und das führt er in erster Linie auf unseren Italiener zurück. Da ist etwas Wahres dran, aber ich fürchte, er will Luca etwas antun.«

»Ein Grund mehr, warum ich ihn aufspüren muss.«

»Denkst du trotzdem, dass wir heute noch fahren können?«

»Ja.«

»Okay.« Sie streifte mit den Lippen meine Stirn. »Dann bin ich einverstanden. Ich gehe duschen, dann werde ich packen, dann gehe ich mein Geld holen.«

»Von wo?«

»Aus einem Schließfach.«

»Um fünf Uhr morgens?«

»Es ist ein spezielles Schließfach. Und du, was für Vorbereitungen musst du noch treffen?«

»Ich hab alles, was ich brauche«, sagte ich.

»Reisepass?«

»Hab ich vorhin schon zu Hause eingesteckt.«

»Warum das?«

»Ich dachte mir, vielleicht bin ich eine Weile weg. Wenn man auf der Flucht ist und ausreichend Geld hat und Erfahrung und ein bisschen Grips, dann fehlt einem zur völligen Ungebundenheit nur noch ein Reisepass. Zusätzlich gibt er ein gutes Pfand ab, falls ich hart verhandeln muss.«

»Möchtest du vielleicht gern duschen?«, fragte sie.

»Später. Jetzt warte ich auf den Anruf. Wo steht dein Telefon?«

»Im Wohnzimmer.«

»Wo ist dein Wohnzimmer?«

Sie lächelte und stand auf. Während sie im Badezimmer verschwand, suchte ich meine abgeworfene Kleidung zusammen und stellte die Fassade wieder her.

Ihr Apartment war sehr schön geschnitten. In meinem Geist entwarf sich ein Grundriss, während ich es erforschte. Links neben dem Eingang war eine Küche mit einer Art Tresen zwischen ihr und dem Esszimmer. Diagonal zur Küche lag das Wohnzimmer. Schlafzimmer und Bad nahmen das letzte Viertel ein. Jeder Raum wirkte großzügig, dieser Eindruck wurde noch gesteigert durch Spiegel und Fenster überall. Ein paar Lampen waren eingeschaltet, doch das meiste lag im Halbdunkel.

Als ich die Dusche laufen hörte, näherte ich mich dem Klavier in ihrem Wohnzimmer. Es war lackiert, glänzend und schwarz. Ich hob den Deckel. Überließ es meinen Händen, sich an das erste Stück zu erinnern, das ich gelernt hatte. Ich ließ zuerst ein paar Noten aus; ein paar Mal vergriff ich mich, doch dann kam der Walzer zurück.

Ich sah trockenes Gras. Ein Steinpfad schmiegte sich an die Hügel. Man hatte uns erzählt, dass dieser Weg niemals endete. Ich war ihn einmal entlanggewandert, um das Gegenteil zu beweisen. Ein Freund und ich packten Kohlköpfe ein und mehrere Laibe *cuddura*, unser Lieblingsbrot. Mutter buk es nach ihrem eigenen Rezept – sie streute sowohl Mohnsamen als auch Sesam darauf –, daher nannten wir es sehnsuchtsvoll Mamas Brot, *il pane della mamma.* Wir nahmen auch einen Knüppel Salami mit und Kürbiskalebassen, die wir an Bächen auffüllten. Wir packten Schlingen ein, um Eichhörnchen zu töten und Schlangen, und alles, was uns sonst noch Zerstreuung bot. Ettore weinte fast, als er in den Bach fiel, nicht, weil sein Bein übel aufgeschürft war, sondern weil seine Schuhe durchnässt waren und wir noch einige Stunden sonnenlosen Fußmarsch vor uns hatten. Er fluchte, so laut er nur konnte, in dem Wissen, dass nur die Bäume ihn hörten und er von ihnen nichts auf die Ohren bekam. Mindestens eine Minute lang johlten wir Verwünschungen über die Insel, bevor wir weiterzogen. Ängstlich grollten wir den Wolken, bis wir auf einen rotten alten Pferdeschuppen stießen, wo wir schlafen konnten. Es folgte ein weiterer Tagesmarsch – mit Blödsinn reden, Erörterungen über die Brüste der Mädchen, Staunen über den Florentiner, der letzten Monat auf die Insel gezogen war und mit Messern jonglieren konnte. Wir verweigerten der Welt ihren Zugriff auf uns, und wir stießen weiter vor. Bei Sonnenuntergang erreichten wir das Ende des Pfades, tatsächlich lag es ganz in der Nähe seines Anfangs. Der ganze Weg war eine Schleife. Wir standen auf einer Klippe und blickten hinab auf die Stelle, wo wir losgezogen waren.

Ein klingelndes Telefon lüpfte mich aus dem Lied.

»Fontana.«

»Ja.«

»Mein Freund hat Ihren gefunden.« Es war Greg.

»Wo?«

»Liberty Avenue 1389. Es ist ein altes Kino.«

»Wie viele sind bei ihm?«

»Vier.«

»Kann Pete helfen?«

»Im Moment nicht. Der Mann hat das Seine getan und ist nach Hause gegangen. Nicht jeder ist nachtaktiv, so wie Sie, Fontana.«

»Klar.« Ich wollte schon einhängen. Dann sagte ich: »Übrigens … Danke.«

»Gern geschehen. Eines Tages stoßen wir darauf an.«

»Klar.«

»Viel Glück.«

Gelobt sei Smokey Pete. Ich kehrte ans Klavier zurück. 1389. Luca war in einem Gewerbegebiet verstaut. In solchen Ecken hatte es früher immer einige Billigkinos gegeben, damals, als Arbeiter es sich leisten konnten, nach der Schicht noch die Wochenschau oder einen Stummfilm anzusehen. Ich senkte meine Finger in ein paar Akkorde. Jetzt wusste ich, wo er war. Diese ganze Katastrophe konnte nun behoben werden. Ich fing ein anderes Stück an. 1389. Ich hatte seit jeher gescherzt, der vierte Anzug, den ich mir kaufte, würde blau sein. Als sich bei mir die Erkenntnis einstellte, dass ich allmählich zu Wohlstand gelangte, kam mir der Gedanke, diese bescheidene Wunschvorstellung zu verwirklichen. Ich hörte diese Musik beim Herrenausstatter, während er Maß nahm. Irgendein Mädchen schaute andächtig zu, und ich hatte ein albernes Lächeln im Gesicht, und sie sagte immer wieder, der

Stoff sei traumhaft schön. Wie leicht war es doch damals, Erfüllung zu finden.

»Chopin«, sagte Stella. Ihr Hände waren wieder auf meinen Schultern.

»Ich weiß, wo Luca ist«, sagte ich. »Hole ihn da raus.«

»Er wird bewacht sein.«

»Ich weiß.«

»Hast du eine Waffe?«

»Nein.«

»Wirst du dir eine besorgen?«

»Nein.«

»Warum nicht?«

»Mag sie nicht. Hol mal das Telefonbuch, ja?«

Nach ein paar Takten war sie wieder da.

»Such diese Reiseagentur raus«, sagte ich. »Die am Hafen. Zwei Fahrkarten.«

»Bist du sicher, dass du schon wieder eine Woche auf einem Ozeanriesen verbringen möchtest?«

»Ich hab auf dem Heimweg ein Luftschiff erwischt.«

»Ach, verstehe. Zwei Fahrkarten ... wohin?«

»Egal.«

Sie lachte leise auf. Küsste mich auf die Wange.

»In Ordnung«, sagte sie. »Du spielst gut.«

Ich spielte noch besser, als wir aufhörten zu reden. Stellas weiche Stimme sprach irgendwo hinter mir. Kurz darauf hängte sie ein.

»Sie sind auf deinen Namen gebucht«, sagte sie. »Pier drei, an Bord gehen ab sieben, auslaufen um halb acht. Ich hätte nicht gedacht, dass man so kurz vorher noch Fahrkarten bekommt. Und ich bin überrascht, dass sie so früh schon offen haben.«

»Der Hafen ist immer offen.«

Ich schloss den Klavierdeckel.

»Du packst und holst dein Geld, und wir treffen uns da um sieben«, sagte ich.

»Okay. – Was ist?«, fragte sie dann. »Du guckst so finster.«

»Gar nicht.« Ich zog sie an mich.

»Ich weiß, was ich jetzt sagen sollte«, sagte sie, »aber ich sag's nicht.«

»Brauchst du auch nicht.«

Ich zog meinen Mantel an. Ich verabschiedete mich.

»Ich seh dich dann«, sagte sie. Ich spürte die Sorge zwischen den beiläufigen Worten. Ihr Blick bohrte sich noch in mich hinein, nachdem ich gegangen war.

Unsere Stadt war in ein Hochzeitskleid gehüllt. Ich fand wieder einen Wagen und pickte und zupfte und knackte, bis er ansprang. Fädelte mich damit in die Parade ein: Um die Straßen für den morgendlichen Verkehr zu räumen, krochen überall Schneepflüge umher, die meisten von Pferden gezogen – sie waren allgegenwärtig, wie die Kälte und die Raben.

Die Leute, vor denen ich weggelaufen war, die knöpfte ich mir jetzt vor. Ging direkt auf sie los. Ich fühlte mich wie ein Kind, das in der Nacht aufwacht und loszieht in die Dunkelheit, in diese Quintessenz des Schreckens, einfach nur zum Spaß. Selbst wenn es mir Angst machte. Und es war ja nicht, als hätte ich keine Wahl. Ich hatte Alternativen ohne Ende – dies war lediglich das Sinnvollste.

Das Kino war eine Ruine. Die Fenster mit Brettern vernagelt. Der Eingang war mit Sicherheit von innen verbarrikadiert worden, also entschied ich mich für einen durchdachteren Anmarsch. Ein Lieferantendurchgang trennte das Kino von der verstaubten Ladenzeile daneben. An seiner Mündung leuchtete mir eine Straßenlaterne widerwillig den Weg in die schmale Gasse voller Schutt. Ich stakste hindurch, ohne mir allzu viele Krankheitserreger einzufangen. Am Ende gelangte ich in einen betonierten Hinterhof. Ein paar Abfalltonnen, das Chassis eines ausgebrannten Wagens, ein zerbrochenes Zelt, ein blechernes Feuerfass und verstreuter Kehricht, dazu Dutzende von rostigen Dosen und morschen hölzernen Kisten – das alles befand sich zwischen mir und meinem Vorhaben. Ein Stück weiter weg wurde der Boden abschüssig und senkte sich zu einem Abwasserkanal.

Tief in die Rückwand des Kinos war eine Tür eingelassen. Ein Müllhaufen versperrte den Zugang, lieferte aber auch eine Grundlage, um das Fenster weiter oben zu erreichen.

Als ich in dieser Stadt aufwuchs, vertrieb ich mir die Langeweile, indem ich den Häuserblock durchstreifte, über Zäune kletterte, fremde Hinterhöfe durchstöberte. Im Sommer standen regelmäßig die Fenster offen, und ich kam nahe genug heran, um zu lauschen, wenn ein Gespräch in Gang kam oder eine Schallplatte lief …

Erinnerungen dieser heimlichen Streifzüge folgten mir hinauf zum Kinofenster. Gläserne Zähne ragten noch aus dem Rahmen. Ich spähte hinein. Viel gab es nicht zu erspähen. Es war das alte Verwaltungsbüro. Hier hatte wohl der Geschäftsführer den ganzen Tag gesessen und sich mit regelwidrig angetrunkenen Kinogängern und kaputten Popcornautomaten abgeplagt. Jetzt thronte da ein Kerl im Trenchcoat, der mit geschlossenen Augen Wache hielt. Sein Mund stand gerade weit genug offen, um ein leises Schnarchen entweichen zu lassen. Eine Kanone, ein .45er Colt, ruhte entspannt zwischen seinen Knien. Um ihn herum standen weitere Stühle. Ein winziges elektrisches Lämpchen in der Ecke wirkte wie ein Nadelöhr, aus dem Licht entwich.

Unter dem hohen Fenster war nichts als harter Fußboden. Ich streifte die Handschuhe ab, band meine Schuhe auf und zog sie ebenfalls aus. Dann fädelte ich an den Schnürsenkeln, bis aus jedem Schuh ein langes und ein kurzes Ende hing. Die langen Enden knotete ich zusammen. Meine Finger zitterten. Ich schlüpfte wieder in die Handschuhe, rupfte die verbliebenen Glasscherben aus dem Fensterrahmen und passte auf, dass alles hinter mir landete. Ich hängte meine Schuhe über den Sims. Hob ein Bein hinüber. Das andere folgte. Ich verdrehte meinen Oberkörper und ließ mich an den Armen hinab, so dass ich mit dem Rücken zu dem Wächter am Fenstersims hing. Ich lauschte auf den Rhythmus seines Atmens und erwog, wie ich abspringen sollte. Ich musste ganz weich in den Knien federn, um den Aufprall und das Geräusch zu dämpfen. Ich ließ los.

Meine Beine taten brav, was sie sollten, aber die Landung war doch lauter, als ich erwartet hatte. Ich verrenkte mir fast den Hals, als ich herumfuhr, um zu sehen, ob der Schläger aufgewacht war. War er nicht. Das arme Arschloch war die ganze Nacht auf den Beinen gewesen. Es brauchte einiges, um jemanden aus so übermüdetem Schlaf zu reißen – es sei denn, er war ein von Träumen verfolgter Idiot wie ich, der sich selbst wachrüttelte.

Ich schlich zu ihm hinüber, balancierte bei jedem Schritt mein Gewicht aus. Baute mich hinter ihm auf. Er roch nach getrocknetem Schweiß. Ich atmete tief durch. Meine Hand schwebte über der .45er … sollte ich jetzt langsam oder schnell machen? Ich entschied mich, es mit ersterem zu versuchen, bevor ich, falls nötig, zu letzterem überging. Ich war kein Experte in diesen Dingen.

Über seine Schulter gebeugt legte ich meine Hand um die Waffe und zog sie behutsam aus seinen schlafenden Fingern. Überzeugte mich, dass sie gesichert war. Schloss die Hand fest um den Lauf. Und drosch den Griff auf seinen Schädel. Nichts geschah. Blut sickerte aus seinem Skalp. Sein Atem veränderte sich. Ich ohrfeigte ihn ein bisschen. Nichts. Er war bewusstlos. Ich holte meine Schuhe und ging mit ihnen in der Hand zur Tür. Trat in einen Flur mit einer Glastür am Ende. Dahinter lag das Foyer an der Vorderseite des Gebäudes mit sehr viel gelb-weißem Licht. Hinter der Wand rechts von mir, schlussfolgerte ich, musste der große Kinosaal liegen. Linkerhand gab es eine Reihe kleiner Räume.

Ich wartete, bis meine Augen sich ganz angepasst hatten. Ständig musste ich an Luca denken, wo sie ihn wohl versteckten, in welchem Zustand er sich befand. Wieder kämpfte ich darum, in der Kälte nicht zu zittern. Versuchte mich zusammenzureißen.

Im ersten Raum gab es nichts als zertrümmertes Mobiliar. Ich wandte mich ab und arbeitete mich weiter den Flur entlang. Ich hörte Sprechen vom Ende her, hinter dem Glas.

Die nächste Tür zu meiner Linken war eine Besenkammer. Dann kamen Toiletten. Danach noch mal. Damen und Herren, wiewohl jetzt nicht mehr unterscheidbar.

Bevor der Korridor endete, ging eine einzelne Tür rechts ab. Geschlossen. Das musste der Zugang zum Kinosaal sein. Ich schlich daran vorbei bis zu der Glastür am Ende. Sie führte ins Foyer. Jenseits der Scheiben saßen ein paar Schlipse mit den Rücken zu mir und sprachen miteinander. Neben einem der Eingänge lag ein weiteres Schlafwunder. Luca konnte ich nirgends entdecken.

Ich kehrte zu der geschlossenen Tür zurück. Hoffte, dass die Angeln nicht quietschten, drehte den angelaufenen Bronzeknauf und drückte die Seitentür des Kinosaals auf. Mein Blick flog über Reihen mottenzerfressener Kinosessel zu dem großen leeren Raum vor der Leinwand. Da war keine Leinwand mehr. Auch keine Vorhänge. Stattdessen eine schwarze Wand und ein mit Seil umwickelter Mann. Greg hatte recht gehabt. Er war fast nicht wiederzuerkennen. Als erstes erkannte ich die Augenbrauen. Dick und buschig. Diese verdammten ulkigen Brauen. Der Rest seines Gesichts war verschwollen und lila wie püriertes Wintergemüse. Blut trocknete geduldig auf seinem Hemd.

Es war niemand im Saal außer mir und meinem alten Freund. Ich schloss die Tür und rannte hin.

»Luca.«

Er rührte sich auf seinem Stuhl. Ein Auge war zugeschwollen wie das eines besiegten Boxers. Das verbliebene öffnete sich gerade weit genug, um mich zu sehen. Dann öffnete es sich ganz und sah alles. Luca rief etwas durch den Stoff, der in seinen Mund gestopft war. Ich entfernte den Knebel.

»Leise«, sagte ich.

Er spuckte etwas roten Schleim auf den Boden. »Hey, Fonty.«

»Du siehst verdammt hässlich aus.«

Er kicherte beinahe. »Bring mich nicht zum Lachen mit deiner Spöttelei«, sagte er. »Das tut weh.«

»Klar, zum Spötteln bin ich ja hier.«

»Jetzt schon.«

»Sei still, du neunmalkluges Aas. Ich binde dich los.«

»Das schaffst du nie.«

»Ruhe jetzt.« Ich machte mich an seinen Fesseln zu schaffen.

»Bist du die Kerle losgeworden?«, fragte er.

»Nur einen.«

»Einen? Wie zur Hölle bist du dann hier reingekommen?«

»Indem ich kein Schreihals war.«

»Und du nennst mich neunmalklug.«

»Schlüpf aus diesen Seilen und ich bleib dabei.«

»Argh. Ich kann mich immer noch nicht rühren.«

Ich zerrte weiter an den Knoten. Ich fragte mich, warum ich

kein Messer dabei hatte. Dann fiel mir ein, dass ich Messer nicht leiden konnte. Ich fluchte.

»Erzähl mir, was passiert ist«, sagte ich.

»Kann das nicht warten, bis wir hier raus sind?«

»Nein. Sieht aus, als hätte ich hiermit sowieso ne ganze Weile zu tun.«

»Herrje. Was willst du wissen?«

»Warum du mir kein Wort gesagt hast von dem ganzen Scheiß, der bei uns los ist.«

»Zunächst mal«, sagte er, »warst du in Übersee. Ich wollte nicht, dass du Hals über Kopf zurückgerast kommst. Nein, Fonty. Ich steh zu meinen Gründen. Aber du bist bloß angepisst, wenn ich dir alles erzähle.«

»Es ging darum, Stella in Schutz zu nehmen, stimmt's?«

Er sagte nichts.

»Die Abrechnungen und der Überfall hängen zusammen«, sagte ich, »und zwar über den Russen. Du dachtest, wenn du irgendwem erzählst, dass er hinter der Abrechnungsmasche steckt, mit Stella als Spitzel – was du dann ja hättest dazusagen müssen –, würdest du sie tief in die Scheiße reiten. So war es doch.«

Er schwieg einen Moment. Dann: »Ja.«

Ich gab den Seilen den Rest. »Darum hast du den Franzosen drei Wochen lang nicht aufgesucht.«

»Ja.«

»Erzähl mir, was passiert ist, als ich in Dresden war.«

»Okay, okay. In der Nacht vor fünf Tagen, als du noch weg warst, ist jemand in unser Büro an den Docks eingebrochen. Die haben sämtliche Oktoberaufstellungen geklaut. Ich hatte die ganze Woche ein mieses Gefühl, fragte mich, wer die Aufstellungen gezockt hat und warum, aber ich wollte auch nicht blind durch die Gegend latschen und noch mehr gottverdammte blöde Fragen stellen. Mir war bewusst, dass die Sache zum Himmel stinkt. Also bat ich dich, an meiner Stelle nachzusehen, ob es noch irgendwelche Kopien von den Aufstellungen gab. Es war klar, dass Red inzwischen erkannt hatte, wie schnell seine Masche auffliegt, wenn die unfrisierten Belege auftauchen.«

»Und dann?«

»Dass du möglichst schnell zurückkommst, wollte ich schon aus Sicherheitsgründen – und auch, weil ich mich beschissen dabei fühlte, dich nicht eingeweiht zu haben. Ich wollte es, Fonty. Immerhin bestand ja die Möglichkeit, dass selbst du nicht gleich einen Scheiß-Kreuzzug anzettelst, wenn ich dich nur irgendwie überzeugen konnte. Aber noch ehe du zurück warst, sind diese Witzbolde aufgetaucht. Ich hatte keine Chance.«

»Trotzdem warst du wohl noch unverschämt.«

»Na klar. Es war so lächerlich, in meiner eigenen Bude geschnappt zu werden. Und das waren auch noch Idioten. Fragten mich doch glatt – stell dir das vor –, ob ich Luca Saverino bin. Ich sagte nein.« Er unterdrückte ein Kichern. »Da meinte der eine: ›Das muss Fontana sein.‹ Fragten mich, ob ich du bin. Da hab ich nichts mehr gesagt, bis sie mich ziemlich heftig aufgemischt hatten. Die wollten es tatsächlich aus mir rausprügeln. Dann sagte ich: ›Ja, ich bin Fontana.‹ Und sie haben's geglaubt. Seitdem fahren wir durch die Gegend. Eine Scheißnacht.«

»Warte mal. Die dachten, du bist ich?«

»Ja, das denken sie immer noch.«

Ich starrte ihn an.

»Warum hast du das getan?«

»Aus zwei Gründen. Erstens um meine Haut zu retten. Ist ja wohl klar. Und zweitens, um deine Haut zu retten. Denn offensichtlich waren sie hinter uns beiden her. Weißt du noch, wie Beppe auf einmal weg war, als du zu mir kamst? Er muss direkt losgegangen sein und diese Kerle angerufen haben. Hat vermutlich gemeldet, dass Fontana und Saverino in der Pine Street hocken. Uns denen auf 'nem verdammten Goldtablett serviert.«

»Silbertablett.«

»Scheiß drauf. Er war ein Verräter.«

»Ich weiß. Mach weiter mit deinem Rechenschaftsbericht.«

»Was jetzt kommt, weißt du auch schon. Gewisse Männer haben die ganze Nacht Luca Saverino gejagt statt dich. Wahrscheinlich bist du deswegen nicht hier eingelocht, so wie ich. Bloß dass du jetzt natürlich auch hier hockst.«

»Wieso haben die dir das abgenommen?«

»Die kennen keinen von uns beiden. Anfangs hätte ich mir

gewünscht, es wären Bekannte, dann hätte ich versuchen können, sie wieder auf unsere Seite zu ziehen. Aber letztlich hat es so auch hingehauen.«

»Hast du eine Ahnung, wer die geschickt hat?«

»Nein.«

»Waren es Iren?«

»Nein.«

»Irgendwer hat extra Auswärtige und Iren angeheuert, damit wir ihm nicht auf die Schliche kommen.«

»Was ist mit Beppe?«

»Das ist eine andere Geschichte. War er heut Nacht noch mal bei dir?«

»Nein.«

»Bei mir schon.«

»Hast du die Ratte abgemurkst?«

»Nein. Er hat sich umgebracht.«

Stille. »Jesses.«

»Aber nicht nur, weil er sich unsretwegen mies fühlte. Er hatte Schiss.«

»Wovor?«

»Vor seinem Auftraggeber.«

»Das passt. Er muss ja deine Entführung gemeldet haben und nicht meine.«

»Dann war es wohl ein kleiner Schreck, als er mich sah.«

»Tja.« Luca schwieg ein Weilchen. »Wie hat er sich umgebracht?«

»Er ist aus meinem Fenster gesprungen.«

»Herrje.« Er sah zu Boden. Sein entstelltes Gesicht. Er sah grauenhaft aus. »Warum hat er uns denn verkauft?«

»Weil wir Arschlöcher waren. Wir haben ihn immer wie Dreck behandelt, Luca, und das weißt du. Der Arsch, der hinter dem Raubüberfall im Norden steckt – der Jagd auf uns gemacht hat und auch auf unsere Fahrer – der wusste Bescheid, er wusste genau, wie er Beppe umdrehen konnte.«

»Also ist es jemand, den wir kennen … Ich möchte zu gern erfahren, wie du das alles ausbaldowert hast, Fonty, aber wir müssen hier weg.«

»Allerdings.«

»Wie sieht es damit aus?« Er nickte in Richtung des Notausgangs.

»Ich hab mir das von draußen angesehen. Davor liegt haufenweise Gerümpel herum. Da kommen wir nicht durch. Ich bin durch ein Fenster rein.«

»Wie hoch?«

»Drei Meter.«

»Ich klettere ganz bestimmt aus keinem Fenster. Ich kann ja kaum stehen. Es grenzt an Wunder, dass ich bei Bewusstsein bin.«

»Komm schon.«

»Ich mein 's ernst. Hast du ne Knarre?«

»Nein.«

»War ja klar.«

»Wir können es da lang versuchen, aber das wird höllischen Krach machen.«

»Guck mal, ob die Tür überhaupt aufgeht. Dann entscheiden wir.«

Ich begab mich zum fraglichen Ausgang in der Annahme, dass er abgeschlossen war. Meine Erwartung bestätigte sich. Ich holte meine dünnen Metallfreunde hervor und machte mich ans Werk. Luca kam herangehumpelt. »Was hast du denn mit dem Russen ausgehandelt?«, fragte ich.

»Der Scheißkerl hasst mich.«

»Wegen Stella.«

»Ja.«

»Meinst du, er will dich tot sehen?«

»Gut möglich. Wer seinem Ehrenkodex – oder seinem Sonstwie-Kodex – in die Quere kommt, kriegt mindestens eine Abreibung verpasst. Ich hab auch Angst um sie.«

»Warum?«

»Weißt du, was diese Frau sich geleistet hat? Sie hatte eine Affäre mit mir. Einem Kerl, der nicht nur als Person unerträglich ist –«

»Dafür habe ich vollstes Verständnis.«

»– sondern auch noch ein hirnloser Born der Ausbeutung. Hast du den Russen kennengelernt?«

»Ja.«

»Er ist verflucht gefährlich. Und indem sie mir half, hat Stella eine seiner einträglichsten Gaunereien platzen lassen. Außerdem ist sie ziemlich dicke mit Wayright und Konsorten. Sie sagt, das gehört einfach nur zu ihren Aufgaben, Täuschen und Spionieren und so, aber ich weiß nicht recht.«

»Ich bin ihr bei Wayright zum ersten Mal begegnet. Als ich sie dann in Reds Hauptquartier wiedersah, wollte sie nicht, dass er davon erfährt.«

»Du warst im Herrenhaus? Bei der Naziparty?«

Ich sagte mit Windsor-Akzent: »Oh, aber ja doch. Es war wirklich ganz reizend.«

»Und beim Russen?«

»Ich wurde k.o. geschlagen und bin da aufgewacht. Lange Geschichte.«

»Klingt so.«

Es war ein schwieriges Schloss. Ich arbeitete am dritten Stift und hoffte sehr, dass das der letzte war.

»Wie fühlt sich das an, eine Tür auf diese Art zu öffnen?«

»Wie ohne Fehlversuch einen BH aufzumachen.«

Er lachte auf. »Wirklich?«

»Sicher. Ein kleiner Sieg.«

»Du bist in all diesen Dingen ziemlich gut für jemanden, der Kanonen hasst.«

»Ich bin gut darin, weil ich keine Kanonen mag, das ist kein Widerspruch. Es gibt andere Mittel als Mord. Sag mal, warum ist eigentlich keiner von den Gorillas hier drin?«

»Keine Ahnung. Sie sitzen wohl lieber im Foyer. Das ist der einzige Teil dieses Baus, der nicht am Zusammenbrechen ist. Außerdem hab ich ihnen gesagt, ich hätte mich eingeschissen.«

Schweigen.

»Du hast doch gelogen, oder?«

»Na klar, Fonty. Ich hab mich nicht mehr eingeschissen, seit –«

»Still.«

Das Schloss klickte. Ich konnte die Drehung vollenden. Ich drückte gegen die Tür. Sie ließ sich einen Spaltbreit öffnen, bevor sie steckenblieb. Der Weg war blockiert.

»So«, sagte ich. »Wir müssen uns entscheiden. Entweder das Fenster, oder mit Gewalt und viel Lärm durch diese Tür, dann im Laufschritt die Gasse lang und über die Straße zu meinem Wagen.«

Er sah weg. Fluchte lautlos. »Ich kann nicht klettern«, sagte er.

»Okay. Die Gorillas werden gleich nach dem ersten Versuch angerannt kommen. Wenn ich also die Tür nicht weit genug aufkriege, müssen wir uns verstecken.«

»Und dann?«

»Überfallen wir die Scheißer.«

»Großartig. Ich werd sie einfach vollbluten.«

»Bist du bereit?«

»Na klar.«

Ich trat einen Schritt zurück, winkelte ein Bein an und trat gegen die Tür. Das Verhältnis zwischen Geräusch und Bewegung war unbeschreiblich. Die ganze Blechkapelle der Hölle für ein paar lausige Fingerbreit. Ich trat noch mal zu und dann noch mal, doch die Tür rührte sich nicht mehr.

»Los, verstecken«, sagte ich. »Kriech einfach unter ein paar Sitze, du Krüppel. Da rüber, nach links. Ich mach das schon.«

Ich rannte zu der großen Doppeltür am anderen Ende. Baute mich so auf, dass ich hinter den Männern stand, wenn sie reinkamen. Ich hoffte nur, dass sie diesen Eingang benutzten und nicht den, den ich genommen hatte. Krachend flogen die Türen auf. Eine knappe Armlänge von mir entfernt rauschte ein kapitaler Hauer durch. Dann noch einer. Kein dritter folgte. Der erste Kerl spähte hinüber zum Luca-losen Stuhl, sagte: »Scheiße, was zum …?«, und sein Kumpel blieb lange genug stehen, dass ich ihn am Kragen packen und ihm die .45er seines bewusstlosen Kumpels an den Schädel pressen konnte. Solange er noch starr vor Schreck war, nahm ich ihm seine Knarre ab, stopfte sie mir ins Hemd und klinkte meinen Arm um seine Kehle. So konnte er mich nicht rückwärts mit dem Schädel rammen, er konnte mich auch nicht treten, und wenn er sich wehrte, wurde er gewürgt. Das kapierte er schnell.

Sein Freund fuhr herum und wollte in die Innentasche seiner Jacke greifen. Ich entsicherte die .45er.

Er hielt inne.

Die Seitentür ging auf und der dritte Mann kam herein. Ich schrie ihn an, sich nicht zu rühren. Trotzdem zog er seinen Colt Halbautomatik und zielte auf mich. Meine Drohung welkte. Ich schob mich langsam rückwärts, weg von den Eingängen. Wollte alle im Blickfeld haben.

»Lass ihn los«, sagte der Coltknabe.

»Leg dein Schießeisen hin und ich tu's.«

»Lass ihn los.«

»Wirf deine scheiß Knarre weg.«

Er rückte in meine Richtung vor. Ich sah, dass sich eine dunkle Masse unter den Stühlen herausschlängelte. Gut. Mit einem Ruck meines Arms sagte ich: »Wie heißt der Kerl hier?«

»Charlie«, sagte der Kerl. »Ich heiß Charlie. Tu mir nichts an, Mann. Bitte nicht.«

»Charlie, dir passiert nichts, wenn deine Freunde aufhören, Panik zu machen.«

»Jungs, keine Panik.«

»Sag ihnen, sie sollen sich entspannen.«

»Entspannt euch, Männer.«

»Sag ihnen, sie sollen ihre Waffen auf die Bühne werfen. Dann lass ich dich los und verzieh mich. Und allen geht's bestens.«

»Werft die Kanonen weg. Los, Jungs.«

»Sag ihnen, nachher können sie hingehen und sich ihr Spielzeug holen. Ich muss nur erst raus hier. Ganz einfach.«

»Kommt schon, ihr habt's doch gehört, oder?«

Hinter Coltmann pirschte sich etwas Dunkles an. Ich drückte Charlie die .45er fester an die Schläfe, damit er nicht auf die Idee kam, das zu erwähnen.

»Kommt schon, Jungs«, flehte Charlie.

Colt kämpfte mit sich.

»Also schön«, sagte er schließlich. Er warf die Halbautomatik nach rechts, weit von sich. Der andere, der als erster reingekommen war, drehte den Kopf in seine Richtung.

»Nein, sieh ihn nicht an«, sagte ich. »Keine Unterhaltungen, bis ich weg bin.« Charlie flüsterte ich ins Ohr: »Haben sie noch mehr Waffen?«

»Er da« – er meinte den großen Kerl – »hat ’ne Special und ’ne Stupsnase.«

»Beide Schießeisen weg, Mann«, sagte ich. »Los jetzt.«

Er zog seinen Special Revolver. Warf ihn weg. Eine winzige Erbsenpuste folgte.

»Gut«, sagte ich. »Und jetzt –«

Luca trat Coltmann von hinten in die Knie. Er schlug dumpf zu Boden. Lucas Fäuste brachen sich Bahn, hämmerten wild auf den Kerl ein, der fing an zu brüllen. Luca stimmte mit ein: »Ich bring dich um! Ich bring dich verdammt noch mal um!«

Zwei-Knarren wollte hin, doch ich bremste ihn mit einem Schrei. Ich konnte nicht zulassen, dass jemand Saverino zu nahe kam. Der waffenlose Kerl blickte zwischen mir und dem Gemetzel hin und her. Er wirkte verstört. Jetzt, am anderen Ende der Gewalt, sah er mal, wie ekelhaft das war.

Ich donnerte Luca an, er solle aufhören.

»Dieses Schwein hat mir die gottverdammte Fresse zerschmettert«, brüllte er.

»Hör auf.«

Er ließ von der Schweinerei ab. Er war über und über voll mit seinem Blut und dem des anderen.

»Du bist ja genauso schlimm wie er.«

»Scheiß drauf, Fonty.«

Wieder schwangen die Türen auf. Die Erleichterung traf mich wie ein Schlag. Ein Freund von mir, ein guter Freund war gekommen, um einzuschreiten. Ich konnte es fast nicht glauben. Ich war mit ihm zusammen gewesen, als diese Nacht anfing, und nun, da sie endete, war er hier. Ich hätte ihn schon längst um Hilfe bitten, ihn einfach in seinem Club anrufen sollen.

»Franco?«

»Hey, Kumpel. Wie ich sehe, hast du ein paar neue Freunde.«

Er hatte den beschwingten Ausdruck von jemandem, der sich freut, helfen zu können. Die Stoppeln zierten sein Kinn noch immer. Seine Augen mit ihren wechselnden Farben waren dunkelgrau. Und das Glitzern war noch da. Jetzt schimmerte es mitfühlend. Noch nie war ich so froh gewesen, ihn zu sehen.

Paulie tauchte hinter Franco auf. Er zückte einen gewaltigen

Revolver, eine Magnum, und richtete sie auf die Schläger. Ich ließ Charlie los. Keuchend taumelte er vorwärts und rieb sich die Kehle. Er und Zwei-Knarren hoben die Hände auf Kopfhöhe.

»Fahrt weg und kommt nicht wieder«, sagte Franco.

»Aber –«

»Raus.«

Paulie geleitete sie hinaus. Franco kam auf mich zu. Er sah müde aus, mit dunklen Ringen unter den Augen, aber das Glitzern war noch da.

»Ich hab mir schon Sorgen gemacht um euch zwei«, sagte er. Er boxte mir gegen den Arm. »Mensch, war ich besorgt.«

Luca machte sich an die langwierige Prozedur, auf die Beine zu kommen. Energisch marschierte Franco hinüber, half ihm hoch und tätschelte seinen Nacken.

»Du siehst ja hübsch hässlich aus«, bemerkte er.

»Sag ich ja«, sagte ich. »Franco, was machst du hier?«

»Hörte, dass ihr Hilfe braucht.«

»Rousseau?«

»Ja.« Er lächelte. »Sie ist toll, nicht?«

Dieses Lächeln enthielt eine Komponente, die ich nicht recht deuten konnte.

Er sagte: »Setzen wir uns doch, und ich erzähl es euch. Dann kann Paulie uns alle nach Hause bringen.«

Wir gingen zur ersten Reihe und ließen uns in die staubigen Sitze sinken. Luca mit einem tiefen Seufzer. Franco blieb stehen.

»Fontana, kannst du die Kanone nicht wegwerfen? Die macht mich ganz nervös.«

Ich zögerte. Dann warf ich sie auf einen Stuhl. Ich hasste das Ding.

Franco fragte: »Was ist mit dem Kerl da passiert?«

»Luca ist durchgedreht.«

»Er hat es verdient«, sagte Luca.

»Wahrscheinlich schon«, sagte Franco.

»Erzähl uns das mit Stella«, sagte ich.

»Ach ja, richtig. Also ich hing so im Club rum. Da liefen ein paar richtig gute Spiele heute Nacht, Fonty, du hättest noch ein

Weilchen bleiben sollen. Wie ist denn die Nummer mit dem Franzosen gelaufen?«

»Prima.«

»Das sehe ich. Nein, im Ernst – er hat dir nichts abgehackt, oder?« Er lachte. »Also diese Frau kam reingeschneit. Dieser Rousseau-Käfer. Sie ist eine Kundin von mir, wisst ihr. Also bei der kleinen Bank, die ich nebenbei betreibe.«

»Verstehe.« Demnach nutzte sie den Tresorservice im *Clip*. Also da war sie hingefahren, um ihr Geld zu holen.

»Mich packte die Neugier, und ich fragte mal nach, was denn eine so überstürzte Maßnahme zu derart früher Stunde rechtfertigte.«

»Das ist aber nicht gerade seriös.«

»Nein, das ist es wohl nicht«, sagte Franco. »Sie aber auch nicht.«

»Wie bitte?«

»Egal, sie hat meine kleine Frage natürlich nicht beantwortet, aber ich hab sie ihr Ding durchziehen lassen. Ich kenn sie von früher, wisst ihr. Wir waren mal befreundet. Und ist sie nicht wunderschön? Eine der gottverdammt schönsten Frauen, die ich kenne. Hat sie auch nötig. Zu so einem Gesicht kann keiner nein sagen. Absolut nicht. Na ja, sie schnappte sich ihren Kram und zog ab. Wie es ihre Art ist.«

Worauf lief das hinaus?

»Und als sie ging, hab ich ihr ein kleines Vögelchen hinterhergeschickt … Er ist Stella zum Hafen gefolgt. Sie hat vor, sich abzusetzen. Spannende Sache das.«

»Luca«, warf ich ein, »davon hab ich dir noch nichts gesagt.«

»Ich kann's mir denken«, sagte er.

»Du bist nicht mehr mit ihr zusammen, oder?«

»War ich nie wirklich.«

»Dann geht das klar?«

»Hört auf, ihr zwei«, sagte Franco. »Die Zeit für Lügen kommt schon noch. Jetzt geht es erst mal um die Wahrheit.«

Die Art, wie er vorhin mit den Mietkillern gesprochen hatte. Beinahe vertraut. Er hatte sie fortgeschickt, und sie hatten sich willig gefügt – als ob sie ihn nicht verärgern wollten. Nicht wie man einem bewaffneten Fremden gehorcht, sondern jemandem, der sich auf sie verließ. Jemandem, der sie angeheuert hatte. Ich bemerkte, dass Paulie seinen Revolver nicht weggepackt hatte.

»Du steckst hinter dem Fakenham-Hinterhalt«, sagte ich.

»Bingo.«

»Du bist so ein Idiot, Franco.«

Sein Gesicht kam zur Ruhe, das possenhafte Mienenspiel wich Ernst.

»Nein, Fonty«, sagte er. »Ich bin ein Genie. Und jetzt sag mir warum.«

»Du Scheißkerl«, sagte Luca.

»Halt's Maul, Luca. Überlass alles deinem besten Freund. Das Denken und das Reden. Halt dich einfach zurück, ja?«

Einen Moment lang war es still. Ich machte mich bereit, zu denken und zu reden. Der Raub meiner Waren bei der Torontofuhre letzten Monat, die Treibjagd auf die beteiligten Pascher – das war alles Francos Werk.

»Du hast gehofft, dieser Raubüberfall würde uns entzweien. Die verpfuschte Lieferung mit all dem seltenen, teuren Schnaps sollte zu einem geschäftlichen Debakel führen und im Idealfall zu Lucas Ableben, nämlich durch die Hand des Franzosen. Und da es der Franzose war, hätte der Don das Geschehene einfach hinnehmen müssen. Du wiederum hättest dann Lucas Platz einnehmen können. Aber du hast nicht damit gerechnet, dass der Franzose sich so konziliant verhält – dass er das Problem sauber lösen will, statt es hochzupuschen. Als du letzte Woche von den fehlenden Abrechnungsunterlagen hörtest, hat dir das einerseits eine Komplikation beschert, andererseits auch eine Lösung. Einer der am Überfall beteiligten Pascher hat Anfang des Monats die Fliege gemacht: Tommy Yale. Er war es, der dir die Informationen für den Hinterhalt zugespielt hat, stimmt's? Er hat so getan, als wäre er genauso überrascht wie die anderen, als ihr die Lastwagen auf dieser Landstraße abgefangen habt, dabei hat er sie alle ans Messer geliefert. Danach hatte er solchen Schiss, dass er getürmt ist. Und du weißt gar nicht warum.«

»Sicher weiß ich das. Er kam mit dem Druck nicht zurecht.«

»Welchem Druck denn? Einen Haufen Geld eingesackt zu

haben? Yale hat nicht nur für dich gespitzelt, Franco. Er arbeitete auch noch für Red.«

Franco unterdrückte ein Aufblitzen echter Überraschung.

»Du kennst Stella«, sagte ich, »folglich kennst du auch den Russen. Er ist ein Irrer und ein Fanatiker. Vielleicht hat er ja ebenfalls nicht gewusst, dass Yale auch für dich im Einsatz war. Aber selbst wenn, gab es da zunächst keinen Interessenkonflikt, schätze ich mal. Ein Spion übernimmt zwei getrennte Aufträge gegen zwei Honorare. Teufel noch mal, das klingt doch effizient. Aber da das in die Binsen ging, ist Red hinter den Aufstellungen her, um sie zu vernichten und alle Beweise für seine Abrechnungsmasche zu tilgen. Die Fahrer hat er gesucht, weil Yale geplaudert haben könnte, ehe er die Stadt verließ. Inzwischen warst du ebenfalls hinter den Aufstellungen her. Die hätten nämlich für deinen Versuch, uns was anzuhängen, gutes zusätzliches Beweismaterial abgegeben, gegen Luca oder auch gegen uns beide.«

Franco schwieg.

»Tommy Yale war Reds Zuträger. Sein Auftrag bestand darin, am Fünften jedes Monats unsere Einkommensabrechnung zu stehlen und sie zu Laszlo Miller zu bringen, der sie frisierte und alle Spuren verschwinden ließ, die auf Reds Plünderung unseres Profits hinwiesen. Diesen Monat hat Yale die Nerven verloren und die Abrechnung nicht abgeliefert. Er hat sie behalten und die Fliege gemacht. Inzwischen hattest du schon vor einiger Zeit Beppe umgedreht, der vermutlich bei uns spionierte, uns belauschte, vielleicht sogar mit Luca übers Geschäft sprach.«

Luca blickte weg.

»Daher wusstest du von der verschwundenen Abrechnung. Du hast angenommen, wenn der Franzose dich nicht fördert, wird es der Don tun. Aber Yales Abgang hat dir auch Angst gemacht, Franco. Du dachtest, er ist getürmt, weil er fürchtete, dass wir das mit dem Überfall rausfinden. Da hast du ihn gejagt, weil dir das Risiko zu groß war, dass er redet. Du durftest nicht auffliegen. Das war dir mehr wert als sein Leben.

Red hat Yale ebenfalls gesucht, um den Status quo wiederherzustellen und uns weiterhin zu schröpfen. Seine Männer sind Miller und mir zu den Docks gefolgt. Wir konnten entkommen, aber sie dürften gemerkt haben, dass wir die Adressen von Yales Pascherkollegen rausgesucht hatten und sie womöglich zu ihnen führen würden.«

Ich rief mir nochmals meine Überlegungen bezüglich des Dons ins Gedächtnis. Gerade eben hatte ich das erwähnt.

»Ich weiß, warum du mich das alles austüfteln lässt«, sagte ich. »Du denkst, es spielt keine Rolle mehr. Wenn du Luca für ein Weilchen verschwinden lässt und mich auch, dann kannst du uns einfach Reds Abrechnungsmasche anhängen. Du willst dem Don die Fälschungen als Beweis vorlegen, dass jemand unsere Buchführung manipuliert. Und dann behauptest du, dass wir selbst dahinterstecken, dass wir die Positionen verkleinern, um seinen regulären Anteil am Gewinn zu schmälern.«

»Eine clevere Nummer, um den König zu bemogeln«, sagte Franco. »Man nimmt von dem, was man ihm gibt.«

»Du findest das amüsant, scheint mir«, sagte ich.

»Tja, es ist doch amüsant.«

»Und warum hast du uns nicht einfach umgebracht?«, fragte Luca.

»Er dachte, das Risiko bräuchte er nicht einzugehen«, sagte ich. »Franco hat Iren und Auswärtige für unsere Entführung angeworben, damit wir nicht merken, wer dahintersteckt. Sobald wir aus dem Weg waren, wollte er zum Don, ihm seine Lügenmärchen auftischen und uns dann laufen lassen. Wir würden voraussichtlich direkt zum Don rennen und ihm sagen, was los ist. Aber der Don wäre bereits von Francos Version überzeugt, zumal wenn sie durch ›Beweise‹ erhärtet ist – die frisierten und die echten Abrechnungen, dazu noch der Überfall, den wir ihm nicht gemeldet haben – und durch die Aussagen unserer Leute, die er umgedreht hat. Wir würden also beseitigt werden, auf die eine oder andere Weise. Franco würde scheinbar unbeteiligt dastehen. Unser Tod würde mit ihm gar nicht in Verbindung gebracht werden, und der Don würde garantiert keinen Rachefeldzug starten, da er ja selbst unser Ableben in die Wege geleitet hätte.«

»Stimmt genau«, bemerkte der Verräter.

»Der Plan ist Müll«, sagte ich. »Wenn der Don mit uns spricht, können wir uns verteidigen. Wir sind zu wichtig, um einfach abserviert zu werden.«

»Angesichts solcher Beweise?«, sagte Franco.

»Herr im Himmel«, sagte Luca. »Du hast allen Ernstes gedacht, du kannst den Don überzeugen, dass ich das war?«

»Aber sicher. Weil es alles hieb- und stichfest ist, und auch wegen meines Vaters. Ich bin von vertrauenswürdigem Blut, Luca.«

Das Vermächtnis seines Vaters.

»Der Don hat den Mann geliebt wie einen Bruder«, sagte Franco, »bis zum bitteren Ende.«

»Und du willst jetzt in Papas Fußstapfen treten. Erbärmlich. Dein Vater war ein versoffener Sack.«

»Halt deine verdammte Fresse, Luca. Ich hab euch beide reingelegt. Ihr seid hier die Erbärmlichen. Ihr seid faul geworden auf eurem kleinen Thron und so verdammt feist, dass ich euch mühelos übertölpeln konnte, einfach so.« Er schnippte mit den Fingern.

»Ja, du hast uns verarscht.« Ich stand auf, um ihm direkt in die Augen zu sehen. »Ich hab dich überschätzt, habe viel zu große Stücke auf dich gehalten. Nur deshalb konntest du mich übertölpeln. Ich kann's nicht fassen, dass du solchem Selbstbetrug verfallen bist, das ist alles.«

»Setz dich wieder hin«, sagte er. »Paulie.«

Ich schaute in Richtung der Flügeltüren. Paulie stand da schon seit einer ganzen Weile. Mein Lieblingstürsteher. Der Familienmensch. Ich hatte in seinem Haus zu Abend gegessen und war wie ein Ehrengast behandelt worden. Er tappte auf uns zu. Ich trat ein Stück weg von Franco, von Luca und von ihm.

»Mr. Fontana«, sagte Paulie, »machen Sie jetzt bitte keinen Zoff.«

»Franco ist der Mann, der hier Zoff macht. Er ist der Grund dafür, dass Beppe tot ist.«

»Fang nicht so an«, sagte Franco. »Beppe ist der Grund dafür, dass Beppe tot ist.«

Im Großen und Ganzen hatte er da schon recht. Aber einen solchen Tod kann man nie auf einen einzigen Grund reduzieren, auf einen Fehler oder ein Zerwürfnis. Ich würde noch gründlich darüber nachdenken müssen, was mit Beppe passiert war. Ich würde ihn nicht einfach stillschweigend verscharren unter all den anderen Trümmern in meinem Leben. Es war Zeit, dass ich mich mit dem Tod auseinandersetzte, ihm ins Gesicht blickte, ihn spürte, erkannte.

Und da war noch etwas mit Franco zu klären. Es schien, dass er bei seinen Gaunereien ganz ungewöhnliches Pech gehabt hatte.

»Ich bin immer noch ganz baff, dass du dachtest, ich wäre der Entführte und nicht Luca. Für so eine Schlappe muss man schon ein höllisches Scheißpech haben. Beppe bekam von seiner Truppe Rapport, sie hätten mich einkassiert. Aber er hat das nicht gleich weitergegeben, sondern erst nachdem ich dich im *Clip* aufgesucht hab, stimmt's?«

Keine Antwort. Ich brauchte auch keine.

»Du hast angeregt, dass ich zum Franzosen gehe, und dann so einen kahlen Kacker auf mich angesetzt, um sicherzugehen, dass der Frosch mich auch gefressen hat. Du dachtest, er wird ganz grässlichen Scheiß mit mir anstellen, wenn ich so dreist bin, ihm gegenüberzutreten. Stattdessen hat er mich praktisch angeworben, zu ermitteln, was wirklich los ist. Das hast du aber nicht mitgekriegt. Und die Meldung, dass Beppes Leute mich gegriffen haben, kam erst, *nachdem* ich das *Marseilles* verlassen hatte, dabei lief die Entführung schon vor meiner Stippvisite bei dir.«

»Also hast du gedacht, Fonty wär der Entführte«, sagte Luca, »was eine Ente war, und es wär nach seinem Abstecher ins *Marseilles* gelaufen, was die nächste Ente war.«

»Mieses Timing«, sagte ich. »So viele Fehler und Missgeschicke. So viel verbockte Planung. Ich glaub nicht, dass du für so was der Richtige bist, Franco. Allerdings muss ich zugeben, deine ganzen Patzer haben es mir schwerer gemacht, das alles zu durchschauen. Wenn du so eine Art Genie wärst, hätte ich glatt vermutet, du hast das extra so arrangiert. Aber das ist natürlich nicht der Fall.«

»Wer sollte denn ahnen, dass du Lucas Wagen nimmst«, knurrte Franco, »oder dass du von der Polente angehalten wirst und dich für ihn ausgibst. Beppe wusste, dass du nach Dresden fährst, und hat die Bullen hingeschickt, als du auf dem Rückweg warst.«

Es lag kein Stolz mehr in seinen Ausführungen, nur noch Rechtfertigung. Er stand da wie ein Idiot und suchte die Schuld überall, nur nicht bei sich selbst. So sind Leute oft, wenn ihnen aufgeht, dass sie verhängnisvolle Fehler gemacht haben.

»Jetzt wirst du peinlich«, sagte ich nur.

»Gott, bist du ein Arschloch, Fonty. Nein, ihr alle beide. Schon immer bildet ihr zwei euch ein, dass wir alle bloß kleine Scheißer sind, ich und jeder sonst. Jemand musste euch mal von eurem hohen Ross runterholen, damit ihr aufhört, uns allen ständig auf die Köpfe zu pissen.«

»Irgendwer wird immer auf dich pissen, Franco. Wenn das hier geklappt hätte – was nicht passieren wird –, dann wär's eben der Don. Glaubst du denn allen Ernstes, du widersetzt dich dem System? Du reitest dich doch bloß noch tiefer rein. Selbst wenn der Don dir ein bisschen Verantwortung fürs Geschäftliche zuteilen würde, sei es nun, weil du ›unsere Verbrechen aufgedeckt‹ hast oder weil du einen wichtigen Versager von Vater hattest, wäre der Preis verdammt hoch.«

»Darauf bin ich eingestellt. Alles im Leben kostet was.«

»Nicht alles kostet die, die dir nahe stehen«, sagte Luca.

»Werd nicht sentimental. Bei so was gibt es keine Freunde. Bloß Leute, denen du aus Notwendigkeit vertrauen musst, bis du nicht mehr drauf angewiesen bist. Ihr zwei seid schwach geworden, das ist alles. Früher wolltet ihr die ganze Welt. Ihr habt sie bekommen. Jetzt wollt ihr sie nicht mehr, und hier sitzen wir nun. Das ist der Lauf der Natur. Du kannst der Natur nicht zimperlich kommen.«

»Das ist deine Illusion von der Natur, Franco. Was ist mit Rousseau? Red wird sie umbringen.«

»Der Kerl, der hat einen Plan. Stella – was kümmert mich die Hure. Sie hat verdient, was sie kriegt.«

Ich sagte: »Wenn du uns hier festhältst, hast du eine Frau ermordet.«

»Hör –«

»Begreifst du, was das bedeutet? Du wärst der allermieseste Abschaum, den es gibt. Sich gegen Kameraden zu wenden ist schon schlimm genug. Eine alte Freundin reinzureiten – obendrein eine Frau – ist unverzeihlich. Du wärst nach dieser Nacht nie mehr am Leben, selbst wenn du es überlebst.«

Ich übertrieb vielleicht, aber ich brachte Francos Zähne zum Knirschen.

»Wenn das so ist«, sagte er, »warum akzeptiert ihr zwei nicht einfach eine friedliche Übernahme?«

Wir schwiegen.

»Seht ihr?«, sagte er. »Ihr tut ja nicht mal so, als ob es euch was bedeutet. Nicht mal so viel. So sehr hängt ihr an eurer Welt.«

»Ich überlass dir meinen Anteil«, sagte ich, »wenn du mich Stella suchen gehen lässt. Ich fahr sofort los und halte den Kommunisten davon ab, ihr was anzutun. Dann hast du ihr Blut nicht an deinen Händen.«

»Da müsste ich mich ja mit dem hier rumschlagen.« Er nickte zu Luca hinüber. »Er hasst mich. Ich kann nicht sein Partner sein. Ich kann ihn gehen lassen, aber nicht dich.«

Immerhin verhandelten wir. »Guck dir doch seinen Zustand an«, sagte ich. »Er kann sich ja kaum rühren.«

»Tja, Pech. Sie war auch mal deine Frau, oder, Luca? Na los, hol sie dir.«

Lucas verwüstetes Gesicht lief noch röter an. Er sah furchtbar aus. Seine Visage würde noch tagelang verschwollen sein. Er stand auf und näherte sich Franco. »Also gut. Ich regle das.«

Urplötzlich zimmerte er seinen Ellenbogen in Francos Gesicht und schickte ihn zu Boden. Er hockte sich ihm auf den Bauch und trieb ihm acht Knöchel in die Gurgel. Ich hätte mir nicht träumen lassen, das Luca noch zu solchen Bewegungen imstande war. Keiner von uns hatte ihm das zugetraut.

Paulie hob die Magnum. Sie war ein Koloss. Wirkte ellenlang. Er zielte auf Luca wie mit einer Kanone.

»Paulie«, sagte ich.

»Er erdrosselt ihn«, sagte er.

»Das Ding wird sie beide umbringen!«

»Ich bin ein guter Schütze.«

Er spannte den Hahn.

Ich hatte Charlies Waffe weggelegt, nicht aber die .45er, die ich dem ersten Wächter abgenommen hatte. Ich zerrte sie aus dem

Gürtel. Paulie sah die neue Bedrohung. Er schwenkte die Magnum in meine Richtung. Ich hatte seinen rechten Arm im Visier. Er würde Luca erschießen, er würde auch mich erschießen. Ich feuerte.

Sein Arm ruckte. Rot spritzte in sein Gesicht. Er brüllte auf. »Nein, nein …« Wieder und wieder. »Nein, nein, nein.« Er konnte es nicht glauben. So etwas passierte nur anderen. Den Trotteln. »Nein …«

»Luca, hör jetzt auf.«

Ich rannte zu dem kämpfenden Knäuel und versuchte es auseinanderzureißen. Luca hatte Franco fest im Griff und Vergeltung im Sinn, er stieß ihm die Fäuste in die Kehle, dass Francos Körper von der Wucht der Stöße zuckte wie ein Bewusstloser, der wiederbelebt wird – nur dass das Ziel der Behandlung hier der Tod war, nicht das Leben.

Rasch warf ich einen Seitenblick zu Paulie. Seine Waffe schwenkte gerade erneut in unsere Richtung. Das hatte ich nicht erwartet. Er hielt sie in der unversehrten Hand. Diese Magnum konnte einem Mann den Kopf wegpusten.

»Scheiße.«

Luca sah auf. Er brüllte: »Erschieß ihn!«, und ich begriff, dass ich das musste. Instinkt gewann die Oberhand. Meine Waffe war leichter und schneller anzulegen als Paulies. Ich brauchte weniger als eine Sekunde, um erneut zu schießen.

Des großen Mannes Blut brach durch seine kärgliche Hülle. Seine Kehle sprang auf wie ein Springbrunnen. Das Blei warf ihn rücklings um. Er wand sich am Boden. Die Blutfontäne ebbte ab, ging in rhythmisch pumpendes Quellen über. Ein gurgelndes Würgen drang aus seiner Kehle. Er ertrank.

Ich wollte zu ihm. Luca hielt mich zurück.

»Er ist futsch.«

»Ich muss ihm helfen.«

»Kannst du nicht.«

»Ich muss doch –«

»Du musst Stella helfen.«

Ich warf einen Blick auf Franco. Wünschte, ich hätte es nicht getan. Sein Gesicht war lila. Eine aufgeblähte Zunge quoll heraus.

»Wir müssen los«, drängte Luca. Er packte meinen Ellenbogen und zog mich weg.

Ich hörte, dass er noch etwas sagte, aber gleichzeitig hörte ich nichts. Meine Ohren klingelten von den Schüssen. Ich fühlte mich wieder wie nach der Explosion. Alles löste sich auf.

Ich stand vor meinem Wagen, starrte den Türhebel an, berührte ihn nicht. Lucas Stimme tauchte auf und erklärte, er würde fahren. Ich sagte okay. Ich ging auf die andere Seite und stieg ein. Ich sagte, er solle zum Hafen fahren. Pier drei. Er führte die Drähte zusammen, und der Motor sprang an. Wir begannen durch den Schnee zu schlittern. Meine Hände waren ganz ruhig. Sie waren in dem Moment ruhig geworden, wo die Katastrophe eintrat: Dem Moment, in dem das Erwartete Wirklichkeit wurde und ich eine Krise zu meistern hatte. Jetzt kamen die Folgen dran. Ich hatte keine Ahnung, wie lange ich brauchen würde, um das Ausmaß dessen, was ich getan hatte, wirklich zu begreifen.

Ich hatte mich so sehr bemüht, das zivilisiert zu regeln. Als Luca fragte, ob ich eine Knarre hätte, hatte ich nein gesagt. Er hätte sie sonst sofort benutzen wollen. So etwas fiel ihm ganz leicht. Wie den meisten der Männer. Sie hielten mich für schrullig, weil ich keine Kanonen mochte. Sie waren naiv. Zu dumm, um den Frevel des Tötens wirklich zu erfassen. Ein vorzeitiger Tod ist, mehr als alles andere, ein unwiderruflicher Verlust von Möglichkeit. Menschen können unglaubliche Dinge verwirklichen. Sie können Menschen verändern, mit ihren Worten, ihren Gefühlen, ihren Ideen. Sie können Leute, die ihnen nahe stehen, mit ihrer Hingabe verändern. Sie können mit etwas Zeit und Engagement kleine Welten verändern. Sie können Bedeutung erschaffen – eine schwer fassbare Angelegenheit, aber doch elementar für unser Leben. Jeden Tag finden winzige Revolutionen statt. Selbst wenn alles, was sie bringen, nur ein klein wenig Trost ist, ein Zipfelchen Glück, ein Moment der Erleichterung, so bewirken sie doch immer noch Veränderung. Wenn ein Menschenleben endet, bevor es sollte, ist das ein Verlust für die Gegenwart und für jeden einzelnen Tag, der noch kommt. Das war etwas, das ich nur allzu genau wusste.

»Du hast getan, was du musstest«, sagte Luca.

Bei seinen Worten wollte ich mich übergeben. Mir war schon eine ganze Weile übel gewesen. Ich atmete schwer, inhalierte so tief wie möglich. Ich brauchte den Sauerstoff. Luca fuhr rechts ran, und ich taumelte aus dem Wagen. Er folgte mir. Ich torkelte weiter, bis ich mich an eine Wand lehnen konnte, es war ein riesiges klassizistisches Gebäude, und dann kotzte ich. Steak, Hamburger, Roastbeef. Alles an toter Materie, was ich für mich beansprucht, mir einverleibt und nun wieder abgestoßen hatte.

»Immer raus damit, Kumpel.«

Ich spuckte die letzten Stückchen aus und wischte das Loch in meinem Gesicht ab. Dann packte ich eine Handvoll sauberen Schnee und stopfte ihn hinein.

»Du hast gerade auf die Bank of America gekotzt.« Luca schmunzelte.

»Höchste Zeit, dass das mal jemand macht.«

Er lachte kraftlos. Ich merkte, dass es ihn schmerzte. Inzwischen hatte ich zu zittern angefangen. Mein Körper fühlte sich an wie ein klapperndes Stück Schrott.

»Ich sollte fahren«, sagte ich.

»Nein. Ich kann zwar nur mit einem Auge sehen, aber im Vergleich zu dir geht's mir gut, Fonty. Du bist fertig.«

Ich hatte nicht die Kraft zu streiten. Noch nicht. Wir stiegen wieder ein. Ich kurbelte ruckweise das Fenster runter. Ich brauchte die frostige Luft.

»Fahr schon«, sagte ich.

»Nicht ehe du es kapiert hast: Du hast getan, was getan werden musste.«

»Ich hab es vermasselt.«

»Nein, ich hab es vermasselt. Ich war es, der durchgedreht hat. Ich hab mit der Gewalt angefangen. Du musstest irgendwie damit zurande kommen. Und das hast du gut gemacht.«

»Das ist nicht genug. Warum hast du ihn getötet, Luca?«

»Weil ich wütend war. Ich fand, das wäre Gerechtigkeit. Und das ist es ja irgendwie auch.«

»Mann …«

»Pass mal auf. Ich bin nicht so stark wie du. Okay? Ich geb es zu. Du musst begreifen: Was immer da drin auch passiert ist und vielleicht nicht hätte passieren dürfen – das geht auf mich. Es ist meine Schuld. Nicht deine. Ich will nicht, dass du bereust, was du getan hast. Du hast uns gerettet. Wenn diese Kanone losgegangen wäre, wer weiß, was dann alles –« Er brach ab. »Du hast getan, was getan werden musste.«

»Nichts muss je getan werden.«

»So kann man das sehen. Dann kann der schlimmste Scheiß erst recht passieren.«

»Sei still. Du weißt doch, wie ich zu Reue stehe.«

»Das weiß ich. Sie ist gegen deine Regeln. Ich mach mir trotzdem Sorgen um dich.«

»Hör auf zu reden, Luca.«

Er sagte nichts. Er ließ den Motor an und fuhr weiter.

Irgendwo hinter den Wolken dämmerte es, deutete Farben an, die da kommen mochten. Die Welt wälzte sich herum, um die Sonne anzublicken. Das Universum blinzelte einmal, und am Ende war die einzige Spur unserer Existenz eine Ruine und das Gefühl, dass alles von Anfang an dem Untergang geweiht war. Viele Menschen schien das zu ängstigen. Ich fand es belebend. Es gab mir etwas, was über der Angst stand. Es gab mir zwar keinen Sinn, aber immerhin das Bedürfnis danach. Darauf versuchte ich mich zu konzentrieren, während Luca mich zum Hafen fuhr.

Jenseits der Windschutzscheibe erhob sich unsere Stadt aus ihrem Schlummer. Arbeiter erwachten mit dem Gedanken an den bevorstehenden Tagesverdienst. Eltern wurden von Kindern genervt, die sich sofort in den unerwarteten Schnee stürzen wollten. Die ohne Obdach waren, hatten aufs Neue vor Augen, dass sie immer noch auf der Straße lagen, nicht in dem Bett von vor Jahren, und dass sie schleunigst zu den Brotschlangen mussten, um noch irgendwas zum Frühstück zu ergattern. Und ich – normalerweise hätte ich bis etwa gegen zehn gar nichts von dem Schnee bemerkt. Vielleicht hätte mir ein nettes Mädchen Frühstück im Bett serviert. Vielleicht würde ich noch unter der warmen Decke liegen und durch die Jalousien aufs Grand Old Theatre blicken, während das Licht des Tages langsam mutiger wurde und mich zum Aufstehen rief.

»Geht das mit mir und Stella in Ordnung für dich?«

»Ja. Es ist zwar schräg, aber doch, ich bin einverstanden.«

»Ganz sicher?«

»Ja.«

»Du musst dich mit Carmen versöhnen.«

»M-hm. Und wann hast du angefangen, dich für andere Leute zu interessieren?«

»Jetzt.«

Er lächelte. »Na, ich will nicht hoffen, dass das lange anhält. Es ist ziemlich eigenartig.«

»Es hält nur an, bis du wieder mit ihr zusammen bist.«

»Dann bin ich also ein Sonderfall?«

»Luca, Liebling, du bist sogar sehr besonders.«

»Au, das tut weh. Okay, ich versuch's.«

»Deine Ablenkung ist jetzt aus dem Weg. Es wird also ganz einfach.«

»Ich hoffe es.«

»Eins muss ich dir lassen, du hast wirklich einen verdammt guten Frauengeschmack.«

»Genau wie du. Jetzt hör auf, mich zum Lachen zu bringen.«

Wir waren fast da. Ich konnte den Ozean spüren. »Ich fahre für eine Weile weg, wie dir wahrscheinlich schon klar geworden ist. Was diese Geschichte anbelangt ... Erzähl dem Franzosen alles, was passiert ist. Und dem Don auch. Die werden schon eine Lösung für Red ausbaldowern.«

»Ist das ein guter Zeitpunkt für dich, um zu verschwinden? Du bist doch gerade erst zurück.«

»Ich hatte nicht eine Verschnaufpause auf der letzten Reise. Nichts als Geschäfte. Geschäfte und das alte Land, und ich kann beidem nicht viel abgewinnen. Ich brauch 'ne Pause, Luca. Sieh mich doch an. Ich brauch 'ne Pause.«

»Wo?«

»Keine Ahnung. Sie hat die Fahrkarten gebucht.«

»Lass dich nicht von ihr übers Ohr hauen, Fonty. Binde dich nicht zu sehr.«

»Sag ich dir das nicht immer?«

»Ja, ja. Ich weiß, ich führ mich auf wie du – als wär ich deine

Mutter. Ich mach mir nur Sorgen, das ist alles. Du hast heute Nacht eine Menge getan. Ich schulde dir was.«

»Nein, tust du nicht.«

»Du bist ein sturer Mistkerl.«

»Nein, bin ich nicht.«

Er lächelte. »Komm schon, ich brauch 'ne Rechtfertigung, warum ich mir das antue, dieses ganze Chaos zu bereinigen. Ich werd tapfer alles regeln, während du dich verpisst, wenn ich mir guten Gewissens sagen kann, dass ich dir einen Gefallen tue.«

»Ein Gefallen geht klar.«

»Fein.« Er seufzte. »Das wird schwer zu erklären.«

»Sag einfach die Wahrheit.«

»Ja.«

»Lass mich hier raus.«

Ich zog einen Stift aus der Jackentasche und das Blatt Papier, das ich für die Schmugglerliste benutzt hatte. Ich schrieb eine kurze Nachricht an den Don und seinen Consigliore: Lucas Darstellung der Ereignisse, die zu dieser Nacht geführt hatten, sei auch als die meinige zu betrachten. Und er würde unsere Geschäfte weiterführen, während ich mich um ein paar Angelegenheiten in Übersee kümmerte. Ich bat um Vergebung für entstandene Unannehmlichkeiten und allen möglichen Scheiß. Ich stellte klar, dass ich über die letzten zwölf Stunden noch persönlich Rechenschaft ablegen würde, per Brief. Ich unterschrieb den Wisch und gab ihn Luca.

»Ich setze jetzt ein höllisches Maß an Vertrauen in dich, mein Freund. Das hier besagt, dass ich mit allem übereinstimme, was du dem Don erzählst. Wenn ich weg bin, musst du ein paar neue Leute einstellen. Bürohengste und Pascher. Ich weiß nach wie vor nicht genau, wer uns alles verkauft hat. Sicher ist nur Yale, und der ist weg. Vielleicht musst du alle feuern.«

»Eine Säuberungsaktion? Keine Sorge. Ich finde das Schwein und alle seine Kumpane.«

»Kein Blutvergießen, Luca. Davon gab's genug.«

Er knurrte. Dann lenkte er den Wagen in eine Parklücke.

»So«, sagte ich. »Es kann sein, dass der Russe hier auftaucht oder sogar schon da ist, also lässt du dich besser nicht blicken.«

»Hast du das ernst gemeint, dass Stella so tief in der Klemme steckt?«

»In der Klemme, kann gut sein, aber nicht in Lebensgefahr. Sie dürfte direkt vom *Clip* hierher gekommen sein – und guck, da ist eine Polizeikabine gleich neben dem Fahrkartenschalter. Sie ist in Sicherheit.«

»Wir hätten schneller hier sein sollen.«

»Vielleicht. Mach dir keine Sorgen. Ich schick dir vom Schiff aus ein Telegramm.«

»In Ordnung.«

»Steig aus und sag mir auf Wiedersehen.«

Wir gingen auf die Kaimauer zu, unsere Schuhe stempelten ihre Abdrücke in den Schnee. Zur Linken ragte das riesige Schiff auf.

»Max«, sagte Luca. »Du glaubst doch nicht, dass wir in die Hölle kommen, oder?«

»Nein.«

»Stimmt ja, du bist ein Heide.«

»Wenn ich das bin, ist es gut so. Ich geh nicht in die Hölle, wenn ich sterbe. Ich geh auch nicht ins Fegefeuer oder in den Himmel oder irgendwo anders hin als unter die Erde. Und du auch nicht, Luca.«

»Tja, in den Himmel kommen wir ganz eindeutig nicht.« Er sagte es leichthin, aber die Bedeutung reichte weit über den Wortsinn hinaus. »Bereue nichts davon«, fügte er hinzu. Er schlang die Arme um mich. Packte meinen Hinterkopf. »*Grazie mille, mi amico.*«

Wir umarmten uns selten. Das letzte Mal, dass ich eine von Lucas Bärenumklammerungen verpasst bekommen hatte, war auf einer Firmenparty in irgendeinem Wohnblock gewesen. Es war Sommer, und als der Abend in die Dunkelheit glitt, begab sich eine Gruppe von uns aufs Dach. Da standen Stühle unter hängengebliebener Weihnachtsbeleuchtung, und ein Zigeuner spielte Gitarre. Die Nacht war klar. Wir steckten die Köpfe zusammen, redeten durcheinander, die Gespräche weingetränkt. Irgendwann kam die Rede auf Unfälle – die Missgeschicke von Tollpatschen, die Dorftrottel von einst, Geschichten, die wir aufgeschnappt hatten. Eine Frau, die mir schon den ganzen Abend auf die Nerven ging, machte eine unpassende Bemerkung darüber, wie dämlich ein Kapitän sein müsse, um sein Schiff auf ein Riff oder einen Eisberg zu setzen, und dass ein so dummer Mann es doch sicherlich verdiente, mit seinem Schiff unterzugehen. Das war nur ein paar Monate, nachdem Carmens Schwester gestorben war …

Nein, dachte ich, ich werde nicht mehr ausweichen: Es war nur ein paar Monate, nachdem das Unwetter sie und tausend Tonnen Holz und Metall an die Klippen vor der Küste geschmettert hatte; nachdem sie herumgewirbelt wurde wie ein Geschöpf ohne eigenen Willen, ohne Geist, ohne Kraft zum Kämpfen; als alle Flüssigkeit der Welt bedeutungslos wurde im Verhältnis zu der nassen Substanz, die sie im Griff hielt. Als es wirklich nichts mehr gab, was sie tun konnte, aber jede Menge, was ich hätte tun können. Als eine einzige Geste der Ergebenheit sie vielleicht davon abgehalten hätte, dorthin zu fahren, zu der Hochzeit ihrer Freundin auf dieses gottverdammte Schiff. Als sie auf ihrer eigenen Hochzeit hätte sein sollen, die sie sich schon so lange im Stillen gewünscht hatte. Ein Versprechen hätte sie zu Hause halten können, an diesem Ort, in dieser Stadt. Mein Tun und Lassen war es, das sie in den Tod geführt hatte. Meine berufliche Hingabe an das Verbrechen und die Ökonomie des Schnapses brachten es mit sich: diese hässliche Lösung aus Tod und Wasser und ein paar Arten von Gift. Ganz gleich wie sehr ich mich abmühte, es zu verstehen, ich saß immer nur da mit demselben nichtssagenden Wissen über den Unfall. Die vielen Faktoren, die zum Tod führten, vermischten sich im Rückblick, bis sie ein untrennbares Geflecht bildeten. Sie war betrunken in der Bucht ertrunken.

Der Vorfall mit Luca, an den ich hatte denken müssen, war mir wieder gegenwärtig: Auf der Sommerparty hatte ich den ganzen Abend nichts gesagt, aber als ich diese Idiotin mit ihren dummen Witzen über Schiffsunglücke klugscheißen hörte, riss mir der Geduldsfaden und ich stürmte davon. Die Gefühle, von denen ich mich schon genesen geglaubt hatte, kehrten mit Wucht zurück. Irgendwann stand ich in einem Gang, drosch mit der Faust auf die Wand ein, fluchend, Schmerz in den Augen, in der Brust, in der Kehle, im Herzen, und dann packte Luca mich an der Schulter, drehte mich um, umarmte mich fest und sagte: »Ich liebe dich, Kumpel.« Er sah mich, wie ich war … sah den ganzen vermasselten Mist, aus dem sein bester Freund bestand. Und er kam gut klar damit. Er verstand.

Jetzt roch ich Blut, als wir uns an den Mänteln packten. Ich war hier, und die Welt auch, und so würde es nun sein. Und es würde besser werden.

»Bleib da drüben«, sagte er, »so lange, wie du brauchst.«

»Yeah. Ciao, Luca.«

»Ciao, Max.«

Ich lächelte ihn müde an und ging davon. Ich wusste, er würde mir kein Glück wünschen. Denn wir wussten beide, dass es so etwas nicht gab. Ich wanderte den schmalen Grat entlang, der zwischen der Stadt und dem Meer verlief, zwischen meiner Geschichte und meiner Zukunft. Vor mir wuchs das Kreuzfahrtschiff in die Höhe.

Ich sah Stella in einen Pelzmantel gekuschelt am Eingang zum Hafenamt stehen. Sie lächelte nicht bloß, als sie mich sah, sie erstrahlte. Ich umarmte sie sehr fest.

»Luca ist in Sicherheit«, sagte ich.

»Gut.« Sie küsste mich. »Gut.«

»Sind wir reisefertig?«

»Können wir jetzt los?«

»Ja, natürlich.«

Wir machten ein paar Schritte.

»Du hast mich noch gar nicht beim Vornamen genannt«, sagte ich.

»Ich will dir kein Unbehagen bereiten.«

»Mach dir darum keine Sorgen. Du sagst die Dinge anders. Du kannst ändern, wie sie für mich klingen.«

»Das will ich. Komm, wir sehen uns den Sonnenaufgang vom Schiff aus an.«

Wir stellten uns in die Schlange und durchliefen die Abfertigung. Der Pier vor der Gangway wimmelte. Hafenbeamte hantierten mit ihren Klemmbrettern und Zetteln, Docker schleppten Gepäckstücke, arme Musiker ihre Instrumente, Eltern ihre Kinder, Pärchen sich gegenseitig. Ich empfand ein Art Wärme für all diese Menschen. Wir verließen diesen Ort gemeinsam. Auf der Suche nach etwas anderem. Alles als große Masse. So, wie wir waren.

Ich erkannte vor uns eine vierschrötige Gestalt. Mein Frieden war dahin. Ich ergriff Stellas Arm.

»Da ist er«, sagte ich.

Sie spähte nach vorn. »Nein«, sagte sie. »Das kann nicht sein.«

»Er ist es.«

Ich fühlte, wie Angst von ihr ausströmte.

»Schon gut«, sagte ich. »Hier sind überall Cops.«

»Was will er hier?«

»Ich weiß es nicht.«

Wir schritten weiter auf die eiserne Gangway zu. Ein Polizist stand neben dem Beamten, der die Fahrkarten kontrollierte. Der Russe drängte sich durch die Menge auf uns zu.

Ich sagte: »Gib mir meine Fahrkarte, Stella.«

Sie zog das Stück Papier aus ihrem Mantel, drückte es mir in die Hand.

»Du gehst weiter«, sagte ich. »Warte auf mich, wenn du oben bist.«

»Okay.« Sie berührte kurz meine Finger.

Ich näherte mich der Bordwand des Schiffs. Ich verließ die Menge, und der Russe folgte mir. Er war leicht außer Atem.

»Sie wird Sie ruinieren«, sagte er.

»Wie sie Sie ruiniert hat?«

»Hat sie nicht.«

»Und wird sie nicht.«

Er starrte mich an. »Ich bin kurz vor Ihnen hier angekommen … Ich hätte schneller sein und Stella vor Ihnen finden sollen. Ich hätte sie von hier wegbringen können. Wegen euresgleichen ist sie korrupt geworden – nicht mehr vertrauenswürdig. Ich habe sie beschatten lassen, von –«

»Von Ihrem Hauptquartier aus zum *Huntsman*, dann zu ihrer Wohnung, zum *Clip* und schließlich hierher. Ich weiß. Und Sie hätten nicht gedacht, dass ich mit ihr fahre.«

»Nein.« Er verzog das Gesicht. »Ich wollte sie maßregeln. Jetzt ist es zu spät.«

»So ist es. Gesetzeshüter, Öffentlichkeit. Sie wollten sie also maßregeln? Weswegen denn? Ihrer Freiheit?«

»Ihrem Verrat.«

»Sie will nur ihr eigener Herr sein. Sie ist Ihren Spielchen entwachsen.«

»Aber sie ist so gut darin.«

»Und in vielem anderen. Ein Mensch wie sie kann allerhand Gutes bewirken.«

»Verstehen Sie denn nicht, dass es uns genau darum geht?«

»Indem ihr Geschäftsleute bestehlt?«

»Kriminelle Geschäftsleute.« Der Politiker übernahm wieder. Mir wurde klar, dass er diese spezielle Maske niemals abnahm. »Der Kapitalismus rechtfertigt doch alles – sogar seinen eigenen Untergang, wie ich Ihnen vor Augen geführt habe. Erkennen Sie denn nicht, wie vollkommen mein System ist?«

»Ich erkenne Ideologie und eine verlogene Methodik, und damit hat sich's.«

»Ich bin enttäuscht, Fontana. Sie sind ja doch ein Kleingeist. Ich dachte, Sie würden es verstehen. Sie halten sich für erhaben über die Bürden der Politik – so etwas kenne ich gut –, aber ich dachte dennoch, Sie würden verstehen.«

Er hatte seine Kollektivpronomen aufgegeben. Kein *Wir* mehr.

»Ich versteh Sie schon, Red. Ich verstehe, dass Sie verblendet sind.« Ich ging los in Richtung der Gangway. Er beeilte sich, Schritt zu halten. »Ich breche jetzt auf«, sagte ich. »Ich habe das Gefühl, dass ich Sie nicht wiedersehe. Vermutlich werden Sie demnächst gemaßregelt.«

»Fontana, Sie scheinen zu glauben, dass ich eine Art Ungeheuer bin.« Er suchte meinen Blick. »Wissen Sie, wo ein Drittel all unserer Mittel hingeht? Es geht an die hungernden, obdachlosen, hoffnungslosen Massen Ihres ach so freien Amerikas. Wir geben jeden Monat Tausende von Dollars aus, um in Hilfseinrichtungen und Armenküchen Leute zu ernähren. Wir helfen Menschen. Das tun wir mit Ihrem schmutzigen Geld.« Er ließ das sacken.

Ich sagte nichts. Das Schiff legte bald ab.

»Sie halten sich für indifferent. Neutral. Nichts könnte der

Wirklichkeit weniger nahe kommen. Sie haben sich Ihren Reichtum mit –«

»Ich weiß, was ich getan habe.«

»Sie fühlen es aber nicht.«

»Sie haben keine Ahnung, was ich fühle.«

»Was ist Ihnen an mir so zuwider, Fontana?«

»Ich weiß gar nicht, womit ich da anfangen soll.«

»Liegt es daran, dass ich weiß, was ich will, wer ich bin?«

»Ja, ganz klar – weil Sie sich selbst so gut kennen, dass Sie nicht mal einen Namen haben. Sie sind nicht angreifbar, weil Sie persönlich gar nicht existieren. Sie sind bloß eine Doktrin. Der Diener einer höheren Macht. Sie merken gar nicht, wie ähnlich Sie denen sind, die Sie verabscheuen.«

»Halten Sie sich etwa für frei von solchen Dingen?«

»Nein, aber ich verändere mich.«

»Zu was?«

Ich wandte mich ab.

»Sie fliehen vor den Fragen, Fontana, aber Sie können nicht vor sich selbst fliehen.«

Das war das letzte, was ich ihn sagen hörte. Ich tauchte in die Menschenflut ein. Ließ mich von ihr forttragen. Was der Russe gesagt hatte, ging mir nach.

Ich dachte an Franco. Vielleicht waren auch seine Motive komplexer gewesen. Ich würde nie erfahren, was genau ihn angetrieben hatte. Er war nicht von irgendwas Bösem beherrscht oder so, das war niemand. Es gab nur Vorstellungen und den Willen, sie zu verwirklichen, zum Gedeihen zu bringen. Ich war früher auch so gewesen. Hatte es nie hinterfragt. Meine Begierden verschafften mir alles, was ich wollte. Und als ich nichts mehr wollte, verlor ich alles. Jetzt erkannte ich, wie kleinlich all diese Begierden waren, wie bedeutungslos.

War Franco für nichts umgebracht worden? Natürlich war er das. Jeder Versuch, seinen Tod zu bewerten, war lächerlich. Nichts daran wurde besser oder schlimmer, auch nicht durch Grübeln. Ich würde mich dazu bringen, diese Nacht so zu betrachten wie den Rest meiner Geschichte: ohne Erklärung, ohne Gewissheiten. Ich würde diese Entschlüsse und Unentschlossenheiten in meiner Brusthöhle mit mir herumtragen, bis ich sie mit in den Schlaf nahm, und sie dann in meinen Träumen weitertragen.

All die vom Schnee berührten Menschen wollten, dass es voranging. Ich stellte den Fahrkartenprüfer zufrieden, bevor ich das lackierte Eisen betrat. Der Himmel wurde allmählich heller. Mein Blick über den Hafen dehnte sich aus, als ich hinaufstieg.

Stella wartete oben auf mich. Sie fragte mich, ob alles in Ordnung sei. Damit konnte sie Vieles meinen. Ich sagte ja. Ich sagte: »Ja. Alles in Ordnung.« Ich nahm ihren Arm. »Gehen wir.«

»Sollen wir uns die Kabine ansehen? Angeblich ist sie sehr schön.«

»Ich will erst ganz nach oben.«

»Ah, der Sonnenaufgang. Natürlich. Dann los.«

Wir bahnten uns unseren Weg durch das Schiff, gingen durch etliche Gänge, vorbei an vielen Gesichtern, etliche Treppen hinauf. Das Oberdeck war riesig. Auch hier drängten sich die Menschen dicht an dicht. Abschied nehmend winkten sie den Familien unter sich und den Wolkenkratzern über sich. Ich war müde, so müde, doch ich fühlte mich schon weniger beschwert. Wir wanderten auf den Rand des Decks zu. Ich hielt Ausschau nach einem freien Platz an der Reling, von wo wir hinab auf den Hafen blicken konnten.

Da war eine kleine Lücke, ein Stückchen weiße Linie zwischen zwei Leibern, wo wir hinpassen mochten. Ich strebte darauf zu. Dann erkannte ich den dunklen Umriss, der auf der Reling hockte. Er plusterte sich auf. Starrte mich aus unsichtbaren Augen an. Ich blieb stehen.

Stella holte mich ein. Sie ergriff meine Hand und sagte: »Ich glaube, ich sehe die Sonne.«

Im Osten rissen die Wolken auf. Ich hatte schon länger keinen Sonnenaufgang mehr gesehen. Manches hatte ich viel zu lange nicht zu würdigen gewusst. Ich versprach mir, künftig Zeit dafür zu finden.

Stella zog mich zur Reling, wo der Vogel trotzig hockte. Ich sprach ihn an: »Du musst jetzt verschwinden, alter Freund.«

Unter meinem Zuspruch erhob sich der Rabe von der Stange. Mit jedem Flügelschlag schwang er sich höher in die Luft. Er zögerte, sich zu entfernen, doch da er nirgends sonst hin konnte, wandte er sich der Stadt zu und ließ mich auf See zurück, an den Gestaden des Ozeans.

Ich war nicht völlig in Sicherheit – die Furcht war immer noch da, irgendwo –, aber ich würde mir gewiss nicht gestatten, so weiterzumachen wie bisher: So voller Täuschung, so blind, so in mich selbst versunken. Der Haken an der Sache: Mir war nicht mehr klar, wonach ich eigentlich strebte. Doch als ich Stella umfasste, sie an mich zog und sah, wie ihr wehendes Haar die Sonne einfing, da wusste ich, dass ich die Möglichkeit hatte, neu anzufangen.

Nachwort
von Alf Mayer

Tut das noch jemand, wenn er – in einem Buchladen – nach Lektüre sucht? Ein Vorwort anlesen und blättern? Schlagen Sie dieses Buch auf jeder beliebigen Seite auf, lesen Sie zehn Zeilen. Mich hat es weggeweht, weit mehr überrascht, als ich bereit zu erwarten war.

Zwischen seinem fünfzehnten und zwanzigsten Lebensalter schreibt ein Heranwachsender an einem Roman. Seinem Roman. In diesen Jahren ist man selbst die Welt. Die Grenzen, die man in diesen Jahren verschiebt, verschieben sich mit einem selbst. Das gilt wohl für die meisten. Bei Ben Atkins muss das anders gewesen sein. Irgendwie.

Dieses Buch ist ein Eckpfahl. Auf einem Feld, das abgesteckt schien und oft genug bespielt, tut sich Neues. Die Regeln und Spielzüge sind vertraut – es sind die von Hardboiled und Noir – aber da ist ein neuer Spieler auf dem Feld. Einer, der das alles frisch und spannend macht, aufregend wie am ersten Tag. Von einer Unmittelbarkeit beseelt wie der frühe Hammett in seinen Geschichten vom Continental Op.

Zwischen seinem fünfzehnten und zwanzigsten Lebensalter schreibt ein Heranwachsender an einem Roman. Er heißt Ben Atkins. Er lebt in Neuseeland. Er ist siebzehn Jahre alt, als die erste Fassung steht. Er wird sie noch oft überarbeiten. In den Jahren, in denen man das Küssen lernt und das Berühren, erforscht und lernt er außerdem, wie er einen Roman schreibt, der seinen Großvater und dessen Idole stolz gemacht hätte. Von einem unteren Zipfel der Welt her, mit der Kraft eines noch keines Mutes entledigten Neulings schreibt ein Zwanzigjähriger einen Roman, einen Kriminalroman, der über dem Genre einen neuen, breiten Regenbogen aufgehen lässt, der staunen machen kann wie die Naturwunder Neuseelands.

Wenn es einen Beweis braucht, dass das Genre des hartgesottenen Privatdetektivs, so viele tausend Mal schon variiert, immer noch zur großen Erzählung von der Welt taugt, dann ist es *Stadt der Ertrinkenden.* Es zeigt die die Erneuerungsmöglichkeiten, die diesem Genre innewohnen. Ben Atkins hat *nur* (und keineswegs als erster, ich denke an Douglas E. Winter und sein in der Tradition von Chester Himes stehendes *Run, Run, Run* mit einem im Namen des Geschäfts die Rassenunruhen Amerikas anheizenden Waffenschmuggler) die Parameter leicht verschoben. Sein Ermittler ist kein Freischaffender der Gerechtigkeit, er ist ein Gangster, ein Ausputzer, der im Dschungel der Gesetzlosen einem großen Betrug und einem Rest von Anstand nachspürt. *To live outside the law you have to be honest*, sang Bob Dylan 1966 in *Absolutely Sweet Marie* (*But to live outside the law, you must be honest/ I know you always say that you agree/ But where are you tonight, sweet Marie?*). Einen ähnlichen Satz hatte es 1958 in dem Film Noir *The Lineup* von Don Siegel gegeben: *When you live outside the law, you have to eliminate dishonesty.*

Im langen Entstehungsprozess für dieses Buch verdampfte und strich Ben Atkins all das an falscher und zu leichter Münze, an Spiel- und Falschgeld, falschem Pathos, gut gemeintem Pastiche, an Nachgeahmtem, an Nostalgie und Sentimentalität, was so viele Unternehmen kennzeichnet, die *an die Klassiker anknüpfen* wollen. Zur Hölle, auch Robert P. Parker, der über Chandler promovierte, hatte seine Probleme beim Fortschreiben der Romanfragmente *Einsame Klasse* und *Tote träumen nicht.*

Natürlich schreibt, wer an die Klassiker des Genres anknüpft, auf den Schultern von Riesen. So sind solche Versuche auch Ausnahmen geworden. Vielleicht muss man in Neuseeland aufgewachsen sein, all die alten Filme und Romane intus, und von unten Richtung Nordamerika schauen, um seinen eigenen Angelpunkt zu finden. Ben Atkins hat es gewagt.

Drowning City spielt an einem einzigen Abend, der sich bis zum Sonnenaufgang spannt. Es ist, wie sich aus einem Nebensatz im ersten Fünftel ermitteln lässt, der 11. November 1932. *Was läuft so draußen in der Welt?*, wird der Ich-Erzähler Fontana dabei gefragt. Atkins gelingt das Kunststück, in diesen zwölf Stunden ein ganzes Jahrhundert abzubilden, dabei zudem so viel über unsere heutige Welt zu sagen, dass sein Buch bei aller Dialog- und Milieuschärfe, Aktion und Suspense als philosophischer Roman angesehen werden kann, dies ohne thesenhafte Exkurse.

Seine Folie dafür ist die Welt der Süchte und der Gier, ist die Goldgräberstimmung am sich abzeichnenden Ende der US-amerikanischen Prohibition, ist der Schatten des aufziehenden Zweiten Weltkriegs, sind Arbeitslosigkeit und Große Depression, organisiertes Verbrechen, Nationalsozialismus und Kommunismus ebenso wie die Medusa-Häupter des Kapitalismus. Da wir in Amerika sind, in einer nie benannten Stadt, bei der es sich um Chicago handeln muss (mit Türmen, in deren 78. Stock sich *goldene Jauchegruben* befinden), geht es um Geld und Geldgeschäfte, um Betrug und Ausbeutung, um den eigenen Schnitt, die eigenen und die fremden Schäfchen. Für Geld machen Menschen dumme Sachen, heißt es an einer Stelle. Für die richtige Sorte Mensch macht es keinen Unterschied, wenn sich die ganze Welt in Scheiße verwandelt, bekräftigt da ein Gangsterboss. *Wir sind nicht abhängig von der Börse. Wir verlassen uns nicht auf Banken oder Wechselkurse oder Darlehen. Wir verlassen uns auf das Laster. Wir leben von dem Umstand, dass die Menschen schwach sind. Wir ziehen unseren Vorteil daraus. Saufen wollen die Leute immer.* Dann setzt er hinzu: *Und manche Leute wollen immer, dass andere Leute sterben. Diese Bedürfnisse wird es immer geben.*

Jack Londons autobiografischer Roman *König Alkohol* von 1913 (Originaltitel: John Barleycorn), ein zeitloser Klassiker der Suchtliteratur, kann als eine gesellschaftliche Bestandsaufnahme des amerikanischen Alkoholproblems vor hundert Jahren gelesen werden. Am Ende seines Romans befürwortete Jack London, was dann bald Realität werden sollte. Als der 18. Zusatzartikel zur Verfassung der Vereinigten Staaten (das 18. Amendment) im Januar 1920 in Kraft trat, glaubten die Verfechter damit die Kur für alles Üble in der Gesellschaft gefunden zu haben. Die unter dem Druck der Enthaltungsbewegung zustande gekommene Prohibition wurde als *The Noble Experiment* (Das ehrenhafte Experiment) bezeichnet. Als Straftat wurde freilich dabei nur der Verkauf von Alkohol gewertet, nicht der bloße Konsum. Die landesweit ganzen 2.300 Prohibitionsagenten, weniger als heute die Zahl der deutschen Lebensmittelkontrolleure, standen auf verlorenem Posten. Die illegale Produktion und der Handel mit Alkohol breiteten sich rasch aus, der Staat hatte weder Mittel noch Willen, jede Grenze, jeden See und Fluss oder jede *Flüsterkneipe* zu überwachen. Allein in New York stieg die Anzahl dieser *speakeasies* von 1922 bis 1927 von rund 5.000 auf über 30.000.

Jeder Schluck, der während der Prohibitionszeit halb legal, illegal, scheißegal in durstige Kehlen rann, beförderte vor allem eins: die Kriminalität, besonders die organisierte. Das noble Experiment entpuppte sich als gigantisches Wirtschaftsprogramm für Gauner aller Kaliber. Mobster wie Johnny Torrio und Al Capone in Chicago errichteten geradezu Imperien. Loren D. Estleman beschrieb das 1990 exemplarisch in seinem Kriminalroman *Whisky River*. Auch in Mario Puzos *Paten* (1969) gibt es fünf geniale Seiten, in denen Vito Corleone zum skrupellosen Herrscher einer Mafiafamilie aufsteigt.

Alleine in Chicago wurden über 1000 Tote in den *bootleg wars* gezählt. Als Präsident Franklin D. Roosevelt, dessen Vereidigung in *Drowning City* am Horizont steht, am 23. März 1933 mit der Unterzeichnung des *Cullen-Harrison Acts* den *Volstead Act* von 1919 aufhob und den Verkauf bestimmter alkoholischer Getränke wieder erlaubte, war das Ende der Prohibition gekommen. Am 5. Dezember 1933 hob die Unterzeichnung des *21. Verfassungszusatzes*‹ den 18. Zusatzartikel wieder auf. Zwar war damit das Kerngeschäft Alkohol dem organisierten Verbrechen genommen, die geschaffenen Strukturen aber warteten nur auf neue Geschäftsfelder – auf illegale Betäubungsmittel und Drogen wie Opium etwa, woraus sich der organsierte Drogenhandel entwickelte, mit allen Folgen bis heute. Und noch ein Unkraut wuchs in diesem Klima: die Korruption.

Chandler lässt Marlowe in *The Long Good-Bye* nach all den Begegnungen mit dem Establishment diesseits und jenseits des Gesetzes sinnieren, dass das Verbrechen keine Seuche, sondern ein Symptom sei, und die Polizei wie ein Arzt, der Aspirin gegen einen Gehirntumor verschreibe, die Krankenbesuche dabei am liebsten mit dem Gummiknüppel absolvieren würde. Verbrechen sei schlicht der Preis für ein energisches, reiches, wildes und großes Volk, das organisierte Verbrechen schlicht der Preis für Organisation und Ordnung. Das würde gewiss noch lange so bleiben: *Das organisierte Verbrechen ist einfach die dreckige Kehrseite unserer schönen Dollar-Medaille.*

Den durch die Prohibition eingeleiteten gesellschaftlich-kulturellen Wandel beschrieb der große amerikanische Satiriker und Swift-Nachfahr Richard Condon (The Manchurian Candidate; Die Ehre der Prizzis) in seinem Roman *Mile High* (Nur Geld zählt) von 1969 so:

Sie begann hier, die Wasserscheide der modernen amerikanischen Kriminalität – sie zurrte neue moralische Faktoren für jeden fortan geborenen Amerikaner fest, begründete ein Herangehen an soziale, behördliche, finanzielle und internationale Probleme, die hinfort auf der Geringschätzung von Recht und Gesetz durch ein ganzes Volk beruhten … Die Prohibition verschmolz die landesweite amateurhafte Stümperhaftigkeit und Fang-mich-doch-Mentalität der republikanischen Gründerjahre mit einer moderneren, hochorganisierten Lust auf Gewalt und auf das schnelle Geld. Sie verschmolz die Notwendigkeit, zwölfhunderttausend indianische Ureinwohner und zehn Millionen amerikanische Büffel zu massakrieren, die Galgenbäume, die Einberufungs-, Hunger-, Goldsucher- und Rassenkrawalle, die fortwährenden Kriege, die größten Ratten in den grässlichsten Slums, das Boxen und den Football, die lauteste Musik und die gnadenloseste Skandalpresse mit all den ganzen wunderbaren Versprechungen vom Morgen und vom Übermorgen, sie zog unser großes Land nach unten, in eine Spirale immer größerer Gewalt, in mehr und mehr unnötigen Tod, in immer neuere Feste des ungelebten, uneigentlichen Lebens; all dies, damit dieses wilde, einfach gestrickte und ungebildete Volk in immer wilderem Rausch und Taumel verstehen lerne, dass Macht und Geld die einzigen Ziele eines solchen Lebens sind.

Viele große Vermögen wurden während der Prohibition gemacht, auch das der Kennedys, woraus Richard Condon in dem anti-ödipalen *Winter Kills* Honig zog (1974). Nach der Ermordung eines jungen Präsidenten werden hier alle nur möglichen Hypothesen bemüht, ehe sich zeigt, dass es der Vater war, der das Attentat in Auftrag gab, weil Söhnchen zu sehr auf den Tugendpfad strebte. Tatsächlich ist durch zahlreiche Quellen dokumentiert, dass Joseph Kennedy gleich zu Beginn der Prohibition in den

Alkoholschmuggel einstieg. Die kanadische *Royal Commission on Customs and Excise* stellte fest, dass sich Kennedy mit seiner Firma namens *Silk Hat Cocktail Co.* in Vancouver (B.C.) in der Homer Street 1206 mit der ebenfalls dort registrierten Produktionsfirma für Alkohol von Henry Reifel die Büroräume teilte. Einziger Geschäftszweck dieser Firma: die Herstellung alkoholischer Getränke und deren Export in die USA. Kennedy brannte auch illegal Spirituosen, den dafür notwendigen Zucker bezog er von Diamond Joe Esposito, Chef des *Chicago Outfits*, dem damals wohl mächtigsten Gangsterboss der Vereinigten Staaten. Esposito kontrollierte die Distribution des aus Kuba importierten Zuckers im Nordosten der USA.

Der Alkoholschmuggel der Mafia war präsidial abgesichert: Nachdem Präsident Warren G. Harding (1921-1923), selbst ein Alkoholiker, aufgrund seiner unzähligen außerehelichen Affären untragbar wurde, sicherte sein Nachfolger Calvin Coolidge (1923-1929) Esposito und allen von ihm mit Zucker belieferten Abnehmern darunter Joe Kennedy Protektion zu, als Gegenleistung für politische Unterstützung. Espositos Zuckerlieferungen an Kennedy liefen meist über einen gewissen Sam Giancana, der für Esposito als Fahrer und Enforcer arbeitete und später das Haupt der Chicagoer Mafia werden sollte und behauptete: *Ich half Joe Kennedy, reich zu werden.* Die Gewinne aus dem Alkoholschmuggel investierte Kennedy an der Börse, wo er erfolgreich spekulierte und investierte, zum Beispiel in Firmen der neu aufkommenden Technologie des Radios. Den Alkoholhandel gab er erst 1946 auf, um das Image seiner Söhne nicht zu gefährden.

Auch medial wurde der Gangster in der Prohibitionszeit gesellschaftsfähig. William Riley Burnett war es, der 1929 mit seinem bald verfilmten Roman *Little Caesar* den Gangster in den Zeiten von Börsencrash, Großer Depression und Prohibition als kulturelle Ikone etablierte. Edward G. Robinson, Paul Muni und George Raft wurden zu Leinwandrepräsentanten des Gangstertums. Interessant, dass das zeitgleich mit dem Aufkommen der *Talkies* geschah, solche Figuren also wahrhaft sprechende Abgesandte des Zeitgeistes waren und – wie in den O-Ton-Romanen Hammetts – die Gangstersprache einen neuen Stil befeuerte.

Mother of God, is this the end of Rico?, stöhnt der angeschossene Little Caesar. Berittene Polizei musste 1930 in New York den Ansturm auf den Film in Schranken halten, ästhetisch war er der *Reservoir Dogs* seiner Tage. Regisseur Mervin LeRoy war 28, die Produzenten Hall Wallis und Darryl Zanuck 31 und 37, Autor W. R. Burnett 28 und Hauptdarsteller Edward G. Robinson 30 – allesamt fröhliche Zecher.

Burnett hatte auch eine Autorenzeile im Abspann des einflussreichsten Gangsterfilms der Dekade, in Howard Hawks *Scarface* von 1932. Zwölf Autoren hatten vor Burnett schon daran gearbeitet, er erhielt 2.000 Dollar die Woche, damals eine Heidensumme. Weil es in *Scarface* 43 Morde gab, verlangte die Zensur (der Motion Picture Production Code) den Untertitel *The Shame of the Nation.* Der Film war bereits 1930 fertiggestellt, aber die Zensurbehörden gaben ihn wegen der gewalttätigen Szenen und der Glorifizierung des Gangstertums länger nicht frei .

Eigene Erfahrungen im kriminellen Milieu machte der junge Chester Bonmar Himes (1909–1984) im Cleveland der Prohibitionszeit. Er jobbte im Gilsy-Hotel, hatte es mit Spielern, Prostituierten und Gangstern zu tun, verdiente sich mit dem illegalen Alkohol ein Zubrot. Nach einigen Bewährungstrafen wurde er neunzehnjährig Ende 1928 wegen eines bewaffneten Raubüberfalls zu 20 bis 25 Jahren Haft bei harter Arbeit verurteilt und in das Staatsgefängnis von Ohio eingewiesen. Dort begann er zu schreiben, wurde er zum Schriftsteller.

Eine vom Alkohol also geradezu besessene Nation, das waren die USA in den 1920ern. Natürlich fand das alles Eingang in die Literatur, so holzhaltig das Papier auch sein mochte, auf dem man sie druckte. Ein wichtiger Förderer solcher Geschichten: Captain Joseph T. Shaw, von 1926 bis 1936 Herausgeber des Magazins *Black Mask*, das der Journalist H. L. Mencken und Theaterkritiker G.J. Nathan 1920 gegründet hatten, um damit ihr anspruchsvolleres Magazin *The Smart Set* zu finanzieren. (Ein Modell, das Victor Gollancz in England übernahm, was wiederum der Krähen-Buchverleger Karl Anders dann auch versuchte, leider erfolglos, weil die angloamerikanisch orientierten Krähenbücher in der Adenauerzeit am Publikumsgeschmack vorbei gingen, da waren von Agatha Christie und Edgar Wallace Krimis angesagt, nicht Schnapsdrosseln wie Chandler und Hammett.)

Für Shaw schrieben Autoren wie Paul Cain, Frederick Nebel, Raoul F. Whitfield, Dashiell Hammett, Raymond Chandler und Erle Stanley Garder. Dessen Geschichte *Just a Suspicion* (Februar 1929) erzählt von einem Gangster, der zwei Sachen verkauft: Alkohol und Schutz. Die Erlebnisse von Hammetts Continental Op erschienen als *Black Mask*-Geschichten, ebenso wie von November 1927 bis Februar 1928 die Episoden *The Cleansing of Poisonville*, *Crime Wanted – Male or Female*, *Dynamite* und *The 19th Murder*, bei Alfred A. Knopf 1929 dann als *Red Harvest* (Blutige Ernte) – eines der 100 wichtigsten Bücher des letzten Jahrhunderts.

Alkohol ist selbstverständlich im Korruptionsnest Personville. Der trinkfeste Continental Op setzt den Fusel gerne ein, um anderen die Zunge zu lockern. Etwa bei einer der interessantesten Frauenfiguren Hammetts, bei der jungen Halbweltsdame Dinah Brand (unnachahmlich im Original: *a soiled dove … a deluxe hustler, a big-league gold-digger*). Hammett wusste, wovon er schrieb. Er war ein schwerer Trinker, ebenso wie Raymond Chandler, James M. Cain, Cornell Woolrich, Jim Thompson und wie andere. *Die chemische Analyse der sogenannten dichterischen Inspiration ergibt neunundneunzig Prozent Whisky und einem Prozent Schweiß*, ist von William Faulkner überliefert, der unter anderem das Drehbuch für Chandlers *Tote schlafen fest* (The Big Sleep) verfasste. Dessen Hauptdarsteller Humphrey Bogart fand: *Man muss dem Leben immer um mindestens einen Whisky voraus sein.* Seine angeblich letzten Worte am 14. Januar 1957: *Ich hätte nie von Scotch auf Martini umsteigen sollen.*

Dank

Bei einem Erstlingsroman hängt es von vielen Menschen ab, ob es überhaupt so weit kommt. Die Idee zu *Stadt der Ertrinkenden* hätte nicht die Gestalt dieses Buchs annehmen können, wenn meine Familie nicht wäre, die es niemals lächerlich fand, dass ein Teenager einen Roman schreiben will. Für ihre beständige Unterstützung zutiefst verbunden bin ich meiner Schwester Hisela, meinen Großeltern, Tantchen, Onkeln, Cousins und dem Spaniel, und am allermeisten meinen Eltern Brett und Nadia. Ich danke auch meinen Freunden, denen ich mich im Laufe des Entstehens dieses Buchs anvertraut habe. Ihr alle wisst, wer ihr seid, und ich bin jedem von euch verbunden.

Anerkennung gebührt Lliam, Lloyd, Morgan und Keith, die sich durch den ersten Entwurf kämpften, und Kate für ihre wertvollen Ratschläge. Außerdem möchte ich mich bei Robin Sinclair für wirklich guten Englischunterricht bedanken sowie Tim Stewart und Clementine Fraser, die mir halfen, einen Sinn fürs Historische zu entwickeln. Ich hatte Glück: Begabte Lehrer sind selten, und wir brauchen viel mehr davon. Noch viele weitere solcher Pädagogen haben dazu beigetragen, dass ich Freude am Schreiben habe – Menschen, die ich nie vergessen werde.

Das Team bei Random House Neuseeland hat auf diesen Außenseiter von Buch gesetzt und ihm eine Chance gegeben: Großen Dank an Harriet Allan mit ihrem unerschütterlichen Vertrauen in mich und meine kleine Schöpfung, sowie an Stuart Lipshaw, Ruth Ell, Laura Sarsfield, Carla Sy und all die anderen, die ich noch nicht kennengelernt habe, deren Mitwirkung die Veröffentlichung jedoch erst möglich gemacht hat. Anthony McCarten hat mich zu Random House geschickt, und ich bin mächtig froh darüber. Würdigen möchte ich auch die großartige Arbeit und die

Begeisterung meiner Lektorin Anna Rogers. In Deutschland gilt meine Dankbarkeit und meine Wertschätzung Wolfgang Franßen und dem Team vom Polar Verlag sowie meiner Übersetzerin Else Laudan.

Schließlich danke ich Ruby dafür, dass sie mir da hindurchhalf und so weise war. Und euch, dic ihr dies lest, dafür, dass ihr mein Buch in Hand genommen habt. Ich hoffe, ihr habt die Fahrt genossen.

Ben Atkins